LETTRES AFRICAINES

série dirigée par Bernard Magnier

LA MESURE DU TEMPS

DU MÊME AUTEUR

EN ATTENDANT UN ANGE, Actes Sud, 2004.

Titre original :
Measuring Time
Editeur original :
W. W. Norton & Company, Inc., New York / Londres

ISBN 978-2-7427-7363-3

HELON HABILA

LA MESURE DU TEMPS

roman traduit de l'anglais (Nigeria)
par Elise Argaud

ACTES SUD

Nous pourrions traverser le cœur de notre pays, atteindre à toute vitesse ses limites les plus reculées et rester là, suspendus, en quelque sorte, au-dessus du précipice déchiqueté de notre histoire.

DAMBUDZO MARECHERA,
Black Sunlight.

Nous sommes tous gouvernés par les mêmes mobiles, trompés par les mêmes sophismes et tous pétris d'espoir, entravés par les dangers, piégés par les désirs et séduits par les plaisirs.

SAMUEL JOHNSON,
Le Rôdeur.

Tant il est difficile à l'histoire de découvrir la vérité ! Les historiens qui écrivent plusieurs siècles après les événements ont devant eux le voile du temps, qui leur en dérobe la connaissance ; et l'histoire contemporaine, ou aveuglée par la haine et l'envie, ou corrompue par la flatterie et par la faveur, altère et déguise les faits.

PLUTARQUE,
Vies parallèles.

PREMIÈRE PARTIE

LE ROI DES FEMMES

Ils avaient pris de longue date la décision de mener la vie dure à leur père. Celui-ci avait brisé le cœur de leur mère et, même si les jumeaux n'étaient pas encore nés à l'époque, certaines femmes du village fredonnent encore la chanson, naguère très en vogue, qui raconte les aventures galantes de Lamang avant et après son mariage avec leur mère. La ballade gagnait en détails et en complexité à chaque interprétation au clair de lune sur la place du village ; elle appelait Lamang le "Roi des femmes / Propriétaire de dix femmes / Dans chaque village / De Keti à la capitale". Le refrain décrit celles qui guettent son passage langoureusement sur le pas de leur porte et les mères qui enferment leurs filles la nuit pour les soustraire au "gracieux ravisseur" ; il se termine ainsi :

Les mères qui soupirent de désir
Les filles qui soupirent de désir
Ah, roi des femmes, un peu de pitié.

La chanson mentionnait en particulier le nom d'une femme, Saraya, la "beauté noire". Elle avait été son premier amour, mais en avait épousé un autre, un cousin éloigné que sa famille avait préféré aux charmes d'un Lamang sans le sou. Pourtant, ce mariage n'avait pas mis un terme à leur relation, à en croire la chanson et les ragots qui évoquaient des rendez-vous dans des villages voisins, des visites secrètes la nuit, des ombres suspectes derrière le mur d'enceinte. Le mari de Saraya, qui était camionneur, périt dans un accident de la route un an après leur mariage.

Les jumeaux avaient presque treize ans lorsqu'ils apprirent que la vie amoureuse de leur père durant sa jeunesse avait brisé le cœur de leur mère. Ils avaient surpris une conversation à voix basse entre deux de leurs tantes à la langue bien pendue, relatant comment le grand-père maternel des jumeaux, connu de tous sous le nom de "Propriétaire de Bétail", car il possédait plus de têtes que tous ses voisins, avait un jour fait venir Lamang pour lui demander d'épouser sa fille Tabita.

"Musa, dit le vieil homme à Lamang (l'appelant par son prénom alors que tout le monde l'appelait Lamang, en raison de sa ressemblance frappante avec son grand-père du même nom), épouse ma fille et je te promets que tu ne le regretteras pas."

Tabita était la plus jolie jeune fille du village, mais sa mauvaise santé gâtait son apparence. Comme elle avait perdu sa sœur jumelle à la naissance, puis sa mère alors qu'elle n'avait que cinq ans, son père pensait qu'il ne pouvait pas mieux pour son bonheur que de l'unir au célibataire le plus en vue de Keti. "Propriétaire de Bétail" n'avait pas d'enfant mâle, et Lamang, déjà perspicace homme d'affaires, avait aussitôt vu les avantages pécuniaires qu'il pouvait retirer d'un tel mariage. Il déclara au vieil homme : "J'aime ta fille, je serais heureux de l'épouser, mais je ne suis qu'un pauvre étudiant, comment pourrais-je lui assurer le train de vie qu'elle a toujours connu ?"

Le vieil homme renonça d'abord à la dot, dont Lamang n'avait de toute façon pas les moyens de s'acquitter, puis il lui donna vingt têtes de bétail en guise de cadeau de mariage et promit de faire de lui son héritier. Un mois plus tard, le mariage entre la belle mais chétive jeune fille et le séducteur du village était célébré à l'église.

Il existe différentes versions de l'histoire mais, si les détails varient – selon certains, la dot comptait peut-être plus de têtes de bétail, selon d'autres moins, certains disent que Lamang avait en réalité séduit la pauvrette et l'avait mise enceinte, c'est pourquoi son père avait accepté de le payer pour qu'il l'épouse et évite le scandale –, toutes ces versions s'accordent sur le fait que cette union faisait de Lamang un homme riche. Son beau-père disparut cinq mois après le mariage, lui laissant tout, soit plus de cent têtes de bétail. Lamang s'empressa de quitter le centre de formation des instituteurs où il étudiait, pour se lancer dans le négoce du bétail, achetant à bas prix les bêtes aux nomades peuls et transportant sa cargaison vivante jusqu'aux grandes agglomérations côtières, Lagos et Port Harcourt, où il les revendait quatre fois plus cher. Il compta bientôt parmi les hommes les plus fortunés du village.

Tabita mourut quinze mois après le mariage. Des années plus tard, lorsque Mamo, l'aîné des jumeaux, consigna l'histoire de sa mère dans son recueil de biographies intitulé *Des Vies et des jours*, il essaya de saisir avec des mots la nuit où elle s'éteignit – qui était aussi celle de sa naissance.

Il y décrit les ténèbres et la pluie qui s'abat sans faiblir depuis deux jours, les épis de maïs que le vent violent, la force de la pluie et l'obscurité secouent et inclinent vers le sol boueux, la petite pièce carrée dans laquelle Tabita gît sur sa couche étroite, en sueur et au bord de la syncope, tandis que la sage-femme assise au bord du lit lui tient fermement les mains. Luttant vaillamment contre les bourrasques qui pèsent de tout leur poids sur la porte en bois et contre l'obscurité qui avance et recule malicieusement, créant ombre et pénombre, une unique lanterne révèle une autre présence dans la pièce, celle de tante Marina, arrivée deux jours plus tôt d'un village voisin pour assister à la naissance du premier-né de son frère. Par la fenêtre, des éclairs zèbrent la chambre, comme un appareil photographique saisissant ce tableau lugubre de parturition et de disparition. Tabita hurle, se débat et, lors d'un instant de lucidité juste avant d'expirer, remarque que la vie lui a donné tout ce qu'elle désirait d'une main avant de le reprendre de l'autre : elle avait épousé l'homme de ses rêves, mais il était amoureux d'une autre femme et, si la vie lui avait donné un enfant, elle savait qu'elle ne le verrait pas grandir et gambader dans les champs après le soleil, comme les autres enfants.

Elle rendit l'âme en ignorant qu'elle avait donné naissance non pas à un mais à deux enfants. Mamo sortit le premier, puis son frère LaMamo, que la sage-femme dut tirer, ce qui lui allongea légèrement le cou.

Les cris perçants des nouveau-nés couvrant la pluie et le tonnerre firent accourir Lamang, qui faisait les cent pas dans la pièce adjacente. Du seuil, il embrassa la scène du regard : la silhouette immobile de sa femme étendue de tout son long sur le lit, la sage-femme pétrifiée répétant à mi-voix : "Elle est morte, elle est morte" et les jumeaux dans les bras de tante Marina. Celle-ci souleva le paquet sanglant et s'approcha de son frère, mais il l'arrêta d'un geste. Jetant un dernier coup d'œil sur la silhouette couverte de sueur, il poussa la porte et sortit sous la pluie.

La pauvre Tabita fut enterrée le lendemain, sous un baobab, dans le cimetière du village. La cérémonie se déroula dans la solitude. Lamang ne se montra pas – la plupart supposèrent que la douleur l'empêchait de venir, mais certains, qui fredonnaient toujours la chanson sur le roi des femmes, disent qu'il avait peut-être rejoint son amante Saraya et ne voulait pas se déranger.

Chaque fois qu'elle relatait ces mêmes événements aux jumeaux, tante Marina ne s'attardait pas trop sur le versant malheureux de l'histoire ; elle se contentait d'effleurer la surface, mettant toujours en avant les revers de fortune et les dénouements heureux des contes. Ainsi, tandis que l'âme de Tabita s'envolait, les grondements du tonnerre devinrent les trompettes des anges annonçant son ascension, et les violents éclairs, leurs flambeaux éclairant le chemin vers sa nouvelle demeure céleste. Puis elle évoquait sa spectaculaire course dans l'obscurité, une course non pas désespérée et maladroite comme dans la vraie vie, mais solennelle, pour porter les jumeaux douillettement emmaillotés dans une couverture jusqu'à la maison de son frère, l'oncle Iliya, où elle annonça la triste nouvelle à tante Amina, la femme de ce dernier. Elle dévoila ensuite doucement le contenu vagissant de son paquet et dit à tante Amina : "Prends-les, ces pauvres orphelins, ils sont désormais à toi. Si seulement j'avais eu un peu de lait dans ces seins rabougris, je m'en serais occupée."

Les jumeaux passèrent leurs trois premières années auprès de l'oncle Iliya, croyant qu'il était leur père, sa femme leur mère et leur cousin Asabar, dont ils partageaient les repas, leur frère. Mais, au bout de trois ans, Lamang brisa l'illusion et les prit avec lui, semant ce jour-là la graine de la haine qu'ils devaient lui vouer – une graine qui, lorsqu'ils grandirent, entendirent la chanson du roi des femmes et apprirent qu'il avait mal traité leur mère, s'enracina profondément.

De son côté, Lamang ne s'intéressa guère à ses enfants, les confiant aux bons soins de leur tante Marina, qui vivait avec eux depuis l'échec de son propre mariage. Les veuves du village passaient de temps en temps aider aux tâches ménagères et faire savoir à Lamang redevenu libre qu'elles étaient disponibles. Il leur souriait et leur faisait des galanteries, mais resta célibataire. Il ne pouvait épouser Saraya, car, après la mort de son mari, elle avait eu une attaque cérébrale qui avait endommagé sa mémoire. Elle ne se rappelait plus que par intermittence le visage de ses proches : sa fille, ses frères et sœurs, et Lamang. Parfois, elle le regardait comme s'il s'agissait d'un parfait inconnu, souriant poliment lorsqu'il s'adressait à elle, mais le regard vide. Pour une fois, le destin semblait avoir pris le parti de Tabita.

LA FIÈVRE

Quand Mamo eut quatre ans, on découvrit qu'il avait hérité de la maladie du sang de sa mère et, pour la première fois, celle-ci reçut un nom : anémie falciforme. Il devait y consacrer un long passage dans la biographie de sa mère, expliquant en détail le fonctionnement chimique et biologique de la maladie. Il peignit aussi le souvenir le plus ancien qu'il en avait, tout en indigo et bleu, et décrivit ce moment comme une "renaissance" ou comme le fait de "sortir d'une grotte" où il demeurait dans le silence et les ténèbres. Il écrit :

J'étais dans la chambre de mon père, perdu dans l'énorme lit à colonnes, partout régnait une pénombre bleutée et j'avais l'impression d'être un dauphin remontant à la surface pour respirer. Une femme étrange près de moi me sourit en murmurant : "Ça va aller, mon petit. Tu seras remis en un rien de temps."

Avec son visage aimable, elle ressemblait à un esprit marin, m'aidant à glisser sur les vagues sans sombrer. Elle avait un nez aquilin, un foulard sévèrement noué en turban d'où s'échappaient quelques mèches grises, mais son regard était doux et réconfortant. Elle dégageait une certaine tristesse, comme si elle avait connu la perte et les chagrins du cœur. Elle posa un tissu humide sur mon front, apaisant la brûlure au fer rouge dans mon crâne. Elle sentait le grand air, l'herbe fraîche et la terre après la pluie.

Je murmurai "maman", la confondant sous l'effet de la fièvre avec ma mère ressuscitée. Je fermai les yeux. Elle était là quand je m'éveillai, quelques heures, quelques jours ou quelques années plus tard. Elle me raconta que j'étais tombé dans un coma dont personne ne croyait que je reviendrais, sauf elle, tant elle était persuadée que j'étais un battant, comme ma mère.

"Tu l'as connue ?

— Oui, je l'aimais beaucoup.

— Qui es-tu ?

— C'est notre tante Marina et elle va vivre avec nous", s'exclama LaMamo en sautant sur le lit.

J'étais heureux. La pièce était sombre, j'avais envie d'air et de lumière. Comme si elle lisait dans mes pensées, elle alla ouvrir la fenêtre : la lumière entra à flots et aussitôt la pièce m'apparut distinctement. Puis la porte s'ouvrit et mon père entra, accompagné d'un homme : ce n'était pas le guérisseur mais le Dr Shangle, un vrai médecin avec un stéthoscope au cou. Comme il posait la main sur mon front, je reculai. Cela le fit sourire. Me soulevant les paupières, il scruta mes yeux puis me tapota la joue.

"Ça va aller", me dit-il avant de rejoindre mon père à la porte et de lui annoncer, après un temps de pause : "Anémie falciforme."

Ces paroles, susurrées sur un ton grave de conspirateur, parvinrent jusqu'à moi. Leur sens m'échappait, mais je savais qu'il s'agissait de moi. J'avais mal à la tête. Je me tournai vers ma tante, qui regardait aussi le médecin, mais elle ne m'adressa qu'un bref sourire avant de se rasseoir.

"C'est une maladie du sang, héréditaire, poursuivit le médecin.

— Sa mère avait la même chose, dit Lamang d'un ton bourru.

— Pas seulement elle, vous devez aussi en être porteur, c'est comme ça que ça marche.

— Son frère est un garçon robuste et en bonne santé, il tient de moi, se défendit Lamang.

— On ne connaît aucun traitement, reprit le médecin après une pause. Il lui faudra ou bien apprendre à vivre avec, ou bien... la plupart des gens atteints de cette maladie meurent avant leur vingtième année.

— Il va guérir, docteur, dit ma tante. Le Seigneur ne l'abandonnera pas."

Tante Marina me sauva d'une mort précoce en m'enseignant comment vivre avec la maladie, et même comment la tourner en dérision. C'était une magicienne, une sorcière des mots. Elle pouvait faire surgir des montagnes et des royaumes sous-marins, rien qu'avec des mots. Je restai en vie jour après jour pour ne pas manquer une nouvelle histoire. Elle était Schéhérazade et moi le roi, mais c'est pour épargner ma vie et non la sienne qu'elle les racontait – du moins, c'est ainsi que les choses m'apparurent.

Pourtant, bien plus tard, je me suis rendu compte que personne ne peut vraiment sauver la vie de quelqu'un et que, quand cela arrive, c'est plutôt un accident que le fruit d'une intention. Les histoires que nous écoutions, nous et les enfants du voisinage, jusque tard dans la nuit, au clair de lune, devant la cuisine en pisé, elle ne les inventait pas seulement pour nous distraire, mais aussi pour retarder le moment de regagner son lit solitaire et de se retrouver face au mur nu qui la narguait chaque soir en lui renvoyant l'image de sa vie ratée : son mari violent lui avait transmis une blennorragie puis, comme elle n'enfantait pas, avait épousé une femme plus jeune devant laquelle elle avait dû s'incliner, réduite au rang de servante dans sa propre maison. Ménage, cuisine et travaux des champs – sans compter les volées de coups la nuit. Lorsqu'elle fut à bout, avec sa bique pour toute compagnie et son bagage sur la tête, elle entreprit le long et déchirant périple du village voisin où elle habitait jusque chez son frère. Ma vie est liée à la sienne comme à celle de mon frère, par un fil droit et sans nœud. Il n'y a pas de mystères, pas de zones d'ombre, rien que de la lumière.

*

Tante Marina ne se répétait jamais, sauf si les jumeaux le lui demandaient. Elle semblait avoir quelque part dans sa ferme une source cachée à laquelle elle venait chaque jour puiser. Le récit que les jumeaux ne se lassaient jamais d'entendre ni leur tante de raconter était celui du mariage. Elle décrivait le flot de parents déferlant dans la cour comme à travers un barrage ouvert, les deux vaches égorgées pour l'occasion et les sacs de riz cuit – et chaque jour, même plus d'une semaine après le mariage, les gens continuaient à s'arrêter chez eux pour manger, car la nourriture refusait tout simplement de disparaître. Pour distraire ses invités, Lamang avait fait venir les meilleurs musiciens et danseurs de la capitale d'Etat, transformant la route devant sa maison en une gigantesque piste de danse.

Quant à la mariée, de l'avis général, on n'en avait jamais vu de plus belle. Tabita, alors âgée seulement de dix-sept ans, arborait aux joues l'air épanoui de la jeunesse tel un arc-en-ciel. Tante Marina montrait du doigt la photographie du mariage sur le mur de la salle à manger : Tabita vêtue d'une simple robe de mariage en coton blanc, le voile relevé, et Lamang, avec sa coupe de cheveux de séducteur, en costume trois-pièces, tous deux souriant à l'appareil. Ils étaient seuls, sans garçons ou demoiselles d'honneur, dans la cour de l'ancienne mission, et derrière eux on apercevait la vieille église avec son toit pentu recouvert de paille.

Tante Marina répétait sans cesse : "Regardez comme elle a l'air heureuse !"

Mamo en conclut que ces récits l'avaient maintenu en vie, il les imaginait s'infiltrant en lui et chassant les globules rouges falciformes à l'hémoglobine défectueuse, qui obstruaient le réseau de ses veines et faisaient douloureusement gonfler ses articulations. Il ne devait la vie ni aux cachets d'acide folique qu'il avalait chaque jour, ni aux légumes verts et au foie qui constituaient la base de son alimentation, ni au soin qu'il mettait à éviter les piqûres de moustique, mais aux histoires de sa tante qui avaient peu à peu magiquement agi sur son corps.

Pourtant, avec le temps, à la dure lumière de la réalité, même les mots magiques de Marina perdirent leur pouvoir – et en grandissant les jumeaux s'aperçurent que, sur la photographie de mariage, le teint vermeil de leur mère recelait une légère et sombre nuance de tristesse et d'appréhension, que la bouche souriante de leur père avait au coin un rictus nerveux et que le couple avait beau se tenir par la main, ils s'éloignaient l'un de l'autre et regardaient ailleurs, comme s'ils attendaient tous deux de l'assemblée qu'elle les délivre. Lamang cherchait sûrement Saraya. Quant à Tabita, elle tendait peut-être ses regards vers son vieux père imprudent, ou vers l'ange de la mort, dont les ailes menaçantes se déployaient déjà en cercle au-dessus d'elle.

TU HAÏRAS TON PÈRE…

Dès qu'il eut découvert à quel point il était différent de son frère et de tous les autres autour de lui et que sa vie ne tenait qu'à un fil, Mamo commença à envisager les choses sous un jour nouveau. L'urgence de vivre l'anima d'une fureur ardente mais parfois vaine. Il apprit l'art d'établir des priorités et, pour mieux cerner ses objectifs, il se mit à tenir un journal intime imaginaire, dont seul son frère jumeau pouvait sonder les profondeurs et dans lequel il inscrivit : *TU HAÏRAS TON PÈRE, IL FAUT QU'IL PAIE.* Les jumeaux n'avaient pas les moyens de le faire expier, mais ils s'y employaient dès qu'il rentrait de ses interminables voyages d'affaires dans la capitale d'Etat et à Lagos. Ils déposaient le scorpion qui passait par là dans sa chaussure ou égaraient ses clés de voiture au moment où il allait sortir. Une fois ou deux, ils avaient envisagé le poison, mais un effroi indéfinissable les avait dissuadés d'en venir à une telle extrémité. Quoi qu'il en soit, ils préféraient lui infliger une mort lente et douloureuse plutôt qu'une balle dans le crâne.

La première fois qu'ils mirent un scorpion dans la chaussure de Lamang, son pied enfla au point de doubler de volume, le cantonnant à domicile une semaine entière. Tante Marina retourna la maison de fond en comble pour débusquer d'autres bestioles. Les enfants l'aidèrent solennellement à sortir les fauteuils, le tapis et la table, sans rien trouver. Quelques mois plus tard, s'enhardissant, les jumeaux profitèrent de ce que leur père était dans la salle de bains pour pénétrer dans sa chambre et cacher le scorpion – une grosse femelle noire enceinte – sous son oreiller. Ils veillèrent toute la nuit, dans l'attente du cri de pure douleur venant de la chambre de Lamang, mais celui-ci sortit le lendemain matin frais et dispo et partit en ville. Les jumeaux se mirent frénétiquement en quête du scorpion, mais sans succès ; les jours suivants, ils se déplacèrent avec appréhension, évitant les sombres recoins et retournant les coussins avant de s'asseoir.

Leur intérêt pour les scorpions déclina lorsque Mamo découvrit sa seconde priorité. Ils venaient d'avoir treize ans. Une nuit, allongés côte à côte dans un champ et contemplant le ciel dégagé de saison sèche, les jumeaux virent passer un avion, la pointe de ses ailes brillant de mille feux.

"Qui c'est ? demanda nonchalamment LaMamo.

— Des gens célèbres", répondit Mamo.

Saisissant dans un éclair aussi étincelant que les ailes de l'avion la solution à sa vie sur terre inéluctablement brève, il murmura : "Nous aussi on pourrait être célèbres. Comme ça, les gens se souviendraient de nous après notre mort." Dès lors, *TROMPER LA MORT, DEVENIR CÉLÈBRE* fut le deuxième commandement gravé dans son journal intime mental. S'il ne devait pas atteindre sa vingtième année – c'était encore faire preuve de trop d'optimisme, les deux autres cas d'anémie falciforme au village ayant succombé avant l'âge de seize ans –, alors devenir rapidement célèbre apparaissait comme la seule solution pour lui assurer l'immortalité.

Quand LaMamo lui demanda comment il comptait s'y prendre, Mamo garda le silence. Il savait que la réponse finirait par venir à lui, tout comme l'idée lui était venue, avec la clarté d'une météorite striant le firmament. LaMamo n'en doutait pas, son frère allait trouver le moyen de les rendre célèbres. En attendant, ne tenant pas en place et pour ne pas perdre de vue leur objectif, ils se mirent à guetter les avions. Debout sur la plus haute colline, non loin de chez eux, ils les regardaient passer – en apercevant certains jours, puis plus des semaines durant – et ils s'imaginaient là-haut, glissant sur les nuages vers une destination lointaine, intéressante et célèbre, délivrés de tout souci. Parfois, leur cousin Asabar, grand et efflanqué, les accompagnait sur la colline. Comme eux, il était en proie à une fureur brûlante et mystérieuse, et les jumeaux lui avaient vendu leur évangile de célébrité et de fuite. Il apportait des magazines de la collection de son père, et Mamo leur lisait à voix haute, sautant les mots d'anglais difficiles, les histoires et les essais les plus intéressants décrivant des villes lointaines et des célébrités. Tandis qu'ils regardaient les photos de femmes, de gratte-ciel, de voitures et de magasins, et caressaient le papier glacé, des soupirs d'envie leur échappaient.

COMMENT ILS TUÈRENT LE CHIEN

Cette année-là, ils tuèrent le chien de la vieille sorcière.

Turbulents, ils avaient grimpé à un des manguiers derrière leur parcelle. L'école s'était terminée tôt en raison de l'investiture d'un nouveau Mai. Le Mai était l'autorité traditionnelle suprême de Keti et des douze hameaux formant le district. La mort de son prédécesseur était survenue brusquement un an plus tôt et, en ce jour, après une longue période de discussions et de tractations menées par les faiseurs de roi, un nouveau Mai avait été élu et tout le village avait accouru sur la place du palais pour assister à son couronnement.

Mamo, LaMamo et Asabar avaient donc tout le verger pour eux. Ils étaient assis sur la fourche des plus hautes branches, les jambes pendantes, la bouche jaune de jus de mangue. C'est au son d'un aboiement bruyant que l'idée germa dans la tête de Mamo. Il s'arrêta de mâchonner un noyau de mangue et dit :

“Vous savez que les chiens ont le don de voir les fantômes et les esprits.

— Comment tu le sais, d'abord ? lui demanda LaMamo.

— Je l'ai lu quelque part, dans un livre”, ajouta Mamo (son frère LaMamo ne sachant pas bien lire) avant de poursuivre : “Si on se frotte les yeux avec leurs larmes, on peut aussi avoir des visions de régions lointaines, de peuples sous-marins et d’esprits, en fait voir tous les êtres dont parle tante Marina.

— Moi, ça ne me dit rien, dit Asabar.

— C’est Duna qu’il nous faut”, suggéra LaMamo, captivé.

Duna était le chien de la vieille sorcière, probablement le plus méchant du village. Les yeux dans les yeux, les jumeaux résolurent de le tuer. Ils descendirent de l’arbre, ramassèrent leurs cartables et prirent le chemin du retour, totalement absorbés par leurs réflexions pour déterminer le meilleur moyen de tuer un chien. Asabar s’éclipsa, prétextant soudain une course à faire pour sa mère. Les jumeaux continuèrent à discuter, puis, à mi-chemin, Mamo s’exclama :

“J’ai trouvé ! Avec des piles !

— Hein, quoi ? s’enquit LaMamo, perplexe.

— On va l’empoisonner avec la poudre noire des piles de radio.

— Mais comment ?

— Viens.”

Mamo courait, son cartable faisait des bonds dans son dos tandis que ses jambes grêles le propulsaient par-dessus les broussailles. Ils habitaient à quelques mètres de la bordure du verger. Partis assister au couronnement sur la place du palais, leur père et leur tante Marina ne seraient pas de retour avant la fin de l’après-midi, quand le soleil rougeoyant dépasse tout juste au-dessus des collines. Ils trouvèrent des piles usées dans le tas d’ordures derrière la remise. *Tiger Head, les piles qui durent plus longtemps.* Ayant déplié de vieux journaux par terre, ils en ouvrirent une, mais furent déçus par le peu de poudre de carbone noire qu’elle contenait.

Prenant une autre pile, Mamo déclara : "Il en faut encore. C'est un gros chien." Lorsqu'ils en eurent assez, ils la transvasèrent délicatement dans des restes de beignets de haricots trouvés dans la cuisine. Cette étape était toute simple : la croûte des acras étant devenue dure et fibreuse, elle ne s'effrita pas lorsque les garçons y firent un petit trou pour les évider, avant d'y verser la poudre par pincées.

Ils furent bientôt de retour dans le verger. La vieille sorcière, Nana Mudo, vivait seule à l'autre bout avec son chien. Elle habitait une petite case de pisé entourée d'une haie faite de paille et de bois. Elle passait ses journées assise sur un rondin, sous un tamarinier dont le tronc avait une forme humaine : on disait que, grâce à sa sorcellerie, elle y avait enfermé son mari. Un sentier conduisant au marché passait devant chez elle et, malgré sa cécité, elle reconnaissait le pas de chacun, l'appelait par son nom et l'assaillait de commérages. Duna, un énorme chien-lion gris, ne la quittait pas ; il aimait gronder et donner la chasse aux passants, surtout aux enfants, tandis que la vieille femme l'encourageait gaiement : "Allez, vas-y Duna, attrape-les ! Ha ha ha !"

Nombre de parents venus se plaindre, traînant leur marmot sanglotant, n'étaient accueillis que par ses ricanements effrénés, ses yeux aveugles brillants de larmes et ses gencives roses et tordues. Elle leur criait : "Vos chérubins n'ont qu'à pas m'appeler «vieille sorcière» !"

Tout en s'approchant de la case de Nana Mudo, ils peaufinaient leur plan :

"Tu feras l'appât. Agite les bras et lance-lui des pierres. Dès que le chien fonce sur toi, cours et grimpe à l'arbre où je t'attendrai. Il va aboyer et je lui jetterai les acras. Des questions ? demanda Mamo.

— Et s'il ne me pourchasse pas ? dit LaMamo en souriant, les yeux brillants d'impatience.

— Ça ne manquera pas", répliqua sèchement Mamo, qui traînait les pieds et tenait les acras d'une main moite.

Ils choisirent un arbre au milieu du verger, petit mais touffu, facile à escalader et à distance raisonnable de la maison de Nana Mudo. LaMamo s'exerça plusieurs fois à courir, à sauter et à s'agripper des deux mains à une branche basse, avant de se hisser plus haut. Il conclut : "Fastoche. Allons-y."

Le verger était calme et sinistre – on était en juillet, la saison des mangues touchait à sa fin et presque plus personne n'y venait à cette époque de l'année. Dans la terre boueuse sous leurs pieds, les noyaux de mangue de la saison précédente avaient déjà commencé à germer. Des insectes et de minuscules grenouilles bondissaient sur leur passage. Il faisait une chaleur moite, les frondaisons des manguiers retenant l'humidité. Mamo ne cessait de s'éponger le front avec sa manche. Nana Mudo était assise à sa place habituelle, sous l'énorme tamarinier noueux, son fidèle compagnon étendu à ses côtés avec sa grosse langue pendante.

"Tu sais ce que tu as à faire ? s'enquit Mamo en s'humectant une fois de plus les lèvres avec la langue tant il avait la bouche sèche.

— Je me montre, je lui lance des pierres et quand il m'a repéré je me mets à courir."

Mamo retourna à l'arbre mais n'eut pas longtemps à attendre. Quelques minutes plus tard, il entendit un aboiement sonore, puis le bruit de pas précipités dans l'herbe, et il aperçut LaMamo filant à travers les broussailles, évitant les arbres. Le chien-lion derrière lui apparaissait comme une boule grise et floue que l'œil n'avait pas le temps de percevoir distinctement. Puis, avec un serrement de cœur, Mamo constata que LaMamo avait manqué l'arbre – ils se ressemblaient tous – et tournait en rond, cherchant désespérément du regard tandis que le chien était prêt à le mordre.

Mamo gronda : "Par ici, ici !" puis sans réfléchir il se laissa tomber et se mit à sauter en agitant les bras dans tous les sens. LaMamo fonça droit sur lui, pantelant ; ils bondirent tous les deux comme des ressorts, attrapèrent une branche et furent hors d'atteinte. Furieux, le chien se précipita vers l'arbre, se dressa sur ses pattes arrière et se mit à gratter le tronc de ses griffes, bondissant et aboyant, les crocs sortis, salivant.

Riant, haletant et tout excité, LaMamo cria à son frère : "Hé ho, où sont les acras ?" Mais Mamo tremblait tellement qu'il ne parvenait pas à faire un geste. Hypnotisé, il ne pouvait détacher son regard des yeux fous et jaunes du chien.

Il désigna du menton le paquet dans la fourche d'une branche au-dessus de sa tête. LaMamo l'attrapa et le lança au chien. Frémissant de rage, Duna chargea puis, sentant une odeur de nourriture, il cessa d'aboyer et y fourra son museau. Tout d'un coup, le chien leva les yeux vers eux et émit un unique grognement avant de se replonger dans le paquet et d'engloutir les beignets. Sa besogne terminée, il se remit à aboyer, mais de moins en moins fort, le poison agissant rapidement. Le chien eut bientôt l'air de se désintéresser d'eux et repartit vers la case d'un pas hésitant. C'est alors que les appels de la vieille femme leur parvinrent : "Duna ! Viens ici, espèce de fou. Duna !"

Le chien se dirigea vers la voix qui semblait proche, remuant faiblement la queue, mais il n'alla pas bien loin. Il s'étendit dans l'herbe et, après quelques sursauts, il s'immobilisa. Les jumeaux murmurèrent :

"Tu crois qu'il est mort ?

— Possible, il a tout mangé."

Ils descendirent prudemment de l'arbre. La vieille femme apparut, tapant avec son bâton devant elle sans cesser d'appeler "Duna !" Mamo fit inutilement remarquer à mi-voix : "Elle n'y voit rien."

Puis elle disparut et sa voix s'éteignit. Ils se précipitèrent vers le chien inerte, consternés par ce cadavre gisant sur le flanc, sans savoir que faire. LaMamo s'accroupit et caressa la robe grise du chien. Elle était encore tiède.

"On prend le liquide et on s'en va.

— Mais comment ?

— Frotte-t'en les yeux", dit Mamo après un temps d'hésitation.

Il eut un mouvement de recul lorsque son frère récolta le mucus sur le bord de l'œil du chien avec l'index puis l'appliqua soigneusement sur sa pupille. L'œil tout gluant, LaMamo vit l'expression de son frère. Il lui dit impatiemment en raclant l'autre œil du chien : "Allez, dépêche-toi, après on y va." Mamo s'agenouilla et lui présenta son œil.

Mais l'opération fut décevante – au début, du moins. Pour ne pas diminuer l'effet du mucus, ils prirent soin de ne pas laver leurs yeux ce soir-là avant d'aller se coucher.

Leur chambre jouxtait celle de tante Marina, à qui il incombait de les faire tenir tranquilles quand leur père voulait la paix, de les réveiller lorsqu'ils oubliaient de se lever et de les coucher quand ils veillaient tard. Mais, ce soir-là, pas un bruit ne sortit de leur chambre. Ils se retirèrent peu après le dîner et chacun se mit au lit, frémissant d'impatience. Ils laissèrent la lanterne faiblement allumée. Mamo sombra le premier dans un sommeil agité, marmonnant tout en se tournant et se retournant. C'est LaMamo qui entendit le petit coup tapé à la fenêtre donnant sur le verger – un tap-tap-tap régulier et insistant. Les yeux fixés sur la vitre, il sentit son corps se glacer sous les draps.

Il grogna : "Mamo, tu entends ?" Sans quitter des yeux la fenêtre, il dégringola du lit, traversa la chambre jusqu'au lit de son frère et le secoua pour le réveiller, bégayant : "Tu entends ?"

Ils tendirent l'oreille : au loin, des chiens hurlaient à la lune, des voix de femmes qui rentraient tard du marché flottaient dans l'air, puis le coup sec resurgit, régulier, insistant, les persiennes amplifiant le son au point qu'il semblait tout droit sorti de leur tête.

Mamo déclara en essayant de dissimuler le tremblement de sa voix : "C'est qu'une branche qui cogne contre la vitre." Il fut rassuré de sentir LaMamo se glisser près de lui, mais ils ne se rendormirent pas aussitôt. Ils restèrent allongés dans la faible lueur de la lampe, les yeux fermés de toutes leurs forces et le corps raide comme un cadavre, tendus comme des radars dans la direction du bruit. Quand le sommeil prit le dessus, ils rêvèrent qu'il pleuvait (ce qui était le cas) et que, le déluge faisant rage, le monde s'assombrissait au point d'engloutir tout rayon de lumière, excepté lorsque d'étincelants éclairs fissuraient subitement le ciel, suivis par le tonnerre. Parmi les manguiers, l'eau était montée jusqu'au niveau de l'épaule, des cadavres passaient en flottant devant la fenêtre, leurs yeux morts brillant comme des lampes.

D'abord venait leur mère, sa bouche s'ouvrant et se refermant comme si elle essayait d'articuler quelque chose, mais l'eau s'engouffrait et noyait ses paroles. Elle luttait contre le fort courant qui l'emportait, son regard triste et brillant fixé sur eux rendant l'eau diaphane. Puis il y avait la vieille femme tenant Duna en laisse. Elle ricanait frénétiquement, bataillant pour maîtriser le chien fou, remontant le courant pour atteindre la fenêtre, tandis que le chien ne cessait d'aboyer à vous glacer les sangs. Une fois arrivée à la fenêtre, elle se mit à tambouriner avec sa canne jusqu'à ce que la vitre se fendille peu à peu.

Les jumeaux se réveillèrent en hurlant. Leurs clameurs redoublèrent quand ils se rendirent compte qu'ils n'y voyaient rien, qu'ils étaient devenus complètement aveugles. Ils s'extirpèrent du lit en rejetant les draps à coups de pied, se cognant l'un à l'autre et heurtant la table, les lits, la chaise et les murs en tentant désespérément de trouver la lumière. Le mucus avait scellé leurs paupières.

“Mamo, j'y vois rien !

— Moi non plus !”

Puis ils entendirent la voix de tante Marina derrière la porte. Ils se jetèrent sur elle, sanglotant de soulagement, et, quand leurs yeux finirent par s'ouvrir, ils l'aperçurent sur le seuil, baignée par les clairs rayons du soleil matinal à l'arrière-plan.

Ce jour-là, le visage de Mamo enfla à cause d'une infection oculaire ; il passa la journée sur le canapé du salon à se tordre de douleur. Piteux, LaMamo lui tint presque tout le temps compagnie, devançant ses besoins et se sentant coupable d'être sorti indemne de l'aventure. Mais son tour vint le lendemain, comme si les fantômes qu'ils avaient tant souhaité voir prenaient plaisir à se venger. LaMamo tomba de tout son poids du flamboyant derrière la cuisine et s'en tira avec une fracture.

Les jumeaux rêvèrent pendant des semaines du chien échoué dans l'herbe, dont les yeux ouverts les fixaient d'un air accusateur. Ils se réveillaient au même instant et se blottissaient dans le même lit, tremblants et regardant la fenêtre fermée, attendant que le jour se lève, jusqu'à ce que le sommeil les gagne.

"Tu crois qu'elle sait ?" demanda LaMamo.

Tante Marina les avait interrogés le lendemain de l'incident : "Le chien de Nana Mudo est mort hier, vous êtes au courant ?" en les regardant droit dans les yeux comme si elle pouvait sonder leur âme. Elle disait toujours : "Nul péché ne reste ignoré", le répétant à présent plus souvent, surtout le soir lorsqu'elle les faisait asseoir pour la prière.

"Seigneur, ayez pitié de nous pauvres pécheurs, entonnait-elle de sa voix tonitruante – tandis que les jumeaux, mal à l'aise, scrutaient ses yeux clos et se regardaient. Seigneur Jésus-Christ, délivrez-nous des scorpions quand nous dormirons dans notre lit ce soir, des vipères venimeuses, car nous sommes Vos enfants. Et quand nous mangeons, protégez-nous du poison versé par l'ennemi…"

PENDANT LA SAISON DE L'HARMATTAN

Avec la mort du chien s'apaisa la fureur de Mamo. Son sommeil fut hanté de courses poursuites bien plus longtemps que celui de son frère. Parfois c'était le chien qui le pourchassait, parfois le déluge qui menaçait de le noyer ou bien ses yeux qui se dilataient, gonflant comme des ballons de baudruche, au point que la douleur persistait même une fois qu'il s'était réveillé, tout tremblant et hurlant. Impuissant, son frère s'asseyait près de lui pour le restant de la nuit. Mamo passait plus de temps alité, les maladies semblant se succéder sans heurt. En novembre, l'harmattan froid et sec commença à souffler – ce vent venu du Sahara avait le don de lui ôter toute vitalité et de le rendre plus vulnérable qu'en d'autres saisons. Il buvait la potion amère à base de feuilles de margousier que lui préparait chaque soir tante Marina, avalant l'essentiel, vomissant le reste, et prenait ses comprimés d'acide folique sans plus remarquer leur goût infect.

A présent que la fracture de LaMamo avait guéri et qu'il n'avait plus d'attelles autour du poignet, il dessinait Mamo lisant dans son lit les bons jours, enveloppé dans ses draps, et frissonnant les mauvais. Sur les esquisses, son visage avait toujours l'air décharné et absent, mais il arrivait que LaMamo essaie de le représenter l'air heureux, souriant et un peu moins émacié, les yeux tournés vers une lumière imaginaire entrant à flots par la fenêtre. A la fin de chaque cycle de maladie, lorsque Mamo se sentait un peu plus vaillant, sa tante l'incitait à sortir une natte et à s'allonger sous le flamboyant, pour que l'air frais lui purifie les poumons. Dans ces moments-là, il faisait un effort conscient pour distraire à son tour son frère en lisant à haute voix le livre qu'il avait sous la main, souvent un roman d'aventures de Wilbur Smith, jusqu'à en avoir des maux de tête.

Asabar venait parfois tenir compagnie aux jumeaux, LaMamo et lui jouaient au ballon, faisant le gardien de but à tour de rôle, mais Asabar arrivait de plus en plus fréquemment ivre, titubant et clamant qu'il était très malheureux. Il avait découvert les plaisirs de l'alcool. Révoltée, tante Marina se détournait en secouant la tête et le sermonnait longuement, assénant que boire était un péché et que tous les ivrognes allaient se consumer en enfer.

Il s'épanchait sans fin : "Mais c'est ça l'enfer, tantine... la vie dans ce village est un enfer... Dis-lui, Mamo, non, pardon, pas toi tu es malade, mais LaMamo, dis-lui que c'est affreux. J'en ai assez d'aller travailler à la ferme et à l'école et..." Pour l'arrêter, tante Marina disparaissait dans la cuisine et lui rapportait un bol de riz ou du *tuwo**.

Tandis qu'il s'apprêtait à plonger ses mains sales dans le bol, elle l'arrêtait d'un cri et l'obligeait à se les laver avant de commencer. Elle marmonnait pendant qu'il avalait la nourriture : "Regarde

* Epaisse bouillie de maïs. *(N.d.T.)*

comme tu es maigre ! Vois à quoi tout ça te mène !"

Lamang ne semblait pas ennuyé par l'attitude de son neveu. Il s'était toujours montré plus indulgent envers lui qu'envers ses propres enfants. Il mettait cela sur le compte de la jeunesse et disait : "Ça lui passera en grandissant."

Après avoir mangé, Asabar allait dans le salon où Lamang écoutait toujours les informations, et les jumeaux les entendaient converser, Lamang partant dans de grands éclats de rire lorsque Asabar le suppliait de l'emmener avec lui dans un de ses voyages d'affaires à Lagos. Il argumentait : "Tonton, prends-moi comme assistant, ou comme garde du corps. Tu voyages beaucoup, il te faut une protection, et puis tu n'as même pas besoin de me payer. Après tout, je suis de la famille, je suis ton neveu..." Lamang riait de plus belle puis répondait :

"Reviens me voir quand tu auras fini l'école. Combien d'années te reste-t-il ?

— J'aurai terminé l'année prochaine. Les jumeaux et moi, nous serons libres."

*

L'harmattan est la saison des moissons.

Tante Marina possédait un immense champ de sorgho, qui n'avait d'abord été qu'une étendue de terre rocailleuse, propriété du clan attribuée à Lamang, qu'il lui avait cédée car il n'en avait pas d'utilité. Au fil des ans, par des négociations obstinées et des tractations compliquées avec les propriétaires voisins, elle avait étendu sa petite parcelle. Chaque année, à cette époque, la maison était envahie par des gens de la famille venus des villages voisins aider tante Marina à faire la récolte. Cette année, ils étaient quatre. Les jumeaux les connaissaient tous de nom, mais les liens exacts qui les unissaient, que tante Marina exposait patiemment chaque année à leur intention, étaient trop embrouillés pour qu'ils s'y retrouvent. Bien qu'âgé seulement de vingt ans, le plus jeune avait déjà femme et enfant. Il possédait aussi un pipeau et, l'année précédente, il avait passé ses soirées à apprendre aux jumeaux à en jouer. Mais seul LaMamo bénéficierait cette année des leçons. Mamo, convalescent, ne quittait pas sa chambre, observant les hommes par la fenêtre. Ils logeaient dans la case ronde de pisé non loin de la cuisine, près du flamboyant.

Le bâtiment principal, face à la cuisine, avait une forme de grand L anarchique. Lamang l'avait construit petit à petit. Son père, un riche propriétaire terrien, avait laissé une parcelle pour chacun de ses deux fils, Lamang et son frère aîné Iliya. Celle de Lamang comprenait deux cases de pisé, auxquelles il avait adjoint la petite portion du L au moment de son mariage, quatorze ans plus tôt. C'était un bâtiment trapu et rectangulaire, composé de deux chambres et d'un salon, pourvu de fenêtres carrées en zinc et de lourdes portes en bois – le travail de maçons locaux plus habitués à utiliser le pisé et la paille. Mais en son temps cet édifice avait incarné face aux maisons voisines à toiture de paille un exemple de splendeur architecturale, l'une des rares du village. Puis, cinq ans après la mort de sa femme, Lamang avait ajouté la plus longue partie du L : tante Marina vivait alors avec eux, et les enfants grandissaient vite et avaient besoin d'espace. En outre, la situation florissante de ses affaires lui permettait cette dépense.

La nouvelle maison avait des persiennes, des moustiquaires et une véranda où, lors de soirées torrides et sèches, Lamang venait parfois écouter la radio. Les ailes ancienne et nouvelle se rejoignaient dans le salon. Les enfants et tante Marina occupaient la nouvelle portion, tandis que Lamang demeurait dans la partie ancienne qui conservait des souvenirs de sa jeunesse. Il adorait rappeler à ses enfants qu'ils ne pouvaient espérer s'élever dans la vie qu'en travaillant dur, et la maison lui servait de métaphore.

Par la fenêtre, Mamo regardait les hommes rentrer de la ferme, fatigués, sales et affamés, mais auréolés de la joie que donne le travail manuel honnête. Ils s'étendaient sous les arbres et sur la véranda, la houe à leurs pieds, racontant les incidents de la journée. Ils étaient à présent assemblés sous le flamboyant à écorcher un lapin. Sur le chemin du retour, LaMamo l'avait surpris et frappé à la tête avec sa houe. En cet instant, il rejouait avidement toute la scène, la manière dont il avait immobilisé le lapin d'une main avant d'abaisser sa houe de l'autre. Mamo décida de se joindre à eux, mais en arrivant il remarqua aussitôt que la conversation n'était plus aussi spontanée et qu'ils se forçaient à s'adapter à lui. Quand il prit conscience qu'ils avaient pitié de lui et de sa maladie, il résolut de se tenir à l'écart. Il les observerait par la fenêtre mais ne se mêlerait à eux que s'il n'avait pas le choix. De toute façon, se répétait-il patiemment, ils seraient bientôt partis, ils ne restaient jamais plus d'une semaine.

L'IMPORTANT, C'EST LA PIÈCE…

Après la moisson, lorsqu'il se sentit plus en forme, quoique pas encore assez pour accompagner son frère au terrain de football, Mamo se mit à suivre sa tante à l'église pour assister aux répétitions de théâtre. Il s'asseyait au fond avec les autres enfants qui, tous plus jeunes que lui, ne voulaient pas quitter leur mère mais s'endormaient toujours au milieu des répétitions, après s'être bien fatigués à courir de long en large dans les allées. Parfois, ils glissaient des bancs plats en bois, leurs yeux s'ouvraient instantanément et regardaient confusément autour d'eux, puis ils s'y hissaient de nouveau et se rendormaient. Dirigée par tante Marina, la doyenne, la troupe de théâtre comptait quinze personnes, des femmes d'une cinquantaine d'années, sauf deux ou trois ayant entre vingt et trente ans. Elles plaisantaient et badinaient tout en mimant, en chantant et en dansant. Mamo les observait, en particulier les plus jeunes, à la peau luisante de vaseline et aux cheveux fraîchement nattés. Parfois, quand elles s'approchaient de lui, il sentait leur parfum de savon, de fumée de bois et de grand air. Abiyatu, la plus jeune, le fascinait. Grande et bien bâtie, elle dégageait une énergie animale, si bien que Mamo suivait du regard ses moindres pas, le moindre balancement de ses hanches ou de ses seins, avec une intensité presque impudique qui lui faisait craindre pour son salut, *a fortiori* lorsqu'il apercevait, suspendu au-dessus de la porte, le Jésus aux yeux bleus qui le regardait. Etant la dernière arrivée, Abiyatu devait travailler plus que les autres pour apprendre son texte, car la pièce ne suivait aucun canevas écrit. Comme la sagesse populaire, les répliques se transmettaient oralement. Malheureusement pour Abiyatu, la personne qu'elle remplaçait était partie brusquement sans lui apprendre son texte.

Plus d'un mois les séparait de Noël, mais la troupe commençait toujours tôt ses préparatifs. Ç'avait beau être chaque année la même pièce, elles abordaient la représentation avec l'enthousiasme d'une découverte renouvelée, et chaque fois le public applaudissait et les acclamait avec une ferveur intacte. La pièce racontait l'histoire de l'arrivée au village en 1918 du premier missionnaire, le révérend Nathan Drinkwater. Les personnages étaient : Drinkwater lui-même (interprété les huit dernières années par tante Marina), son épouse, Hannah Drinkwater (jouée depuis maintenant cinq ans par Amina, la femme de l'adjoint du pasteur) et ses deux filles (il s'agissait de rôles muets, l'essentiel de l'action se déroulant entre Drinkwater et les "autochtones"). Le point culminant survenait au moment où le révérend prend d'assaut l'autel central du village pour renverser les paisibles idoles de leur piédestal. Après quoi, la Bible dans une main et une idole dans l'autre, il se retourne face à la foule surprise à l'extérieur, le regard fulminant, s'avance sur le devant de la scène et s'écrie, citant Josué, XXIV, 15 : "Choisissez aujourd'hui qui vous voulez servir. (...) Mais pour ce qui est de moi et de ma maison, nous servirons le Seigneur." A la suite de quoi il lance l'idole dans un feu de joie. Rideau. Sauf qu'il n'y avait pas de vrais rideaux, puisque la pièce était toujours jouée en plein air, devant l'église, dont les portes servaient pour les entrées et les sorties.

En voyant l'impuissance et le trouble se peindre sur le joli minois en forme de cœur d'Abiyatu, Mamo eut soudain une idée. Le jour suivant, il arriva avec un carnet et prit des notes tandis que les femmes allaient et venaient sur scène. A la fin de la semaine, il avait relevé les répliques de chaque personnage, dans l'ordre. Il alla voir les actrices et leur montra d'un air hésitant son travail, en expliquant : "J'ai écrit tout votre texte, j'ai pensé que cela simplifierait les choses. On peut le taper à la machine si vous voulez, comme ça vous n'aurez pas besoin d'improviser chaque année."

Au début, les femmes n'eurent pas l'air de bien comprendre ce qu'il disait, mais, quand il se mit à lire d'une voix bégayante les répliques devant les matrones amusées, elles écarquillèrent les yeux d'admiration. Comme à tous les "vrais" chrétiens, le "Verbe", le langage écrit inspirait un respect mêlé de crainte, car au commencement était le Verbe et tout ce qui fut créé le fut par le Verbe. Lui touchant la tête, elles déclarèrent qu'il était vraiment intelligent et, quand Abiyatu le remercia en l'enlaçant, il sentit son cœur s'écrier : "Hosanna !" Rayonnante de fierté, tante Marina dit qu'il avait été visité par le Seigneur et que désormais chaque groupe qui jouerait la pièce se souviendrait de lui parce que son nom figurerait sur le texte imprimé. Il intitula la pièce : *L'Avènement.*

Mais, le jour de Noël, en assistant à la représentation, Mamo se rendit compte sur-le-champ que sa version était mauvaise. Ces femmes d'une cinquantaine d'années, l'âge où l'on n'a plus l'agilité mentale d'antan, à présent obligées de s'en tenir mot pour mot au texte, avaient perdu toute leur assurance et récitaient avec raideur et embarras. Même si le public les acclama, rit de bon cœur lorsque l'homme blanc goûte pour la première fois la nourriture locale et pleura quand sa femme recueille les jumeaux abandonnés, Mamo voyait bien que la représentation était dépourvue de la vitalité brute et improvisée qui la caractérisait auparavant.

Il se tenait près d'une jeune fille à peu près de son âge, vêtue d'une jupe et d'un élégant chemisier roses. A l'église, au moment de la collecte, quand tout le monde devait s'avancer, par familles, pour déposer son offrande dans la grosse sébile devant l'autel, il l'avait déjà aperçue et l'avait trouvée très jolie. Elle venait manifestement de la ville. A Noël, les familles qui vivaient dans les grandes agglomérations faisaient le pèlerinage pour retrouver leur famille élargie.

Il lui murmura : "C'est moi... qui ai écrit la pièce." Elle se retourna et le fixa droit dans les yeux. Il se sentit mal à l'aise, excité et stupide à la fois. Il voulait continuer à lui parler sans s'arrêter, mais aucun son ne sortait de sa bouche. Elle semblait hésiter à répondre, puis déclara :

"Pas du tout, je l'ai déjà vue. Ça fait partie de notre histoire.

— Je ne voulais pas dire que c'est moi qui l'ai inventée. Mais j'ai travaillé avec les femmes pour la mettre par écrit. Celle qui dirige la troupe, là-bas, c'est ma tante Marina."

Lisant sur son visage incrédulité et amusement, il lui tendit les feuilles de papier qu'il tenait à la main. Il s'agissait d'exemplaires ronéotypés de la pièce qui portaient tous son nom sur la dernière page : *Par Mamo Lamang*. Il dit : "Mamo Lamang, c'est moi."

C'était la saison de l'harmattan et il faisait froid, mais il sentit la sueur mouiller ses aisselles tandis qu'il attendait sa réaction. La foule acclamait le bûcher des idoles ; au centre de la scène, vêtu d'un short et d'une chemise kaki, de grosses bottes en caoutchouc et d'un large chapeau, le révérend Drinkwater faisait son célèbre discours. Lorsque sa femme Hannah sortit de la forêt en portant deux jumeaux abandonnés, Mamo dit : "Moi aussi je suis un jumeau. Et là où nous sommes se trouvait la forêt maléfique où on se débarrassait d'eux. C'est là que le révérend Drinkwater a édifié sa première mission."

Cela produisit son effet. Elle se présenta : "Je m'appelle Zara. Moi aussi j'écris un roman, mais ce n'est pas facile. Je pense que les écrivains sont des génies, ajouta-t-elle presque comme si elle se parlait à elle-même.

— Je peux y jeter un coup d'œil si tu veux. Tu restes longtemps à Keti ?

— Une semaine. Là-bas il y a mon père, ma mère et ma sœur, dit-elle en désignant à travers la foule un groupe près d'une voiture blanche.

— Ça c'est ma maison", indiqua-t-il.

Il était sûr d'être amoureux.

LE VISITEUR MIRACULÉ

L'année suivante, les jumeaux trouvèrent enfin la solution à leur casse-tête pour devenir célèbres, et leur vie devait en être changée pour toujours. En un instant, les brumes de l'enfance et de l'innocence furent balayées par les bourrasques du temps et de l'expérience. La clé leur fut fournie par le retour de leur oncle Haruna, le plus jeune frère de leur père, de la guerre du Biafra. Il n'avait que seize ans en 1967, lorsqu'il avait quitté Keti pour partir au front ; après la guerre, comme il ne revenait pas, ses camarades jurèrent qu'il avait péri lors d'un des tout premiers assauts. Certains mentionnèrent même la bataille au cours de laquelle il avait succombé, décrivant la manière dont son corps, avec des centaines d'autres, avait été abandonné dans l'ardeur des combats aux bêtes sauvages.

Mais en 1977, sept ans exactement après la fin de la guerre, il revint à Keti.

Mamo était seul chez lui ce jour-là, se remettant d'un nouvel accès de fièvre. Il avait dépassé le portail et scrutait paresseusement la rue poussiéreuse. C'était le mois de mars, la saison sèche touchait à sa fin et on sentait déjà dans l'air les forts effluves rafraîchissants de la pluie dans le lointain ; des colonnes de poussière tourbillonnaient, soulevant des brindilles et des morceaux de papier qui tournoyaient sans fin. Mamo vit apparaître devant lui un homme. Il l'avait vu s'approcher, marchant dans sa direction, mais l'homme avait ensuite quitté la route et disparu. Il se tenait à présent devant Mamo, l'air échevelé, son épaisse tignasse tout emmêlée, sa barbe et sa moustache se rejoignant en cercle aux coins de sa bouche. Ses vêtements étaient en lambeaux, il semblait les porter depuis longtemps. Les lèvres émergeant de sa barbe touffue étaient toutes crevassées et saignaient quand il parlait. Mamo ne comprit pas tout de suite ce qu'il disait. Il chercha dans sa poche une pièce à lui donner, le prenant pour un mendiant – puis l'homme parla de nouveau, de façon plus audible, demandant :

"Est-ce que je suis chez Musa Lamang ?

— Oui, répondit Mamo en reculant d'un pas à cause de la forte odeur que dégageait l'homme.

— Tu es son fils ?

— Oui, répondit Mamo après un temps d'hésitation.

— Alors tu dois être un des jumeaux, reprit l'homme en ébauchant un sourire et en se passant la langue sur les lèvres. Moi… je suis ton oncle Haruna. Je suis parti à la guerre."

Il s'exprimait d'une voix tremblante, battant des paupières comme s'il avait besoin de toute son énergie pour mener à bien cette conversation. Mamo répéta, dubitatif : "Mon oncle ?" puis s'interrompit. L'homme tanguait d'avant en arrière, comme si une main invisible le manipulait, comme s'il était sur le point de tomber.

"Vous voulez vous asseoir ? Est-ce que je peux vous apporter de l'eau ? demanda Mamo en tendant instinctivement le bras. Mon père n'est pas là."

L'homme continuait de sourire, humectant ses lèvres gercées, mais à son air abattu on aurait dit qu'il allait fondre en larmes. Mamo dit : "Venez vous asseoir." Ils rentrèrent côte à côte, Mamo se tenant prêt à le rattraper, sans toutefois le toucher. L'homme s'affaissa sur la première marche de la véranda et laissa choir à ses pieds son sac de jute déchiré. Dans un soupir, il demanda de l'eau.

Mamo rapporta de la cuisine une calebasse pleine. Les mains de l'homme tremblaient et il éclaboussa son tee-shirt crasseux. Il la but tout entière et la reposa à côté de lui, laissant une goutte de sang sur le rebord. Ses yeux se fermant, il articula : "Je suis très fatigué", s'allongea lentement sur les marches de la véranda et ajouta : "Je reviens de si loin, j'ai mis si longtemps..." Il fut rattrapé par le sommeil avant d'avoir terminé sa phrase. Le surplombant, Mamo scruta le visage à l'envers, tout barbu, la bouche découvrant largement des chicots jaunis. Son père était en voyage d'affaires et Mamo ne savait pas quand il devait rentrer. Tante Marina ne reviendrait pas de la ferme avant une heure avancée. LaMamo jouait au football – et il ne serait pas moins pris au dépourvu par la situation que Mamo. Le mieux était encore, décida celui-ci, de consulter l'oncle Iliya.

Même s'il s'agit de mon oncle Haruna, se dit Mamo en route vers l'école de Keti dirigée par l'oncle Iliya, *je me demande bien si ses frères et sa sœur eux-mêmes vont pouvoir le reconnaître.* Le visage que dissimulait la barbe avait l'air tellement fatigué et émacié qu'il ne ressemblait certainement pas à ce qu'il était dix ans plus tôt. Mamo, âgé seulement de quatre ans quand son oncle était parti pour le front, n'avait aucun souvenir de lui. Il ne le connaissait qu'au travers des histoires de famille dans lesquelles il était toujours idéalement représenté comme un héros ayant courageusement donné sa vie pour son pays. On ne disait jamais de mal de lui. Tante Marina évoquait toujours avec nostalgie sa gentillesse, sa sollicitude envers leurs parents, l'âge qu'il aurait eu s'il était encore vivant, et elle versait quelques larmes avant de soupirer : "Dieu a ses raisons."

Mamo sentit l'excitation monter en lui et, oubliant sa faiblesse, il parcourut presque en courant la distance qui le séparait de l'école située quelques mètres derrière l'église. Si cet homme était bien l'oncle Haruna, alors il s'agissait d'un jour exceptionnel, comme si un mort revenait à la vie.

L'oncle Iliya était en train de faire cours. Mamo se posta bien en vue à la porte. Tous les élèves se mirent à le dévisager avec curiosité. Lorsque son oncle l'aperçut, il s'excusa et sortit, l'air mécontent.

"Est-ce que tout va bien ? demanda-t-il à Mamo en le prenant par le bras pour l'éloigner de la porte.

— Un homme vient d'arriver à la maison, il dit qu'il est l'oncle Haruna.

— Haruna est mort à la guerre, dit Iliya.

— A mon avis, il faut d'abord que tu le voies. J'ai l'impression qu'il ne ment pas.

— Où est-il en ce moment ?

— A la maison.

— Tu as laissé cet étranger seul dans la maison ?

— Il est malade."

L'oncle Iliya alla brièvement dire un mot à ses élèves, puis il ressortit et entraîna Mamo.

L'homme n'avait pas bougé d'un pouce. Sa tête reposait sur son bras droit, le sac à ses pieds. Les mouches bourdonnaient gaiement autour de sa bouche béante aux lèvres crevassées. Il ronflait plus profondément, sifflant par le nez, et son épaisse moustache se soulevait et retombait à intervalles réguliers. L'oncle Iliya monta les marches et regarda l'inconnu, lui tournant la tête de droite et de gauche pour bien l'examiner. Il resta là longtemps, et Mamo attendit à ses côtés en l'observant. Puis il se redressa, inspira profondément et déclara : "C'est lui. Mais il faut encore avoir la confirmation de Marina."

Il gravit les dernières marches et pénétra dans le salon. Mamo le suivit, des centaines de questions lui brûlant la langue comme du piment. L'oncle Iliya laissa la porte ouverte et le rideau relevé ; il s'assit face à l'embrasure, de façon à ne pas perdre de vue la silhouette étendue. La perplexité animant son visage lui faisait froncer les sourcils et, chaque fois qu'il changeait de position sur son fauteuil, il marmonnait : "C'est à n'y rien comprendre, ça n'a pas de sens…"

Assis près de son oncle, Mamo finit par demander :

"Et maintenant ?

— Le pauvre homme, qui que ce soit, a besoin d'être soigné. Ses jambes sont enflées, endolories, regarde son visage. J'espère simplement qu'on ne va pas avoir un mort sur les bras. Mais je ne peux rien entreprendre avant le retour de Marina. Tu sais quand ton père doit revenir ?

— Non."

Iliya redevint silencieux, fixant toujours intensément l'homme endormi et, chaque fois que celui-ci remuait, il se levait brusquement et allait jusqu'à la porte, avant de se rasseoir quand l'homme s'apaisait. A la longue, il se mit à parler sans s'arrêter et sans regarder Mamo : "Je ne savais même pas qu'il était parti à la guerre du Biafra. J'y étais aussi quelques mois plus tôt. La dernière fois que je l'ai vu, il n'avait que quatorze ans. Je vivais alors en ville. Je me souviens simplement qu'il était très proche de Marina, ils ne se quittaient pas, même s'ils n'avaient pas la même mère. Nous avions tous des mères différentes. Comme c'était plutôt un enfant fragile, cela m'a étonné d'apprendre son départ pour la guerre. C'était le benjamin et tout le monde le gâtait à le rendre idiot, surtout les femmes – il y avait beaucoup de femmes à la maison. Mon père, ton grand-père, en avait trois, il était très riche, à un moment il possédait plus de chèvres que n'importe qui d'autre au village, mais ses enfants n'arrêtaient pas de mourir – sur les onze à peu près qu'il a eus, cinq seulement ont survécu. De ceux-là, je suis l'aîné, puis vient Marina, ensuite ton père, puis Pandi, qui est mort à l'âge de quinze ans, et enfin Haruna. Pandi et Haruna avaient la même mère. Elle n'était pas d'une nature très heureuse et le départ de Haruna lui a brisé le cœur, puis Pandi est mort et elle l'a suivi peu après." Iliya débitait ces paroles un peu comme un automate, comme s'il voyait projeté sur un écran devant lui le passé qu'il évoquait.

"Pour moi, la guerre s'est terminée en 1968, quand j'ai reçu une balle dans le bras, dit-il en soulevant la manche gauche de sa chemise, qui était vide. J'ai passé les mois restants de la guerre dans un hôpital militaire à Kaduna. Ç'a été une période horrible, j'ai vu plus de morts et de souffrance que pendant la Seconde Guerre mondiale."

“C’est bien lui, annonça tante Marina en montrant une longue cicatrice à l’intérieur du poignet droit de l’homme. C’est là qu’il s’est coupé le jour de mon mariage.”

Mais il était désormais clair que quelque chose clochait chez l’oncle Haruna : il semblait incapable de se souvenir. Il parla peu, les larmes coulant simplement sur son visage quand il se réveilla et vit devant lui son frère et sa sœur. Lorsqu’ils l’interrogèrent sur ce qui s’était passé, d’où il venait, son regard se vida, et plus il essayait de se concentrer et de se souvenir, plus il devenait agité et plus il pleurait. Mettant cela sur le compte de l’épuisement, ils le laissèrent tranquille. Marina lui prépara un lit dans la case à côté de la cuisine et oncle Iliya lui apporta des vêtements. Ils brûlèrent ses haillons sur le tas d’ordures près de la remise. Il prit un bain dans de l’eau bouillante, mangea et se rendormit presque aussitôt.

“Et si c’était un fou qui se fait passer pour l’oncle Haruna ? chuchota LaMamo à Mamo.

— Mais non, la cicatrice sur son poignet le prouve”, répondit Mamo sur le ton de celui qui sait.

Après tout, c’est lui qui l’avait découvert. Il avait raconté à l’envi l’histoire de l’homme apparaissant devant lui comme par magie et la manière dont il l’avait hardiment fait entrer et lui avait donné à boire. Tout le monde le félicitait : “C’est courageux, tu as fait ce qu’il fallait faire !”

Lamang revint ce soir-là et se joignit à l’effervescence générale. Il entra dans la case où son frère dormait et en ressortit avec un grand sourire. Faisant un de ses gestes grandiloquents, il déclara : “C’est sûr, c’est lui. Il faut fêter ça !”

Le lendemain, tout le village se réunit pour ce que Lamang avait appelé des "retrouvailles" et tante Marina une "action de grâce". Il y avait de la nourriture en abondance : on égorgea une chèvre et les femmes entraient dans la cuisine et en sortaient, portant sur des plateaux des assiettes en plastique pleines de riz qu'elles distribuaient aux hommes assis sur des bancs ou sur des nattes sous les arbres et sur la véranda. Ils échangèrent des poignées de main avec Haruna, le regardant dans les yeux et s'exclamant : "C'est un miracle ! Il n'est jamais rien arrivé de pareil à Keti !"

Assis sur un tabouret, le Dr Njengo tenait la jambe de Haruna dont il tamponnait les plaies avec du désinfectant avant de les bander. Ils se trouvaient devant la nouvelle demeure de Haruna, la case à gauche de la cuisine, parmi les femmes qui bavardaient et mangeaient, assises sur des nattes ou des tabourets. Njengo n'était pas vraiment médecin. Plus jeune, il avait été le préposé à la trousse du Dr McGraw, un médecin et botaniste amateur, Ecossais venu à Keti étudier les plantes médicinales du Nord-Est du Nigeria. Celui-ci avait mis en place le premier dispensaire de Keti, où il traitait gratuitement les affections bénignes. Il avait choisi Njengo pour le servir car sa mère, Iya Tabak, une guérisseuse, connaissait le nom et l'usage de chaque plante de la brousse. Son fils avait hérité de son don et devait lui succéder mais, lorsque l'homme blanc s'en alla – après avoir effectué des milliers de dessins des plantes avec d'abondantes annotations –, Njengo reprit le dispensaire.

L'oncle Haruna était à présent entouré de ses anciens camarades de l'armée et de ses amis d'enfance, qui formaient un demi-cercle autour de lui, chacun essayant de placer un mot sur la guerre, sur le passé ; mais lui, assis sur un fauteuil, les pieds bandés posés sur un tabouret, se contentait de les dévisager, un sourire figé aux lèvres, sans rien dire, et il approuvait vigoureusement d'un signe de tête à chaque souvenir évoqué. Bien qu'il fût rasé et reposé, son regard trahissait une grande lassitude. Sans sa barbe, ses pommettes saillaient, lui donnant l'air décharné et affamé. Ses cheveux étaient plus blancs que bruns.

La voix du griot, Toma ou "l'unijambiste" comme on l'appelait depuis qu'il avait perdu une jambe pendant la guerre civile, s'éleva au-dessus des autres, faisant revivre le passé. Tout le monde se tut. Les gens s'approchèrent et, même s'ils avaient pour beaucoup déjà entendu plusieurs fois les histoires de guerre civile de Toma, ils écoutèrent ce jour-là avec une attention renouvelée. Il dit : "Il y eut d'abord en 1966 des rumeurs de massacres. Nous avions appris par des voyageurs et par la radio qu'Ojukwu, le chef ibo, préparait la partition du pays, et déjà tout le monde avait le nom de l'autre pays à la bouche : Biafra. Puis les émeutes se déclenchèrent dans des villes éloignées comme Kano et Kaduna : partout les Ibos étaient pourchassés et tués, chaque jour ils quittaient le Nord par cars entiers pour gagner leurs villes natales du Sud-Est avec le peu qu'ils pouvaient emporter. Il y avait aussi un exode dans l'autre sens : les gens du Nord craignant pour leur vie fuyaient les territoires ibos. Et même dans l'insignifiante et lointaine bourgade de Keti commencèrent à s'allumer les feux de la discorde.

Dans la mémoire de tous, les Ibos de Keti avaient toujours été là. Ils avaient épousé des gens d'ici, avaient prospéré et avaient même leur chef à eux, M. Eme, propriétaire du plus grand magasin du marché, qui vendait des robes, des chaussures et toutes sortes de vêtements pour hommes. Je me souviens du jour où la violence déferla à Keti. Le crieur public avait annoncé ce jour-là qu'il ne fallait pas laisser sortir les enfants parce que les rues n'étaient pas sûres. Tout le monde le sentait sauf les Ibos eux-mêmes. Ayant à peine entendu le crieur, un homme du nom de LaMasa se précipita chez M. Eme pour l'avertir, mais celui-ci ne le crut pas et le dénonça à la police comme fauteur de troubles, ce qui lui valut d'être placé en garde à vue. Les combats commencèrent à six heures du soir précises. Voilà ce qui arriva : M. Eme avait un ami d'ici appelé Ando, qui vint comme d'habitude lui rendre visite. M. Eme avait une arme, une carabine, qu'il gardait toujours par terre près de son fauteuil dans le salon. Tout d'un coup, Ando se pencha et s'empara de l'arme, avant de se précipiter dehors, où un attroupement l'attendait. C'était un coup monté. Ainsi périt M. Eme. Oui, j'étais là, j'ai assisté à toute la scène. Mais ce n'était pas beau à voir, croyez-moi.

Haruna ici présent était avec moi. Eme reçut un coup de couteau et fut matraqué à mort, puis son corps brisé fut abandonné dans le caniveau devant chez lui. Le peuple était complètement déchaîné, on aurait dit qu'il ne se connaissait plus. John, le frère d'Eme, fut taillé en pièces dans le magasin – il était en train de fermer quand la horde lui tomba dessus. Tel fut le début des combats à Keti, qui se prolongèrent toute la nuit. Certains réussirent à s'enfuir dans les villages voisins, d'autres purent être cachés par des amis, mais la plupart furent tués."

Toma poursuivit : “Environ un an après le massacre, à la suite du déclenchement de la guerre civile qui avait entraîné le départ de nombre de nos frères aînés à l’armée, Haruna et moi errions sans but dans le village quand nous sommes tombés nez à nez avec un agent du district et son cortège de policiers. Il s’arrête et nous donne cinq shillings à chacun en nous disant que, pour en recevoir encore, il faut nous présenter à l’arbre à palabres tôt le lendemain matin. Un de ses hommes nota nos noms. Nous nous présentâmes le lendemain puis, de là, nous fûmes tous emmenés au palais du Mai, où sept camions nous attendaient. Un employé faisait l’appel et, lorsque nous entendions notre nom, nous recevions dix shillings avant de monter à bord. Nous étions plus de deux cents, tous de Keti et des villages alentour. Nous avions pour la plupart moins de quinze ans, mais personne ne se préoccupa de savoir notre âge. Nous fûmes transportés du palais à la capitale d’Etat. Après quelques jours, le temps de subir un examen médical et physique, ceux qui avaient réussi le test repartirent pour Bauchi, où nous restâmes environ deux semaines. Nous étions tellement excités que nous n’avions guère le temps de songer à la guerre qui nous attendait. Nous étions jeunes, avions de l’argent en poche et voyions du pays.

Un beau jour arrivèrent des camions de l’armée qui nous emmenèrent à Kaduna, où devait commencer notre entraînement avec le 5e bataillon. De là, nous fûmes envoyés à Lagos, où notre groupe initial se trouva dispersé. Haruna et moi fûmes affectés à la garde fédérale de la caserne de Dodan. C’est seulement des mois plus tard que nous partîmes au front, alors que la guerre avait progressé très avant en territoire biafrais. Le Bénin et tous les Etats du Centre et de l'Ouest avaient été repris par les troupes fédérales. Après deux mois au Bénin, nous poursuivîmes jusqu'à Asaba, puis d'Asaba à Omarina, et ainsi de suite.

Je vais maintenant vous raconter mon premier jour au front. C'était à Omarina, une petite ville sans importance, mais il fallait la prendre pour pouvoir avancer. Nous arrivâmes le soir, alors que la nuit tombait et que la jungle dense alentour était plongée dans des ténèbres de brume et d'ombres. Nous prîmes la relève des soldats dans les tranchées, attendant que l'ennemi entame les hostilités. Nous étions deux par tranchée, chacune séparée de la suivante par un mètre cinquante. L'ennemi n'attaqua pas avant les premières lueurs de l'aube, au moment où les ombres et la brume commencent à se lever au-dessus des arbres – alors les premiers coups de feu retentirent. Un incident comique se produisit : l'un des hommes dans la tranchée à côté de la mienne, un adolescent plus jeune que moi, se mit à crier, demandant la permission d'aller dans la brousse faire ses besoins pressants. Notre chef, un jeune lieutenant ayant déjà l'expérience du front, lui cria d'un ton furieux de se soulager sur place. Je n'oublierai jamais sa façon de miauler et de pleurer comme un chat en ôtant sa ceinture et en baissant son pantalon. Nous fîmes à peine attention à lui, car les combats avaient commencé.

Les villages étaient toujours déserts quand nous y arrivions, même si de temps en temps il restait les gens âgés et les malades qui n'avaient pas pu s'enfuir. Parfois, il n'y avait que des cadavres entassés. D'autres fois, quelques personnes sortaient de la brousse et se rendaient de leur plein gré, poussées hors de leur cachette par la faim. Le souvenir le plus fort que je garde de la guerre date de 1970, quand je perdis une jambe. Nous étions à Ughelli et cette année-là il avait plu comme jamais auparavant, sans interruption pendant des mois et des mois. Nous ne pouvions entrer dans les tranchées car la terre était trempée jusqu'au niveau du genou, au point qu'il fallait évacuer les blessés en pirogue. Nous restâmes des jours entiers dans l'eau et la boue, comme des poissons. Il nous avait fallu bâtir une sorte de structure de branchages, quatre piquets plantés droit dans la boue, puis d'autres par dessus pour former une surface sur laquelle nous étendre. Nous dormions ainsi, mais seulement quand les combats se calmaient, ce qui n'arrivait pas souvent. Le reste du temps, nous le passions dans la boue, avec les serpents et les rats. Je me rappelle encore les rats. Nos jambes moisissaient dans les bottes, et beaucoup d'hommes sont aujourd'hui handicapés à cause de cela. Certains devinrent fous et se précipitèrent vers les tranchées adverses en hurlant avant de se faire abattre. D'autres se tirèrent une balle dans le crâne avec leur propre arme.

C'est une mission qui me valut de perdre ma jambe. Trois d'entre nous furent envoyés pour faire sauter un pont. Eh bien… ce fut un échec. Notre sergent fut tué d'une balle, l'autre, un simple soldat comme moi, fut fait prisonnier. Par chance, je ne fus touché qu'à la jambe, mais je n'eus la vie sauve que parce que je restai à plat ventre une journée entière dans une anfractuosité sur la berge d'une rivière. Je pus m'échapper la nuit venue."

*

La fête marqua l'apogée du retour de Haruna, après quoi une routine quotidienne s'installa peu à peu. Il se levait, prenait un bain, mangeait, dormait et, certains jours, surtout les jours de marché, Toma et ses autres camarades apportaient une bonbonne de bière qu'ils buvaient ensemble en riant et en chantant des chants de guerre. Mais l'esprit de l'oncle Haruna refusait de se rappeler le moindre événement antérieur à son arrivée à Keti. Le médecin de l'hôpital, qui passait de temps en temps le voir, dit qu'il s'était retiré en lui-même et qu'il finirait par guérir avec le temps.

Les jumeaux se penchaient au-dessus du muret bordant la véranda et dévisageaient leur oncle, se demandant à quoi il pensait, assis devant sa case et souriant à tous les passants. Ils étaient époustouflés par la célérité avec laquelle il décortiquait les arachides ou fabriquait de la corde le soir avec tante Marina. Il avait à côté de lui une petite cuvette dans laquelle il trempait le chanvre avant de le lisser entre ses mains pour en chasser l'eau et palper la fibre à la recherche de cassures, puis il réunissait les extrémités et les tordait. Son esprit avait beau paraître coupé du passé, l'aisance de ses gestes semblait vouloir prouver que ses mains ne l'avaient pas oublié. Parfois, la nuit surtout, des bribes de souvenir lui revenaient, et alors il faisait les cent pas dans sa chambre jusqu'à l'aube, parlant fort comme s'il s'adressait à quelqu'un d'autre, avant que le silence ne retombe. Le médecin déclara qu'il perdait la tête. Le matin suivant de tels accès de souvenirs, il ne mangeait presque pas et restait assis le regard fixe, sans son sourire habituel ; peu à peu tout le monde s'y habitua et plus personne ne fit attention à ses sautes d'humeur.

Mais ce qui impressionnait surtout les jumeaux, c'est que tout le village continuait à parler de lui, de ses aventures – des exploits et des actes héroïques imaginaires lui étant attribués même par ceux qui ne le connaissaient pas. La plupart des gens l'appelaient simplement "Soda". Ils hélaient les jumeaux en demandant : "Comment va Soda aujourd'hui ?" ou : "Salue Soda de notre part." C'est de cette célébrité-là qu'ils rêvaient.

Un jour où Mamo était seul à la maison avec son oncle, il s'assit en face de lui sur un tabouret. Haruna plongea la main dans le sac d'arachides à côté de lui et se mit à les décortiquer.

"Bonjour, tonton, lança Mamo.

— Bonjour, garçon.

— Tonton, parle-moi de la guerre, demanda Mamo en souriant.

— La guerre, dit-il, répondant au sourire de Mamo avant que la lassitude n'envahisse de nouveau son visage – comme Mamo l'avait observé si souvent dès que quelqu'un mentionnait ce sujet.

— Oui, la guerre du Biafra."

Son visage prit un air absent et ses mains ralentirent leur rythme. Mamo reprit : "Tu as tué des gens ?" mais, comme son oncle ne disait plus rien, il se leva. Alors il entendit : "J'avais un ami, tiens. On faisait route ensemble. Il s'appelait Chris." Mamo se retourna. La voix lui était parvenue distinctement, comme la première fois qu'il était apparu au portail en guenilles et les lèvres crevassées.

Mamo se rapprocha et s'enquit :

"Vous êtes allés où ?

— En Afrique."

Après une longue pause, Mamo dit : "Qui est Chris ?"

Mais l'oncle s'était remis à décortiquer les arachides, le regard absent. Mamo savait qu'il ne servirait à rien d'essayer de le faire parler. Ainsi se déroula la vie de l'oncle Haruna, étale, à décortiquer des arachides, à fabriquer de la corde et à regarder au loin, jusqu'à son suicide six mois plus tard. Cela n'eut rien d'intéressant ni de spectaculaire : il vaqua à toutes ses occupations ordinaires et, le lendemain matin tôt, tante Marina le trouva pendu au flamboyant dans la cour de derrière. Elle le décrocha et le coucha dans son lit sur le dos, comme s'il dormait, le drap remonté jusqu'au menton, avant d'aller chercher Lamang.

C'est lors de son enterrement, en écoutant les oraisons funèbres prononcées par les amis et la famille de Haruna, évoquant sa gentillesse, sa loyauté et par-dessus tout son dévouement à sa patrie, que les jumeaux prirent leur décision. Etre soldats pourrait les rendre eux aussi célèbres, se dirent-ils, et, dans leur esprit enflammé d'adolescents, ils se voyaient sur un champ de bataille au loin, entourés de cadavres, certains morts sous leurs coups, restant seuls debout, maîtres de l'étendue devant eux. Dans les villages éloignés qu'ils auraient libérés de quelque méchant tyran, disparaissant dans le crépuscule et la fumée des combats – tous les villages ressemblaient à Keti –, les femmes les attendraient avec des guirlandes. Puis, une fois devenus riches et célèbres, ils rentreraient chez eux, hissés au rang de légendes vivantes.

Mais les mois passèrent et ils attendaient, n'osant pas franchir le pas et s'enfuir de chez eux. Un jour, Mamo tomba sur une petite annonce cachée quelque part au cœur d'un journal rapporté par leur père : l'armée recrutait dans la capitale d'Etat. Le texte était accompagné de la photographie d'un jeune soldat, l'uniforme impeccablement repassé, le fusil négligemment posé sur l'épaule comme s'il s'agissait d'une simple canne.

Le moment était venu de partir.

LE PONT PRÈS DE L'ABATTOIR

Ils s'en allèrent par un matin pluvieux de septembre. C'était l'aube, mais il faisait aussi noir qu'à minuit, et ils entendaient la pluie et le vent tordant et déracinant le maïs dans la cour devant leur fenêtre. La pénombre régnait dans la chambre, qu'une seule bougie éclairait, vacillant et menaçant de s'éteindre chaque fois que LaMamo ouvrait les persiennes pour scruter les ténèbres. Il marmonnait sans cesse :

"Ça ne veut pas s'arrêter, c'est le genre d'averse qui dure des jours et des jours. Je t'avais dit qu'on aurait dû partir plus tôt…

— Hé, dit Mamo en se levant du lit et en collant son oreille contre la porte, écoute."

Un bruit de pas, puis la porte d'entrée qui s'ouvre. Leur père était déjà levé, il avait dû aller aux toilettes dans la cour de derrière.

Ils n'avaient pas prévu de lui faire leurs adieux. La distance entre les jumeaux et lui n'avait cessé de se creuser – c'est pourquoi ils s'étaient aperçus qu'ils ne pouvaient pas le blesser vraiment. Il ne passait qu'une semaine par mois avec eux et, chaque fois qu'il rentrait, il les regardait avec étonnement, comme s'il se rappelait brusquement leur existence. Il devait toujours faire un effort pour se souvenir de leur prénom et, une fois ressaisi, il les confondait immanquablement, même si les jumeaux ne se ressemblaient pas. La seule personne à qui ils auraient voulu dire au revoir était tante Marina, mais ils savaient que ses larmes, comme des chaînes, les attacheraient à la terre et qu'ils ne pourraient pas s'envoler. Ils lui laissèrent un mot.

Il était presque cinq heures du matin. Ils avaient prévu de partir vers quatre heures en direction de la capitale d'Etat par le car qui s'arrêtait deux fois par jour au village, le matin et le soir à six heures. L'arrêt se trouvait de l'autre côté de la rivière, à environ une demi-heure à pied – peut-être quarante minutes sous la pluie.

Mamo déclara : "Il faut attendre" en se laissant retomber sur son lit. Il avait à ses côtés un sac en toile contenant tout le nécessaire pour le voyage : des habits, une paire de chaussures de rechange, une trousse avec tous ses médicaments, quelques vieux livres déchiquetés et leurs certificats de naissance et de scolarité. Mamo avait en poche toutes leurs économies, trois cents nairas prélevés sur l'argent que leur avaient donné des parents, des associés de leur père et même de temps en temps leur père, lorsqu'il était d'humeur démonstrative.

En allant ouvrir la fenêtre, LaMamo maugréa : "On va sûrement manquer le car." Mamo protégea la flamme de la main. Derrière le muret bas ceignant la parcelle se trouvait le verger de manguiers – invisible, recouvert de feuillages, d'ombres et de la rumeur insistante de la pluie sur les feuilles et la terre.

"Bon, on partira ce soir.

— Pas question, il faut y aller tout de suite. On peut encore y arriver."

LaMamo ramassa le sac et fut dehors en un éclair. Mamo s'attarda un peu, jetant un regard circulaire dans la petite chambre – aux peintures et aux dessins de LaMamo collés sur les murs blanc cassé avec de longs morceaux de scotch, aux quelques romans posés sur la table contre le mur, aux deux coffres en bois identiques sous chaque lit, contenant leurs habits, et au carton dans le coin rempli de vieux livres et autres babioles. Un sentiment de panique l'étreignit puis se dissipa, et il rejoignit son frère dans le hall. Dehors, il faisait un noir de poix ; ils descendirent à tâtons les marches de la véranda jusqu'à sentir la boue et la pluie. Même s'ils ne distinguaient rien, ils surent qu'ils avaient dépassé la cuisine à leur droite, puis la case suivante et, quand ils arrivèrent au portail, ils trouvèrent sans hésiter la poignée. A l'extérieur de l'enceinte, le vent était plus fort et ils s'adossèrent au mur, face au sombre et humide verger de manguiers au-delà duquel ils atteindraient la route. La pluie tombait à verse et l'eau s'infiltrait par le col de leur chemise, si bien que, malgré leurs imperméables en plastique, ils furent bientôt trempés jusqu'aux os.

“On aurait dû prendre une lampe de poche, dit Mamo.

— Je peux encore aller la chercher, proposa LaMamo.

— Trop tard. Donnons-nous la main pour ne pas nous perdre”, répondit Mamo en avançant.

Mais cela rendait leur progression difficile, car, même une fois qu'ils furent sortis du verger de manguiers, l'obscurité était toujours totale. Or tous les espaces vacants du village avaient été continûment plantés de maïs et de sorgho, grâce auxquels le village devait subsister en septembre et octobre en attendant les importantes récoltes des fermes éloignées au fin fond de la brousse. L'un derrière l'autre, ils creusèrent leur sillon à travers les plantes mouillées aussi hautes qu'eux ; LaMamo menait et son aîné venait derrière, s'abritant derrière lui des feuilles et de la pluie. Chaque fois qu'un éclair transperçait le ciel, ils voyaient tout autour d'eux les tiges de maïs couchées au sol, brisées et déracinées par le vent.

Le chemin était devenu une rigole dans laquelle coulait une rivière bouillonnante. A leur droite, la silhouette de l'église apparut dans l'ombre, se précisant à chaque éclair. Les branches de l'énorme margousier devant elle se tordaient dans le vent comme des bras qui cherchent à attraper quelque chose. La maison après l'église appartenait à leur oncle Iliya. Quelques mètres avant l'enceinte, à gauche, au bord du chemin, se trouvait une petite case qui se nichait sous le figuier sycomore, dont une fenêtre s'ouvrait et se fermait dans le vent et où brillait une lumière. Leur cousin Asabar, qui était de la partie, les attendait. Ils apercevaient par la fenêtre étroite sa maigre silhouette tout habillée couchée en travers du lit, ses chaussures couvertes de boue pendant dans le vide.

LaMamo frappa un grand coup à la porte. Après un long moment, Asabar grogna, d'une voix qui semblait ivre :

"Qui est là ?

— C'est nous, les jumeaux. Ouvre."

Debout dans l'embrasure, Asabar titubant scruta les deux silhouettes qui se précipitèrent à l'intérieur. Une lampe à pétrole répandait sa lueur jaune et souffreteuse dans la pièce. Asabar était mouillé, sa chemise luisante de boue – il devait être tout juste rentré et avait dû tomber plusieurs fois.

"Il pleut, hurla Asabar à pleins poumons. Il pleut il pleut...

— Tu as bu", tempêta LaMamo avant de se tourner vers son frère : "On ne peut pas l'emmener, il est soûl.

— Hein, quoi ? bredouilla Asabar en regardant ses cousins l'un après l'autre. Qu'est-ce que ça veut dire, ça, je ne peux pas venir avec vous ? Je ne suis pas tellement soûl.

— Tu ne vois pas que c'est très sérieux ? Tu ne peux pas t'en passer ne serait-ce qu'une fois ? le réprimandait LaMamo. On fugue, il pleut, on est presque en retard pour le car et, et...

— Et et quoi ? se moqua Asabar, l'imitant et éclatant de rire – tout en continuant de tanguer et de s'appuyer contre le mur grossier de pisé rouge.

— Il va dessoûler sous la pluie", dit Mamo.

Ils se mirent en route. Asabar n'emportait presque rien, juste une chemise et un pantalon dans un sac en plastique. Il babillait, allant d'un jumeau à l'autre en les tirant par le bras, indifférent à la pluie qui n'était plus que crachin. Les jumeaux ne s'occupaient pas de lui, ils marchaient vite, la tête baissée, l'obligeant à se taire pour ne pas se laisser distancer. Un peu plus loin, il se retourna et fixa la maison de son père, qu'on pouvait à présent distinguer, puis il enfouit la tête dans ses mains et se mit à sangloter en déclamant : "Adieu, ma patrie, ma mère, mes frères et sœurs. Il se peut que je ne vous revoie jamais sur cette terre. Demain à la même heure, on sera dans la capitale, dans l'armée, et après, eh bien après...

— Continue à avancer, dit LaMamo.

— Oui, après ça on continuera à avancer !"

*

Des années plus tard, Mamo écrivit que juste après avoir quitté la chambre d'Asabar il avait senti tout au fond de lui que les choses allaient mal tourner. A chaque pas, il s'attendait à ce que le vent leur assène un énorme tronc sur la tête ou à ce qu'un incendie venu du ciel s'abatte sur eux et les réduise en cendres. Mais rien de tel ne se produisit – du moins, pas jusqu'à la rivière.

La rivière Keti coule du nord au sud à l'est du village et, ce matin-là, elle grondait et écumait de rage. Les hauts roseaux et les cannes à sucre qui bordaient ses rives étaient couchés au sol, à moitié engloutis par la boue. Dans les premières lueurs de l'aube, l'étroite passerelle, le seul moyen de traverser la rivière pendant la saison des pluies, apparaissait gisant sur l'autre rive, sa structure d'acier, de bois et de béton ayant été arrachée et éparpillée comme si un géant avait joué avec avant d'en disperser les morceaux par ennui.

Désignant les piliers de béton brisés émergeant sur les rives, Asabar annonça : "Il n'y a plus de pont." La pluie et les bourrasques avaient commencé à le dégriser. La passerelle était le chemin le plus court menant à l'arrêt de car, environ à dix minutes de marche. L'autre pont, pour les véhicules, était à une demi-heure de marche de là, et ensuite il fallait encore vingt minutes pour rejoindre l'arrêt. Ils ne pouvaient donc plus y arriver à temps. Debout sur la rive, ils écoutaient le bruit de l'eau et, dans la clarté grandissante, la déception se peignit sur leurs visages mouillés.

"On prendra le bus de ce soir, dit Mamo lentement, d'un ton résigné, comme s'il se parlait à lui-même.

— Avant midi, le niveau de l'eau sera redescendu, et alors on pourra passer à gué."

Ils décidèrent de patienter dans l'ancien abattoir abandonné non loin de la rivière. Mamo traçait la route à travers les herbes à éléphant mouillées jusqu'au grand bâtiment vide. L'abattoir avait constitué la dernière tentative du président du gouvernement local pour propulser Keti dans les temps modernes. Le bâtiment se composait d'une salle centrale semblable à une grotte, où avaient lieu l'abattage et l'équarrissage des bêtes. Il y avait là des cuves retournées, des robinets, des tapis roulants ainsi qu'une chaîne mécanisée d'abattage à même de traiter plus de vingt têtes de bétail par heure. Mais, moins d'un an après la mise en service du bâtiment par le gouverneur d'Etat, les bouchers l'avaient déserté sans mot dire pour revenir à l'ancien marché aux bestiaux. Ils prétendaient que le nouvel abattoir était trop loin du centre du bourg, ce qui leur avait fait perdre le plus gros de leur clientèle. Le bâtiment se dressait désormais solitaire et abandonné, les villageois ayant "emprunté" tout ce qu'il contenait d'amovible pour s'en servir chez eux.

"Attention aux serpents, prévint LaMamo au moment où ils pénétraient dans la salle sombre.

— Je vais attendre ici", dit Asabar en s'arrêtant sur le seuil.

Les jumeaux ne tardèrent pas à le rejoindre sur les marches, dissuadés de s'aventurer plus avant par l'obscurité et les sons inquiétants de rongeurs détalant et de reptiles rampant. La pluie avait cessé. Loin par-delà les arbres, les tiges de maïs et les roseaux émergeant au fur et à mesure que les nuages se dispersaient dans le ciel, ils entendaient le grondement de l'eau, les grenouilles et le gazouillis des insectes. Sur les contreforts à l'ouest, à moins de trois kilomètres de là, le village se détachait lentement à travers les brumes de la pluie.

Ils n'avaient pas encore passé une heure sur les marches que Mamo se mit à frissonner, le front moite non pas de pluie mais de sueur. Il resserra son imperméable autour de ses frêles épaules et serra les genoux contre sa poitrine pour se réchauffer.

"Ecoutez, dit Asabar en levant la main et en dressant la tête, la rivière s'est calmée.

— Tu as raison", confirma LaMamo en descendant les marches pour mieux entendre.

Il était à présent près de huit heures. Les voix des paysans venus constater les dégâts dans les champs, dont les silhouettes n'étaient pas visibles depuis les chemins, parvenaient jusqu'à eux. Asabar se leva et rejoignit LaMamo mais, quand Mamo voulut faire de même, ses genoux se tordirent et il retomba sur les dures marches de béton.

"Ça va ? s'enquit LaMamo en se précipitant vers lui.

— Je ne me sens pas bien du tout, répondit Mamo, dont le dépit était palpable. J'ai de la fièvre, mais ça va aller."

Il avait froid malgré la sueur qui luisait sur son front. Quand il parlait, ses dents claquaient fort. LaMamo s'assit lentement près de lui, laissant choir le sac de toile entre ses jambes.

"On devrait peut-être rentrer tout de suite, dit-il en regardant son frère – sa voix trahissant un mélange de sollicitude et de déception.

— Ça va aller. Il faudra simplement m'aider à traverser la rivière, c'est tout."

Bientôt, il ne put plus tenir assis. Les articulations de ses bras et de ses jambes étaient en feu et il fut pris de nausée. Il s'étendit sur les marches glacées, sans cesser de marmonner à ses compagnons au-dessus de lui : "Ça va passer dans une minute."

Asabar lança un regard en direction de la rivière, puis de LaMamo.

"Qu'est-ce qu'on fait maintenant ?

— On le ramène dedans. Il fait froid ici."

Ils aidèrent Mamo à se lever et à rentrer. Ils l'avaient à peine installé contre le mur qu'il s'affala. Asabar et LaMamo s'assirent de chaque côté. Ils connaissaient tous deux l'anémie falciforme de Mamo, et ils savaient au fond d'eux-mêmes que cela signifiait peut-être la fin de leur aventure. Mais le plus important à présent était de le ramener avant que son état n'empire. Asabar s'enquit :

"Combien de temps dure une attaque ?

— Ça s'appelle des crises.

— Combien de temps dure une crise ?

— Ça dépend."

D'un air absent, LaMamo donnait des coups dans le sac entre ses jambes écartées. Il l'ouvrit, en sortit une chemise et un pantalon, et dit : "Il faut lui mettre des vêtements secs." Une fois changé, Mamo se leva et marmonna qu'il se sentait déjà mieux. Lorsque Asabar retourna dehors, LaMamo répéta :

"On rentre. On recommencera une autre fois. Je suis sûr que l'armée recrutera aussi l'année prochaine…

— J'ai dit que je me sentais déjà mieux, s'entêta Mamo en fixant la porte ouverte par laquelle avait disparu Asabar. Je serai remis quand le car du soir passera."

Il sortit des cachets de son sac et se mit à les mâcher. Asabar rentra en annonçant qu'on voyait les paysans par la fenêtre. LaMamo le rejoignit. Ils entendaient des voix excitées à travers les arbres et les hautes herbes. Les hommes allaient voir le pont arraché.

Les garçons se rassirent. Au-dessus d'eux, dans les angles des grosses poutrelles en acier, des hirondelles avaient bâti leur nid, dont elles descendaient en piqué en trissant avant de s'envoler par les fenêtres béantes avec une précision tout à fait troublante. Les portes et fenêtres vides et vandalisées accentuaient l'immensité de la salle. Mamo ferma les yeux et fut pris d'hallucinations, voyant des chèvres et des vaches à l'abattage, du sang giclant sur les murs tandis que le boucher leur tranchait la gorge d'un geste sûr, et entendant l'espace se remplir de leurs cris de terreur, amplifiés à l'infini par la concavité caverneuse de la salle. Lorsqu'il ouvrit les yeux, tout lui apparut soudain nettement, jusqu'aux moindres détails du lieu : les insectes rampants dans les coins obscurs, le trait de lumière sur les tables et les murs, et même les anciennes taches de sang oubliées sur le sol – il sentait une odeur d'excréments, de sueur, de sang et d'urine. L'air se réchauffait peu à peu ; dans l'après-midi, avec le soleil l'eau allait s'évaporer du sol, des feuilles et des flaques, et l'humidité ambiante alanguirait et ferait transpirer tout un chacun. Mamo s'appuyait sur un coude, le visage luisant et moite, faisant des efforts immenses pour dissimuler sa souffrance. LaMamo observait les oiseaux sur les poutres. Ils attendaient.

Une heure plus tard, Mamo haletait, couché sur le dos, les lèvres desséchées et fendillées, tournant la tête de droite et de gauche à cause de ses douleurs articulaires. LaMamo ôta son tee-shirt et se mit à l'éventer, murmurant continuellement : "Il faut appeler quelqu'un."

Asabar assistait à la scène sans rien dire. Lorsqu'il en eut assez d'être assis, il se mit à regarder fixement par la fenêtre en direction de la rivière. LaMamo se leva brusquement pour le rejoindre et, sans un mot, il sauta dans l'embrasure et fonça vers la rivière. Asabar se retourna vers Mamo, couché face contre terre tout frissonnant, puis il appela LaMamo pour savoir où il allait. Celui-ci répondit sans ralentir en indiquant la rivière. Il disparut dans les hautes herbes et, quelque temps plus tard, revint avec son tee-shirt à la main trempé et dégoulinant. Il en tamponna le front brûlant de son frère. Au bout d'un moment, Mamo ouvrit les yeux et se redressa.

Il marmonna : "Ecoutez, ça va aller. Je vais rester allongé ici et attendre qu'il fasse moins chaud, après je rentrerai à la maison. Mais vous, continuez, ce n'est pas la peine qu'on rentre tous…"

Asabar se taisait sans détacher son regard de LaMamo, attendant qu'il approuve ou désapprouve son frère, mais la flamme de sa préférence se lisait dans ses yeux impatients. Il marcha un moment de long en large puis sortit. LaMamo se leva et le suivit jusqu'à la porte. Un vautour, les ailes détrempées pendant contre ses flancs, plongea sur la dernière marche en se secouant. LaMamo lui lança avec cruauté un caillou et le regarda détaler à petits bonds disgracieux vers la brousse. Fronçant intensément les sourcils, il descendit les marches puis remonta. Ils entendirent Mamo s'approcher derrière eux et le virent se tenir au montant de la porte, le visage révulsé.

"C'est…, commença LaMamo avant que son frère ne lui coupe la parole.

— Ne discute pas, vas-y. Ça m'est vraiment égal. Pars maintenant et, quand tu te seras installé quelque part, je te rejoindrai.

— Bon, d'accord, dit LaMamo sans enthousiasme – avant d'aller d'un bond chercher le sac dans l'abattoir et de rendre ses affaires à Mamo.

— Garde tout l'argent, tu en auras plus besoin que moi", dit Mamo.

Assis sur la plus haute marche, l'air abattu, Mamo essayait manifestement à grand-peine de retenir ses larmes. Ils lui serrèrent solennellement la main et se mirent aussitôt en route vers la rivière. Il les suivit des yeux jusqu'à ce qu'ils disparaissent derrière les arbres, puis, baissant la tête, il laissa les larmes rouler sur ses joues.

Un peu plus tard, le bruit de pas pressés le fit sursauter. Il essuya en hâte ses larmes, pensant qu'il s'agissait de quelque paysan rentrant chez lui. Mais LaMamo se tenait debout devant lui, les yeux aussi embués de larmes. Mamo se leva et les jumeaux s'étreignirent en silence, puis LaMamo promit : "Je te ferai venir dès que j'aurai une situation. C'est juré. Ne retombe pas malade."

Mamo le suivit de nouveau des yeux et se sentit tel un prisonnier, retenu captif par le village, ses immenses collines, ses vallées et ses cours d'eau. Plus que jamais, il était persuadé qu'il était voué à mourir jeune.

Il resta sur les marches jusqu'à ce que le soleil soit passé derrière les collines, que l'air soit devenu frais et que les insectes et les oiseaux aient commencé à entonner leur chant du soir. Alors il se leva et prit le chemin du retour.

L'AUDITEUR SILENCIEUX DE TOUTE CONVERSATION

LE CHRIST EST LE CHEF DE CETTE MAISON, L'INVITÉ INVISIBLE DE CHAQUE REPAS ET L'AUDITEUR SILENCIEUX DE TOUTE CONVERSATION. Ces mots étaient gravés sur une plaque de plastique bleue au-dessus de la porte du salon. Ils étaient ornés de luxuriantes feuilles de vigne dorées enroulées autour de chaque lettre, tandis qu'une pomme rouge, dont la peau cireuse était tentante, formait le point final de la phrase.

Enfant, peu après avoir appris à lire, Mamo s'était inventé une histoire autour de ces mots : il imaginait un Christ affamé et fantomatique, rôdant sans être vu pendant que la famille mangeait, étendant de temps à autre une main griffue par-dessus l'épaule de quelqu'un pour saisir dans un plat un morceau de poulet ou un acra. Parfois, surtout quand il était alité avec de la fièvre, il entendait dans son délire des pas derrière la porte et pensait que le Christ, l'auditeur silencieux, collait sans bruit son oreille contre le trou de la serrure en retenant son souffle pour écouter.

Lamang se racla bruyamment la gorge et demanda :

“Et vous pensiez aller où comme ça ?

— A Tombouctou”, répondit Mamo d'un air morne, disant la première chose qui lui passait par la tête.

Il s'était écoulé une semaine depuis le jour à l'abattoir, mais c'était la première fois qu'il sortait de sa chambre, et la première fois qu'il se retrouvait face à son père et abordait ce sujet. Il était resté sept jours allongé, fiévreux, vomissant tout ce que sa tante Marina le forçait à avaler, sans se soucier des allées et venues frénétiques de son père dans le couloir ni des questions douces mais fermes posées par tante Marina pour savoir où était son frère. La nuit, des visions de la rivière grondante, du pont arraché, de l'abattoir désaffecté avec ses vautours lançant leurs cris perçants au-dessus de l'entrée emplissaient ses rêves fébriles, puis revenait encore la rivière emportant son frère, de plus en plus rapidement, et il avait beau courir de toutes ses forces sur la rive, il ne pouvait aller aussi vite que les flots et devait assister, impuissant, à l'engloutissement de son frère dans les remous.

La nuit précédente, il n'avait pas fait ce rêve et, au matin, la fièvre étant tombée, il s'était senti assez d'aplomb pour prendre un bain. Après quoi il s'était forcé à avaler une mixture de haricots et d'épinards cuits dans de l'huile de palme, une bouillie que sa tante Marina lui préparait pour la convalescence. A présent, son père l'avait appelé au salon. Ils étaient tranquillement assis depuis plus de dix minutes, Lamang faisant semblant de parcourir un livre pour faire monter la tension. Il utilisait sa fameuse méthode de niveau trois, qui ne manquait jamais de faire perdre toute contenance aux jumeaux avant même qu'il se mette à parler. Pourtant, ce jour-là, Mamo remarqua à peine le lourd silence, le dur froncement de sourcil, le son menaçant du pied martelant le sol sous la table. Son esprit était vide, il sentait encore dans sa bouche le goût aigre de la fièvre et fixait de ses yeux jaunes la pancarte en plastique sur le mur derrière son père. Lamang répéta après un long silence : "A Tombouctou ?" Alors Mamo se mit à improviser lentement, comme un automate :

"On voulait partir… en bateau… sur le Niger, comme Mungo Park… mais dans l'autre sens, en remontant de Bussa vers Bamako, puis se rendre jusqu'à Tombouctou…, égrenait-il en évitant le regard de son père (dont il suivait du coin de l'œil les expressions changeantes passant de la surprise à la colère puis à l'effarement).

— Mungo… qui ? finit par demander Lamang lorsque Mamo s'interrompit.

— Park, l'explorateur. C'était un…

— Peu m'importe, coupa Lamang, incapable de se contenir plus longtemps. Dis-moi juste où se trouve ton frère.

— En route vers Tombouctou.

— Pour quelle raison ? demanda encore Lamang après un temps, se radoucissant.

— On avait envie de partir", dit Mamo, qui commençait presque à croire à sa propre histoire.

Il se représentait déjà son frère et son cousin en pirogue sur le Niger large et peu profond, un magnifique coucher de soleil derrière eux. Lamang resta un long moment silencieux et Mamo attendait, prenant plaisir à voir son père sur des charbons ardents. Une expression pensive se peignit peu à peu sur le visage renfrogné de celui-ci, comme s'il voyait Mamo pour la première fois.

"Bon, dit enfin Lamang en émettant un petit rire insouciant qui ne masquait pas l'énervement et le désir d'être blessant dans sa voix, tu as de la chance de n'être pas allé bien loin, avec ce corps débile que tu as, sinon ce ne serait pas la même histoire. Tu crois que les gens auraient dit quoi si tu étais mort là-bas ? Ils me reprocheraient de ne pas avoir veillé sur vous, de vous avoir chassés de chez moi. Dis, est-ce que vous manquez de quelque chose ici ? Est-ce que je ne vous ai pas donné tout ce dont toi et ton frère avez besoin ?"

Mamo avait envie de répondre : *Oui, tout ce qu'il nous faut, sauf ton amour.*

"Mais pourquoi est-ce que je te demande tout ça ? Tu n'es même pas capable de comprendre ce que je dis. Pour avoir envie d'aller à Tombouctou en bateau, il faut… il faut n'avoir pas de cervelle du tout. Maintenant écoute-moi bien, je ne suis pas en colère après toi, j'espère simplement que cela te servira de leçon et qu'à l'avenir tu ne nous causeras plus de soucis. Ce que je veux que tu fasses, c'est que tu envoies sur-le-champ un mot à ton frère, que tu lui dises ce que je viens de te dire, que je ne suis pas en colère et que je ne le punirai pas de s'être enfui. Dis-lui juste de rentrer tout de suite. Compris ? Tout de suite."

Mamo voyait tous les efforts que son père faisait pour ne pas taper du poing sur la table ni se hisser sur la pointe des pieds comme un animal prêt à bondir sur sa proie. Il déclara d'une voix monocorde : "Je n'ai aucun moyen d'entrer en contact avec lui." Il prenait un immense plaisir à croiser le fer avec son père et il avait grand mal ne serait-ce qu'à dissimuler la jubilation sur son visage.

"Mais tu as sûrement un moyen de communiquer. Vous n'avez rien prévu… ?

— Non, on s'est séparés très vite, il a dit qu'il écrirait, expliqua Mamo – tandis que son père s'agitait sur son siège, son front se couvrant lentement de rides comme dessinées par un pinceau.

— Ecrire, écrire, oui mais quand ? Toi… l'aîné… je te croyais plus raisonnable que ça… Maintenant il est parti, tu sais bien qu'il se comporte parfois comme un imbécile. Je te tiens pour responsable… n'oublie pas ça. S'il lui arrive quoi que ce soit, c'est toi qui…"

Oubliant toute retenue, Lamang cria ces derniers mots en assénant son poing sur la table. Sous la porte, Mamo aperçut l'ombre projetée par les pieds de tante Marina, qui attendait dehors, prête à intervenir s'ils en venaient aux mains. Elle avait une préférence pour Mamo, tout comme Lamang préférait LaMamo. Les rares fois où celui-ci avait daigné s'intéresser à ses enfants, c'est LaMamo qui avait retenu son attention. Il se vantait parfois auprès de ses amis de la ressemblance frappante entre eux. Sur la photographie posée sur la table, la seule représentant leur famille, prise quand les jumeaux avaient cinq ans, Lamang tenait LaMamo sur ses genoux, Marina était assise à gauche, son foulard lui couvrant presque entièrement le visage, et de Mamo on ne voyait qu'une tache au-dessus de l'épaule droite de sa tante. Très tôt, Mamo avait appris à rester à l'arrière-plan avec son corps malade, à observer de l'extérieur. Il pensait souvent que c'était lui l'auditeur silencieux de toute conversation.

Après cette discussion, il se cantonna dans sa chambre, affinant son art déjà très au point d'éviter son père. Son état stagnait, car cette fois il ne s'agissait pas que d'anémie falciforme, mais aussi d'une torpeur mentale qui refusait de le quitter.

Chaque fois que les paroles de son père lui revenaient, il était assailli par un sentiment de culpabilité, comme la bande-son du rêve récurrent du torrent emportant son frère : "S'il lui arrive quoi que ce soit, c'est toi qui..." Il n'avait jamais eu beaucoup d'amis en dehors de son frère et d'Asabar, mais, à présent qu'il se retrouvait seul pour la première fois de sa vie, il se rendait compte du besoin qu'il avait eu de leur compagnie. Il mangeait à peine et dévorait les livres, ramassant parfois par terre un bout de papier qu'il lisait sur place avant de poursuivre sa route. Son père levait les yeux vers lui, dans l'expectative, chaque fois qu'il passait dans le salon, comme s'il allait lui donner des nouvelles de LaMamo. Dans ces moments-là, Mamo était tenté d'avouer la vérité, mais il s'arrêtait toujours à temps. Avouer aurait été une manière de renoncer à sa position de supériorité en partageant ce qu'il savait avec son père. Or il ne voulait pas apaiser l'esprit de celui-ci – à quoi bon ? Pour une fois, il avait envie d'être le tortionnaire. Après tout, il était persuadé que son père ne se souciait pas tant du sort de son fils loin à Tombouctou que de ce que les gens pourraient dire de sa fuite.

ASABAR

Asabar revint un mois et deux jours exactement après son départ sous la pluie à l'abattoir. L'après-midi touchait à sa fin et Mamo était dans sa chambre, absorbé par sa lecture, plissant les yeux dans la lueur vacillante de la bougie, lorsqu'il entendit la voix de tante Marina disant : "Entre, il est là." Alors la porte s'ouvrit et Asabar apparut derrière le mince rideau.

"Asabar ? s'écria Mamo en sautant du lit et en secouant vigoureusement le bras de son cousin. Asabar !"

Mais celui-ci ne manifesta pas le même enthousiasme. Il avait une mine sinistre, son regard sensible de poète était absent et épuisé, comme hanté par le souvenir d'une expérience atroce. Avant que Mamo ait pu ajouter quoi que ce soit, il dit : "Je suis de retour." Puis il alla s'asseoir sur une chaise près de la table, effectuant une torsion pour regarder le milieu de la pièce où se tenait Mamo.

"Où est LaMamo ?

— Je l'ai laissé à la frontière tchadienne. Il allait rejoindre l'armée rebelle au Tchad. Je suis rentré parce que je... je... ben, parce que je voulais rentrer.

— La frontière tchadienne", répéta Mamo en s'asseyant sur son lit, désireux d'en savoir plus.

Ils étaient arrivés tard ce jour-là dans la capitale d'Etat, raconta Asabar. Ils avaient passé la nuit dans un abribus à la gare routière, puis, tôt le lendemain matin, ils étaient allés se présenter à la caserne, où ils avaient rencontré d'autres adolescents impatients de s'engager dans l'armée, mais le recruteur, après avoir lu la date figurant sur leurs actes de naissance, les avait renvoyés sans ménagement. Il avait froissé les feuilles dans sa grosse main, les agitant sous leur nez, la moustache hérissée d'irritation.

"Alors ça vous croyez c'est bon faire perdre le temps l'armée ? Vous êtes fous ? Nous on dit on veut dix-huit ans minimum, et vous là vous venez avec seize ans minimum – vous croyez que le travail là de l'armée c'est pour petits nenfants ou quoi ? Allez, disparaissez avant j'ai dit trois. Un... deux... Vous êtes encore là ? Je vais vous flanquer..."

Ils traînèrent deux jours dans la capitale, se remettant lentement de leur désillusion et ne sachant pas quoi faire. Ils envisagèrent même de rentrer, mais LaMamo eut alors l'idée de remonter le fleuve Niger. Il expliqua à son cousin : "Mamo et moi on a souvent rêvé de faire ça un jour. C'est le moment d'y aller pour de vrai, s'écria-t-il en le secouant par l'épaule. Nous sommes libres, il n'y a personne pour nous en empêcher. Tu imagines, Asabar !"

Ils prirent un car de nuit jusqu'à Kaduna, mais une fois là-bas ils renoncèrent à leur projet. Un vieux négociant qu'ils avaient croisé dans le car s'était moqué d'eux quand ils l'avaient évoqué devant lui, en disant : "Sur le fleuve jusqu'au Mali. *Haba kai !* Vous devez être deux rêveurs, plus personne ne fait le voyage en bateau de nos jours. De plus, le fleuve s'est largement asséché.

Pourquoi n'allez-vous pas au Tchad, en partant de Katsina ? De là, vous pourrez gagner le Mali par la route, ce n'est pas très loin. Je l'ai déjà fait moi-même."

Ils restèrent deux semaines à Kaduna, dormant la nuit avec les gamins des rues dans des abris de fortune à la gare routière et, le jour, admirant les bâtiments, les voitures et l'incroyable masse de gens dans les rues. Leur argent s'épuisa rapidement et pour subsister ils travaillèrent comme vendeurs au marché, aidèrent à charger et décharger le bétail et le maïs des camions, nettoyèrent les enclos pour les animaux et allèrent chercher de l'eau dans des puits terriblement profonds pour remplir les abreuvoirs. Ils n'avaient jamais autant trimé de leur vie, mais ils n'avaient pas le choix. Ils ne mangeaient qu'une fois par jour, le soir, achetant de la bouillie de millet et des acras sur les étals au bord de la route. C'est là qu'ils entendirent par hasard un groupe de trois garçons peuls idéalistes qui parlaient d'aller dans le Nord, à la frontière avec le Tchad, rejoindre les soldats rebelles. Comme les deux cousins, c'était aussi des aventuriers qui aspiraient à voir le monde au-delà de leur petit village. L'un d'eux, Idrissa, avait l'air plus instruit que les deux autres. Il dit que dans cette armée on avait de l'argent et on se battait le moins possible, et que de toute façon on ne risquait pas la réclusion à perpétuité, puisqu'on pouvait déserter n'importe quand. Mais Asabar à présent avait le mal du pays et l'exaltation de la fuite s'était depuis longtemps émoussée. Lorsqu'il proposa à LaMamo de rentrer, celui-ci le toisa d'un air méprisant, ce qui le fit taire sur-le-champ. LaMamo devenait de jour en jour plus agressif et plus imprévisible, il partait parfois seul et Asabar ne le voyait plus jusque tard dans la soirée, quand il revenait à l'abri.

Les trois adolescents, Idrissa, Jabbo et Saleh, leur parlèrent d'une petite ville au nord de Katsina, où des miliciens de l'armée rebelle tchadienne venaient chaque mois recruter de jeunes soldats. Dans le camion qui les emmenait à Katsina – plein de négociants haoussas avec leurs chèvres, leurs poules et leurs sacs de noix de cola –, les pensées d'Asabar étaient aussi désolées que le paysage qui défilait de chaque côté de la route. Les villages aux cases de pisé à toit de paille, avec leur enclos à bétail derrière, étaient rares et éloignés les uns des autres. La terre alentour ne portait aucune verdure et on n'apercevait que des dunes de sable s'étendant sans fin. De temps à autre, un margousier ou un cactus rabougri et isolé surgissait, comme s'il voulait conférer une touche de couleur ou de variété au paysage. Le seul changement venait avec la nuit, qui rendait tout encore plus lugubre.

De Katsina, ils gagnèrent à pied un village frontalier appelé Iyaka. Par une coïncidence mystérieuse, ils apprirent de source locale qu'un milicien était attendu deux jours plus tard. LaMamo exultait. Serrant la main d'Idrissa et prenant son cousin dans ses bras, il criait : "Enfin ! Enfin !"

Asabar commença à préparer dans sa tête la manière dont il allait annoncer à LaMamo qu'il rentrait, sans cesser de prier pour qu'un chamboulement perturbe leurs projets. Mais le milicien arriva comme promis. Ils le rencontrèrent dans un bâtiment en pisé couvert de paille, qui servait de bar et portait le nom assez grandiloquent d'*Hôtel El-Duniya*, gribouillé à la craie sur une planche de bois devant l'entrée. Le bar se trouvait au cœur de cette étendue de sable stérile, à distance du village proprement dit, et il était tenu par un Ibo revêche qui déposait dans un grand fracas les boissons sur les tables en bois et lançait aux clients des regards noirs comme s'il les mettait au défi de ne pas payer. La salle était disposée dans un enclos carré derrière le bâtiment de pisé, avec des tables et des chaises en bois branlantes serrées les unes contre les autres. Un petit groupe électrogène bruyant et fumant fournissait l'électricité.

Ils attendirent vingt minutes l'arrivée du milicien. Puis, désignant l'entrée, Idrissa murmura : "C'est lui… à mon avis." L'homme resta un instant debout sur le seuil, le visage directement éclairé par l'ampoule verte en surplomb : il avait la peau basanée (ce devait être un Arabe ou un Berbère), des cheveux courts emmêlés sur le crâne comme s'il venait de prendre une douche ou avait mis trop d'huile pour les lisser et une cicatrice qui déformait la moitié gauche de son visage, du front à la lèvre supérieure en évitant l'œil de justesse.

La première question qu'il posa à Asabar et à LaMamo fut : "Vous avoir quel âge ?" Il le dit en français et Idrissa tenta de traduire comme il put. Il commanda une bière par personne.

"Je parler anglais, interrompit-il avec impatience, l'air très intéressé. Nous aimer beaucoup les gens parler bon anglais. Toi quel âge ?

— Presque seize ans, répondit Asabar.

— Dix-huit ans, dit LaMamo, qui ne voulait pas risquer d'être une fois de plus disqualifié.

— Pas de problème. L'important, c'est pas l'âge tu as mais ta force, dit l'homme en souriant. Nous partir demain, aller au Tchad et, si vous survivre quelques mois Tchad, nous aller en

Libye pour encore entraînement. Demain ici à six heures le matin."

Cette nuit-là, Asabar annonça à LaMamo qu'il retournait à Keti, disant que tout ça commençait à lui paraître dangereux, qu'ils pourraient se faire tuer... LaMamo était furieux, il le traita de lâche, mais Asabar s'en fichait. Au matin, LaMamo s'étant un peu calmé, ils recommencèrent à se parler. L'air un peu triste, LaMamo dit à son cousin : "Quand tu seras rentré, dis à Mamo que je vais bien et que je lui écrirai bientôt."

Lamang regardait droit devant lui, le visage de marbre, en écoutant Asabar réitérer son récit. Il venait de rentrer de la capitale d'Etat, son porte-documents en cuir gisait par terre à ses côtés, il portait encore sa calotte et son cafetan blanc avait l'air aussi net que lorsqu'il l'avait enfilé le matin même. Il écouta sans mot dire et répéta seulement, quand Asabar eut fini : "Tchad, Libye", puis soupira.

LA TRAVERSÉE DU DÉSERT

Un an plus tard, une deuxième chance de quitter Keti se présenta : l'université adressa à Mamo un courrier pour lui proposer d'étudier l'histoire. Il répondit le jour même qu'il acceptait l'offre et, un mois après, il assistait aux cours. Là, en tant qu'étudiant, il découvrit l'anonymat dont il avait toujours rêvé. Il disparaissait dans les rues animées de la grande ville et le vaste milieu étudiant, sans plus sentir le regard irrité de son père sur ses moindres gestes, se fondant simplement parmi des milliers de jeunes gens pleins de curiosité venus de tous les coins du pays, qui portaient chaque jour des livres en cours et à la bibliothèque. Sa tante Marina lui manquait, elle qui, les derniers mois, avait tout essayé pour atténuer sa solitude grâce à sa présence de chaque instant et à ses paroles attentionnées. Mais en vain, car il avait désormais passé l'âge de se réfugier dans l'univers fantastique de ses histoires et de ses chants. L'absence de LaMamo, jamais évoquée, hantait la maison comme un fantôme errant de pièce en pièce sans leur laisser aucun répit.

Son frère lui manquait, et il se surprenait souvent à commencer une phrase en l'appelant tout haut, avant de se ressaisir, s'étonnant alors que leurs vies en soient venues à être séparées. Petit à petit, la joie que lui procurait sa nouvelle sensation d'anonymat s'émoussa et, comme il n'était pas très doué pour se faire des amis, il parcourait souvent seul le campus, tel un enfant abandonné. Il passait le plus clair de son temps en cours ou à la bibliothèque, lisant tout ce qu'il avait envie de lire, de Platon à Fanon.

Il ne passa que deux années à l'université, durant lesquelles il ne retourna chez lui que lorsqu'il avait besoin d'argent pour ses médicaments. Pour les courtes vacances, tandis que les autres étaient impatients de retrouver leurs parents venus de partout les chercher, il restait avec un groupe de gens qui s'étaient en quelque sorte installés dans les foyers pour étudiants et ne rentraient "chez eux" qu'à la fin de l'année, lorsqu'ils devaient rendre leur logement. La première année se déroula sans incident et il ne fut presque pas malade, comme si ce nouveau milieu avait un effet thérapeutique ; mais, vers la fin de la deuxième année, la situation changea du tout au tout et il fut terrassé juste avant les examens.

Cela commença de façon anodine, par un léger mal de tête qu'il soigna avec de l'aspirine, pensant simplement avoir lu trop tard la veille au soir, mais le lendemain la douleur resurgit, plus aiguë, et de nouveau il recourut à l'aspirine, bien décidé à souffrir en silence et à ne consulter un médecin qu'après ses examens, qui avaient lieu deux jours plus tard. Mais il se réveilla le jour suivant en vomissant et il dut se rendre au dispensaire de l'université pour se faire prescrire quelque chose. Le dispensaire occupait un long bâtiment rectangulaire non peint, composé de trois salles en enfilade : la première servait de salle d'attente, dans celle du milieu, le médecin recevait et soignait les patients, et dans la dernière se trouvaient trois lits étroits pour les personnes gravement malades en attente d'être emmenées à l'hôpital public.

C'était la saison des pluies, donc aussi du paludisme, et le dispensaire était rempli d'étudiants venus recevoir le traitement adapté. Mamo fit la queue et, son tour venu, entreprit d'expliquer au médecin que dans son cas il ne s'agissait pas de paludisme mais d'anémie falciforme. Le vieux médecin, qui aurait dû prendre sa retraite des années plus tôt mais qui conservait son poste grâce à l'appui d'un parent, le regarda de travers et lui dit : "Jeune homme, est-ce que vous avez l'intention de m'apprendre mon travail ?" et lui fit les piqûres habituelles de chloroquine et de Piriton.

Assommé par le Piriton, il dormit toute la journée. Le lendemain, il s'effondra dans la salle de bains – ses camarades de chambre durent le ramener dans son lit et le bordèrent avant de se rendre en hâte à leurs examens. Lorsqu'ils revinrent dans l'après-midi, il gisait par terre sans connaissance, les jambes et les bras enflés. C'était la crise la plus grave depuis son enfance. Ce soir-là, ses camarades le ramenèrent chez lui dans un taxi aux frais de tante Marina. Malheureusement, nul ne pensa à informer le bureau des examens que Mamo était absent pour raisons médicales, ce qui fait que, quand les résultats arrivèrent quelques mois plus tard, son nom figurait sur la liste des recalés.

*

Mamo devait désigner ces années-là – postérieures au départ de LaMamo et antérieures à la réapparition de Zara dans sa vie – comme sa “traversée du désert”. Elles étaient remplies de formes et de peurs obscures qui le troublaient et l’empêchaient d’avoir des pensées claires. Même la liste des priorités, la haine et la célébrité, qu’il avait élaborée pour ne pas perdre de vue ses objectifs, lui semblait à présent puérile et stupide, et il ne s’y référait plus guère. Mais la pensée de la mort ne l’avait pas quitté – même s’il avait atteint l’âge de vingt ans et qu’il semblait avoir été oublié par son ange. Il avait toujours à l’esprit sa preste silhouette encapuchonnée qu’il surprenait parfois aux franges de son champ de vision, et il entendait le bourdonnement continuel de ses battements d’ailes. Il était moins sûr à présent de ce qu’il entendait par “célébrité” qu’à l’époque de sa tentative de fugue, où tout lui paraissait limpide. Il savait désormais que, malgré toute la pompe et toutes les fêtes qui l’avaient accueilli à son retour, et malgré tous les longs discours faits sur sa tombe, son oncle Haruna n’était pas vraiment célèbre, mais seulement tragique. Pourtant, Mamo continuait à croire que la célébrité pouvait lui conférer l’immortalité, mais il ignorait comment y parvenir.

Son frère lui manquait. Ils étaient deux moitiés d’une seule entité : LaMamo était le chef, celui qui avait toujours les idées les plus extravagantes et provocantes, que Mamo critiquait et tempérait par son caractère moins péremptoire et plus réfléchi. Mais, à présent, Mamo devait tout mener de front et il avait du mal à faire face. La lettre promise n’arrivait toujours pas. Elle lui manquait d’autant plus qu’il n’avait plus la bibliothèque universitaire à disposition. Parfois, quand il ne parvenait pas à trouver le sommeil, il allait s’allonger sur le lit de son frère, et cela le calmait.

Pendant ces sept années, seuls deux événements illuminèrent d'une certaine façon sa traversée du désert. Il y eut d'abord le retour d'Asabar la première année, mais cette étincelle fut de courte durée. Celui-ci ne procura pas à Mamo la compagnie qu'il attendait, il se transforma au contraire en un personnage bavard, ivre et bagarreur, qui se vantait dans tous les bars du village d'avoir fait partie de "l'armée rebelle tchadienne avec mon cousin LaMamo". Mamo apprit à l'éviter le plus possible.

La deuxième étincelle fut l'arrivée de la lettre tant attendue, la troisième année. Elle était remplie d'idées décousues et de fautes de grammaire, mais Mamo en saisit parfaitement le sens, dévorant avidement les lignes des yeux. La lettre faisait deux pages et reprenait le récit fait par Asabar du voyage jusqu'à la frontière tchadienne et la rencontre avec le milicien, puis elle évoquait brièvement la vie dans l'armée rebelle tchadienne – mais l'impatience était palpable, comme si son auteur voulait montrer que sa véritable ambition n'était pas de rester au Tchad mais de faire route vers la Libye, et encore plus loin. Il racontait n'avoir passé que sept mois avec les rebelles, avant que cinq d'entre eux soient sélectionnés pour aller en Libye. La lettre se faisait alors plus posée et plus détaillée :

On était en Libye depuis un mois quand on m'a choisi pour être chef de peloton – il y a presque vingt pelotons chacun avec vingt personnes hommes et femmes, et des femmes, il en a des vraiment belles, elles viennent de pays africains différents, des Arabes et des Noires. Le chef, il mène chaque matin le footing dans la campagne, il dirige les manœuvres militaires et s'occupe que tout le monde est content et puis fait son rapport tous les jours au commandant. Je suis pas très fort à l'école – ça serait bien si t'était là pour m'aider avec ça comme quand on était petit.

C'est dur la vie, la vie de soldat. Tu me manque mais je suis content que t'est pas là parce que ça serait pas bon pour ta maladie. On va des fois dans la montagne avec 15 kg sur le dos et on marche plus de 10 km dans le désert en plein soleil avec seulement 1 litre d'eau.

Je me plains pas parce qu'on apprend aussi beaucoup de chose : je connais par cœur les noms de tous les pays d'Afrique et des grandes villes et leur population et un peu leur histoire, et aussi je sais lire une carte et plein d'autres truc. Les profs disent que l'instruction c'est très important si on veut être les dirigeants africains de l'avenir. Le soir on a des cours de politique – toujours des gens importants parlent de la liberté de l'Afrique, du capitalisme, du socialisme et de l'exploitation d'un peuple par d'autres peuples et qu'il faut libérer l'Afrique, et que nous autres engagés volontaires on doit être prêt à donner même sa vie pour la sauver. On peut pas continuer à vivre comme des esclaves alors que la colonisation et l'indépendance c'est du passé – dans un tas de pays africains et même au Nigeria les dirigeants c'est des guignols qui obéissent aux puissances occidentales. Voilà ce que dit Charles Taylor, un de ceux qui vient nous parler. Après Kadhafi le président de la Libye va venir lui aussi. Mais bientôt on va quitter le camp et passer pour de bon à l'action – ça fait un peu plus d'un an qu'on est ici. J'espère que tu va bien et aussi tante Marina et je sais qu'un jour je vais revenir et qu'on partira ensemble quand j'aurai fait mon trou. Salut tout le monde de ma part. Tu peux pas m'écrire parce que c'est interdit de donner mon adresse et même il a fallu que je fasse sortir cette lettre en cachette, mais je t'écrirai plus tard.

Ton frère,

LAMAMO.

P.-S. : *Je t'envoi aussi un dessin du camp et du désert où je suis et des collines au loin. La vue me rappelle parfois chez nous.*

Mamo ne montra pas la lettre à son père ; de son point de vue, celui-ci n'avait aucunement manifesté que l'absence de son fils le peinait – à vrai dire, il n'en avait plus reparlé depuis le retour d'Asabar. Mamo replia la lettre et la conserva dans un livre à son chevet, pour pouvoir la lire pendant ses nuits d'insomnie.

LUMIÈRE FANTASTIQUE

En 1982, l'électricité arriva à Keti, et la même année Lamang décida de se lancer en politique. Après des décennies passées à faire systématiquement main basse sur le pays, les militaires avaient enfin rendu le pouvoir aux civils, et l'une des premières promesses des hommes politiques locaux avait été d'amener l'électricité à Keti. Aussi étonnant que cela puisse paraître, ils tinrent parole. En quelques semaines à peine, les villageois, surtout les plus aisés, constatèrent que l'électricité pouvait également leur procurer un certain prestige. Ils installèrent donc deux, parfois trois ampoules sur des poutrelles transversales devant chez eux, qui illuminaient l'entrée de leurs maisons et qu'ils laissaient briller jour et nuit jusqu'à extinction. Les villageois qualifiaient ce fastueux déploiement d'"énergie électrique".

Mais c'est Lamang, avec sa perspicacité d'homme d'affaires, qui vit le premier comment transformer cette énergie électrique en pouvoir politique. Tout d'abord, au lieu des ampoules de cinquante watts vendues dans les magasins du village, il acheta le plus long tube fluorescent qu'il put trouver dans les supermarchés de la capitale d'Etat et le suspendit sur une croix devant le portail de la parcelle, puis il fit l'acquisition d'un poste de télévision Sony noir et blanc de trente centimètres et fit de la cour devant chez lui un espace télévision gratuit pour le village.

Mamo revenait d'une longue promenade au crépuscule quand il aperçut, après le tournant, une immense foule rassemblée devant le portail. La moitié des gens étaient assis par terre, en demi-cercle, face à l'écran tremblotant, comme pour une photographie de groupe, tous bavardant et s'animant, montrant du doigt les images mouvantes, parlantes et chantantes. L'appareil était posé sur un meuble en bois, le câble électrique qui l'alimentait venant de la maison. Mamo s'avança à la lisière de la foule, fixant non pas l'écran mais les visages enthousiasmés des voisins, des passants et de toutes sortes de fainéants. Les hommes étaient debout et les enfants assis devant, se bousculant et jouant des coudes pour avoir la meilleure place. Comme lui, la plupart des gens contemplaient pour la première fois le poste magique. L'homme à ses côtés ne babillait même pas : bouche bée, il émettait de temps à autre un gloussement en tapant fort dans ses mains.

Sur l'écran flou et tremblant évoluaient deux danseurs : lorsque l'homme faisait voler la ballerine dans les airs et la rattrapait avec adresse, la foule applaudissait. En extase, le voisin de Mamo lui envoya un rude coup dans les côtes en disant :

"Vise un peu leurs mains, tu vois comme la paume est lisse. Je parie qu'ils n'ont jamais travaillé dur de leur vie, hein ? Si on leur lançait une houe, ils bondiraient en la prenant pour un serpent. Ha ha ha !"

Mamo pivota et rentra dans la maison.

*

Il entendit des voix dans le salon et reconnut celle de son oncle, en grande conversation avec Lamang. Ils levèrent à peine les yeux au passage de Mamo, puis se remirent à parler et, de sa chambre, Mamo décelait l'impatience croissante que les paroles de Lamang suscitaient chez son oncle.

"Dans ce cas, pourquoi est-ce que tu me fais venir ? Je croyais que tu voulais mon avis.

— Bien sûr que oui, dit Lamang.

— Voilà, je te l'ai donné, c'est à prendre ou à laisser.

— Je ne veux que le bien des gens d'ici...

— Alors reste un homme d'affaires, tu peux apporter beaucoup ainsi. Je ne vois pas pourquoi il faudrait en plus que tu fasses de la politique. Qu'est-ce qui te prend, pourquoi toute cette agitation, tu ne peux pas te poser, te remarier et avoir une famille ?" déclara l'oncle Iliya sur un ton de colère et de résignation – comme si ce n'était pas la première fois qu'ils abordaient le sujet et qu'il savait par conséquent déjà la réponse que lui ferait son frère.

L'oncle Iliya avait cinq ans de plus que Lamang, et c'était à la connaissance de Mamo la seule personne qui pût lui parler sur ce ton sans en subir les conséquences. Mamo avait entendu dire que c'était lui qui, après la mort de Tabita, avait dissuadé son père d'épouser Saraya – ce que Lamang était prêt à faire malgré son étrange maladie. Iliya lui avait représenté la manière dont tout le village parlait d'eux. Des rumeurs, naturellement sans fondement, avaient même couru, selon lesquelles elle aurait usé de magie noire pour tuer son mari ainsi que Tabita, au point que, s'il l'épousait, le village tout entier les renierait. Il lui avait conseillé de trouver quelqu'un d'autre, pour son bien mais aussi pour celui de ses enfants. L'argument avait porté, car l'ambitieux Lamang avait compris qu'il devait éviter tout ce qui pouvait monter le village contre lui et ainsi contrarier son ascension sociale. Mais jusqu'à présent il n'avait pas trouvé de remplaçante à Saraya.

"Je te dévoile mes intentions parce que tu es mon frère et que je ne voulais pas que tu l'apprennes d'abord par d'autres. Notre pays change, tu n'as qu'à regarder autour de toi. Partout des gens créent des organisations politiques. Pour l'instant, je n'ai adhéré à aucune, attendant de voir si l'armée avait vraiment l'intention de laisser le pouvoir entre les mains des civils. Cela fait maintenant quatre ans et je pense que la démocratie est installée pour de bon. C'est le moment de s'engager, poursuivit Lamang. L'année prochaine vont avoir lieu les deuxièmes élections législatives et j'espère bien être élu.

— Eh bien, alors je te souhaite bonne chance", dit Iliya en coupant court à la conversation.

Mamo entendit le craquement d'un siège puis des pas s'approchant de sa chambre. Il se leva prestement de son lit, se mit à la fenêtre et attendit, les yeux fixés au rideau masquant la porte.

"Je peux entrer ?" demanda son oncle sur le seuil.

Il mesurait plus d'un mètre quatre-vingts et avait participé à la Seconde Guerre mondiale et à la guerre civile nigériane – on disait que les piqûres faites aux soldats pour les rendre intrépides et ardents aux combats continuaient à faire effet chez lui, mais Mamo, quant à lui, n'avait jamais été directement aux prises avec son côté combatif.

Son oncle lui apparaissait comme l'homme le plus doux et le plus intelligent qu'il ait rencontré.

La manche vide d'Iliya était repliée sous le moignon. Il parcourut la chambre des yeux, les deux lits, la table et les dessins sur le mur. S'approchant de la table, il prit un livre en demandant :

"Qu'est-ce que tu lis ?

— Un roman, dit Mamo – tandis qu'Iliya le reposait et se juchait sur un coin de la table, le bois craquant et branlant sous son poids.

— Marina m'a dit que tu restes enfermé toute la journée dans ta chambre, avec ta maladie ou tes livres. Tu n'as pas envie de faire autre chose de ta vie ?

— Je ne fais pas exprès de tomber malade."

Baissant la tête, Mamo s'assit sur son lit, son oncle faisant de même sur l'autre, celui de LaMamo. Sur le cadre du lit, les lettres du mot "Vono" brillaient en rouge sur fond noir. Dans ses moments d'abattement, Mamo s'imaginait toujours qu'Iliya était son vrai père et Lamang son oncle, et qu'un jour tout allait être remis à plat – après tout, pendant les trois premières années de sa vie, c'est lui qu'ils avaient appelé papa. Iliya n'avait jamais cessé de jouer ce rôle auprès des jumeaux, surtout de Mamo, pour lequel il éprouvait une tendresse particulière. Une fois, Mamo n'avait alors que six ans, il l'avait averti : "Tu vas devoir passer beaucoup plus de temps que les autres alité à te remettre de ta maladie, alors autant apprendre à aimer les livres, ils te sauveront de l'ennui." Il lui avait ensuite raconté comment les oiseaux en vinrent à avoir des ailes. Le récit dit que, au début, tous les oiseaux avaient été créés sans ailes, puis le créateur leur avait ajouté une grosse bosse dans le dos, qu'ils essayèrent de faire tomber parce qu'ils la trouvèrent d'abord trop lourde à porter. Comme ils n'y parvenaient pas, ils finirent par s'y habituer et par comprendre que, s'ils déployaient cette partie d'eux et battaient l'air avec, ils pouvaient voler.

Iliya demanda : "Quel âge as-tu maintenant, vingt et un ans ?" Mamo répondit par un signe de tête affirmatif.

"Tu sais que la plupart des gens atteints d'anémie falciforme meurent avant cet âge, est-ce que ce n'est pas une raison pour être reconnaissant ? Ne t'inquiète pas trop pour ton frère, je suis sûr qu'il s'amuse, où qu'il soit. Est-ce que tu préférerais qu'il parcoure le village, ivre et bagarreur, comme Asabar ? Je regrette mille fois qu'Asabar soit revenu", ajouta Iliya avant de s'interrompre, regardant par la fenêtre ouverte.

Mamo sentait comme des vagues d'amertume émanant de lui. Il finit par soupirer avant de reprendre lentement, fixant Mamo dans les yeux :

"Tu as un esprit très vif, à toi de voir ce que tu veux en faire. Tu peux aussi voyager, comme ton frère, explorer ton esprit. Tu serais surpris par tout ce que tu peux y découvrir, dit-il en se levant. Est-ce que tu as l'intention de reprendre des études, ou de travailler ?

— Non.

— Eh bien, j'ai une proposition à te faire. Notre professeur d'histoire vient d'accepter un poste au gouvernement. Pourquoi ne viendrais-tu pas le remplacer ? Le salaire est maigre, mais au moins ça te ferait sortir de cette pièce tous les matins."

Mamo ne s'était jamais vu professeur dans une école de village, cela n'avait jamais figuré, même en tant que bref détour, sur la carte de son rêve de gloire et d'immortalité. Mais il perçut immédiatement ce que la proposition de son oncle avait de sensé, révélant combien il avait mûri les années précédentes, tout en continuant à hésiter.

“Je ne suis pas sûr d'avoir les compétences qu'il faut pour enseigner l'histoire.

— Crois-moi, cela n'a rien de difficile, et puis tu as quand même passé deux ans à l'université. Je te laisse libre de ton choix. Dis-moi ce que tu auras décidé, mais l'offre ne tiendra pas éternellement.”

VEUVES ET HOMMES POLITIQUES

Les réunions se tinrent dès lors dans le salon un ou deux soirs par semaine. Une fois que la réunion avait commencé, Mamo était coincé dans sa chambre, parce que pour sortir il lui aurait fallu traverser le salon plein à craquer d'amis politiciens de son père débattant de stratégies de campagne et d'alliés politiques – ce pour quoi le courage lui manquait toujours. Il préférait attendre que tous les hommes aient regagné leur véhicule garé sous les okoumés et soient repartis vers la capitale d'où ils venaient, puis il se précipitait dehors pour prendre l'air ou pour soulager sa vessie. Les téléspectateurs étaient toujours aussi nombreux – Lamang s'était récemment mis à les nourrir d'une assiette de riz et d'une bouteille de Coca par personne. "Occuper les yeux et la bouche" : ainsi décrivait-il, le visage rayonnant de fierté, cette nouvelle initiative à ses amis. D'un air envieux, ils lui disaient : "Tu as le don de faire venir les gens à toi."

Les voix parvenaient clairement jusqu'à la chambre de Mamo et peu à peu, à force de voir les gens à l'arrivée et au départ, et de les entendre discuter, il put mettre des noms sur certaines voix. Il y avait celle, flatteuse et ambiguë, d'Alhadji Danladi, qui écoutait plus qu'il ne parlait, celle du pitre Emmanuel Dogo, qui servait de secrétaire, et celle, perçante, de Gidado, qui ne semblait jamais avoir d'opinion à lui mais soutenait et développait toujours ce que proposait Danladi.

L'hôte, Lamang, prit ensuite la parole, sa voix grave de baryton dominant peu à peu les autres. Il commença avec assurance par une plaisanterie, pour mettre les choses en train, puis sa voix s'éleva avec éloquence et se mit à exposer en détail ce qu'il fallait faire : "Je parle de choses pratiques, qui touchent notre vie de tous les jours. Tenez, prenons l'eau par exemple… (Il fit une pause, et Mamo imaginait son père en train de regarder les visages autour de lui, un bras à demi levé, le sourire aux lèvres, imbu de lui-même.) Quatre-vingt-dix pour cent des nôtres, dans cette circonscription, sont paysans, à temps plein ou à temps partiel, et donc leur plus grande peur, notre plus grande peur, c'est la sécheresse. Si nous garantissions aux gens que nous pouvons résoudre ce problème, et qu'ils ne connaîtront plus jamais la sécheresse, comme en 1973 ?

— Et en 1976, renchérit quelqu'un, n'oubliez pas celle de 1976.

— Mais comment est-ce possible ? Ne me dites pas que vous allez faire venir les faiseurs de pluie et autres sorciers… Ha ha ha !" plaisanta Emmanuel Dogo.

Cela provoqua un éclat de rire général de voix graves – l'hilarité étant pour certains forcée, calculée. Au milieu des voix d'hommes perçaient quelques voix de femmes, celles des veuves.

Ce jour-là, elles étaient trois. Mamo les avait vues arriver séparément un peu plus tôt, chacune vêtue de son plus élégant boubou, la coiffe haute et droite sur la tête. Elles s'asseyaient discrètement en dehors du demi-cercle d'hommes ou hésitaient sur le pas de la porte, remplissant les gobelets vides et rapportant de temps à autre de la cuisine un plat de ragoût pimenté à la tête de chèvre ou quelque chose à grignoter sur un plateau, battant des cils en entrant et tripotant leurs cheveux permanentés sous la coiffe en passant devant les hommes. Ils interrompaient alors leurs débats pour savourer les bouffées de savon et de parfum – et faire honneur au ragoût. Il ne restait plus qu'elles trois sur un plus grand groupe de veuves ayant tourné avec convoitise autour de Lamang après la mort de sa femme. En de telles occasions, elles prenaient poliment mais fermement la relève de tante Marina dans la cuisine pour préparer le repas des téléspectateurs et des politiciens, espérant ainsi conquérir l'insaisissable Lamang.

Soulignant d'une voix presque sèche le sérieux de son propos, mais toujours le sourire aux lèvres pour faire écho à l'humour de la dernière question, Lamang reprit : “Non, pas de faiseurs de pluie. Je suis un homme pragmatique, je pense toujours concrètement. Regardez-moi, aujourd'hui je suis le plus gros marchand de bétail de tout l'Etat. J'ai perçu il y a longtemps, avant tout le monde, la forte demande de viande dans les zones densément peuplées des villes côtières et le fait que les gens étaient prêts à payer n'importe quel prix pour avoir de la bonne qualité. J'ai mesuré le potentiel commercial que cela représentait et j'ai saisi l'occasion sans hésiter. C'est cette méthode, celle de l'offre et de la demande, que je veux mettre en œuvre en politique, dans notre parti. Et pareil pour l'eau : je compte la prendre où elle est abondante pour la transporter là où elle manque.”

Lamang laissa l'assemblée murmurer quelque temps puis il s'éclaircit la voix et poursuivit : "Messieurs – et mesdames, bien sûr, ha ha ha ! –, je vous entends déjà demander : «Mais comment veut-il faire, avec des camions comme pour le bétail ? Est-ce qu'on pourrait en faire venir assez pour approvisionner tout un village, toute une circonscription, en temps de sécheresse ?» Eh bien, j'ai une réponse pratique, scientifique, et non pas relevant de la magie noire ou de la sorcellerie, comme certains ici présents le proposeraient peut-être… (Il s'arrêta de nouveau pour laisser tout loisir à chacun d'apprécier la finesse avec laquelle il venait de retourner la plaisanterie d'Emmanuel Dogo.)

En tant qu'homme d'affaires, je voyage beaucoup et je rencontre toutes sortes de gens. C'est comme cela que j'ai entendu parler de l'osmose inverse. J'en vois déjà parmi vous qui, perplexes, se tournent vers leur voisin. Ne vous inquiétez pas, tout est écrit ici et je vous le donnerai à lire dès que j'aurai fini de parler. Mais ne vous laissez pas impressionner par des termes scientifiques pompeux. Il s'agit simplement d'un procédé de purification de l'eau salée ou impure, après quoi on l'achemine dans les terres, etc. C'est le système que les bateaux utilisent sur l'océan pour produire de l'eau plate. Imaginez un peu si nous pouvions plonger nos tuyaux dans le fleuve Niger, dans le lac Tchad ou même dans l'océan Atlantique, purifier ensuite l'eau grâce à l'osmose inverse, puis, grâce à des pompes géantes, l'envoyer dans les terres dès que la sécheresse surgit dans notre région, ou la stocker dans des réservoirs géants pour en faire plus tard ce que nous voulons. Messieurs, notre époque est celle de la science et de la modernité ;

des choses comme celle-là sont possibles avec de la volonté et des moyens. Il est temps de faire sortir notre pays et notre peuple tout entier du Moyen Age. Soyez pragmatiques, pensez en termes d'offre et de demande !"

Il y eut un long silence, puis Mamo entendit deux mains applaudir, puis d'autres encore. Il pouvait se représenter les hommes se levant pour serrer la main de Lamang, lui donnant l'accolade et répétant les mots bizarres mais imposants d'"osmose inverse" avec admiration, tandis que les veuves se réjouissaient du triomphe du maître. Les verres et les couverts se remirent à tinter puis, bien plus tard, on entendit les pas des hommes s'éloignant un par un vers leur voiture avant de prendre le long chemin du retour. Les veuves restèrent là, chacune cherchant à surpasser les autres par l'onctuosité des félicitations qu'elle adressait à Lamang à propos de son brillant discours.

Dehors, le soleil couchant était bas au-dessus des collines. Il faisait déjà sombre dans la pièce, mais Mamo ne prit pas la peine d'allumer la lumière – la douillette obscurité avait quelque chose de rassurant, comme un cocon. Les femmes auraient déjà dû reprendre le chemin de leur maison solitaire, mais aucune ne voulait partir la première. Elles continuaient nonchalamment leurs flatteries, mais, sous leurs sourcils peints, elles s'épiaient l'une l'autre, chacune attendant le renoncement adverse. Lamang buvait du petit-lait, étendu sur le canapé central, une femme de chaque côté – la troisième, qui, moins bien lotie, occupait seule le siège en face de lui, se penchait le plus possible pour lui toucher le genou à chaque phrase, chaque éclat de rire.

Mamo se demandait parfois s'il y avait du sexe entre eux. Elles avaient le droit d'entrer librement dans sa chambre, pour faire le ménage, parfois pour bavarder – mais elles laissaient toujours la porte ouverte, comme pour dire : "Vous voyez, il ne se passe rien d'indécent." Or, certains jours, Mamo avait constaté à son retour que la porte était fermée et qu'une femme parlait tout bas avec lui. Pourtant, il y avait quelque chose d'asexué chez ces femmes en pleine crise de la quarantaine, qui luttaient contre la solitude à coups de poudre, de rouge à lèvres et de parfum bon marché – envoyé par leur fille mariée à un fonctionnaire et habitant en ville –, tentant de retenir à tout prix leur jeunesse fanée avant qu'elle ne s'évanouisse tout à fait. Il éprouva soudain le besoin de se lever, de sortir et de sentir l'harmattan froid et tonifiant sur son visage. Il avait l'impression d'avoir la bouche pleine de bouse de vache. En se mettant debout, il vit le sol tanguer et dut s'appuyer au mur, puis le vertige disparut. Il traversa rapidement le salon, évitant le regard de son père et souriant poliment en réponse au chœur de femmes lui adressant des gentillesses.

Rabi lança : "Salut, garçon, viens nous dire bonjour… Qu'est-ce que tu as l'air maigre…" Elle enseignait dans un centre de formation d'institutrices, et le rouge à lèvres et la poudre lui donnaient l'air d'avoir la jaunisse. Assise à la droite de Lamang, elle pressait sa poitrine contre son bras et s'écarta discrètement à l'entrée de Mamo.

Doris s'exclama : "Tes cheveux sont vraiment touffus, tu aurais bien besoin d'une coupe, mon chou…" C'était la plus âgée des veuves, la cinquantaine passée, dont la bouche tordue dénotait un passé âpre et un présent malheureux ; elle avait trois enfants tous âgés d'une vingtaine d'années. C'était elle la malchanceuse qui faisait face à Lamang, avec sa coiffe rigide qui lui donnait l'air plus vieille et ses gros seins tombants qui semblaient courber ses épaules.

Quant à Asabe, elle lui dit : "Où étais-tu passé ?" Elle avait quarante-cinq ans et cinq enfants. C'était la plus jolie : elle était menue, avait de longs bras et des seins qui semblaient étonnamment fermes. C'était aussi la plus timide, toujours à fuir le regard, laissant les autres faire la conversation en se contentant d'opiner du chef avec enthousiasme, les lèvres entrouvertes toujours prêtes à laisser sortir un rire charmant.

Mamo descendit les marches de la véranda une à une à pas lents. Il resta debout sur la dernière, contemplant longuement la disparition du soleil et prenant plaisir à sentir la chaleur croître peu à peu sous sa chemise. La voix de son père lui parvenait distinctement : "Son frère est mon portrait craché, plus grand et costaud. En ce moment, il est dans l'armée à l'étranger, un beau jeune homme, pas comme lui… fragile, trop fragile…"

Mamo eut une bouffée de chaleur et se mit à transpirer. Il alla à la cuisine chercher de l'eau dans la marmite en terre. Revenant au soleil, il se mouilla la tête puis, tout dégoulinant, écarta le rideau du salon. Son père et les femmes le regardèrent avec curiosité, attendant qu'il parle. Il articula lentement, péniblement, comme si l'air lui raclait la poitrine, tout en fixant son père d'un air de défi : "En réalité, je suis plus grand que LaMamo. Il fait un mètre quatre-vingts et moi un mètre quatre-vingt-cinq." D'abord un peu surpris, son père se tourna vers les femmes et rit fort sans s'arrêter, comme s'il essayait de masquer la grossièreté de son fils. Il rétorqua : "Mais tu marches voûté, il faut que tu apprennes à te tenir droit. Sois pragmatique."

Il sortit se promener. C'était un lundi, jour de marché. Les rues étaient animées de la foule qui en revenait – des commerçants recomptant leur argent, des femmes se hâtant de rentrer nourrir leurs enfants avant qu'ils ne s'endorment, des ivrognes marchant main dans la main, zigzaguant d'un bord à l'autre de la route en chantant gaiement à pleins poumons. L'air était saturé du son de tambours et de *goge** émanant de bars voisins. La grand-rue de terre du village était bordée d'okoumés des deux côtés, qui s'élevaient haut dans la clarté du soir, leurs branches se rejoignant en arceau et se balançant doucement au gré du vent, tandis que des aigrettes et des chauves-souris caquetaient furieusement dans leur feuillage sombre. Devant le seul magasin d'alimentation du coin, fumant et écoutant de la musique disco à plein volume, traînaient des adolescents au regard prématurément désenchanté – ils incarnaient la contre-culture locale et l'ardeur de vivre des expériences, essayant de paraître raffinés dans leurs jean et tee-shirt achetés aux fripes et se sentant enfermés par les collines, les arbres, les fermes et la pauvreté. Mamo traversa la cour sombre et silencieuse de l'église avec ses immenses margousiers et ses imposantes pierres tombales. Des villageois terrifiés avaient rapporté des cas d'apparition de fantômes dans cette cour, sans toutefois être en mesure de dire s'il s'agissait de ceux de jumeaux abandonnés là à une époque ancienne ou de ceux du révérend Drinkwater, dont la tombe se trouvait auprès de celle de sa femme dans le petit cimetière de

* Instrument à cordes pincées, équivalent de la kora. *(N.d.T.)*

l'église. Peut-être parce qu'il était lui-même un jumeau, Mamo sentit très intensément la présence, étouffée et triste, des esprits flottant dans l'air. Il ne passait jamais par là sans songer que, s'il n'était pas né bien après les jumeaux abandonnés, il aurait partagé leur sort.

On distinguait encore le soleil au-dessus des collines. C'était un hasard extraordinaire, car l'orbe rouge terne aurait dû depuis longtemps être masqué par la brume de poussière soulevée par l'harmattan à cette heure tardive – pourtant il s'attardait paresseusement, provocant. Les collines encerclaient le village en fer à cheval de l'ouest au sud, et les broussailles qui recouvraient les sommets, ainsi que les arbres rabougris inclinés sur les pentes, avaient été desséchés et dépouillés de leurs feuilles par l'harmattan.

On apercevait quelques feux de brousse au sommet des collines. Décembre était la saison de la chasse et l'herbe était sèche comme du petit bois. Les chasseurs y mettaient le feu pour débusquer les lapins, les écureuils et les singes qui vivaient là. Ils les poursuivaient avec leurs chiens de meute jusque sur les hauteurs et rentraient tard le soir avec leurs prises dans des sacs ou enfilées de façon ostentatoire à des perches, les chiens sur les talons. Au pied des collines se trouvait le cimetière du village, avec ses grossières pierres tombales et ses simples croix de bois qui semblaient être tout droit sorties de la terre rouge et argileuse. C'était le lieu de sépulture du village depuis des générations : des tombes récentes débordaient sur d'autres plus anciennes, les nouveaux ossements se mêlant confusément à ceux des ancêtres.

L'ONCLE ILIYA, L'ONCLE HARUNA ET OKIGBO

Mamo accepta la proposition de son oncle le mois de ses vingt-deux ans et, par un lundi matin radieux, il commença à exercer le métier de professeur à l'école du village. L'école d'intérêt général de Keti était la seule à ne pas être gérée par le gouvernement. Iliya avait lancé l'idée d'offrir une seconde chance aux élèves sortis du système scolaire au niveau du secondaire et à ceux qui n'avaient pas obtenu leur brevet à seize ans. L'enseignement professionnel était privilégié, des matières comme la menuiserie, la maçonnerie, la vannerie, la ferronnerie et la photographie formant l'essentiel du cursus, même si les élèves qui montraient des dispositions pour les matières théoriques étaient incités à suivre ces cours et accompagnés avant d'être orientés vers les écoles leur permettant de passer les examens de fin du secondaire. Conçue au départ pour des adolescents entre quatorze et dix-sept ans, l'école accueillait désormais plus d'élèves âgés de vingt et trente ans, tous avides d'apprendre et d'obtenir un certificat d'études. L'effectif était passé d'une cinquantaine de personnes en tout à plus de deux cents cette année-là. Tous, en ce lundi matin, se tenaient bien en rangs, fixant les professeurs.

Vêtu d'un pantalon kaki et d'une chemise blanche immaculée, l'oncle Iliya dirigeait l'assemblée du matin : il s'adressait aux élèves de sa voix calme et posée, leur rappelant leurs devoirs en tant qu'élèves et citoyens ; quand il eut terminé, le professeur d'instruction chrétienne s'avança et récita la prière chrétienne, puis son homologue islamique récita la prière musulmane, après quoi l'assemblée fut levée. Mamo avait son premier cours à neuf heures.

Lorsqu'il entra dans la salle, les élèves debout entonnèrent : "Bonjour, monsieur !" Déstabilisé par ce vigoureux accueil, Mamo resta sur le seuil, indécis. Il finit par articuler : "Bonjour à tous. Asseyez-vous."

La nuit précédente, Mamo avait passé des heures à tenter de préparer ce cours, à l'aide de ses anciens manuels scolaires et de ses notes, mais chemin faisant il avait écarté ses classeurs, surpris par la quantité de choses vides de sens qu'il avait dû apprendre à l'école. Il y avait moins de quinze élèves dans ce cours, l'histoire n'étant apparemment pas une matière très appréciée. La préférence allait aux travaux manuels, suivis de l'anglais et de l'économie. L'oncle Iliya avait récemment ajouté l'histoire au programme, en raison de sa foi en ce qu'il appelait l'"apprentissage global". Il s'approcha de la fenêtre et contempla la poussiéreuse matinée d'harmattan, conscient des chuchotements et des incessants bruits de chaise des élèves.

Il annonça : "Je m'appelle Mamo Lamang" et écrivit son nom au tableau, puis la question suivante : "Qu'est-ce que l'histoire ?" Les particules infinitésimales de craie flottaient au ralenti dans l'air, mettant une éternité à se poser sur ses mains et son visage, pour s'engouffrer dans ses narines. Aussitôt, des mains se levèrent :

"C'est ce qui s'est passé avant.

— Exact, mais pas seulement, car ça parle aussi de l'avenir.

— C'est l'histoire d'un peuple et de comment les individus se rassemblent pour former une nation.

— En partie exact, mais les nations se construisent souvent sans consulter les futurs citoyens. Le Nigeria en est un bon exemple.

— C'est l'histoire des guerres et des migrations d'une population."

Il écoutait, observant les visages ardents, les différences de couleur de peau ou de coupe de cheveux, les narines, les chemises et les shorts. Les voix montaient au fur et à mesure qu'il secouait la tête à chaque réponse. Le silence finit par tomber.

"Monsieur, alors, c'est quoi l'histoire ?" s'enquit une voix hostile, celle d'un des élèves les plus âgés au fond de la classe, le regard provocateur, une barbe clairsemée couvrant son menton.

Secouant la tête, Mamo déclara brusquement : "Le cours est terminé. J'espère que vous aurez des réponses plus intelligentes demain." Il sortit et se dirigea rapidement vers la salle des professeurs. Deux d'entre eux s'y trouvaient : M. Bukar, le professeur d'éducation physique, et Mme Rhoda, qui enseignait les arts ménagers. Elle engagea la conversation : "Ah, voici notre nouveau professeur. Vous finissez bien tôt. Que s'est-il passé ?" C'était un personnage connu dans le village en raison de sa nervosité et de son caractère chicaneur, et aussi parce qu'elle faisait un usage immodéré du rouge à lèvres. Cela lui avait valu le surnom de "Mme Rouge-à-Lèvres", donné par les élèves puis utilisé par tout le village, mais à son insu. Elle avait ce jour-là appliqué une couche épaisse d'un fard pourpre vif qui donnait à ses lèvres plutôt minces l'air d'une grosse entaille. D'ici la fin de la journée, elle aurait du rouge sur les dents et sur tout le visage.

M. Bukar lança : "Un peu tendu le premier jour, on dirait." C'était un colosse, autrefois célèbre joueur de football du village mais qui avait forci en vieillissant et en prenant goût à la bière locale. Son haleine empestait déjà. Il suivit Mamo jusqu'à son siège de ses petits yeux rouges, son rire creux flottant encore dans l'air.

"C'est une très bonne journée", dit Mamo avec autant d'entrain que possible, tandis que ses interlocuteurs le dévisageaient sans être sûrs de ce qu'il entendait par là.

Mme Rhoda émit finalement un rire gai, arrangea les papiers sur son bureau et renchérit : "Une très bonne journée, en effet !"

A la première pause, deux autres professeurs entrèrent en jacassant. Mamo leur avait déjà été présenté par son oncle, avant l'assemblée du matin. Il y avait en tout six professeurs, en plus du directeur qui enseignait également, quatre d'entre eux étant salariés permanents, dont Mme Rhoda et M. Bukar, présents dans l'école depuis le début. Les deux autres permanents étaient le professeur d'anglais, une hypocondriaque qui ne venait en cours qu'une à deux fois par semaine et parlait constamment de ses petits bobos, et le professeur d'histoire récemment parti que Mamo remplaçait. Les deux surnuméraires étudiaient dans un établissement de formation de la capitale d'Etat et effectuaient alors leur année de stage.

*

Dans la salle des professeurs, entre les cours, Mamo restait la plupart du temps seul, s'absorbant dans un livre. Pour commencer, il ne donnait qu'un cours par jour, en début de matinée, mais, dès la fin du second mois, il s'ennuyait tellement qu'il proposa de remplacer le professeur d'anglais très souvent absent. Même alors, il se retrouvait encore à fixer d'un regard vide le plafond fendu et affaissé, les lézards dans les fissures des murs fuyant la canicule bouillante de midi à l'extérieur et le sol plein de nids-de-poule ; si tout cela ne suffisait pas à le distraire, il y avait encore ses collègues se lamentant sur leurs dettes, leurs fermes, leurs enfants, le rétrécissement de leurs perspectives existentielles. M. Bukar voulait retourner un jour à l'université pour étudier la psychologie ; Mme Rouge-à-Lèvres désespérait de jamais parvenir à payer les dettes qu'elle avait accumulées à l'occasion du mariage de sa fille trois ans plus tôt ; l'une des stagiaires, qui s'appelait Agnès mais que les élèves surnommaient Langalanga à cause de sa silhouette mince et haute, passait son temps libre à pleurer sur son bureau parce que son fiancé l'avait quittée, tandis que le second stagiaire, Adamu, à la voix douce et au visage poupon, manifestement amoureux de Langalanga, lui tenait la main et tentait de la consoler.

Mamo les écoutait en silence et, quand il n'en pouvait plus, il rejoignait son oncle dans son bureau pour discuter, si celui-ci n'était pas trop occupé. Iliya avait un esprit brillant et pénétrant qui allait au cœur des choses, et il possédait des livres sur presque tout ; chaque fois qu'il en avait lu un, il faisait à Mamo un résumé, puis donnait son propre avis sur le sujet, qui allait parfois totalement à rebours de la thèse de l'auteur. Dans le petit bureau rempli de livres, de dossiers et de chaises en bois, Iliya avertissait Mamo : "Rien n'est aussi désastreux que de prendre les choses pour argent comptant. Ne crois pas ce que quelqu'un te dit parce qu'il a plus vécu que toi, ou parce qu'il affirme que c'est comme ça chez nous, en s'appuyant sur l'histoire pour étayer ses propos. Certains m'accusent de favoriser le mode de vie occidental et de faire oublier aux jeunes leurs traditions et leur culture. Ils m'énumèrent les maux de la modernité – comme si la tradition elle-même en était dépourvue. Tu vas rencontrer des gens comme ça ; suis mon conseil : ne les écoute pas, instruis-toi. Si tu veux te conformer à la tradition, que ce soit parce que tu la comprends, pas parce qu'un vieillard t'a dit que c'était comme ça chez nous. Il faut encourager les jeunes à demander la raison de nos coutumes. Si les anciens ne savent pas répondre, alors ça ne vaut pas la peine. Le reste du monde a la science, le commerce et la prospérité. Quant à nous, il nous reste la culture. La plupart des traditions sont mises en place par la société pour l'aider à surmonter une menace spécifique à un moment donné, mais une fois que cette menace est passée, cet élément de culture devient anachronique.

— Mais comment faire la différence entre ce qu'une culture a de bon et ce qu'elle a de mauvais ? demanda Mamo.

— Ce qui est mauvais se remplace facilement. Comme le fait de tuer les jumeaux. Tu as vu avec quelle facilité cette tradition a été supprimée, parce que les mères n'étaient pas d'accord, les pères non plus, et bien entendu les jumeaux non plus. Certaines traditions perdent tout simplement leur sens et disparaissent d'elles-mêmes. Par exemple, sur le visage de certains vieillards, tu relèves la présence de marques profondes qui servaient à nous différencier de nos voisins. Peut-être étaient-elles utiles sur-le-champ de bataille pour distinguer l'ennemi de l'ami. Mais ça correspondait à une époque où on se battait avec des massues, des lances et des pierres. Maintenant que tu peux abattre l'adversaire à plusieurs kilomètres sans même voir son visage, à quoi bon les marques tribales, je te le demande ?"

Par la porte ouverte, Mamo apercevait la cour et le margousier de l'autre côté, sous lequel les élèves de menuiserie sciaient et corroyaient le bois. Ils étaient massés autour de l'établi, se protégeant de la chaleur impitoyable de midi.

"Est-ce que tu veux dire que la culture, la tradition n'existent pas ? Parce que la tradition par définition est précisément quelque chose qui dure, qui ne passe jamais de mode.

— Je ne dis pas cela, répondit Iliya en levant son membre fantôme comme pour appuyer son propos. Je dis que, quand tu examines ce qui motive la plupart des coutumes aujourd'hui et ceux qui les défendent, tu te rends compte qu'elles sont manipulées pour servir les intérêts de quelque élite, de quelque soi-disant gardien de notre culture. Je ne me rappelle plus qui a dit cela, mais c'est vrai : «La difficulté n'est pas de comprendre les idées, mais d'échapper aux idées anciennes.»

— Et la religion ? Tu vas bien à l'église tous les dimanches.

— Oui, mais je ne crois pas, comme d'autres chrétiens, que l'on ne peut atteindre le salut que grâce au Christ… Je pense que l'on peut tout aussi bien être sauvé par d'autres religions, l'islam, le bouddhisme, etc. La plupart des gens qui vont à l'église, à la mosquée ou à la synagogue ne le font pas parce qu'ils ont considéré d'un œil critique leur croyance et la trouvent plus juste qu'une autre, mais simplement pour des raisons sociales, parce qu'ils sont nés dans une famille ayant cette foi, parce que cela leur est plus profitable en affaires ou à cause de la personne qu'ils épousent. Si tu étais né arabe, tu serais vraisemblablement aujourd'hui musulman. Méfie-toi de ceux qui excluent. La vérité est complexe et diverse, et l'exclusion n'est jamais la réponse. Au contraire, elle engendre le fascisme et toutes sortes d'intégrismes raciaux et religieux. Nous sommes purs et pas toi ; nous sommes supérieurs et toi inférieur."

A l'issue de telles conversations, Iliya chargeait Mamo de livres, parfois jusqu'à douze à la fois ; Mamo les rapportait chez lui après le travail et passait ses soirées et ses jours de repos à lire, prenant des notes et dégageant des axes de réflexion qu'il soumettrait le jour suivant à son oncle.

Celui-ci aimait également la poésie et, parmi les livres qu'il prêtait à Mamo, il y en avait quelques recueils, de Denis Brutus à Wole Soyinka et Okot p'Bitek en passant par Agostino Neto, Léopold Sédar Senghor ou Kofi Awoonor et Christopher Okigbo. Il fut particulièrement fasciné par Okigbo lorsqu'il apprit que ce poète avait abandonné sa carrière littéraire pour se faire soldat dans l'armée du Biafra et qu'il était mort au front. Mentalement, et parfois même à voix haute quand il n'y prenait pas garde, il se récitait des vers comme :

Car il était arbuste parmi les peupliers
Réclamant plus de racines

Plus de sève pour croître au grand soleil
Assoiffé de soleil
*Une petite plante parmi la forêt**.

Dans la salle des professeurs, le badinage stupide entre Mme Rouge-à-Lèvres et M. Bukar, la psalmodie de lamentations du professeur d'anglais et les regards furtifs échangés par Langalanga et le stagiaire forçaient Mamo à se retirer en lui-même, à construire un mur invisible entre lui et le reste de la pièce. Il imaginait par exemple des histoires très détaillées autour de personnes ou d'événements, appelant cela le jeu du "et si…". Son personnage préféré était le poète Okigbo. Il se disait : *Et si ce poète n'était pas vraiment mort ? Et si, comme l'oncle Haruna, il s'était simplement éloigné du champ de bataille ? Et si l'oncle Haruna et lui avaient disparu ensemble du champ de bataille ?*

A partir de là, l'histoire inventée acquérait une vie propre, se nourrissant des références les plus légères et les plus infidèles à la réalité. Il se rappelait que son oncle avait mentionné en une occasion de manière énigmatique un certain Chris. Et s'il s'agissait en fait de Chris Okigbo ? Et s'ils s'étaient vraiment rencontrés au front ? Alors l'histoire s'autorisait une certaine licence poético-cinématographique :

En 1967, par une journée sombre et enfumée au front, l'oncle Haruna et son camarade Toma avaient été envoyés en mission avec une troisième personne, un sergent, pour faire sauter un pont. Parti devant eux en reconnaissance de l'autre côté du pont, l'oncle Haruna fut aussitôt

* *Poésie d'Afrique au sud du Sahara*, Actes Sud / Unesco, 1995, trad. E. Maurick, p. 198. Paru en anglais dans le recueil *Limits II*, Mbari, Ibadan, Nigeria, 1964.

capturé par une troupe d'éclaireurs ennemis. Toma et le sergent attendirent puis, ne le voyant pas revenir, ils en conclurent qu'il avait péri, ayant un peu plus tôt entendu les coups de feu d'avertissement tirés par les éclaireurs biafrais au-dessus de sa tête.

Il se trouvait à présent à genoux, les mains attachées dans le dos, devant un capitaine assez jeune. Les Biafrais – ils étaient une dizaine – avaient installé sous un énorme iroko une sorte de camp provisoire. Haruna ne pouvait pas savoir si d'autres se cachaient dans la brousse épaisse autour de l'arbre – des hommes s'y enfonçant sans cesse avant de reparaître. L'air plutôt dépenaillés, ils ne semblaient disposer que de peu d'uniformes et d'un matériel limité et de fabrication artisanale. Le capitaine n'arrêtait pas de lancer des regards vers le soleil, se protégeant de la main, comme s'il attendait un signe, ou comme s'il aspirait à être ailleurs en cet instant. Il finit par se tourner vers Haruna et un éclair de compassion parut le traverser, avant de redevenir dur comme de l'acier.

En anglais, le capitaine annonça : "Mon nom est Chris Okigbo. Dans la vraie vie, je suis poète." Ayant dit cela, il fit une pause et rit comme si une secrète ironie des choses l'amusait. Puis il reprit avec sérieux : "Tu as très mal choisi ton moment pour te faire prendre. Nous sommes en train de battre en retraite, le contact avec notre quartier général est rompu et nous n'avons pas de quoi nous occuper d'un prisonnier. Le plus simple serait de régler la chose en te mettant une balle dans le crâne…" A cet instant, comme distrait par un message télépathique, le capitaine se tut puis disparut brusquement dans la brousse, laissant Haruna avec un sergent appartenant au groupe qui l'avait surpris. Haruna entendit le capitaine s'adresser à quelqu'un qu'il ne voyait pas, puis il revint suivi d'un caporal. C'est alors que la terre s'ouvrit sous eux et qu'ils dégringolèrent vers son centre – Haruna ne savait pas ce qui s'était produit en premier, l'explosion violente, la dégringolade ou la grosse fissure dans son crâne. Mais il tombait, à travers des branches d'arbre, des bras et des jambes coupés, sans cesser de hurler. Puis ce fut l'obscurité et le silence. Quelques secondes, quelques minutes ou quelques heures plus tard, lorsqu'il ouvrit les yeux, il vit le capitaine penché au-dessus de lui, remuant les lèvres sans qu'aucun son sorte. Bien plus tard, lorsque ses oreilles eurent cessé de bourdonner et qu'il distingua les paroles du capitaine, il entendit : "Nous sommes les deux seuls survivants – peut-être qu'il ne reste plus que nous deux au monde. J'y vois un signe. Est-ce que vous êtes blessé ?"

Haruna se dégagea de la pile de feuilles et de branches qui le recouvraient et se leva. Indemne. Okigbo dit : "Alors, en route !" Ils se mirent à marcher, sans trop savoir où ils allaient, avançant de plus en plus profondément dans la forêt et évitant instinctivement les combats.

Ils mangeaient quand ils avaient de quoi et dormaient quand la fatigue survenait ; ils parlaient peu, s'abandonnant avec délices à la liberté retrouvée. Au bout d'un jour, d'une semaine ou d'un mois, la guerre ne fut plus qu'un souvenir dans leur esprit. Ils arrivèrent enfin dans un village et, quand ils demandèrent où ils se trouvaient, les gens leur répondirent : "Au Cameroun." Un autre pays.

Ils se regardèrent et reprirent leur route. On ne sait pas bien comment ils en vinrent à posséder une camionnette, mais ils poursuivirent ainsi leur voyage. Ils s'étaient tacitement mis d'accord pour ne jamais évoquer la guerre et se contentaient de conduire, allant de ville en ville, de pays en pays ; un jour, ils se retrouvèrent tout à fait à l'Est de l'Afrique, à Dar es-Salam. Puis ils se dirigèrent vers le nord pour aller voir les pyramides d'Egypte, puis vers le sud, le nord et l'ouest : Mali, Guinée, Congo, Botswana, Sénégal, Maroc, Kenya, ils avançaient toujours. Sur leur chemin, ils croisèrent d'autres guerres, d'autres formes de paix. Ils assistèrent à des naissances, des mariages, des célébrations, des décès et des enterrements. Puis, dix ans exactement après le début de leur périple, Haruna dit à Chris : "Mon ami, il est temps que je m'arrête. Je suis chez moi." Il avait reconnu à sa gauche les collines verdoyantes de Keti.

Seul dans la camionnette, Okigbo composa ces vers en hommage aux collines avant de repartir :

De nouveau seul, je vois les collines de
Keti dressées devant moi, les pattes de devant levées,
Me faisant signe, comme des chevaux de parade…
Et, sous elle, ma vieille amie bourrue, la route, qui me fait signe aussi…

Mamo était seul chez lui ce jour-là, se remettant d'un nouvel accès de fièvre. Il avait dépassé le portail et scrutait paresseusement la rue poussiéreuse. C'était le mois de mars, la saison sèche touchait à sa fin et on sentait déjà dans l'air les forts effluves rafraîchissants de la pluie dans le lointain ; des colonnes de poussière tourbillonnaient, soulevant des brindilles et des morceaux de papier qui tournoyaient sans fin. Mamo vit apparaître devant lui un homme. Il l'avait vu s'approcher, marchant dans sa direction, mais l'homme avait ensuite quitté la route et disparu. Il se tenait à présent devant Mamo, l'air échevelé, son épaisse tignasse tout emmêlée, sa barbe et sa moustache se rejoignant en cercle aux coins de sa bouche. Ses vêtements étaient en lambeaux, il semblait les porter depuis longtemps. Les lèvres émergeant de sa barbe touffue étaient toutes crevassées et saignaient quand il parlait. Mamo ne comprit pas tout de suite ce qu'il disait. Il chercha dans sa poche une pièce à lui donner, le prenant pour un mendiant – puis l'homme parla de nouveau, de façon plus audible :

"Est-ce que je suis chez Musa Lamang ?"

*

Au milieu de sa seconde année à l'école d'intérêt général de Keti, Mamo prit de plus en plus conscience des difficultés que rencontrait son oncle ne serait-ce que pour arriver à faire fonctionner la structure, détenue et financée par la collectivité. Son budget très serré lui permettait tout juste de rester à flot. Iliya résistait quotidiennement à la tentation d'augmenter les frais de scolarité. Les jours passant, uniquement préoccupé par la survie de l'école, il parlait de moins en moins de politique et de culture. Il exposait à Mamo la situation précaire des élèves : c'étaient les enfants et les petits-enfants de paysans, soudain projetés dans un système qui exigeait de passer des examens pour exercer la moindre activité. Or ils étaient pour la plupart incapables de réussir les examens normaux, car les écoles de village n'avaient pas le niveau requis, les enseignants sachant à peine lire eux-mêmes. Les élèves échouaient immanquablement, finissant par traîner dans le village, se rassemblant le soir devant le magasin local, assis sur des casiers de Coca retournés, fumant, buvant du whisky et écoutant la musique disco que le propriétaire ibo du magasin mettait dans son vieux lecteur de cassettes. Devenus adultes, certains avaient constamment une expression aigrie, cette amertume s'insinuant parfois jusque dans leur cœur et trouvant un exutoire dans des infractions mineures. L'école d'intérêt général leur offrait une alternative.

Comme pour bouleverser le délicat équilibre maintenu par l'oncle Iliya, une lettre arriva du ministère de l'Education. En la lisant, celui-ci s'exclama : "Ce n'est pas possible !" Mamo attendit pour savoir de quoi il retournait, mais, à la manière dont son oncle serrait les lèvres, il pressentait une mauvaise nouvelle.

"Ils veulent fermer l'école, écoute : «Si vous n'améliorez pas le niveau général, votre école figurera sur la liste des établissements privés dont le gouvernement pourrait bien être forcé de revoir l'existence.» Qu'est-ce qu'ils entendent exactement par «revoir» ? Qu'est-ce que ces abrutis savent du «niveau général» vu qu'ils envoient leurs enfants dans des écoles privées à Londres et en Amérique. Et maintenant… «Les conditions sont les suivantes : 1) il doit toujours y avoir au moins cent mille nairas sur le compte en banque de l'école ; 2) il faut que soit maintenu un rapport d'un enseignant pour quinze élèves – selon leurs calculs, je devrais employer au moins dix professeurs supplémentaires, mais comment, je voudrais bien le savoir ; et 3) plus de cours et d'équipements.»"

Il reposa la lettre, l'air abattu. Il semblait avoir oublié qu'il n'était pas seul dans la pièce. Au bout d'un moment, Mamo se leva tranquillement et s'en alla.

De retour en classe, accablé par les soucis de son oncle et sans assurances concernant l'avenir de l'école, Mamo se sentit un devoir urgent vis-à-vis de ses élèves. Il écarta son projet de cours et se mit à discourir à bâtons rompus. Dans ses digressions, il essayait de donner un sens à l'existence et à son injustice. Il s'aperçut qu'il citait les termes de la lettre de LaMamo concernant les "dirigeants africains de l'avenir". Il avait été frappé par la manière prosaïque dont son frère avait utilisé l'expression, comme si devenir un "futur dirigeant africain" allait de soi pour chaque Africain. Il dit à ses élèves : "Si nous voulons aller loin et être les dirigeants africains de l'avenir…"

Il avait envie de poser des questions, et non de faire un cours magistral. Il voulait couvrir toute l'histoire en une séance, en une heure, en une phrase ; il voulait parler du mur de Berlin, de Vladimir Lénine, de la traite des Noirs et de la guerre civile américaine ; dire comment leur pays, le Nigeria, en était venu à porter ce nom ; évoquer Martin Luther King, Mandela à Robben Island, les pyramides et les pharaons en Egypte ; citer Platon, Aristote et les empereurs romains ; raconter que Marie-Antoinette ne voyait guère de différence entre du pain et de la brioche ; décrire Hitler dans son bunker et la façon dont le bien finit toujours par triompher du mal, Napoléon à Sainte-Hélène ; mentionner Chaka roi des Zoulous, *mansa* Moussa ; et enfin expliquer comment tout cela avait une incidence directe sur eux, comment une victoire sur la tyrannie et l'injustice, n'importe où dans le monde à n'importe quelle époque, était aussi une victoire ici et maintenant. Il voulait arracher le toit et faire tomber les murs pour leur montrer : *Vous voyez l'horizon, par-delà les collines ? Ce n'est pas vraiment l'horizon, il y en a une infinité d'autres, vous n'avez qu'à gravir la colline et à fixer les immenses champs devant vous, qui se multiplient au fur et à mesure que vous vous rapprochez. Tel est le véritable sens de l'histoire.* Mais les mots lui manquaient, ainsi que l'assurance qu'il fallait pour les prononcer. Il avait souvent l'impression d'être un imposteur lorsqu'il se tenait devant leurs visages curieux et pleins d'ardeur, tant il se sentait jeune et inexpérimenté.

*

Les mois passèrent. Mamo assista à la première, puis à la deuxième cérémonie de remise des diplômes, c'est-à-dire au départ de deux séries d'élèves de dernière année suivi de l'arrivée d'une nouvelle promotion. Langalanga et Adamu, les stagiaires, à présent fiancés, partirent et furent remplacés par deux nouvelles jeunes femmes. Malgré tous ces événements, le passage du temps affectait vivement Mamo par sa lenteur. Il ne tenait pas en place, et cette agitation fut exacerbée par la lettre qu'il reçut de LaMamo à la fin de sa deuxième année. Elle portait un timbre malien. Comme la plupart des lettres suivantes de LaMamo, celle-ci ne prenait pas la peine de renseigner Mamo sur ce qui était arrivé depuis la précédente. Mais le temps écoulé était perceptible dans la voix de LaMamo : on ne sentait plus chez lui la jeunesse, l'ardeur et l'espoir d'autrefois ; il semblait au contraire avoir déjà survécu à de nombreuses batailles et expériences.

Juin 1985

Cher frère,

Je t'écrit d'un petit village à la frontière du Mali dans le désert du Sahara – depuis longtemps il y a la guerre entre les Touaregs et le gouvernement. Les Touaregs se sentent opprimés et veulent être libres. Partout les peuples veulent la liberté et je pense qu'ils ont raison. On se bat avec les Touaregs mais je crois pas qu'on va gagner, dommage. On était soixante volontaires en quittant le camp de Libye mais ces deux dernières années beaucoup sont morts, d'autres ont déserté (disparu de la circulation) et maintenant on est plus que vingt. Des fois quand il n'y a pas de combats je m'allonge sur le sable pour regarder les étoiles dans le ciel et je sais que la mort est tout autour de moi – hier les troupes du gouvernement elles ont fait un raid de nuit dans le camp. J'ai eu de la chance, il y a eu plein de morts, j'étais couvert de membres sanglants.

Je me rappelle l'année dernière on a combattu un terrible seigneur de la guerre, un magicien capable de contrôler l'âme de ses soldats quand il les envoyait se battre. Il faisait sortir l'âme du corps et ils devenaient des zombies, ils ne ressentaient plus la peur parce qu'ils n'étaient plus humains, ils s'avançaient et on tirait et ils continuaient à avancer. Ils s'affaissaient au sol comme des herbes mais il y en avait toujours qui avançaient. On en a eu assez de leur tirer dessus. Ils disaient que le seigneur de la guerre avait changé leur âme en oiseau et les gardait sur un baobab à l'entrée de son village et chaque fois qu'il y en avait un de tué, un zombie, un oiseau s'envolait pour ne jamais revenir. Il continuait à voler. On a fini par capturer le magicien et le village s'est rempli de joie. Les femmes nous embrassaient et nous serraient dans leurs bras, disant que depuis des années il tuait leurs maris et leurs fils avec sa magie, il voulait s'emparer du pays tout entier, de toute l'Afrique. C'était un homme très méchant.

Je me suis fait un nouvel ami, Samuel Paul. Il vient du Liberia. Il te plaira, il est calme et il lit tout le temps, comme toi. Son histoire est triste. Il est entré dans l'armée parce que toute sa famille a été tuée dans une église le jour du mariage de sa sœur. Il pleure à chaque fois qu'il y repense et il jure de se venger de la tribu qui a tué sa famille et les gens de son village au Nord du Liberia. Le jour du mariage, ils ont débarqué dans l'église à vingt et ils ont commencé à tirer – il a survécu parce qu'il s'est caché derrière l'autel, mais il a entendu les cris de sa sœur violée avant d'être tuée, sa mère les suppliait et le mari les suppliait aussi. Il y avait du sang partout et même le pasteur a été tué parce qu'il appartenait à cette tribu.

Samuel Paul veut que je l'accompagne au Liberia parce qu'on est maintenant très amis, ça veut dire déserter notre armée – on est plus que vingt sur les soixante du début. Lui il dit : De toute façon pour qui est-ce qu'on se bat ? et les autres ils se posent la même question. On est des volontaires donc on se bat là où notre chef nous dit de nous battre, le but c'est de libérer l'Afrique et d'obtenir la liberté pour tous les Noirs du monde. Sur les vingt beaucoup parlent de partir, on se bat depuis bientôt cinq ans et il y a eu beaucoup de morts et Samuel Paul dit qu'on ne pourra pas libérer l'Afrique à nous tout seuls. Dommage que tu ne soit pas là avec moi, ça t'aurait plu de voir les gens d'ici quand on se bat pas : les Touaregs sont comme des Arabes ou des Berbères, même si certains sont plus foncé de peau que toi ou moi, leur langue est le tamasheq et leur nom signifie "abandonnés par les dieux" en arabe, ils vont à dos de cheval ou de chameau et vivent dans le Sahara. Il fait très chaud le jour et frais la nuit, on trouve des oasis avec des jardinets pleins de différentes fleurs. Quand c'est calme, ils aiment chanter et les hommes et les femmes dansent pour nous, le soir on fait rôtir des chèvres et des agneaux pour manger avec du couscous et des fois même on oublie qu'on est soldats.

Je t'écrirai bientôt, dis à tante Marina, à Asabar et à tout le monde que je vais bien et que je les salut.

Ton frère jumeau,

LAMAMO.

P.-S. : *J'ai dessiné l'oasis le désert et les chameaux au dos de cette lettre pour te donner une idée de comment c'est ici. Les nuits sont fraîches et calmes et ça me rappelle parfois chez nous.*

ZARA

Des années plus tard, lorsqu'il rédigea la biographie de Zara, Mamo commença par décrire non pas leur première rencontre le jour de Noël, l'année de ses quatorze ans, mais le lendemain, lorsqu'elle fit son apparition à la porte avec son manuscrit. Ils avaient évoqué ensemble son roman, qu'elle voulait lui montrer, mais il ne savait pas si elle viendrait vraiment. Vêtue d'une longue jupe léopard et d'un chemisier bleu, elle avait les cheveux retenus en arrière par une pince bleue. Elle annonça en agitant un cahier à couverture cartonnée : "J'ai apporté le manuscrit !" Lorsqu'il retrouva l'usage de la parole, Mamo la fit entrer.

LaMamo était affalé sur le canapé, fredonnant à tue-tête une chanson de Bongos Ikwe qui passait à la radio. Apercevant Zara, il resta bouche bée et se redressa, lançant un regard interrogateur à Mamo, qui le présenta. Elle répondit en lui serrant la main : "Ah oui, le frère jumeau !" Il tapota l'espace à côté de lui pour l'inviter à s'asseoir. Toujours un peu troublé, Mamo observa en silence son frère engager rapidement une conversation animée sur les jumeaux et l'écriture. Sans voix, Mamo ne pouvait participer que d'un oui ou d'un non. Comme cela lui était arrivé la veille, son frère semblait en passe de tomber amoureux. Mamo se leva lentement et dit : “Je vais à côté regarder le manuscrit. Je reviens.”

De sa chambre, il n’entendait pas leurs paroles, mais simplement des murmures entrecoupés de temps à autre d’un éclat de rire sonore. Il savait que, sous l’effet de l’excitation, son frère ressemblait à une pièce de monnaie tournoyant sur elle-même et donnant l’illusion d’avoir un million de facettes. Il abordait un sujet après l’autre, la faisait rire – s’approchant puis s’éloignant comme un colibri. Des larmes de dépit emplirent les yeux de Mamo, l’empêchant de parcourir le manuscrit. Bien plus tard, lorsqu’il sortit, Zara lui demanda :

“Alors, est-ce que ça t’a plu ?

— Oui, dit-il, c’est vraiment intéressant.”

Elle attendait qu’il poursuive, mais il lui tendit les pages sans un mot. Les jumeaux la raccompagnèrent un bout de chemin. Elle promit de leur écrire une fois de retour en ville et leur adressa une lettre à chacun pour leur quinzième anniversaire. Mamo lui répondit brièvement et aida LaMamo à composer une longue lettre bavarde. Après quoi Mamo ne reçut plus rien, mais elle continua à écrire à LaMamo pendant toute une année, mettant chaque fois un post-scriptum : “Mes amitiés à ton frère.”

*

Des années plus tard, Mamo consigna dans sa biographie de Zara que, lorsque Iliya entra dans la salle des professeurs ce jour-là en annonçant un nouveau membre de l’équipe, il s’était attendu à tout sauf à découvrir Zara, un sourire poli aux lèvres tandis qu’elle jetait un regard circulaire dans la pièce. Le directeur avait annoncé le matin que quelqu'un allait venir seconder gratuitement le professeur de mathématiques.

Elle était superbe, ce fut la première chose que Mamo remarqua. Elle portait une longue jupe noire et un chemisier lilas, mais rien sur la tête, et d'épais cheveux brillants encadraient son visage ovale, retombant négligemment sur ses épaules. Elle semblait tout droit descendue d'un avion la ramenant d'un endroit lointain et passionnant. Son visage avait quelque chose de familier – Mamo était sûr de l'avoir déjà vu. Ils se trouvaient à présent au milieu de la salle des professeurs. Elle regardait Mamo, comme si elle essayait aussi de se souvenir d'où elle le connaissait. Iliya la présenta : "Voici Mme Zara Dogo, notre nouveau professeur. Vous ne la connaissez peut-être pas, mais avez tous sûrement entendu parler de son père, M. John Lamemi, l'ancien inspecteur académique."

Ils firent ensuite le tour des enseignants et, lorsqu'il arriva à Mamo, Iliya dit :

"Voici Mamo, mon neveu, il enseigne l'histoire et parfois l'anglais.

— Nous nous sommes déjà rencontrés, dit-elle en souriant, mais c'était il y a longtemps, il ne s'en souvient peut-être pas.

— Eh bien, tant mieux. N'hésitez pas à nous demander de l'aide si vous avez besoin de quoi que ce soit", conclut l'oncle Iliya en les regardant tour à tour.

Puis ils partirent ensemble.

LE FLAMBOYANT

Le lendemain, un samedi, Zara alla rendre visite à Mamo chez lui. La maison de Lamang était en effervescence. Lamang finissait de se préparer pour la convention du Parti de la victoire, qui se tenait dans la capitale d'Etat. Il devait y être nommé président de section, ce qu'il visait depuis le jour de son adhésion au parti deux ans plus tôt. Venus de l'ensemble du pays, tous les dignitaires du parti devaient y assister, et la plupart pouvaient ensuite revenir avec lui à Keti pour un dîner en son honneur. Des ouvriers avaient travaillé nuit et jour toute la semaine précédente pour repeindre la maison en vert-violet-vert, les couleurs du Parti de la victoire. Même les fauteuils flambant neufs en cuir arboraient ces tons.

Sur la véranda, des amis de Lamang attendaient son apparition. Les regardant du bas des marches, un autre groupe constitué de mendiants et de parasites scandait son soutien au Parti de la victoire. De temps à autre, un homme sur la véranda plongeait la main dans sa poche et en retirait une pièce qu'il lançait aux mendiants. Au-delà du portail, à côté des voitures, des musiciens frappaient sur leurs tambours, attendant aussi que les hommes sortent et leur donnent de l'argent.

Pour échapper au brouhaha, Mamo avait apporté une chaise et un livre sous le flamboyant dans la cour de derrière, mais Asabar l'avait découvert et lui faisait un long sermon tortueux sur la politique. Mamo l'écoutait patiemment vitupérer le parti de l'opposition, le Nouveau Parti de la victoire, en arpentant l'espace devant lui. Asabar était devenu l'assistant de Lamang. Quelques mois après son retour de la frontière tchadienne, la queue entre les jambes, il était allé voir ce dernier et lui avait rappelé sa promesse d'embauche une fois ses examens passés. Lamang l'avait dévisagé de la tête aux pieds avant d'annoncer : "Eh bien, ton caractère me plaît. Tu es un battant et tu tiens la famille en haute estime. Je vais faire de toi un homme politique – c'est ça l'avenir !"

Officiellement chef de la section jeunesse du Parti de la victoire pour la circonscription de Keti, Asabar avait pour tâche de conduire chaque jour le camion du parti à une allure d'escargot dans les rues du village, transportant à l'arrière de jeunes militants, les haut-parleurs diffusant à plein volume les chants et les slogans de campagne. Il s'était mis à porter un pantalon et une veste de treillis ainsi que de grosses bottes de l'armée. Un peu trop grande pour lui, la veste reposait sur ses maigres épaules à la manière d'une cape, et les poches latérales de son pantalon étaient remplies de paquets de cigarettes, de couteaux de poche, de porte-clés et d'autres babioles.

"Ils n'ont aucun respect, crois-moi. Ils sont restés deux heures garés en face de notre siège, les haut-parleurs braqués sur nos fenêtres, à déverser le chant de leur parti.

— On est dans un pays libre, ils peuvent se mettre où ils veulent, dit Mamo.

— Tu ne comprends rien à la stratégie politique, répondit Asabar avec un geste d'impatience (il était ivre et, dans ces moments-là, il parlait toujours très fort d'un ton querelleur, le visage grimaçant). Tu soutiens le Nouveau Parti de la victoire ? Y a qu'à voir leur nom… ils n'auraient pas pu trouver quelque chose de plus original ? Tu n'es pas avec nous ?"

Des acclamations leur parvinrent de la véranda : Lamang avait dû surgir.

"Ils vont partir sans toi. Je suis sûr qu'ils sont en train de te chercher…, dit Mamo en se replongeant dans son livre.

— Tu essaies de te débarrasser de moi, c'est ça ? s'emporta Asabar en se rapprochant du visage de Mamo. Tu… tu ne me comprends pas, tu ne me respectes pas. Avec LaMamo c'était pas pareil, parce que lui et moi, on est tous les deux des soldats, on n'a peur de rien – il s'interrompit au milieu de sa phrase. Bref, j'ai dit à ton père… Oncle…, j'ai dit au président, avec les jeunes on va aller leur parler, mais il a pas voulu. J'ai dit rien qu'une minute. Ils cherchent les ennuis. Parce que les élections seront là dans un mois. Il faut leur montrer qu'on les attend… Mais il a dit de les laisser faire. La prochaine fois…"

A ce moment-là, Zara apparut derrière la cuisine, regardant autour d'elle d'un air hésitant. Asabar l'aperçut le premier et s'arrêta de parler en écarquillant les yeux. Suivant le regard de son cousin, Mamo se leva, incapable de dissimuler sa surprise.

"Salut, Zara, dit-il. Bienvenue. Voici mon cousin Asabar, il allait partir.

— Oui, dit Asabar en comprenant le signal et en se redressant. Nous allons à un meeting très important. Mamo, rappelle-toi ce que je t'ai dit… et aussi je veux te parler à mon retour. C'est important, il faut que je te parle.

— On se voit demain."

Une fois son cousin parti, Mamo offrit sa chaise à Zara et alla en chercher une autre. Puis, Zara l'interrogeant sur tous ces préparatifs de fête, il expliqua qu'il s'agissait simplement de son père et de quelques amis politiciens.

Ils se turent. Il voulait lui demander pourquoi elle était venue, mais il garda le silence. La veille, après les présentations générales, elle était repartie avec l'oncle Iliya sans que Mamo ait pu lui adresser la parole.

Elle regardait à présent les collines, les yeux presque clos, en inspirant profondément. Mamo la trouva jolie avec la tête dressée, les yeux fermés et le front plissé. Elle dit :

"Mon Dieu, j'avais oublié ce que l'air peut être frais au village. La dernière fois que je suis venue ici, c'était il y a quatre ans, pour l'enterrement de mon père.

— Et est-ce que tu as fini ce roman ?

— Je vois que tu n'as pas oublié, répondit-elle en souriant et en secouant la tête. J'étais trop occupée ailleurs.

— A quoi faire ?

— Rien d'original : université, service civil, mariage, maternité et divorce."

Il n'avait pas su pour l'enfant, ni pour le divorce. Elle avait vingt-cinq ans, un an de plus que lui ; il la trouvait trop jeune pour être une maman divorcée, mais ne dit rien. Balayant du regard les frondaisons de l'arbre, les remises contre le mur du fond, le poulailler et les enclos pour les chèvres, elle lui demanda s'il venait toujours lire là. C'était une vaste parcelle ceinte d'un mur de parpaings gris. Il répondit :

"Non, mais il y avait trop de bruit dans la maison, et je ne savais pas où aller.

— Ça tombe bien, parce que je suis venue t'inviter chez moi. C'est un endroit calme.

— M'inviter moi ?

— Eh bien, en fait j'ai besoin d'aide. J'ai beaucoup de choses à déballer et ça me prendrait des heures toute seule. Je suis allée chez mes cousines, mais plus personne n'habite là. L'une est mariée et vit en ville, une autre est infirmière à Brunei et la dernière est morte. J'ai été tellement coupée de tout ça, dit-elle doucement comme si elle se parlait à elle-même.

— Et donc tu as pensé à moi… qui suis toujours vivant et disponible !

— Je ne voulais pas dire ça, corrigea-t-elle en riant.

— Je sais.

— Où est ton frère LaMamo ?

— Il est parti à l'étranger, voir du pays.

— Vraiment ? J'aimerais beaucoup pouvoir faire ça et ne jamais me soucier de revenir."

Il attendit qu'elle reparle de LaMamo mais, comme elle se taisait, il reprit : "Il était amoureux de toi. Il a toujours tes lettres." Elle eut l'air très surprise puis murmura en souriant : "Ah bon."

Après un long silence embarrassant, il proposa de se mettre en route. Dehors, elle montra du doigt une Peugeot 504 GL garée sous un arbre et expliqua : "Je l'ai héritée de mon père. C'est la première voiture qu'il a achetée. Je l'ai laissée ici au garage et je l'avais presque oubliée, mais maintenant je suis contente de ne pas l'avoir donnée."

Les amortisseurs étaient comme inexistants et, lorsque la voiture rebondissait sur de grosses pierres ou des nids-de-poule sur la route en terre qui conduisait chez elle, le choc se répercutait abruptement sur les sièges et de la poussière s'élevait du plancher. Il ne servait à rien d'ouvrir les fenêtres, car cela faisait seulement entrer davantage de poussière. La maison se trouvait à l'extrémité est de Keti, près du quartier de l'hôpital ; entourée d'un haut mur d'enceinte, elle était élevée au milieu de son propre jardin. Son grand portail de fer fut ouvert par un jeune homme qui n'avait qu'une seule oreille et qui toisa Mamo avec suspicion.

"C'est Igname, le gardien.

— Qu'est-ce que c'est que ce nom ?

— Fais-moi penser à te raconter un jour l'histoire de comment il a perdu une oreille. Peut-être que tu en feras le sujet d'une pièce. Tu écris toujours du théâtre ?

— Non."

Devant la maison et sur les côtés, l'herbe avait tout recouvert, comme si l'endroit était resté longtemps inhabité. Une ampoule nue pendant à une douille au-dessus de la porte d'entrée répandait vaillamment sa lumière dans la vive clarté de l'après-midi. A gauche se trouvait l'habitation des serviteurs, composée d'une pièce et de toilettes. La pièce se prolongeait par une véranda sur laquelle se tenait à présent Igname, impassible, regardant en contrebas Zara et Mamo.

L'intérieur sentait le renfermé : il y avait des toiles d'araignée partout et des cartons sur les tables et les sièges. Elle alla ouvrir une fenêtre et scruta la cour de derrière envahie de végétation, puis elle se retourna et secoua la tête en montrant la pièce d'un geste. Elle dit : "Voilà la maison de famille, plutôt mal entretenue. Personne n'y est venu depuis la mort de mon père : ma mère déteste le village, ma sœur ne supporte pas d'être loin de son mari et moi… Moi j'adore être ici… c'est le seul endroit où je peux réfléchir… mais je n'avais pas le temps." Elle s'interrompit brusquement et lui désigna un fauteuil avant de reprendre : "Assieds-toi quelque part, mais prends garde à la poussière." La plupart des cartons étaient ouverts, révélant des photographies encadrées, des vêtements, des livres, des casseroles et des poêles, et autre bric-à-brac. Elle déposa son sac sur un des cartons et se dirigea vers le réfrigérateur dans un coin.

"Tu veux boire quelque chose ? Je n'ai que de l'eau, malheureusement. Mais je peux envoyer Igname chercher des jus de fruits.

— De l'eau ça ira. On dirait que tu comptes rester longtemps, ajouta-t-il en montrant les cartons.

— Je n'en sais rien… mais assez longtemps pour trier mes affaires."

Il alla ouvrir une autre fenêtre, qui donnait sur une autre partie de la cour, un jardin ombragé avec un manguier, un oranger et un goyavier. Elle passa dans la chambre et revint vêtue d'un jean et d'un tee-shirt rouge. Lorsqu'elle monta pieds nus sur un coussin pour fixer un cadre au mur, un nuage de poussière en sortit.

"Laisse-moi faire avec les cadres, proposa-t-il en lui prenant le marteau et le clou des mains. Toi tu t'occupes de la cuisine."

Il y avait des photos de famille : son père, sa mère et sa sœur qui lui ressemblait comme deux gouttes d'eau, en plus mince et sans l'énergie corrosive que dardait toujours le regard de Zara. Sur l'une des photographies, on la voyait en robe de mariée aux côtés d'un beau jeune homme vêtu d'un uniforme de capitaine de l'armée, tenant de leurs deux mains une longue épée au-dessus d'une pièce montée.

"Mon ex. Il s'appelle George Dogo, déclara-t-elle d'une voix neutre qui ne laissait pas transparaître ses sentiments à son égard.

— Combien d'enfants ?

— Un seul, Sam… Samson."

Sa voix s'était adoucie. Elle était en train de farfouiller dans les cartons sur la table tout en parlant, dos à lui, mais elle s'arrêta un instant pour chercher dans son sac à main une photo d'identité qui montrait un petit garçon regardant l'objectif avec un sourire radieux.

"Il a un an – il est avec mes beaux-parents. Ils me l'ont enlevé.

— Je suis désolé, dit-il.

— Désolé de quoi ?" répliqua-t-elle sur un ton soudain agressif et le regard dur.

Comme il allait répondre, elle l'interrompit d'un geste et expliqua : "Ce n'est pas ce qu'on appelle un mariage malheureux, on était amoureux au début, il y a trois ans. J'étais en dernière année à l'université. Tout le monde était content. C'est seulement après le bébé qu'on s'est éloignés. Il est soldat, il aime traîner avec ses camarades au mess, me laissant seule avec le petit. Et là, pour la première fois de ma vie, j'ai eu le temps de réfléchir et en voyant ma vie s'étirer indéfiniment comme ça j'ai eu envie de m'échapper. Je pense que j'ai grandi trop vite – ça fait ça d'être mère. Il avait bien entendu d'autres femmes, mais ce n'était pas le plus grave. Il était d'une telle superficialité, mon Dieu ! Bon, mais je n'avais que vingt-deux ans, merde, et j'étais trop jeune pour m'en apercevoir !"

Mamo resta là avec la photographie et le marteau à la main, ne sachant trop quoi dire qui ne lui parût pas offensant. Elle le fixait d'un air de défi, comme si elle attendait qu'il fasse un faux pas.

"J'espère que tu ne vas pas jurer comme ça en classe ! lança-t-il.

— Assez parlé de moi, répondit-elle en riant et en lui lançant un regard reconnaissant. Parle-moi de l'école, qu'est-ce qui m'attend là-bas ?

— Pas grand-chose… mais tu peux être certaine que les élèves vont te trouver un surnom…

— Un surnom ? Le tien c'est quoi ?

— Ils m'appellent «Futur Dirigeant Africain»…, déclara-t-il en haussant les épaules devant son ricanement. Je suppose que j'emploie souvent cette expression dans mes cours. Mais ne ris pas trop vite, attends de voir celui qu'ils vont te trouver."

*

Le lendemain, il se rendit chez elle. Lorsqu'elle ouvrit la porte, il n'entra pas mais dit :

"Hier soir, j'ai rêvé de toi. On allait se promener dans les collines.

— Et tu as envie d'y aller ? répondit-elle en souriant.

— Quoi, là maintenant ?

— Pourquoi pas ? Attends que je mette mes chaussures."

Comme dans son rêve, ils surplombaient le village, apercevant les arbres, les gens comme des fourmis et les maisons avec un filet de fumée sortant du toit de paille de la cuisine. Mais ils ne se tenaient pas la main comme il l'avait imaginé.

Ils redescendirent quand le soleil plongea derrière les collines et qu'ils ne distinguaient plus la fumée au-dessus des toits. Ils revinrent le samedi suivant. C'était une journée étouffante, mais au sommet une forte brise soufflait, apaisante. Ils s'assirent sous un arbre rabougri, épaule contre épaule. Mamo jetait nerveusement des cailloux dans le vide, sans prononcer un mot. Zara finit par demander :

"Dans ton rêve, on faisait quoi une fois en haut ?

— On s'embrassait.

— Tiens donc…

— Mon frère était dingue de toi…, ajouta-t-il en jetant davantage de cailloux. Il me montrait tes lettres…

— Ah bon… Mais ce n'était que des lettres.

— Et la fois où tu es venue chez nous me montrer ton manuscrit… ?

— Le jour où tu as fait comme si je n'existais pas ?

— C'est faux. Mon frère et toi étiez manifestement…

— J'étais venue pour toi, tu te souviens, pour te voir. Et ton frère m'interrogeait sur ma sœur, il l'avait vue à l'église et voulait lui être présenté.

— C'est tout ?

— Oui."

Ils restèrent assis en silence, contemplant un groupe de chèvres mâchonnant de l'herbe.

"Est-ce que tu étais jaloux de ton propre frère ?

— Ça y ressemble. Tellement que je ne lui ai plus jamais reparlé de toi. Je me suis vraiment senti trahi ce jour-là… Mais j'ai toujours été jaloux de lui, d'une certaine manière, il a tout ce que je n'ai pas. C'était toujours lui le fort et en bonne santé et, quand on était petits, les adultes lui tapotaient la tête en disant : «Que tu es costaud !» et quand ils se tournaient vers moi l'expression de leur visage changeait. Mon rêve serait d'avoir son corps avec mon esprit, ce qui ferait de moi un homme parfait, conclut-il en essayant d'adopter un ton badin. Ça trahit mon complexe d'infériorité. Je devrais peut-être voir un psy !"

Il essaya de rire de nouveau mais le rire resta coincé dans sa gorge.

"C'est normal. Moi aussi j'envie ma sœur… Elle est tout le contraire de moi, elle a un mari parfait, une maison idéale et trois enfants, ma mère habite avec elle, et… ma vie à moi est sens dessus dessous. Mais c'est dans l'ordre des choses et ça porte même un nom : la rivalité fraternelle. Nous sommes tout ce qu'il y a de plus normal…

— Je te trouve super, dit-il. Je t'admire.

— Moi aussi.

— Tu t'admires ?

— Non, reprit-elle en riant, toi. Depuis toujours."

Elle posa sa main sur la sienne, entrelaçant leurs doigts.

Ils franchirent le portail à la nuit tombante. Il la tenait par l'épaule tandis qu'elle sortait les clés et ouvrait la porte. Derrière eux, les grenouilles et les grillons se répondaient, et les lucioles décrivaient des trajectoires lumineuses dans l'air avant de disparaître dans l'herbe. A l'intérieur, elle alluma les lumières et descendit les stores, puis elle passa dans la cuisine et lui demanda s'il voulait manger quelque chose. Il répondit qu'il n'avait pas faim. Elle annonça : "J'ai du sable dans les cheveux. Je vais prendre une douche, j'en ai pour une minute." Comme elle tendait la main pour toucher la sienne au passage, il l'attira sur ses genoux, lui faisant perdre l'équilibre dans un éclat de rire. Il l'embrassa sur la bouche et caressa doucement son visage, et elle le fixait droit dans les yeux, comme si elle cherchait quelque chose. Il sentit sa poitrine contre la sienne. Elle l'effleura du nez et se leva en disant : "Je reviens."

Du salon, il entendit l'eau couler dans la salle de bains au bout du couloir. Puis l'eau s'arrêta, la porte s'ouvrit et elle appela : "Je suis sortie, viens." Il se leva puis se rassit pour enlever ses chaussures de marche. Quand il entra dans la chambre, elle était encore dans la salle de bains, où il jeta un coup d'œil furtif par la porte entrebâillée. Elle était debout devant la glace, une serviette la cachant de la poitrine jusqu'aux cuisses, cherchant à atteindre un flacon de lait pour le corps sur une étagère. Il lui demanda si elle avait besoin d'aide, mais elle se contenta de répéter qu'elle en avait pour une minute.

Il retourna dans la chambre et lança un vague regard circulaire, éprouvant un frisson coupable en caressant ses robes et ses dessous dans l'armoire. Près de la fenêtre, il y avait un grand lit avec des draps du même bleu pâle que les rideaux. Sur la table de nuit, une petite photographie dans un cadre en bois montrait Zara et son fils enlacés et souriants. Il avait encore le cadre à la main lorsqu'elle apparut.

"Jolie photo, dit-il.

— Sam et moi, dit-elle en se tenant à côté de lui, toujours enveloppée dans la courte serviette. Tu peux prendre ma brosse à dents, si ça ne te dérange pas, je n'en ai pas d'autre."

La salle de bains était encore embuée et sa culotte pendait sur la barre du rideau de douche.

Il se lava rapidement et à son retour trouva Zara à plat ventre sur le lit. Elle avait revêtu une courte chemise de nuit violette qui laissait voir ses longues jambes galbées à partir du genou. La lumière venant de la salle de bains l'éclairait, lui permettant de distinguer d'où il était les contours de son corps nu sous la mince étoffe. Elle se retourna et lui sourit. Il s'assit près d'elle et ils se regardèrent en silence, avant de commencer une phrase en même temps.

"Vas-y, lui dit-elle.

— Je voulais dire que tu sens bon."

Elle se mit à rire et il lut dans ses yeux qu'elle était aussi intimidée que lui. Se penchant, il l'embrassa. Elle l'attira à lui, le serra fort et amena tout le poids de son corps sur elle. Lorsqu'elle relâcha son étreinte, il s'assit au bord du lit et la dévisagea. Elle demanda : "Parle-moi." Il se mit à lui masser le cou et le dos, et elle se retourna sur le ventre en enfouissant son visage dans l'oreiller.

"De quoi veux-tu parler ?

— De n'importe quoi, dit-elle avant de marquer un temps d'arrêt. De tes conquêtes.

— Toutes ? s'enquit-il tandis qu'elle opinait. Mais il y en a trop, ça va prendre un temps fou !

— Tu plaisantes ? demanda-t-elle en relevant la tête.

— Mais oui, répondit-il d'un air amusé. Je n'ai personne en ce moment. Et toi ?

— Je viens de divorcer.

— Ça ne veut rien dire…

— Non, personne."

Il avait passé les mains sous sa chemise de nuit et caressait toute la largeur de son dos, puis il entreprit de la déboutonner. Elle resta immobile, la tête dans l'oreiller. Lorsqu'il eut terminé, il parcourut des lèvres toute la longueur de sa colonne vertébrale. Elle frissonna et dit d'une voix rauque : "Ça chatouille, c'est agréable."

Il continua à l'embrasser puis, se reculant, il aperçut une vilaine cicatrice sur son dos, en forme de boucle de ceinture. Elle formait un bourrelet noir contrastant avec la teinte chocolat clair de sa peau, juste au-dessous de l'omoplate gauche. Il la toucha, en fit le tour encore et encore, jusqu'à ce qu'elle le regarde avec une expression mitigée. Elle se leva et alla éteindre la lumière, ne laissant subsister que la clarté provenant de la salle de bains. D'un mouvement d'épaule, elle fit tomber sa chemise de nuit sur le tapis. La vue de ses seins ronds et pointés lui coupa le souffle. Elle s'étendit à ses côtés puis roula sur lui, et alors il perdit tout contrôle de lui-même. Parcouru de secousses de désir, il s'extirpa de son pantalon et de sa chemise, et l'attira à lui, enfouissant sa tête dans sa poitrine. Elle gémit et le guida.

Après coup, en voyant son air penaud, elle le rassura : "Ce sera mieux la prochaine fois." Il acquiesça. Ils restèrent allongés face à face dans l'obscurité, elle reposait la tête sur son bras tandis qu'il lui caressait le dos de l'autre main, du creux des reins jusqu'à la nuque. S'attardant de nouveau sur la cicatrice, il demanda :

"Qu'est-ce qui t'est arrivé ?

— C'est mon ex. Un souvenir de notre dernière dispute, expliqua-t-elle en soupirant avant de laisser les souvenirs désagréables refaire surface. Tu sais, je n'avais fait l'amour qu'avec une autre personne avant lui…

— Ah, mais je suis déçu, je croyais que c'était ta première fois ce soir, dit Mamo en essayant de paraître enjoué – pour contrer la tristesse qu'il sentait monter en elle et envahir la pièce.

— Mais non… Ne dis pas n'importe quoi…

— D'accord, mais raconte-moi ta première fois.

— J'avais dix-huit ans, j'étais en première année à l'université, commença-t-elle en se rapprochant de lui et en l'enlaçant de sa jambe. Ça a été horrible. Il m'a forcée pendant une fête au campus. C'était un pauvre type, je ne me rappelle même plus son nom ni à quoi il ressemblait. J'ai passé tout le mois suivant terrifiée à l'idée que je pouvais être enceinte. Mais cette expérience m'a guérie du désir d'explorer la sexualité. Je m'en suis complètement désintéressée, devenant la plus studieuse de ma promotion, du genre chouchou des profs. J'étais toujours la première à entrer dans la salle, je m'asseyais au premier rang, répondant à toutes les questions et faisant tous les devoirs. Et puis George est arrivé… pendant ma dernière année. Il ne correspondait pour moi à rien de connu. Je me souviens qu'il est apparu en uniforme militaire pour voir sa sœur, ma camarade de chambre. Elle m'avait déjà parlé de lui mais je n'étais pas préparée à l'effet qu'il a produit sur moi.

— Ça doit être un phénomène alors.

— A l'époque, oui. La première fois qu'il est venu chez nous, ma mère et ma sœur en sont instantanément tombées amoureuses. Il était bien élevé, gentil avec moi, doux et généreux… un bonheur ! Mais les choses ont changé après le bébé. L'argent a commencé à affluer… Sous le dernier régime militaire, il n'était que lieutenant mais, grâce à ses relations dans l'armée – son père était un officier à la retraite –, ils l'ont nommé à la tête d'une commission spéciale sur le pétrole. Il s'achetait des voitures et partait le week-end avec ses amis et leurs copines, me laissant seule avec le bébé. C'était affreux, ça me rend triste rien que d'en parler…

— Tu n'es pas obligée de le faire…

— Mais le bébé m'a sauvée, poursuivit-elle néanmoins. Je me souviens d'un soir où on pleurait tous les deux, et j'ai senti la colère monter au point d'avoir envie de l'étrangler. Je me suis penchée sur le berceau, et brusquement il s'est arrêté de pleurer et m'a souri. J'ai compris que j'avais besoin d'aide. Lorsque je suis allée trouver ma mère, elle m'a dit que les militaires se comportaient comme ça, qu'il fallait que je sois patiente, qu'il allait se lasser de ses sorties et revenir avec moi. Elle disait qu'après tout il m'avait offert des bijoux et plus récemment une voiture. Mais c'était avant qu'il se mette à me battre. Je me souviens de la première gifle : en passant dans la rue, je l'avais pris en flagrant délit avec une fille dans sa voiture. Lorsque j'ai abordé le sujet le soir, il a levé la main et m'a frappée. Ça a été une révélation : il fallait que je le quitte. Les choses n'ont fait qu'empirer. La fois suivante, il avait bu et, quand je lui ai dit que je partais, il a enlevé sa ceinture et a commencé à faire des moulinets avec. Je ne sais pas comment j'ai eu la présence d'esprit d'emporter le bébé dans ma fuite… Je me suis réfugiée chez ma mère et c'est seulement une fois là-bas que je me suis rendu compte que je saignais beaucoup. Même dans cette situation, ma mère voulait que je retourne avec lui. J'ai refusé, disant que j'allais demander le divorce. Elle s'est énervée, selon elle je déshonorais la famille et si j'avais été un peu plus patiente avec lui les choses n'en seraient pas arrivées là. Elle me reprochait toujours d'être trop forte tête, pas comme ma sœur. Elle n'a pas arrangé les choses lorsqu'un jour elle a laissé George prendre le petit. J'étais au marché et à mon retour elle m'a annoncé que mon mari était venu et l'avait emmené.

Je suis partie de chez elle ce soir-là, sans un mot, rien. Je suis simplement entrée prendre mon sac et ressortie. Je me suis installée chez mon amie dans un logement municipal. Le lendemain, je suis allée chez George qui m'a annoncé qu'il avait envoyé notre fils vivre au village avec ses parents retraités. C'était il y a six mois. Depuis, je n'ai plus revu mon enfant. Comme je n'arrivais plus à y voir clair, j'ai décidé de venir à Keti, pour retrouver un peu d'espace pour réfléchir."

Ce fut mieux la fois suivante. Ils étaient plus détendus et elle cria en jouissant, son corps tremblant et tressautant sur le lit. Puis elle éclata en sanglots et lui couvrit le visage de baisers, le serrant fort dans ses bras.

Plus tard, il lui raconta : "Moi j'avais quatorze ans la première fois. Binta, la fille du voisin, en pinçait pour moi, je ne sais pas pourquoi... surtout que d'habitude c'était mon frère que les filles recherchaient. Mais elle m'aimait bien, elle m'envoyait des lettres, toutes naïves et bêtes, dont on se moquait avec LaMamo. Pourtant je ne lui parlais jamais, je l'évitais même quand je la rencontrais tout seul, ne lui adressant la parole que quand mon frère était avec moi, c'est-à-dire presque tout le temps. Et puis un jour elle est venue chez nous. Elle avait tout bien calculé, j'étais seul, LaMamo étant parti jouer au foot. Elle est entrée dans la chambre et s'est allongée sur le lit. Je suis resté debout à la regarder, me sentant pris au piège. Quand je l'ai rejointe dans le lit et qu'elle a plongé la main dans mon pantalon, mon sexe avait complètement rétréci. J'étais tellement embarrassé que j'ai bluffé, prétextant que c'était ma maladie qui faisait ça.

— Espèce de menteur !

— J'étais tellement intimidé…

— Et alors, que s'est-il passé ?

— On a fini par le faire, mais il m'a fallu l'aide de mon frère.

— Comment ça ?

— Eh bien, malgré cette première déception, elle est revenue et nous a trouvés tous les deux à la maison. Et quand je suis rentré dans la chambre après être allé aux toilettes, ils étaient tous les deux au lit.

— Elle était avec ton frère ?

— Oui. Je revois encore son visage quand je me suis approché : il avait l'air à la fois impuissant, désolé et excité. Et je ne me suis pas senti trahi ou furieux. L'expression de LaMamo avait quelque chose d'hilarant. Quant à elle, elle ne s'est même pas rendu compte de ma présence, elle avait les yeux fermés, gémissait et le pressait de continuer. Je me suis assis sur l'autre lit et les ai observés. Quand ils ont eu fini, je me suis aperçu que mon sexe était tout dur et saillait dans mon pantalon. Elle m'a demandé l'air décontractée si j'en avais envie aussi. Je pense qu'elle voulait se racheter de m'avoir si affreusement trompé. Je ne me le suis pas fait dire deux fois.

— Et où est-elle maintenant ? Tu la vois toujours ?

— Elle est morte il y a deux ans.

— Oh, de quoi ?

— Son histoire est tragique. C'était une nymphomane, à mon avis. Elle avait deux ans de plus que nous. Tous les garçons du coin avaient couché avec elle. Elle adorait ça. Puis elle est tombée enceinte et, comme aucun de ses nombreux amants occasionnels n'a accepté de prendre ses responsabilités, elle s'est enfuie dans la capitale pour avorter. Après, elle est restée là-bas, ne revenant que de temps à autre, surtout à Noël. Je l'ai revue une fois, les cheveux teints en rose ou bleu, ou de toute autre couleur selon sa fantaisie du moment, portant minijupe et talons hauts, se pavanant d'une maison à l'autre en distribuant des cadeaux. Les imbéciles la trouvaient vraiment très raffinée. Et puis un jour elle est tombée malade et a dépéri. Quand on l'a ramenée chez elle, elle n'était plus qu'un squelette. Elle est morte une semaine plus tard."

Le lendemain matin, après une douche rapide, il regarda par une fente entre les rideaux, entrapercevant le jardin mouillé de rosée. Zara était pelotonnée dans les draps, les yeux fermés, les contours de son corps transparaissant sous le tissu, mais elle ne dormait pas. Igname s'était levé de bonne heure ; il était penché, presque dissimulé par les hautes herbes qu'il fauchait, et de temps en temps il se redressait pour se curer le nez ou scruter la lame, les sourcils froncés sur son visage plat et grumeleux, comme s'il était mécontent de l'affûtage de l'instrument.

"Tu devais me raconter comment Igname a perdu une oreille, dit Mamo en se retournant.

— Où est-il ?

— Là, dans le jardin."

Elle rejeta les draps et vint glisser ses bras autour de lui – elle était presque aussi grande que lui et son corps nu avait gardé la chaleur du lit.

"Tu te rappelles, quand on était petits, on nous racontait toutes sortes d'histoires sur les ravisseurs d'enfants.

— Oui, des hommes du Sud bizarres qui les entraînaient avec des bonbons pour les échanger contre une rançon. Ce n'étaient que des histoires de croquemitaine pour qu'on soit sages.

— Igname n'est pas de cet avis. L'un d'eux l'enleva pour de bon et, pour ne pas se faire prendre, le changea en tubercule d'igname – ce qui était d'ailleurs plus facile à transporter, ajouta-t-elle en riant.

— Ils avaient aussi le pouvoir de transformer les petits enfants en chèvre et de les emmener par la bride, sous le nez des parents.

— Mais Igname eut de la chance. Il y eut semble-t-il un témoin qui l'avait aperçu debout, puis, l'instant d'après, l'homme l'avait touché à la tête et il était tombé par terre sous la forme d'une igname. Le passant donna l'alarme, mais le ravisseur continua à prétendre qu'il s'agissait d'un simple tubercule qu'il venait d'acheter. Alors l'un des hommes eut une idée géniale : il sortit son couteau, gratta la patate et s'exclama quand il vit qu'elle saignait. Ce ne pouvait être une igname ordinaire. Le ravisseur fut traîné au palais du Mai, où il fut contraint de changer l'igname en être humain. Lorsque Igname réapparut, il lui manquait presque toute l'oreille gauche, là où le couteau l'avait éraflé, et depuis ce jour tout le monde l'appelle Igname."

Plus tard, tandis qu'il enfilait son pantalon et ses chaussures, se préparant à partir, il dit : "J'espère que je ne t'entraîne pas dans une histoire que tu pourrais regretter." Secouant la tête en signe de dénégation avec une expression amusée et malicieuse, elle déclara :

"En fait, je voulais que tu m'embrasses la première fois que nous avons gravi la colline.

— Ça doit être l'altitude qui fait ça !"

LA RÉUNION

Un mois après l'arrivée de Zara à l'école de Keti, l'oncle Iliya reçut une nouvelle lettre du ministère de l'Education et, cette fois-ci, il convoqua une réunion exceptionnelle de l'équipe pédagogique pour en discuter. La réunion se tint dans son petit bureau où pouvaient à peine s'asseoir, une fois enlevés les cartons et les livres jonchant le sol, les quatre professeurs – le professeur d'anglais hypocondriaque étant absent – ainsi que les deux stagiaires. Elle ne dura pas longtemps ; d'une voix émue, Iliya leur résuma le contenu du courrier précédent du même ministère, puis lut le nouveau et attendit les réactions. Il reprenait les mêmes avertissements mais, cette fois-ci, une date butoir était fixée, à laquelle l'école devait avoir appliqué les "recommandations" mentionnées ou bien risquait de voir son existence "revue".

Zara demanda timidement : "Est-ce que nous y pouvons quelque chose ?" Iliya secoua la tête en signe de dénégation. Il regarda par la porte le groupe de paysans rentrant des champs en file indienne, la houe à l'épaule et la calebasse attachée par un fil au poignet. Il scruta les visages inquiets des professeurs, Mme Rouge-à-Lèvres, Mamo, Zara, M. Bukar, les stagiaires, et fit un effort manifeste pour se redresser, lui dont le dos s'était voûté à la lecture de la lettre.

"Pour ceux d'entre vous qui ne le savent pas, je vais vous expliquer comment l'école est financée : les douze clans versent volontairement ce qu'ils peuvent en fin d'année – nos fils et filles travaillant en ville envoient tous les ans de l'argent aux anciens, qui ensuite me le transfèrent. C'est comme ça que nous payons vos salaires. Parfois, dans les moments très difficiles, je fais du porte-à-porte, allant de famille en famille en quête de contributions. Nous avons bénéficié plus d'une fois d'un don de l'Eglise. Depuis quelques années, j'essaie d'obtenir le soutien de l'administration locale, mais je n'ai récolté jusqu'ici que des promesses. Et voilà que maintenant le gouvernement veut qu'on mette la clé sous la porte."

Les professeurs se turent, puis Mme Rouge-à-Lèvres, d'une voix forte et optimiste, déclara avec un sourire benêt : "Il faut se battre, voilà ce qu'il faut faire." Tous attendirent qu'elle expose son plan d'action, mais elle sombra de nouveau dans le silence, comme s'il lui suffisait pour sa part d'avoir lancé le cri de guerre et qu'elle laissait à d'autres le soin de prendre en charge la suite. Mais nul ne pipa, chacun fixant le sol ou le lointain, plongé dans ses propres réflexions. Iliya finit par répondre d'une voix triste : "Oui, il va bien falloir, nous n'avons pas le choix. Mais en attendant l'école doit fermer. Dites à vos élèves que les cours sont suspendus jusqu'à nouvel ordre." Tout en parlant, il rangeait ses papiers, ouvrait les tiroirs et regardait autour de lui comme s'il pensait ne jamais revenir dans cette pièce.

Après la réunion, Zara proposa de le raccompagner chez lui en voiture. Mamo se joignit à eux et prit place à l'avant, tandis que l'oncle Iliya, qui paraissait soudain vieux et fatigué, s'installait à l'arrière avec sa mallette à côté de lui. Alignés devant les salles de classe, les professeurs regardèrent le véhicule s'éloigner. Zara conduisait vite, frisant l'imprudence. Mamo s'écria : "Attention !" au moment où elle donnait un coup de volant pour éviter une poule prenant le soleil au milieu de la route. Des chiens surgirent des maisons proches et se mirent à pourchasser la voiture en aboyant frénétiquement et en se couvrant de poussière.

"C'est incroyable ! Ces gens sont de sacrés débiles !" s'écria Zara avec colère.

Mamo fronça les sourcils d'un air réprobateur et dit en remuant les lèvres : "Pas de gros mots !" Il observa dans le rétroviseur la réaction de son oncle, mais, assis dans un coin, le moignon appuyé contre la portière comme s'il ne voulait pas prendre trop de place, celui-ci regardait par la fenêtre, profondément absorbé dans ses pensées.

Une fois arrivés, ils entrèrent tous les trois et s'assirent en silence dans le salon, Iliya affalé sur le canapé, Mamo sur une chaise près de la fenêtre et Zara dans un fauteuil près du canapé. La photographie de l'oncle Iliya pendant la Seconde Guerre mondiale était suspendue au-dessus d'une fenêtre : vêtu d'un short et d'une chemise kaki, ainsi que de chaussettes en laine de la même couleur montant jusqu'au genou, il portait un stetson à larges bords et serrait le fusil contre son corps.

A quatorze ans, il s'était enfui de chez lui pour aller en ville où, quelques années plus tard, il s'était engagé dans l'armée. Son père était le plus gros paysan du village et menait ses subordonnés à la baguette – durant la saison des pluies, il envoyait même pendant des semaines toute sa famille dans la ferme en pleine brousse, avec à peine de quoi subsister. Ils se nourrissaient seulement de ce qu'ils pouvaient chasser ou déterrer. Son père s'opposait en particulier à son intérêt grandissant pour la nouvelle religion chrétienne. Iliya traînait près du portail de la mission, se joignant aux autres enfants dès que possible pour écouter le révérend Drinkwater parler de la vie des personnages bibliques comme David, Joseph, Naaman, Ruth, Esther et, bien sûr, Jésus lui-même. Dès que les enfants savaient lire et écrire, le révérend leur faisait rédiger leur propre biographie mentionnant leurs ancêtres, leurs dieux, leurs mythes et leur désir d'être lavés par le sang de Jésus. Le dilemme entre la vie de paysan, qu'il détestait, et la nouvelle religion, qu'il vénérait mais n'avait pas le droit de pratiquer, devenant intenable, il décida de quitter son foyer. L'occasion se présenta lorsque le révérend partit pour l'un de ses voyages annuels à Jos – il fallait deux jours de marche pour atteindre la capitale d'Etat, puis une demi-journée en camion pour arriver à Jos. Iliya suivit de loin le convoi que le révérend formait avec ses porteurs, restant hors de vue toute la première journée, se cachant dans les broussailles à chaque halte. Mais, le deuxième jour, faible et tombant presque d'inanition, il se montra. Après avoir écouté son récit, le révérend accepta de l'emmener avec lui. A Jos, il le confia à l'un des missionnaires en tant que serviteur – mais, au bout de deux ans, il s'était enrôlé avec des centaines d'autres dans la Force d'intervention d'Afrique de l'Ouest. On était en 1940, au moment des premiers combats de la Seconde Guerre mondiale. Ils furent envoyés en Inde et en Birmanie en 1942. Iliya racontait : "C'est là que j'ai perdu ma jeunesse, ma foi et mon idéalisme. En fait, je voulais être pasteur, mais après la

Birmanie je suis devenu réaliste, pragmatique." Il avait été consterné par le racisme que manifestaient ouvertement les soldats blancs vis-à-vis des Noirs.

"Lorsque nous sommes arrivés en Inde, nous avons été étonnés de découvrir qu'une légende nous concernant, vraisemblablement forgée par les soldats britanniques, était déjà bien ancrée, selon laquelle nous étions des cannibales venus pour dévorer tout crus les ennemis. Chaque fois que nous allions nous baigner dans le fleuve, les Indiens, certains plus noirs que nous, nous suivaient pour voir si nous avions une queue. Mais le pire était encore à venir. Je m'étais fait un ami, un jeune homme de Côte-d'Ivoire appelé Wilson. Grièvement blessé au cours d'une bataille, il dut être emmené en train avec quelques autres blessés à l'hôpital le plus proche. Mais ils disparurent en cours de route. Plus tard, des rumeurs ont couru selon lesquelles ils avaient été jetés du train dans le Gange par des officiers blancs qui trouvaient qu'ils ne valaient pas le dérangement. Là, j'ai perdu toute foi en l'humanité, en la religion, en presque tout."

Il comprit que personne ne pouvait jamais compter sur ses frères pour le protéger ou même pour se montrer équitables envers lui. Qu'il faut lutter à chaque pas pour avancer, et que l'instruction est la meilleure manière de s'armer pour ce combat de toute une vie. Après la guerre, il resta à Jos pour étudier et ne rentra à Keti que lorsqu'il eut obtenu son diplôme d'enseignant et commencé à exercer dans la capitale d'Etat. Son père était décédé entre-temps, et sa mère ne tenait plus à l'existence que par le fil d'une certitude : qu'elle ne pouvait pas mourir sans avoir revu son fils unique. L'enseignement devint l'unique passion de sa vie et, lorsqu'il quitta la fonction publique pour prendre sa retraite à l'âge de cinquante-cinq ans, il avait persuadé la population du village de lancer l'école d'intérêt général de Keti. Ils avaient accepté et l'oncle Iliya y avait investi toute son énergie, travaillant sans salaire ni repos. Et voilà que tout ce à quoi il avait cru et consacré ses forces menaçait de partir en fumée.

Zara lui dit : "Monsieur, je voudrais vous dire que je vous soutiendrai jusqu'au bout si vous décidez de porter l'affaire en justice." Iliya se contenta de soupirer sans répondre, remuant sur le canapé. Zara finit par annoncer qu'elle devait partir. Lorsqu'elle passa près de lui, Iliya lui prit la main, la regarda avec un sourire et dit : "Merci pour tout, petite. Je ne sais pas ton histoire ni ce qui t'a poussée à venir chez nous, mais ç'a été un plaisir de travailler avec toi. Rares sont ceux qui accepteraient de le faire pour rien. Depuis combien de temps es-tu là, deux mois ?

— Oui.

— Eh bien, j'espère que tu as été heureuse ici. Je te souhaite… eh bien…", dit-il, cherchant ses mots avant de renoncer avec un soupir en relâchant sa main.

Zara baissa la tête et Mamo aperçut les larmes dans ses yeux, qu'elle essuya d'un geste rapide. Il la raccompagna à sa voiture. Elle s'assit et posa le menton sur le volant, fixant droit devant elle. Debout devant la portière ouverte, Mamo contemplait l'ancienne case d'Asabar à présent déserte, où des chèvres, allongées sur le seuil, ruminaient d'un air méditatif. Asabar avait déménagé dans sa propre case au pied de la colline lorsque son père n'avait plus pu tolérer son ivrognerie et ses écarts de conduite. Ils observèrent les enfants à demi nus se poursuivant autour du figuier sycomore avec des cris aigus qui effrayaient les chèvres. La route semblait se dérouler devant eux à l'infini, la terre écarlate miroitant et dansant dans la chaleur caniculaire ; de temps à autre, une silhouette solitaire apparaissait au loin avant de disparaître de nouveau, comme aspirée par le mirage. Cinq écoliers se tenant par la main débouchèrent d'un tournant, pieds nus, l'uniforme rapiécé et sale ; ils chantaient *Fleuves africains* et leurs voix s'élevaient, aiguës et claires, dans l'air torride :

Nil
Niger
Bénoué
Congo

Orange
Limpopo
Zambèze. O Zambèze ! O Zambèze !

“Est-ce que tu as été heureuse ici ? demanda Mamo, appuyé sur le toit de la voiture, en reprenant la question de son oncle.

— Oui, aussi heureuse que je puis l'être, je crois. Ce n'est pas trop dans ma nature.

— Et maintenant ? Tu retournes en ville ?

— Oui… J'ai décidé d'aller devant les tribunaux pour obtenir la garde de mon enfant.”

Mamo fit le tour du véhicule et s'assit à la place du passager. C'était la première fois qu'elle évoquait cela devant lui.

“Tu es sûre que tu veux te lancer là-dedans ? Ce genre de choses, ça peut devenir très compliqué.

— Je ne peux pas abandonner mon fils, pas comme ça.”

Mamo lui prit la main et ils restèrent assis en silence. Elle finit par demander :

"Et toi, tu vas rester au village ?

— Est-ce que tu as parfois l'impression que tu veux porter un sac très lourd, tu sais que tu en es capable, sauf que le sac n'a pas de poignées ? répondit-il en soupirant.

— Tous les jours, dit-elle en posant la tête sur son épaule. Tous sans exception.

— Tu pourrais finir d'écrire ton roman, suggéra-t-il en lui caressant la tête.

— Parfois, j'ai la sensation de n'avoir plus rien à dire.

— «Le monde est aussi neuf aujourd'hui qu'au premier jour de sa création, et il y a non pas pénurie mais surabondance de choses à dire», cita-t-il tandis qu'elle se redressait pour le regarder. C'est Herman Melville ou Thoreau qui l'a dit.

— C'est très beau et si optimiste que je devrais le noter quelque part."

LE DÉCLIN DE LAMANG

Le déclin de Lamang s'amorça le jour où il se rendit dans la capitale d'Etat accompagné de sa cour énorme, espérant se voir élu à la présidence de son parti. Des années plus tard, lorsque Mamo rédigea la biographie de son père, il traita cet épisode de sa vie en citant le compte rendu qu'en fit le seul journal de l'Etat, *La Trompette*. C'était comme s'il voulait se venger de lui en immortalisant ce moment terrible dans les termes les plus durs. Le gros titre s'étalait en gras, implacable :

L'OSMOSE INVERSE :
LAMANG PERD FACE A DANLADI

Le grand favori pour le poste de président de la section locale du Parti de la victoire, M. Musa Lamang, a dû s'incliner devant Alhadji Isa Danladi après une bataille qui a duré un mois. Les militants votaient aujourd'hui lors de la convention annuelle du parti se déroulant dans la capitale d'Etat. La compétition était tellement serrée que, lors du premier scrutin, les deux candidats sont arrivés à égalité. Les militants leur ont finalement demandé d'exposer brièvement leur vision de l'avenir du parti, et c'est là que Danladi a pris le dessus. Il semblait s'être préparé à une telle éventualité. Les premiers mots qu'il a prononcés ont suscité des acclamations nourries : "Je sais comment fournir de l'eau à l'ensemble de l'Etat, à peu de frais et de façon suffisante, grâce à une technique appelée «osmose inverse»." Il invita ensuite à la tribune un expert qu'il avait fait venir exprès de Lagos pour présenter le projet par le menu. L'expert, un ingénieur indien propriétaire d'une entreprise de traitement des eaux, prit alors la parole pour expliquer le concept de l'osmose inverse à l'assistance dans toute sa complexité et avec un luxe de détails. En résumé, il s'agit d'une technique qui consiste à pomper l'eau de la mer, à la purifier et à la stocker dans des cuves et des réservoirs, afin de pouvoir l'utiliser dans les terres. Danladi soutient que la même méthode peut être appliquée à l'échelle industrielle pour fournir de l'eau provenant de l'océan Atlantique à tout l'Etat.

"Si nous pouvons extraire du pétrole brut à Port Harcourt et le transporter à la raffinerie de Kaduna, il n'y a aucune raison pour qu'on ne puisse pas faire la même chose avec de l'eau. Nous allons créer des lacs et des cours d'eau artificiels, transformer des terres stériles en vastes fermes et en ceintures vertes. N'oubliez pas que le problème n'est pas l'argent mais la manière dont on le dépense."

A ce moment-là, Lamang s'est levé et a quitté, vexé, la salle où se tenait la convention, sans s'exprimer. Certains délégués l'ont accusé d'être un mauvais perdant. Cependant, le discours de Danladi s'est révélé un tel succès que non seulement il a été élu président à l'unanimité, mais que, à compter de ce jour, l'expression "osmose inverse" a été adoptée comme slogan de campagne officiel du Parti de la victoire.

Lamang démissionna du parti, mais seulement après que ses réclamations réitérées contre le vol manifeste de son idée par Danladi furent restées sans effet auprès des instances dirigeantes. Il prit grand soin de ne pas paraître amoindri par cet échec aux yeux des quelques amis loyaux venus lui témoigner leur sympathie – les autres étant pour la plupart passés dans le camp de Danladi. Il tenait au contraire des propos combatifs, leur assurant qu'il allait faire sous peu un retour spectaculaire sur la scène politique. Les veuves le soutinrent, espérant peut-être tirer parti à son insu de sa faiblesse et du fait qu'il avait baissé sa garde. Elles venaient surtout l'après-midi, séparément ou parfois ensemble, apportant de la nourriture dans un tissu blanc – de la purée d'igname et du ragoût pimenté, les plats préférés de Lamang. Tout en mangeant, il continuait à s'étendre anxieusement sur ce revers de fortune. Les veuves écoutaient et de temps à autre émettaient un conseil.

"Je donne deux mois aux militants du parti, non, un mois seulement, avant qu'ils regrettent d'avoir choisi Danladi et sa clique de conseillers mesquins. Ils vont s'apercevoir de ce qu'il est vraiment, un ingrat et un traître. C'est un homme que j'ai accueilli chez moi, à qui j'ai présenté tous les membres importants du parti – en fait, c'est même moi qui l'ai fait adhérer… Croyez-moi, ils le verront bientôt sous son vrai jour, et alors ils me supplieront de revenir. Et vous savez quoi ? A ce moment-là je leur rirai au nez et je les chasserai !

— Non, intervenait prudemment Rabi en posant la main sur son épaule, ne fais pas ça, mais accepte leurs excuses et prends le poste.

— Oui, reprenaient les autres en chœur, ils auront compris la leçon d'ici là.

— Vous avez sûrement raison, concédait Lamang en haussant les épaules avec un petit rire. L'important est de se rendre utile."

Un mois passa, puis deux, puis trois, mais les tant attendus délégués du quartier général du parti ne se montraient toujours pas. Lamang ne sortait presque plus de chez lui, passant l'essentiel de son temps dans sa chambre à écouter la radio et à faire les cent pas. Seules les visites des veuves interrompaient cette routine, car à présent même les quelques amis qui lui restaient de ses réunions politiques avaient cessé de venir. Il continuait à mettre la télévision dehors le soir, mais le public était moins nombreux.

LA MESURE DU TEMPS

Une fois l'école fermée, Mamo eut du temps à ne plus savoir qu'en faire, à part de longues promenades l'après-midi. Il marchait non seulement pour s'occuper, mais aussi pour éviter la présence constante de son père dans la maison, ainsi que le rire bête des veuves quand elles lui rendaient visite. Il avait envisagé quelques fois d'emprunter un peu d'argent à son oncle Iliya pour prendre une modeste chambre quelque part et avoir un endroit à lui, mais le moment était à l'évidence mal choisi pour cela et il avait donc opté pour de longues marches. Zara n'était pas dans les parages pour rendre le fardeau des jours plus supportable, car elle était retournée dans la capitale d'Etat une semaine après la fermeture de l'école, promettant de revenir le week-end suivant. Deux semaines plus tard, elle n'avait toujours pas reparu. Avant de partir, elle lui avait dit qu'elle se sentait finalement assez forte pour précipiter le règlement de la question entre elle et son ex-mari. Il avait proposé de la soutenir dans la mesure de ses capacités, même si cela signifiait faire appel à son père, mais elle avait refusé, préférant le maintenir en dehors de tout cela.

Sans ses cours à préparer, Mamo avait l'impression que le temps s'étirait à l'infini. Il se réveillait parfois le matin pris de panique en pensant à l'interminable journée solitaire qui s'annonçait – il passait des heures assis sur son lit, le dos contre le mur, à contempler les minces rayons de soleil matinal entrant à flots par la fenêtre. La morne routine de l'école lui manquait, y compris les échanges avec les élèves et les ronchonnements de Mme Rouge-à-Lèvres et de M. Bukar. Dehors, dans la cour, tante Marina parlait aux chèvres et aux poules en leur donnant à manger. Les bons jours, il l'accompagnait à sa ferme et passait des heures sous un arbre à lire ou à dormir, mais souvent il repartait tôt, avant que l'air frais et vivifiant du matin ne soit devenu brûlant et douloureux à respirer.

Il attendait que quelque chose, n'importe quoi, se produise, et dans l'intervalle il prenait la mesure du temps grâce aux ombres projetées par les arbres et les murs, grâce au silence entre un bruit de pas et le suivant, entre une inspiration et la suivante, au fil des secondes, des minutes, des heures et des jours qui s'additionnaient pour former les saisons. Celle des pluies se terminait en octobre, le vent devenu sec et âpre rendait les feuilles des arbres et des épis de maïs marron et friables. Les paysans rentraient leurs récoltes et les chasseurs mettaient le feu aux collines pour repousser le gibier vers le sommet. La nuit, une lumière colorée irradiait de la ligne de crête comme un tableau, les flammes léchant les contours des collines, leur teinte orangée se reflétant sur les nuages bas au-dessus d'elles comme sur une toile de fond.

Il se promenait longuement en fin de journée, nullement pressé d'arriver quelque part. Il s'enfonçait dans les champs, laissant derrière lui les paysans fouissant la terre sèche d'un rouge cru, les gardiens de troupeau peuls avec leurs bêtes, leurs familles et leurs tentes. Quand il marchait, l'envie le prenait de ne plus s'arrêter, de se mettre à courir et de s'envoler – mais il finissait toujours par se fatiguer et rentrer lentement, la tête lourde.

Un jour, il se rendit à l'ancien abattoir. Il se sentait une étrange affinité avec le bâtiment abîmé et en ruine : celui-ci lui rappelait son frère et les mille feux dont avait brillé leur rêve enfantin de fuite et de gloire, avant qu'il ne s'éteigne, pour lui du moins, dans cet antre obscur. Le délabrement de la bâtisse lui paraissait encore plus avancé que dans son souvenir, l'odeur plus fétide, les tas d'ordures et de déjections animales plus hauts ; les rongeurs et les reptiles s'étaient multipliés, amplifiant d'autant la rumeur de leurs déplacements précipités ; les chèvres faisaient la sieste dans les enclos et le local technique. Il s'accouda à la fenêtre donnant sur la rivière – à présent que la saison des pluies était terminée, les hautes herbes à éléphant, desséchées, dégageaient la vue jusqu'à l'eau dont le niveau baissait chaque année. Des enfants nus s'y ébattaient en poussant des cris de plaisir hystériques, leur peau brune et mouillée luisant au soleil. Ils bondirent hors de l'eau et, debout sur le sable, pointèrent l'index vers un avion passant dans le ciel, laissant derrière lui une traînée blanche comme une queue.

Il marcha jusqu'à la route principale, une nationale menant à l'Etat voisin. Il longeait la route, grisé par la violente bouffée d'air et le grondement qui accompagnaient le passage en trombe de chaque voiture. Un jour, son frère et lui avaient vu une femme dont le mouchoir s'était envolé par la fenêtre. Elle s'essuyait le visage et le vent le lui avait enlevé des mains, le déposant dans les herbes hautes. La petite voiture rouge ayant poursuivi sa route, les jumeaux étaient partis comme des boulets pour le récupérer, tandis que le vent l'emportait plus loin. LaMamo avait plongé pour s'en saisir, puis il l'avait contemplé et reniflé, hypnotisé. Il était infiniment doux au toucher et léger, sa blancheur immaculée peu à peu tachée par leurs mains sales. Ils le passèrent sur leur visage transpirant, en s'imaginant sentir la douceur de la femme et en murmurant : "C'est de la soie."

*

La nuit, la radio et les livres l'occupaient. Allongé dans l'obscurité, il écoutait les voix lointaines venant de Lagos ou de Londres, d'Amérique ou d'Allemagne, parler d'architecture ou de politique. Il y avait aussi les émissions tardives composées par les auditeurs, où les insomniaques en son genre évoquaient en confidence par téléphone leurs déboires conjugaux, leurs angoisses sexuelles, leurs accès de dépression et leurs maladies congénitales. En présence de ces voix et de la clarté de la lune entrant par la fenêtre, la solitude perdait de son tranchant – il lui semblait que les gens de la radio étaient assis près de lui et qu'ensemble ils formaient une communauté de désaxés, de marginaux et de solitaires cherchant désespérément à toucher un corps, à instaurer une relation d'empathie. Son lit était pareil à un vaisseau du temps dont la radio faisait partie, lui permettant d'accéder à une époque antérieure ou postérieure, d'arpenter l'histoire et les lieux, de rendre visite à d'autres peuples, jusqu'à ce que la voix du présentateur finisse par l'endormir. Il se réveillait parfois en sursaut, la lumière du jour dans la figure et enveloppé par la *Cinquième Symphonie* de Beethoven – mais c'était seulement les lueurs annonciatrices de l'aube avant que l'obscurité ne reprenne le dessus. Le soleil ne se levait véritablement que bien plus tard. Alors, il se prenait parfois à regarder l'autre lit dans la chambre et les larmes lui montaient aux yeux.

Une fois, tante Marina se rendant à la remise à trois heures du matin l'avait trouvé assis sur le canapé dans le salon. Il était là depuis des heures à fixer une mince fente de lumière à travers un trou dans le volet. Appuyant sur l'interrupteur, elle avait sursauté en le découvrant.

"Qu'est-ce que tu fais là, tout seul, dans le noir ? Tu ne te sens pas bien ?

— Si si, répondit-il. J'attends, c'est tout.

— Tu attends ? Mais quoi donc ?

— Rien, dit-il en se levant et en reprenant le chemin de sa chambre. J'attends, c'est tout."

Dans de tels moments, la solitude était palpable, comme une boule lovée dans son ventre. De retour dans sa chambre, il tira de sous le lit un carton dans lequel son frère et lui conservaient toutes sortes de choses, des livres en lambeaux, pour la plupart donnés par l'oncle Iliya ou qu'ils avaient empruntés puis oublié de rendre, des couteaux de poche, des boutons et d'autres babioles d'enfants. Il déplia une grande feuille de papier calque et l'étala sur le lit : c'était l'impression produite sur LaMamo par les Sept Merveilles du monde antique, qu'il avait laborieusement recopiées un soir à partir d'un manuel d'histoire tandis que Mamo récupérait après une crise. Les collines étaient en vert, les fleuves en bleu, les gens en rose et en marron, les bâtiments en gris. Il y avait les jardins suspendus de Babylone, la pyramide de Gizeh, le Colosse de Rhodes, le mausolée d'Halicarnasse, la statue de Zeus à Olympie, le temple d'Artémis à Ephèse et, pour finir, le phare d'Alexandrie – tous endroits qu'ils avaient alors rêvé de visiter un jour.

Il replia la feuille et recommença à farfouiller. Il trouva le mouchoir, toujours blanc et conservant trace du parfum capiteux de la femme – à moins qu'il ne s'agît plutôt du souvenir qu'il en avait. Il le déploya sur le lit et repensa à cette femme. Bien après son passage fugitif, ils avaient continué à se demander qui elle pouvait être, où elle allait et si elle était mariée au chauffeur. Ils s'étaient masturbés à tour de rôle dans le bout de tissu, tandis que son image leur traversait l'esprit. Mais peu à peu cette fièvre était retombée, l'image se troublant avant de disparaître.

Il palpa le mouchoir d'un air absent. Quelques semaines après le départ de LaMamo, il avait découvert qu'en réalité il n'était pas en soie mais taillé dans une simple mousseline ordinaire. Sans qu'il sache pourquoi, il avait soudain été pris d'une frayeur terrible – celle que tout ce qu'il avait rêvé d'être, tous les endroits où il voulait aller n'existent pas en vrai et ne soient que des inventions de son imagination, comme la soie ou les Sept Merveilles. Le jour où Zara l'avait interrogé sur ses projets d'avenir, il aurait dû lui répondre comme à tante Marina qu'il attendait, c'est tout. Il fut un temps où il attendait la mort, puis avec son frère ils avaient attendu la célébrité et l'aventure ; à présent, il n'était plus certain de savoir ce qu'il attendait.

EN ALLANT VOIR LE MAI

Iliya l'envoya chercher un matin tôt. En arrivant, Mamo le trouva déjà habillé d'un long cafetan et d'une calotte brodée à la main, prêt à sortir. Dès que Mamo entra, il annonça : "Nous allons voir le Mai." Mamo s'assit tandis que son oncle lui exposait encore un nouveau plan susceptible de parer à la fermeture définitive de l'école. Il avait envoyé d'innombrables courriers au délégué à l'Education, puis à l'adjoint du gouverneur et enfin au gouverneur, en vain. Il y exposait en détail le principe fondateur de l'école d'intérêt général de Keti, le rôle majeur qu'elle jouait pour les élèves et la nécessité de préserver la liberté dans le secteur de l'éducation en permettant aux écoles publiques et privées de coexister. Iliya avançait que, si toutes les écoles étaient gérées par le gouvernement, cela créerait un monopole et entraînerait une baisse du niveau ; il ajoutait que, même si son établissement n'avait pas cent mille nairas sur son compte en banque à l'heure actuelle, cela n'enlevait rien au travail honorable qu'il accomplissait. Mais aucun de ses interlocuteurs n'avait daigné répondre.

"Nous allons au palais pour expliquer au Mai ce qui se passe. En tant que chef traditionnel suprême du village, il a l'oreille du gouverneur et, si quelqu'un peut attirer l'attention du gouverneur là-dessus, c'est bien lui. En outre, c'est dans son intérêt qu'une telle école existe dans le district, il peut s'en prévaloir et en être fier. J'espère qu'il en est conscient. Je veux que tu m'accompagnes en tant que représentant du corps enseignant.

— Moi ?

— Oui, toi. Tu es le seul que je puisse prévenir à la dernière minute."

Mamo écoutait, se laissant gagner par la ferveur désespérée de son oncle. Au cours du mois qui venait de s'écouler, quand il partait marcher, arpentait sa chambre la nuit faute d'arriver à dormir ou entendait son père en faire autant dans la sienne, il se représentait aussi son oncle pris de la même fièvre déambulatoire et mesurant l'écoulement du temps à chaque pas ; un sentiment d'impuissance l'envahissait alors, car il n'avait aucun moyen de venir en aide à son oncle dans cette épreuve. Une once de culpabilité se mêlait toujours à cette impuissance : il avait beau croire à l'école et à son importance vis-à-vis de la population locale, il ne se sentait pas comme son oncle investi d'une mission personnelle, et cela lui apparaissait comme une trahison envers lui. Une occasion se présentait là d'apporter sa pierre à l'édifice, ne serait-ce qu'à titre d'auditeur silencieux.

*

Le palais se trouvait au centre du village, près du marché qui battait son plein en ce lundi : il y avait foule dans les rues, les voitures et les motocyclettes faisaient du surplace et les conducteurs appuyaient sans discontinuer sur leur klaxon, ajoutant au bruit, à la chaleur et à la nervosité ambiante. Des camions déchargeaient les marchandises apportées de Kano par des négociants haoussas ; des négociants ibos vendaient des vêtements, de l'huile de palme et des produits électroniques de fausses marques comme Naiwa, Sonny, Samsong, etc. ; des gardiens de troupeau peuls venus faire une virée en ville paradaient au milieu de la route en se tenant par la main – ils avaient le bâton à l'épaule, de longs cheveux tressés et portaient un pantalon moulant de la taille au genou et évasé en bas. Dans les ruelles, les bars se remplissaient déjà – on entendait la puissante pulsation des tambours et des *goge* par-dessus le vacarme des voix et des moteurs. Mamo se remémora sans raison un proverbe : Le tambour émet le son le plus puissant et le plus pur juste avant de se briser.

La façade principale du palais imitait l'avant d'une mosquée, avec ses colonnes et ses arcs en fer à cheval menant à une immense salle d'attente vide au toit voûté surmonté d'un dôme. Des gardes du palais et des serviteurs vêtus d'uniformes multicolores s'y prélassaient au frais sur des nattes, appuyés contre le mur, la bouche rouge de noix de cola et les yeux brillants de khôl. Ils lorgnèrent sans un sourire les nouveaux arrivants. L'oncle Iliya s'adressa impatiemment à l'un d'eux : "Eh bien, est-ce que le Mai est là aujourd'hui ?"

L'homme d'une soixantaine d'années, à la peau ridée comme une pomme, hocha la tête à contrecœur, se leva et perdit presque une minute à secouer la poussière de sa tunique avant de les inviter à le suivre.

La salle d'attente donnait sur une vaste cour où se trouvaient quelques voitures surélevées sur des briques le long des hauts murs de chaque côté. Mamo songea aux nombreuses épouses du Mai avec tous leurs enfants derrière ces murs, vaquant à leurs affaires – et il se demanda si parfois ils ne se sentaient pas un peu en prison. Il avait entendu dire que ce quartier clos était comme une ville en miniature où cohabitaient plusieurs familles étendues. Certaines épouses, disait-on, y entraient le jour de leur mariage pour n'en plus ressortir jusqu'à la mort – la leur ou celle du Mai. Si le Mai venait à décéder, son successeur reprenait ses anciennes épouses, sauf s'il préférait faire son propre choix. Face à eux, à l'autre bout de la cour, s'ouvrait le salon où le Mai recevait ses visiteurs. Tout en montant les marches qui y conduisaient, Mamo distingua vaguement à travers les portes vitrées la silhouette de deux hommes assis sur des canapés, qui regardaient dehors.

Le vieux garde leur demanda d'attendre à l'extérieur avant de pénétrer lui-même dans le salon, se mettant aussitôt à genoux et s'approchant du Mai à quatre pattes. Mamo fourra ses mains dans ses poches puis les en ressortit, fébrile. Le garde revint peu après et leur fit signe d'avancer, annonçant : "Le Mai va vous recevoir."

Avant d'entrer, ils ôtèrent leurs chaussures. Un instant, Mamo redouta que son oncle ne se mette également à quatre pattes, auquel cas il devrait l'imiter – mais son oncle s'inclina seulement au niveau de la taille en saluant les deux hommes.

"Voici le directeur – le Mai vous salue, monsieur le directeur, dit l'homme assis à côté du Mai, le Waziri, le grand vizir du Mai.

— Je vous remercie, Waziri", répondit Iliya.

Le Waziri indiqua d'un geste les ottomanes rembourrées au milieu de la pièce recouverte de luxueux tapis. En s'avançant, Mamo sentit ses pieds s'enfoncer dans leur épaisseur moelleuse, comme s'il marchait sur de l'eau. Il remarqua qu'en fait le Waziri et le Mai ne partageaient pas le même siège, le Waziri occupant un fauteuil distinct accolé au grand canapé du Mai. Serrés l'un contre l'autre, ils murmuraient, le Waziri se chargeant de parler à haute voix tandis que le Mai opinait de temps à autre. Le Mai portait un lourd turban sur la tête, dont un pan lui couvrait le menton, les joues et le nez. Mamo connaissait bien son visage pour l'avoir vu souvent déjà, quoique surtout de loin, lorsqu'il passait dans les rues en voiture, agitant la main en direction de la foule alignée pour l'apercevoir. Des photographies de lui étaient également accrochées dans presque toutes les maisons de Keti.

"Directeur, qui est ce jeune homme qui vous accompagne ? demanda le Waziri (Mamo comprit qu'il avait dû être l'objet de leurs conciliabules).

— C'est Mamo, il représente ses collègues enseignants. C'est aussi le fils de mon frère, répondit Iliya directement au Mai.

— Votre Altesse, c'est Mamo, le fils de Lamang", reprit le Waziri.

Mamo remua sur son siège, sans cesser de sourire. Il était impatient de voir comment l'entretien allait se dérouler et se demanda si le Waziri allait servir tout le temps de porte-parole au Mai. A la mention du nom de son père, Mamo vit le Mai lui lancer un regard perçant et intéressé. Lamang n'était nullement inconnu au palais – Mamo savait que son père envoyait tous les ans deux vaches au Mai, à l'occasion de la fête musulmane de l'Aïd. Le Waziri finit par dire :

"Eh bien, monsieur le directeur, cela fait longtemps que nous ne vous avons pas vu ici.

Mais on dit que le palais, c'est comme le marché, on y revient tôt ou tard. Qu'est-ce que le Mai peut faire pour vous ?

— Je suis désolé, Votre Altesse, je ne suis pas venu vous saluer aussi souvent que j'aurais dû, mais vous me connaissez, mon poste de directeur de l'école occupe tout mon temps.

— Le Mai comprend, directeur. Nous sommes tous fiers du merveilleux travail que vous accomplissez avec cette école", dit le Waziri en remuant sur son siège et en s'inclinant.

Alors seulement, s'étant accoutumé à la pénombre qui régnait dans la pièce, Mamo observa l'homme plus en détail : il était maigre et tors comme un serpent, soulevant sans cesse le postérieur comme pour tapoter le coussin, s'inclinant en avant puis se reculant avant de se tourner vers le Mai pour conférer à voix basse. Il portait un turban à la manière du Mai, quoique moins volumineux, blanc comme son long cafetan, tandis que le turban du Mai était bleu. Cependant, le sien n'avait pas de pan libre recouvrant le bas du visage. Il touchait parfois sa longue et mince barbe lorsqu'il s'exprimait ou attendait une réponse, et l'un de ses yeux, le gauche, louchait. Il avait l'air aussi irréel que les panneaux muraux derrière lui représentant des scènes tirées des légendes du Coran : Abraham menant son fils Ismaël devenu bélier au sacrifice, tandis qu'un ange tout de blanc vêtu se tapit derrière un buisson pour observer la loyauté d'Abraham. Un autre montre Adam et Eve après la perte de leur innocence, dans le jardin, la taille couverte de feuilles, une pomme à la main, tandis que Satan, le serpent à tête mi-humaine et au sourire narquois, pend au-dessus d'eux à une branche d'arbre.

"C'est la question de l'école qui nous amène, Votre Altesse. Mais je suis sûr que le palais n'ignore rien de nos ennuis, car rien ne se produit au village que l'œil sage du palais ne sache pas. Ainsi, je ne vais pas vous faire perdre votre précieux temps à exposer en détail les demandes que nous fait le ministère de l'Education. Voici copie des courriers qu'il nous envoie, accompagnés de mes réponses et des lettres que j'ai envoyées au gouverneur et au délégué à l'Education", déclara l'oncle Iliya en tendant lesdits documents au Waziri.

Celui-ci les déposa sur la table basse à ses côtés sans même y jeter un regard. Mamo fut surpris d'entendre un léger son ronflant émanant du Mai et de constater qu'il avait bel et bien piqué du nez. Le Waziri ne semblait pas dérangé ou embarrassé par le soudain accès de narcolepsie du Mai. Il se contenta de se racler fort la gorge, les yeux du Mai s'ouvrant d'un coup et lui faisant rajuster sa position. Se penchant vers le Waziri, ils tinrent de nouveau conseil, puis le Mai hocha la tête et s'adressa directement à Iliya :

"Je vais voir ce que je peux faire, Iliya, et je vous en informerai. Mais, il faut que vous le sachiez, depuis l'avènement de la nouvelle administration civile... de grands chamboulements sont en cours et cela va prendre du temps avant que les choses ne se règlent, c'est pourquoi nous ne pouvons rien vous promettre. Mais nous ferons notre possible. Que deviendrait un peuple sans instruction moderne ?"

Mamo eut l'impression que le discours du Mai était creux et peu convaincant, comme s'il débitait les mêmes propos à tous ceux qui lui adressaient une requête. Après s'être exprimé, le Mai sembla s'assoupir de nouveau. Le Waziri s'éclaircit la voix et dit à Iliya :

"Eh bien, monsieur le directeur, le Mai a parlé. Il va voir ce qu'il peut faire. Il vous l'a assuré et vous savez qu'il ne donne pas sa parole à la légère.

— Je vous remercie", dit Iliya, comprenant le signal.

Mamo et lui se levèrent prestement.

En se retrouvant au soleil, à l'air libre et dans la poussière, Mamo laissa transparaître son mécontentement, disant à son oncle : "Il nous a congédiés brusquement. Tu crois qu'il va faire quelque chose ?" Iliya resta silencieux un moment, puis déclara : "Nos chefs traditionnels sont comme les hommes politiques, leurs promesses sont du vent. Mais dans notre situation désespérée il nous faut épuiser toutes les solutions possibles." Il parlait d'une voix fatiguée et marchait d'un pas lent et sans énergie. Mamo ralentit son allure pour ne pas le distancer.

En rentrant chez lui, Mamo entendit la voix forte de son père dans le salon, entouré de sa cour de veuves et d'autres amis. Il s'arrêta sur le seuil et soupira. Il prit tout à coup la décision de se rendre dans la capitale d'Etat pour voir Zara, qui n'avait pas reparu depuis quatre semaines. Il ne pouvait plus attendre. Même s'il n'était jamais allé chez elle, il avait son adresse, et la capitale n'était qu'à une heure de trajet. Il alla dans sa chambre se changer et prendre quelques affaires, après quoi il partit sans prévenir personne.

DEUXIÈME PARTIE

CHER FRÈRE

Monrovia,
janvier 1990.

Cher frère,

D'abord joyeux anniversaire parce que demain le 15 janvier toi et moi on va avoir 27 ans – même si je sais que tu va pas recevoir cette lettre tout de suite. Des gens de Médecins sans frontières (ou MSF) une organisation française rentrent à Paris alors ils la posteront pour moi de là-bas. Mais bon anniversaire quand même quand tu la recevra, je voulais te dire ça en premier.

Je suis au Liberia depuis plus de deux ans maintenant et un tas de choses est arrivé, pas forcément des choses bien. Par exemple si tu te rappelles mon ami que sa famille a été tuée et à cause de qui je suis là, eh bien il est mort. Il s'appelait Samuel Paul. On était parti ensemble à trois pour aller du Mali à Ouagadougou, on avait décidé de laisser les autres là-bas avec les Touaregs parce que le combat n'en finissait pas et on s'est dit de toute façon à quoi bon se battre ? Samuel disait qu'au Liberia on pouvait le faire pour de l'argent et être son propre chef et lui en plus il voulait se venger. Donc on est passé par Ouagadougou et on est arrivé dans son village au Nord du Liberia qui avait beaucoup changé en cinq ans. Les maisons étaient vides, avec partout des traces de combats, le village sentait le cadavre, on en a vu des à moitié enterré dans la brousse. Il nous a montré sa maison, plus que des cendres, et l'église là où toute sa famille a été tuée. Il a pleuré en nous faisant voir où il s'était caché derrière l'autel. Lui Samuel il était plus jeune que moi, il avait tout juste vingt ans et on voyait que sa famille lui manquait beaucoup.

Quand je l'ai vu comme ça dans l'église je me suis demandé ça sert à quoi tous ces combats ? Ça fait presque dix ans maintenant que je suis soldat et que je gagne ma vie comme ça mais n'empêche des fois ça paraît absurde ou fou. Alors j'aimerais que tu soit là parce que tu as lu plein de livres et tu sais mieux que moi le sens des choses, tu pourrais m'expliquer.

Là j'écris d'une maison dans une plantation d'hévéas près de Monrovia, et il y a une personne, son nom c'est Bintou, je veux que tu la rencontre. C'est la plus belle de toutes les femmes que j'ai vu et je lui parle de toi tout le temps. Son père a été tué par des soldats et elle n'a plus personne, donc maintenant c'est mon devoir de veiller sur elle parce que je l'aime et après la guerre on va se marier. Mais il faut que je te raconte comment je suis arrivé là. Après avoir quitté le village de Samuel Paul, dans le comté de Nimba au Liberia, on a décidé de rejoindre un groupe plus important pour leur offrir nos services et être en sécurité. Il y a tellement de groupes différents qui se battent ici au Liberia, des gros comme celui de Charles Taylor, que je connais de quand il est venu nous parler dans le camp de Libye, ou d'Alhadji Kromah, qui est du Nord, ou de Yomi Johnson, l'homme qu'on dit le plus dangereux parce qu'il a tué le président libérien Samuel Doe comme un chien en pleine rue – il vend les vidéos du meurtre pour se faire de l'argent. Personne ne pensait que Doe pouvait être tué parce qu'il avait un juju très puissant mais ce Johnson a un juju encore plus puissant. Il y a aussi des petits groupes mais ce sont que des chasseurs avec des fusils qui croient à rien ni personne et combattent seulement pour manger et parce qu'ils savent pas quoi faire. Certains ont à peine une dizaine d'années. C'est horrible. Il y a aussi des forces de maintien de la paix comme l'Ecomog, surtout des Ghanéens et des Nigérians de chez nous.

On avait décidé d'aller à la capitale Monrovia au Sud, Samuel disait que le gros des combats c'était là-bas et qu'on pouvait se faire beaucoup d'argent en pillant, surtout à Monrovia, c'est pour ça qu'on voulait y aller. La première année on s'est mis avec un groupe de vingt rebelles, ils se faisaient appeler le "commando de tueurs" et leur chef a accepté de nous prendre, c'était le major Kutubi, un homme très instable, dès le début il ne m'a pas plu mais on avait pas le choix. Le projet de Kutubi était d'aller fusionner avec le groupe plus important de Charles Taylor parce qu'il pensait que Charles Taylor allait gagner la guerre civile et devenir président et qu'il ferait de lui Kutubi un général dans la nouvelle armée nationale. Mais au lieu d'être plus nombreux on est devenu moins. On est tombé dans une embuscade tendu par un autre groupe et Samuel Paul a été tué avec dix autres personnes, j'ai échappé de peu. J'ai perdu un œil, je suis désolé de te dire ça parce que je sais que ça va te faire un coup mais c'est la vérité, je m'y suis habitué et finalement c'est pas si terrible, c'est pareil que deux sauf que des fois l'œil vide fait mal.

J'ai été laissé pour mort près de mon ami Samuel Paul mais ces Français de MSF *ils m'ont sauvé. Ils avaient un centre de soins dans une salle de l'université de Monrovia fermée à cause des combats dans la ville qui n'était plus sûre, et même ces gens de MSF avaient peur pour leur vie. La mort était partout, tous les villages brûlaient, on trouvait plus de quoi se nourrir et il n'y avait que des cadavres dans les rues. On voyait seulement des femmes et des enfants, tous les hommes luttaient comme soldats pour s'en sortir. J'ai failli mourir mais mon œil a guéri au bout de quelques semaines. Après je me suis retrouvé seul, sans endroit où aller et j'avais plus du tout envi de me battre. Même je commençais à me demander comment rentrer. Il y avait beaucoup de malades, des centaines par jour, surtout des femmes et des petits enfants avec le choléra et d'autres maladies, beaucoup d'enfants mouraient et étaient enterrés sur place. Moi et un des malades on aidait parfois les Français à creuser et ils nous donnaient à manger en échange. Lui il était très intéressant parce que c'était pas vraiment un malade, il m'a dit qu'avant il était prof à l'université et que des soldats avaient tué sa famille et que les gens de MSF l'avaient sauvé comme moi. Il était pas très âgé mais petit et chauve avec des lunettes à verres épais, des dents toutes pourri, maigre comme tout le monde à cause de la guerre. Parfois il me faisait de la peine mais c'était la seule personne avec qui je pouvais parler. C'était quelqu'un de très instruit, tout le monde l'appelait professeur et il parlait tout le temps de pourquoi les peuples se battent et de l'"économie politique de la guerre", il écrivait une histoire du monde entier à travers les guerres entre peuples depuis le début jusqu'à aujourd'hui. Il disait qu'il y a plusieurs sortes de guerre mais que la seule guerre juste c'est quand les gens luttent pour se libérer et toutes les autres sont injustes, ce sont les seigneurs de la guerre qui poussent le peuple à se faire tuer pour eux et c'est tout. Parfois il me lisait des passages d'un livre qui s'appelle* L'Art de la guerre, *il disait que ça parle pas de la guerre mais de comment l'éviter. C'était intéressant. J'ai appris plein de choses avec lui.*

L'enfer c'est quand des soldats sont venus au centre de soins et ont commencé à tirer. Ils ont tué un des médecins blancs et beaucoup de malades sans défense. Tout d'un coup je me suis aperçu que c'était le major Kutubi et sept de ses hommes et quand il m'a vu il a dit qu'on doit partir ensemble, moi je voulais pas mais il m'a lancé un fusil en disant : "Debout, soldat, y a du pain sur la planche !" Ils ont kidnappé un des Français très jeune, Charles, un journaliste au Liberia depuis à peine un mois, il passait son temps à questionner les malades et aussi moi et le professeur, il prenait des photos et se plaignait tout le temps qu'il arrivait pas à joindre son journal en France. Les téléphones marchaient plus et il n'y avait pas d'électricité. C'est lui qui m'a dit qu'après la guerre il pouvait m'avoir un œil de verre que personne ne saurait qu'il est faux. Le professeur est venu avec nous. Kutubi était très excité. Il avait trouvé comment se faire de l'argent en prenant des otages, grâce à une maison cachée dans une plantation d'hévéas en dehors de Monrovia et il avait déjà un otage américain, le propriétaire, plus le contremaître de Guinée et sa fille – je t'ai déjà parlé d'elle tout à l'heure. Il disait que personne pouvait nous trouver et que de là on pouvait mener les affaires avec le gouvernement français et demander des millions pour libérer le médecin, et pareil avec le gouvernement américain pour l'exploitant de caoutchouc.

La plantation elle fait plusieurs hectares dans une vallée entre deux montagnes avec des hévéas sur des kilomètres. La maison est construite au pied d'une montagne, celle du Nord. Si tu savais comme ça me rappelle les collines chez nous ! Le soir, on entend les oiseaux et les petits animaux qui se répondent, une brume couvre les arbres et alors tout a l'air calme. Kutubi avait laissé deux de ses soldats pour surveiller le propriétaire de la plantation, un Américain costaud, M. Turner. En arrivant on a découvert qu'un des soldats lui avait tiré une balle dans le ventre. Apparemment ils avaient essayé de violer la fille, elle devait avoir dix-huit ans à peu près et quand son père avait voulu les empêcher ils l'ont tué d'une balle dans la tête et l'Américain qui s'énervait il en avait reçu une dans le ventre. La mère était partie en Guinée au début de la guerre mais elle avait pas pu revenir, donc la fille avait que son père et l'Américain M. Turner qui possède la plantation. On a trouvé le corps du père dans une des réserves, l'Américain en sang par terre et la fille avait été violée dans la cuisine. Voilà. Le major Kutubi était furieux.

Il a tué les deux soldats après leur avoir fait enterrer le mort, ni une ni deux. Il a dit qu'ils lui ont fait perdre de l'argent si l'Américain meurt parce que c'était des millions que son gouvernement aurait payé comme rançon et le seul truc de bien c'était qu'il avait aussi le journaliste français. Il a pointé son fusil et lui a dit de soigner l'Américain. Mais Charles terrifié tellement il était jeune et dans ce pays depuis pas longtemps a protesté en disant qu'il y connaissait rien en médecine et j'ai vu que ces paroles ça énervait encore plus le major et qu'il commençait à agiter son fusil, le professeur il s'en est rendu compte aussi parce qu'il a dit au journaliste : "Je vais t'aider, j'ai déjà vu comment on fait. La première chose c'est de le soûler au whisky, il y a des bouteilles partout. On va l'emmener dans la chambre, le faire boire et après on l'opère."

On est resté dans le salon et on a entendu les cris de l'Américain. La fille aussi est monté et même si ses vêtements étaient déchiré et qu'elle avait l'air très mal on voyait qu'elle est vraiment jeune et très belle. Je suis sorti m'asseoir sur les marches de la véranda. Dehors il faisait frais et l'air sentait la sève d'hévéa, il y avait des nuages au-dessus des montagnes, on aurait dit qu'ils étaient tout près et se penchaient comme s'ils allaient tomber. En plus de la maison principale il y en a une autre plus petite, avec peut-être une ou deux chambres, sûrement celle du contremaître le père de la fille qui était mort. Plus tard le professeur et le journaliste étaient sorti aussi, le journaliste tremblait et il était tout pâle. Le professeur se moquait parce qu'il avait peur du sang, il lui a donné du whisky pour faire passer ça. Derrière nous un soldat avec son fusil surveillait le journaliste pour pas qu'il s'enfuit. Une fois soûl, le professeur a raconté sa vie. Il avait étudié en Russie à l'université Patrice-Lumumba où il était devenu marxiste. Mais il avait changé d'avis après la chute du mur de Berlin en 1989 et quand la Russie était passé au capitalisme avec la glasnost. Devenu partisan du socialisme africain, il avait cru en Julius Nyerere et l'Ujamaa. Il disait que dans son livre il allait défendre l'idée d'un parti unique dans toute l'Afrique parce que c'était ça qui se rapprochait le plus du modèle africain – alors que pour beaucoup de gens la démocratie et le multipartisme ça autorise de se battre et de tuer. Il disait que Nyerere le sait depuis longtemps, que notre problème, c'est qu'on a été divisé en différentes tribus et religions par les anciens colonisateurs et que maintenant c'est la démocratie et le multipartisme qui divisent, alors que nous on a besoin d'unité dans plus de domaines. Il disait aussi qu'en Afrique le système traditionnel et le respect des anciens fait qu'on critique pas le droit des gens au pouvoir de piller et de voler, et que le système colonial avait pris tout ce qu'il y avait de mauvais dans le système traditionnel et s'en était servi pour maintenir le peuple sous sa domination. A cause de cette brutalité, le peuple ne fait jamais confiance à l'Etat, pour lui c'est l'ennemi, parce que même après la fin du système colonial les dirigeants africains continuent à gouverner pareil en dictateur. Le professeur disait qu'il faut donner au peuple une éducation politique et que le gouvernement doit créer des conditions d'égalité pour que chacun se développe pleinement. Il disait que ces guerres ne s'arrêteront que quand on aura atteint ce niveau. Tu t'est déjà demandé pourquoi il y avait des guerres et celle-là en particulier et pourquoi ils la font ?

Un jour j'ai tiré sur le major. Voilà ce qui s'est passé : il y avait beaucoup à manger dans la maison parce que le propriétaire M. Turner avait fait le plein de provisions dans la réserve et de bouteilles de whisky. Il comptait rester jusqu'à la fin de la guerre, il ne voulait pas retourner en Amérique à cause de sa ferme, même si son ambassade avait fait évacuer tous les Américains, comme beaucoup de gens il pensait que la guerre allait pas durer et puis après c'était devenu trop dangereux de partir. Donc au début on avait beaucoup à manger. Les soldats passaient leur temps à boire du whisky et le major Kutubi pensait qu'à piller tout ce qu'il y avait dans la maison, il avait rempli le coffre de la

Land Rover jusqu'au toit de tapis, de vêtements, télévision, magnétoscope et tous les appareils électriques. Chaque jour il demandait à M. Turner les dollars alors que M. Turner lui avait déjà tout donné, mais il continuait à dire que c'était pas assez, et puis il a menacé de le tuer et il a ordonné à la fille de descendre lui faire à manger dans la cuisine. On était là depuis plus d'une semaine et toutes les conserves et le whisky étaient bientôt finis. Elle était resté cachée dans sa chambre tout ce temps à aider Turner ; c'est le professeur qui lui apportait à manger. Son nom est Bintou. Parfois je montais voir comment elle allait mais pas toujours parce que le major il aimait pas qu'on parle à l'Américain quand il était pas là. De toute façon, on voyait bien que l'Américain il en avait plus pour longtemps. Kutubi l'a traîné jusqu'à la cuisine et elle trébuchait dans l'escalier tellement elle avait peur, elle était très maigre parce qu'elle mangeait rien et elle pleurait toujours son père et elle avait peur pour sa vie. Il l'a suivi dans la cuisine et au bout d'un moment elle a hurlé et s'est précipité dans le salon. On était que des soldats et personne s'est levé alors qu'elle nous suppliait à genoux, le major s'est marré et l'a traîné de nouveau dans la cuisine. Je sais pas ce qui m'a pris mais je me suis levé tout d'un coup et j'ai dit au major de la lâcher. Je lui ai parlé sans crier en pointant mon fusil. Il l'a balancée par terre et m'a regardé en se moquant, étonné et amusé, il en revenait pas qu'un de ses hommes lui donne un ordre. Tu te rappelles comment on se sentait quand notre père allait nous battre, on était furieux, effrayé et impuissant. Ça me faisait pareil qu'il se moque de moi et me montre du doigt. Il arrêtait pas de gueuler : "Tire, vas-y. T'as peur ? Ta balle va se transformer en eau, c'est tout. Je suis protégé par des sorts puissants, comment tu crois que j'ai survécu à cette guerre ? Grâce à ça." Il me poussait du bout de son pistolet et tout le monde rigolait sauf le professeur et Charles et aussi la jeune fille. Quand il a commencé à m'appeler "le Borgne" je lui ai tiré une balle dans l'œil. C'était horrible, le sang, la cervelle et les yeux ont éclaboussé partout et tout le monde s'est tu. Vite je suis passé en position de défense par-dessus le cadavre en regardant les autres assis. Ils étaient environ sept, sales et maigres, les vêtements en lambeaux, presque tous avaient pas vingt ans. Y en avait même avec une perruque ou une robe parce qu'ils disaient que ça protège du mauvais sort, et d'autres sans chaussures. Personne ouvrait la bouche mais tous ils croyaient que j'allais les tuer, alors que non j'ai juste dit à la fille d'arrêter de pleurer et de remonter s'occuper du malade. Je me suis assis, le professeur s'est levé et s'est approché du mort et les autres l'ont suivi comme pour être sûr qu'il était bien mort alors qu'il y avait du sang partout. Et puis je suis sorti et le professeur est venu à côté de moi sur les marches. Il a dit :

"Et maintenant ?

— Je m'en fous, j'ai dit parce que je savais pourquoi il demandait ça. Je pars demain.

— Ah bon ? Où ça ?

— Chez moi, au Nigeria. J'en ai assez de me battre. Je veux rentrer chez moi."

J'étais fatigué et je pleurais comme un petit garçon. Il a dit en posant la main sur mon épaule :

"Tu ne peux pas partir pour deux raisons : et d'un parce que c'est la guerre, et de deux parce que tu ne peux pas la laisser. Tu lui as sauvé la vie, maintenant elle t'appartient… c'est une ancienne tradition chinoise.

— Je suis pas un Chinois.

— C'est une image", il a dit en riant.

Pendant la nuit, cinq soldats sont partis – ils ont simplement pris leur fusil et ont disparu. Il ne restait plus que moi, le professeur, Charles le journaliste, la fille, l'Américain et deux autres soldats qui voulaient pas s'en aller et me prenaient pour leur commandant. Mais moi je voulais commander personne, je voulais juste rentrer chez moi. Je me rappelle le jour que l'Américain est mort, une semaine après que j'ai tué Kutubi. On l'avait sorti sur la véranda et allongé sur un lit de camp, il avait envi de regarder les collines et les arbres et de sentir l'air frais de la montagne. Elle était assise à côté de lui et elle s'occupait de lui comme toujours, les autres soldats étaient quelque part dans le jardin à chercher de la nourriture parce qu'on avait presque plus rien et on se nourrissait comme on pouvait. La vérité c'est que je restais à cause d'elle et elle à cause de l'Américain, elle avait que lui comme famille. Je savais pas pourquoi le professeur était encore là, bien qu'il y avait beaucoup de livres dans la maison et qu'il passait son temps dans la bibliothèque. Le journaliste tenait pas en place, il fumait toutes les cigarettes une après l'autre, il disait qu'il fallait qu'il retrouve les gens de MSF avant que la pluie tombe fort parce que les rivières allaient déborder et on pourrait plus les traverser. Il pleuvait déjà depuis deux jours. Ça semblait que la guerre se rapprochait chaque jour un peu plus, des fois on entendait le bruit de gros canons de l'autre côté de la montagne.

Le professeur et le journaliste se disputaient à un bout de la véranda toujours à propos de politique, le professeur disait qu'il faisait l'éducation du journaliste :

"... Charles, parle-moi du livre que tu vas écrire à ton retour en France – si tu arrives à rentrer.

— Quel livre ?

— Celui où tu racontes comment tu es venu en Afrique pour empêcher les indigènes de s'entretuer, ton héroïsme au milieu des combats, ton enlèvement… c'est le succès assuré ! Ce n'est pas pour ça que tu es venu ?

— Je ne suis qu'un journaliste de Médecins sans frontières. Je rapporte ce que je vois. Je ne suis pas le seul, professeur. Certains d'entre nous y laissent leur vie, mais on croit à notre mission. On n'en tire aucun bénéfice personnel, lui a répondu Charles calmement.

— Ah, mais mon cher, tout ça n'est rien d'autre qu'une affaire de bénéfice personnel. Ta vision des choses est un peu courte. Il faut dépasser tes idées naïves et alors, si tu examines bien la situation, tu verras que la guerre, cette guerre, toute guerre n'est qu'une vaste histoire de commerce. Et c'est ton gouvernement, les gouvernements capitalistes de la planète, qui en profitent toujours."

Le professeur commençait à s'exciter, c'était son sujet préféré. Il a reposé son vieux livre L'Art de la guerre, *s'est levé et s'est mis à faire les cent pas en parlant.*

"Qui fabrique les fusils ? L'Occident. Qui influence nos stupides hommes politiques et les dresse les uns contre les autres pour que leurs partisans s'entretuent ? Quels médias se nourrissent de ces guerres à répétition ? Ceux d'Occident. Qui vend à MSF les médicaments qu'ils utilisent ? Vos entreprises. Alors ne viens pas me parler d'organisation humanitaire. Ecris ton livre, gagne de l'argent, fais des conférences sur ton expérience en Afrique, parce que si ce n'est pas toi d'autres s'en chargeront…"

Leurs disputes m'embrouillaient.

Comme je regardais un groupe de pigeons qui cherchaient à picorer pas loin, je ne l'ai pas entendu quand elle est sortie s'asseoir à côté de moi.

D'abord elle a rien dit, le menton sur les genoux, tout ce temps on s'était pas parlé, on avait jamais échangé plus d'un mot ou deux. Je pensais qu'elle nous détestait tous après tout on lui a pris son père et on a détruit sa vie, elle avait raison de nous en vouloir et même si je l'avais sauvée du major ça suffit pas à racheter tout le mal qu'on lui a fait. On a regardé longtemps les pigeons, tout était très serein comme s'il n'y avait pas de guerre derrière la montagne et que l'Américain était pas en train de mourir et que j'avais encore mon œil et que son père était vivant. Puis elle a dit : "Je voudrais te remercier." J'ai répondu y a pas de quoi.

"Tu es différent, je t'ai observé... ça ne te fait pas plaisir de tuer comme les autres. Comment est-ce qu'on peut aimer détruire des vies entières ?"

J'avais envi de lui dire que c'est comme ça la guerre, des fois on tue sans y penser, mais c'est absurde, ça n'avait toujours pas de sens pour moi même si je me battais depuis dix ans. Alors je lui ai dit simplement : "Il faut s'en aller, on peut pas rester plus."

L'Américain est mort cette nuit là et le matin tôt je l'ai enterré dans le jardin près de la tombe du père de Bintou. On était que tous les deux. Les autres, le professeur, le journaliste et les deux soldats, ils étaient déjà partis, ils pouvaient plus attendre. Le journaliste devait prévenir les siens qu'il était toujours vivant. Tout était très tranquille, avec que nous et les tombes bien sûr, alors on est resté encore quelques jours, aussi parce qu'elle voulait être encore un peu avec son père. Ça c'était les plus beaux jours de ma vie, comme si j'étais rentré chez nous, la tristesse venait seulement des tombes dans le jardin et de ses larmes en les voyant. Il y avait de la nourriture dans l'autre maison, la sienne, et j'ai même pris un pantalon et une chemise de son père pour m'habiller, j'ai jeté mon vieil uniforme militaire et je me suis coupé les cheveux. Quand on était allongé la nuit elle touchait mon œil vide dans l'obscurité et elle disait que tous les deux on était blessé et qu'il nous restait plus qu'à nous soigner l'un l'autre. Parfois, on passait toute la nuit à faire des projets pour quand la guerre serait finie. J'arrêtais pas de lui dire qu'on pouvait partir quand on voulait, il y avait la camionnette dans le garage, on pouvait traverser la frontière, aller dans le pays à côté et recommencer à zéro. Je lui parlais aussi de toi, de tous les livres que tu lis et elle a envi de te connaître un jour. J'ai fini par la convaincre de partir au bout de trois jours. On a suivi les indications que le professeur nous a laissé, c'était pas difficile, on avait qu'à chercher le fleuve et après ça une ville à trente kilomètres environ où le journaliste disait qu'il y avait un camp permanent de MSF et ils seraient là. On a sorti la vieille camionnette du garage au petit matin. C'était triste de voir tous les appareils électriques étalés sur la véranda par le professeur et le journaliste quand ils avaient vidé le coffre et pris la Land Rover. Bintou a jeté un dernier regard à l'endroit où elle avait toujours vécu et où elle savait qu'elle ne reviendrait pas. Vu le mauvais état des routes et tous les dangers qu'on pouvait rencontrer on pensait être arrivé avant la nuit. Mais on avait pas fait quinze kilomètres qu'on a aperçu la Land Rover dans laquelle les autres étaient partis trois jours avant, coincée dans un trou près de la rivière. Elle était rentrée dans un arbre et en s'approchant on a vu le pare-brise tout explosé et les trous de balle et le sang sur les sièges. On a découvert les cadavres dans la brousse le long de la route. Le professeur était contre un tronc, son livre déchiré trempé par la pluie à ses pieds. Charles le journaliste avait pu aller un peu plus loin et il était couché sur le dos dans des broussailles, il avait les yeux et le nez dévorés par des vautours et les doigts qui creusaient la boue près de lui comme pour ne pas crier de douleur. Des insectes et des mouches sortaient de ses orbites et de sa bouche ouverte. On a pas retrouvé les autres corps, parce qu'ils ont réussi à s'enfuir peut-être. Ils ont dû tomber dans une embuscade tendu par des rebelles, il y en a beaucoup qui rôdent et ne savent pas quoi faire d'autre que piller et tirer sur tout ce qui passe.

Une fois en ville on a pas eu de mal du tout à trouver le camp de MSF, on a eu qu'à suivre le flot de blessés et de mourants, surtout des femmes et des enfants. Ils se traînaient sur les routes en terre, certains sur des civières portées par des parents. J'ai vu une femme sur le bord de la route qui tendait vers nous un paquet de chiffons, c'était son enfant mort. Bintou voulait que je m'arrête pour la prendre, mais j'ai dit non parce que sinon ils allaient tous se précipiter sur nous et il faudrait leur tirer dessus pour avancer. Le centre de soins était installé dans une école primaire abandonnée, avec des barbelés autour des bâtiments. La cour était remplie de malades en sang qui gémissaient, on aurait dit une seule créature avec plein de jambes et de mains qui se tordaient de douleur sans arrêt. Un blanc est venu tout de suite vers nous, il s'est mis à nous poser des questions en me dévisageant :

"Vous avez des nouvelles de Monrovia ? il a demandé en se tournant vers moi puis vers Bintou.

Vous êtes avec nous, je ne vous connais pas. Oui ?

— Non, je lui ai répondu très vite parce qu'un groupe de femmes et d'enfants à l'air affamé se formait déjà autour de nous. On est venu parce qu'on a nulle part où aller.

— C'est pas le bon endroit, il me dit comme s'il comprenait pas ce que je lui raconte. Non... Je suis censé faire quoi ? Vous savez combien de blessés on a ici, il a dit en me les montrant du doigt, avant de parler en français puis en anglais. Comptez-les un peu. Des milliers. On est déjà à la veille d'une épidémie de choléra. Et les combats se rapprochent. Si on est pas parti d'ici un jour ou deux c'est la mort assurée pour nous et même pour les malades. Combien de bras on est ? Deux médecins et trois assistants seulement, pas de nourriture, pas de médicaments, rien que de la solution de réhydratation. On leur donne ça, du sel et du sucre. Comment guérir les blessures de balle avec ça, hein ?

— Est-ce qu'on peut vous aider ? Bintou a demandé tandis que l'homme la fixait comme s'il avait rien entendu.

— Nous sommes coupés de nos bureaux à Monrovia, sans moyen de communiquer. C'est pas bon pour nous. Bientôt les rebelles seront là et, croyez-moi, ils se fichent pas mal de savoir qui ils tuent. Ils volent les malades et tirent sur les morts. Vous imaginez un peu ? Ils tirent sur les morts ! Il y a un mois, ils ont enlevé notre journaliste en nous menaçant de leurs fusils. On n'en a plus entendu parler. Des rebelles.

— Nous on a des nouvelles de Charles, c'est pour ça aussi qu'on est venu."

Il a regardé de nouveau Bintou, mais cette fois il s'est tu, comme s'il pensait aux mots entendu sans comprendre. Puis il nous a dit de le suivre dans la salle des profs qui sert de centre de soins. On est passé au milieu des mains qui nous agrippaient et des corps allongé sur les marches. L'autre médecin plus jeune à l'air fatigué était debout au milieu de la pièce et il fixait une lampe sur une table.

"Voici le Dr Laborite. Excusez-moi de ne pas m'être présenté avant : je suis le Dr Jean-Marie Nicolas. Cela fait sept mois que je suis dans ce pays, mais je n'ai jamais traversé une crise aussi grave, il a dit avec de la tristesse dans la voix et en s'empêchant de recommencer à énumérer ses ennuis. Que savez-vous de Charles ?"

Il se tourne vers l'autre docteur et lui parle en français avant de revenir à nous. Je lui ai dit que les nouvelles étaient pas bonnes et je lui ai raconté que Charles avait tenté de revenir et l'embuscade qu'on avait vu. Les deux médecins sont resté longtemps silencieux. Laborite s'est assis sur une chaise en bois.

"Qu'est-ce qu'on peut faire maintenant ? le Dr Nicolas a demandé lentement – ça m'a fait me sentir très ému pour ces gens.

— Vous pouvez déménager votre camp dans notre plantation, il n'y a plus personne et ce n'est pas très loin de Monrovia, vous pourrez facilement communiquer avec votre bureau et demander de l'aide… il y a un téléphone, un groupe électrogène et de l'eau."

Ce que Bintou a dit ça m'a impressionné, j'avais pas pensé à ça et je l'ai regardé sans dire un mot. Les docteurs ont sauté de joie, ils ont appelé les assistants et se sont mis à organiser le transport des blessés les plus graves. Bintou a dit qu'elle allait avec eux, elle avait décidé de devenir infirmière et elle voulait que je vienne aussi. Alors je me suis dit pourquoi pas si je peux servir à quelque chose. J'ai fait oui de la tête, j'ai pris sa main et je lui ai dit : "Je te quitte plus."

Je suis devenu chauffeur pour déplacer les malades et transporter des vivres entre les camps de MSF*, ça pouvait être dangereux mais pas plus que de faire la guerre de toute façon. Ce soir-là on est retourné à la plantation et en chemin on s'est arrêté pour que les deux docteurs ramassent le corps de Charles et l'enveloppent dans une bâche ; plus tard, il a été envoyé à Monrovia puis en France pour être enterré chez lui. C'était un gentil garçon et je me rappelle qu'il avait promis de me trouver un œil de verre après la fin de la guerre, même s'il était pas obligé. Je crois qu'il voulait me consoler parce que ça m'avait beaucoup déprimé de perdre mon œil.*

Ça fait maintenant plus de six mois qu'on est revenu à la plantation, les combats c'est de pire en pire et il y a tous les jours plus de malades. On est content de travailler pour MSF *mais tous il va bientôt falloir qu'on parte parce que ça devient trop dangereux ici et la pluie nous coupe des secours. Les médecins parlent d'aller à Monrovia, mais on ira pas avec eux. On a décidé de suivre d'autres réfugiés jusqu'en Guinée à côté où Bintou va retrouver sa mère, après on verra ce qu'on peut faire de nos vies là-bas et peut-être que je rentrerai bientôt chez nous.*

Ton frère,

LAMAMO.

P.-S. : *Le dessin dessous c'est la maison à la plantation d'hévéas. Tu vois les montagnes et les arbres et la petite maison à l'arrière. C'est pour te montrer que ça ressemble à chez nous.*

Mamo replia lentement la lettre et la posa sur la table de nuit. Quand un véhicule passa dehors en pétaradant, il porta instinctivement les mains à ses oreilles. Il trouvait toujours la ville trop bruyante et trop animée ; après quatre jours, il avait presque les nerfs en pelote.

"Elle a l'air gentille, on dirait qu'ils pourraient passer leur vie ensemble, dit Zara d'une voix mélancolique et ensommeillée. Je les imagine quelque part dans un autre pays, mariés et heureux."

Ils étaient allongés dans la pénombre, fixant le plafond. La seule lumière provenait de la lampe de chevet, que Mamo avait allumée pour lire. "La lettre date d'il y a six mois. Ils doivent déjà être arrivés en Guinée", dit-il. Il attrapa son pantalon par terre et l'enfila avant de se lever. Ils avaient beau sortir ensemble depuis trois mois, faisant l'amour à la moindre occasion, il avait toujours du mal à se montrer nu devant elle. Pour sa part, elle adorait se promener dévêtue dans la maison, tous rideaux tirés. Il lui arrivait de cuisiner tout un repas en culotte, sa poitrine opulente se balançant chaque fois qu'elle se tournait ou se baissait pour ouvrir un tiroir. Il aimait l'enlacer par-derrière, enfouissant son visage dans son cou ; il aspirait son odeur particulière, musquée et fraîche, mêlée de savon, comme si elle sortait toujours de la douche.

"Et ton père, il en pense quoi ?

— De quoi ?

— De cette fille. Est-ce qu'il serait d'accord pour l'avoir comme belle-fille ?

— Personne ne lui demande son avis. De toute façon il n'est pas au courant, je ne lui ai pas montré les lettres.

— Pourquoi ?

— Mais parce qu'il s'en fiche. Il est trop occupé avec les veuves et la politique.
— Tu devrais peut-être le faire…
— Non, je ne veux pas. Enfin pas pour l'instant, je ne suis pas prêt."

La semaine précédente, Zara avait fini par reparaître à Keti après un mois entier de silence, l'air épuisée et vaincue. Elle était entrée sans un mot dans la chambre de Mamo et s'était assise sur le lit près de lui. Il avait posé le livre qu'il était en train de lire, se redressant contre le mur et scrutant ses traits fatigués et ses yeux cernés.
"Salut.
— Salut.
— Je suis venu chez toi il y a deux jours, dit-il après un temps.
— Chez moi où ?
— En ville.
— Impossible. Je n'ai pas bougé de chez moi ce jour-là.
— J'ai brusquement décidé de venir te voir… parce que je n'avais plus de nouvelles depuis la fermeture de l'école et que tu me manquais beaucoup… Mais une fois devant ta porte, j'ai soudain été envahi par une peur insensée. Je me suis dit : Et si elle avait quelqu'un d'autre et qu'il était là ? Pris de panique, j'ai tourné les talons.
— C'est ça que tu penses de moi ?" interrogea-t-elle avant de reprendre comme il se taisait : "Il n'y a personne d'autre que toi, crois-moi.
— Ça doit être mon manque de confiance en moi qui s'est manifesté une fois de plus", réussit-il à articuler sur un ton aussi désinvolte que possible.

Mais cela ne la fit pas rire. Elle baissa la tête et tripota l'anneau de ses clés. Il finit par dire :

"J'étais censé en penser quoi ? Tu es partie un mois entier.

— Je t'expliquerai en route, lança-t-elle en se levant.

— En route pour où ?

— Allons chez moi en ville… si ça te dit."

Elle conduisait lentement et les voitures qui surgissaient parfois derrière eux à toute allure klaxonnaient furieusement avant de les doubler. A mesure que le paysage aride de la saison sèche se rapprochait puis disparaissait sur les bas-côtés, elle lui raconta ses quatre dernières semaines passées à essayer de contacter son ex-mari pour lui proposer de partager la garde de l'enfant. Elle s'était rendue trois fois à son bureau de la caserne, où on l'avait chaque fois fait attendre deux heures avant de lui annoncer que le commandant était occupé et ne pouvait la recevoir. En désespoir de cause, elle avait décidé d'aller chez ses beaux-parents au village dans l'Etat de Bénoué ; à son arrivée, les frères de son mari l'avaient insultée avant de la chasser de la maison, les beaux-parents ne prononçant pas un mot, le tout devant son fils. Elle avait porté l'affaire en justice. Une audition préliminaire avait eu lieu la semaine précédente, et une seconde était prévue deux semaines plus tard. Mamo écoutait en silence, sachant que toute parole de réconfort serait dérisoire. Il posa simplement la main sur son genou et détourna le regard, car il ne pouvait supporter la souffrance aiguë sur son beau visage, ainsi que les larmes qui coulaient tandis qu'elle parlait sans arrêt avec détermination. C'est presque en criant qu'elle prononça les derniers mots : "Pourquoi est-ce qu'il me fait ça à moi ?"

*

Les deux premiers jours, ils restèrent cloîtrés à manger, dormir et faire l'amour. Le troisième jour, elle se rendit chez le marchand de fruits et légumes, le laissant endormi. C'est alors qu'en farfouillant dans la chambre d'amis, il tomba sur le livre du révérend Drinkwater intitulé *Une brève histoire des gens de Keti*, oublié dans un tiroir du bureau. L'appartement était composé de la chambre principale, qu'occupait Zara, et de la chambre d'amis, transformée en remise pour les affaires laissées par Naomi, l'amie de Zara, à qui l'endroit appartenait en réalité. Les livres de Zara, que son père lui avait légués mais qu'elle n'avait jamais eu le temps d'ouvrir, y étaient aussi empilés dans des cartons. A son retour, c'est là que Zara trouva Mamo absorbé, assis sur le bureau poussiéreux et toujours en caleçon et en tee-shirt.

Les paquets dans les bras, elle lui demanda depuis le seuil : "Qu'est-ce que tu lis ?" Il lui jeta un regard absent, comme pressé de revenir à la lecture du mince opuscule qu'il avait dans les mains.

"C'est… c'est un livre du révérend Drinkwater sur notre histoire. Je ne savais pas qu'il avait écrit ça… C'est à toi ? D'où ça vient ? Il faut que je te l'emprunte.

— Tu as l'air tout excité, répondit-elle en le considérant avec curiosité. C'est un des livres de mon père.

— Et alors, tu l'as lu ?

— Non, pourquoi ? L'histoire, ça ne m'intéresse pas.

— Mais tu ne savais sûrement pas que personne n'avait rédigé notre histoire avant lui… enfin, si ce n'est par fragments. Quelques étudiants ont fait leur mémoire sur certains aspects précis, j'ai vu un livre ou deux dans le bureau de mon oncle qui l'abordent indirectement... mais là c'est un livre entier !

— Il ne fait guère qu'une centaine de pages, déclara Zara avant de passer à la cuisine – où Mamo la suivit.

— La question n'est pas là. Cet homme s'est concrètement entretenu dans les années 1920 avec beaucoup d'anciens... qui sont tous décédés maintenant... et c'est intéressant... malgré des défauts évidents...

— Par exemple ?

— C'était d'une part un missionnaire et d'autre part un étranger... j'aurais pu aimer le livre s'il n'avait pas perdu autant de temps à raconter au lecteur de chez lui à quel point notre culture est arriérée... Les trois premières pages sont consacrées à une comparaison géographique avec son Iowa natal, il semble nous en vouloir parce qu'il n'y a ici que deux saisons au lieu de quatre et pas de neige, tu vois un peu ? Et puis tout un chapitre perdu à exposer le caractère frauduleux de nos guérisseurs traditionnels..."

Tandis que Zara préparait le repas, Mamo finit le livre d'une traite, puis repartit du début, crayon en main, soulignant des paragraphes entiers et gribouillant abondamment en marge. Il se levait parfois pour venir lire à Zara dans la cuisine des paragraphes entiers, puis il lui expliquait longuement ce qu'il aimait ou non dans ce passage. Il la suivait tantôt jusqu'au réfrigérateur, tantôt devant la cuisinière, commentant : "Le début me plaît : «Afin de fournir le cadre général de cet ouvrage, je proposerai ici une brève caractérisation du milieu naturel, de l'histoire et de la structure sociale des gens de Keti.» J'aime ce style raide mais direct." Puis : "Ecoute ça, c'est un entretien avec un vieillard appelé Kashere... Ce nom me dit quelque chose, je connais cette famille. Ecoute :

Le vieil homme s'éclaircit la voix et dit : «Un jour, il y a bien longtemps de cela, un de nos gens, un chef, portant le nom de Kunglung, songeant aux conditions défavorables de notre milieu, s'en ouvrit ainsi à l'un de ses hommes de confiance, du clan de Pargatak : 'Cette terre n'est plus propice. Lorsque nous la cultivons, nous n'en tirons qu'un rendement médiocre. Va nous chercher une nouvelle demeure.' L'homme de Pargatak se mit en route. Lorsqu'il aperçut cette région, il se changea en lion (c'est un don que possèdent tous les hommes de son clan) et alla de point d'observation en point d'observation jusqu'à atteindre un plateau dominant toute la vallée habitée. Il examina à loisir tout ce que les gens faisaient, épiant aussi le grand Njomjom, le chef plein d'ardeur de ce peuple. Sa mission accomplie, il revint sur ses pas.

Non loin de chez lui, Pargatak redevint homme. A son arrivée, il fit son rapport à Kunglung. Celui-ci appela un dénommé Kolwi, à qui l'homme de Pargatak relata son voyage... Puis Kunglung ordonna à Kolwi de convoquer les autres chefs à une assemblée au cours de laquelle il leur communiqua tout ce que l'homme de Pargatak avait vu pendant son périple, leur demandant de suggérer des stratégies pour tenter de s'emparer de l'endroit pour eux-mêmes.

L'homme de Pargatak dit : 'Le peuple est imposant et nombreux, que pouvons-nous faire ?' Alors Kunglung reprit : 'Regardez, je m'en vais vous montrer ce que je propose. Si vous n'êtes pas d'accord, vous avez la permission de le dire.' Puis, s'élevant au-dessus du sol, il se jeta par terre et des serpents se mirent à grouiller partout : il s'était changé en cette multitude. Redevenant aussitôt homme, il dit : 'Si je me rends parmi eux et que je me transforme ainsi, en mordant dix par-ci et dix par-là, est-ce que leur sort ne sera pas réglé en un clin d'œil ?' L'homme de Pargatak rétorqua qu'il n'en viendrait pas à bout ainsi. 'Et si je me changeais en lion, dit-il, et que je mutile ces gens nuit et jour et mette en pièces leurs toits et leurs murs ? – Cela n'aura pas plus d'effet, dit un homme de Lame. Attendez donc de voir ce que propose cet homme de Layange.' Alors l'homme de Layange se changea en aigle et prit son essor, fendant l'air avant de se poser. L'homme de Lame dit : 'Voilà qui peut servir.'

La grande armée se mit en route, les anciens en tête et les guerriers derrière. Ils firent halte à un endroit pour dormir et le lendemain poursuivirent leur chemin, arrivant près de là où l'assaut devait avoir lieu. L'homme de Pargatak donna alors ses ordres à l'homme de Layange, l'informant que lors de son avancée il verrait un grand bélier marquant un arbre, sous lequel serait également assemblée une nombreuse compagnie tressant de la paille. Sur ce, l'homme de Layange s'éleva au-dessus du sol puis se jeta par terre et, se changeant en aigle, prit son envol jusqu'à se poser à flanc de colline. De là, il scruta les gens. Au bout d'un moment, il vit quelqu'un sortir d'une maison en tirant un bélier sous un arbre jusqu'à un pieu auquel il l'attacha. L'homme avait aussi une natte sur laquelle il allait s'asseoir pour tresser. L'homme de Layange, à présent aigle, se dit : 'Bien ! Je vais enlever le bélier et m'enfuir à ras de terre, de façon qu'ils me suivent en se disant qu'ils pourront récupérer l'animal quand je me serai posé non loin.'

Un peu plus tard, une vaste foule assemblée là s'était mise à tresser. Alors l'homme de Layange s'éleva et fondit sur le bélier, il l'arracha et s'enfuit à ras de terre. Lâchant leur ouvrage, les hommes bondirent et, de tous les coins de la ville, les gens, alertés par les cris, se précipitaient pour prendre part à la poursuite. Ils hurlaient : 'Regardez, il vole bas, suivons-le pour reprendre la bête.'

La foule immense enflait à chaque instant, tandis que l'aigle la conduisait au beau milieu du piège des envahisseurs, rangés sur les trois côtés d'un carré. Les hommes ainsi disposés attendirent que tous se soient engouffrés puis se jetèrent sur leurs victimes, se livrant à un énorme et impitoyable carnage. Ils se répandirent ensuite dans la ville et constatèrent qu'ils en étaient les maîtres absolus. Ils pillèrent l'endroit et s'en retournèrent chez eux enrichis.

Le temps venu, ils vinrent s'installer dans l'ouest de la vallée et seulement quelques années plus tard investirent les villes abandonnées. Ce laps de temps avait été jugé préférable, afin que la souillure ou le mauvais sort des habitants d'origine ne se trouvât plus attaché au lieu...»"

Au fur et à mesure qu'elle écoutait, Zara devint de plus en plus pensive. Elle n'avait jamais vu Mamo dans un tel état d'excitation ; on aurait dit un enfant qui a reçu un cadeau, il agitait le livre en développant ses arguments, la voix pleine d'assurance.

"Pourquoi tu n'écris pas quelque chose là-dessus ? interrompit-elle.

— Hein ? s'enquit-il en levant les yeux de la page.

— Un article, un compte rendu. Tous ces commentaires que tu fais, mets-les par écrit.

— A quoi bon ? On ne recense que les livres qui sortent, or celui-là a été publié en, je vais te le dire… en 1970, par le fils de Drinkwater, à partir des documents laissés par son père à sa mort en 1953… Aucun journal n'en voudra.

— Et les revues et les magazines spécialisés ? Il y en a des tonnes… et puis tu n'es pas obligé d'écrire un compte rendu du livre, tu pourrais parler de notre histoire et des représentations fausses des historiens étrangers par exemple, en illustrant ton propos avec ce livre.

— Tu veux dire faire une sorte de remise à plat de l'histoire…, dit Mamo d'un air pensif. Mais…

— Mais quoi ?

— Je ne sais pas…

— Je sais à qui l'envoyer, déclara Zara. A ma prof de fac.

— Mais elle ne me connaît pas…

— Peu importe. Elle s'appelle Chundum Chuwan et, si l'article lui plaît, elle l'enverra à tous les journaux d'histoire du monde.

— Mais, reprit Mamo en tentant d'invoquer une dernière excuse, qui va le taper ?

— Moi.

— Tu sais taper à la machine ?"

Elle fit un signe de tête affirmatif et l'entraîna dans la chambre d'amis, où elle ouvrit un carton et montra une vieille Remington. Il ne dormit pas de la nuit. Il s'attela à son article d'une façon mal assurée puis, lorsque les idées jaillirent librement, sa main se mit à arpenter les pages, les couvrant d'épais caractères bleus puis barrant des lignes ou des paragraphes ; parfois il froissait et jetait une page qui ne lui convenait pas. Zara s'allongea sur le canapé avec un roman, s'arrêtant de temps à autre pour lui adresser un bref sourire d'encouragement, puis finit par s'endormir le livre sur le visage. Il mit le point final au moment où les aiguilles indiquaient cinq heures du matin : il disposait de vingt pages satisfaisantes, qu'il laissa sur le bureau pour que Zara les voie en se réveillant, et tituba jusqu'à la chambre.

LE RETOUR DE LAMANG

Le jour où Mamo rentra de la ville, toute la route qui passait devant chez lui était bloquée par des voitures et des camionnettes portant le logo du Parti de la victoire ; une foule immense grouillait entre les véhicules, écoutant un homme perché sur un baril retourné. C'était Lamang. Il parlait dans un micro, agitant les bras et se frappant la poitrine. La foule applaudissait, mais Mamo ne put l'entendre, car le discours touchait à sa fin. Asabar et d'autres jeunes militants aidaient à présent Lamang à descendre, qui donna ensuite l'accolade à un homme présent à ses côtés, faisant monter une clameur de la foule. Lorsque Mamo put enfin adresser la parole à son cousin tout excité, celui-ci lui demanda où il était passé. Ils se tenaient tout près de la camionnette de la section jeunesse du parti. A quelques voitures de là, Lamang se trouvait en grande conversation avec un groupe d'hommes, tous riant et se donnant des tapes dans le dos. Parmi eux il y avait l'ancien adversaire de Lamang, Alhadji Danladi.

"Je suis allé en ville.

— Ah... voir cette femme. Ben, t'as tout raté", déclara Asabar.

Tout en parlant, Asabar, le visage empreint d'admiration, ne détachait pas son regard de Lamang. Apparemment, plus tôt ce jour-là, des responsables du parti avaient brusquement surgi dans un convoi de voitures et de camionnettes, des haut-parleurs sur le toit hurlant à plein volume les chants de campagne, attirant peu à peu une foule d'enfants et de fainéants curieux au fil de leur lente progression sur la route bordée d'okoumés. Ils avaient fini par s'arrêter devant chez Lamang. Quelques-uns étaient entrés et s'étaient longuement entretenus avec lui ; lorsqu'ils étaient ressortis environ une heure plus tard, Lamang les accompagnait et tous arboraient un large sourire. Un meeting improvisé s'organisa quand Danladi grimpa sur un baril pour annoncer à la foule la bonne nouvelle du retour de Lamang au sein du parti. S'ensuivirent quelques discours de dirigeants prédisant une grande victoire lors des prochaines élections, puis Lamang était enfin monté sur le baril pour réaffirmer à la foule sa loyauté envers le parti – c'est à cela que Mamo avait assisté. A présent, la foule se dispersait. Debout au milieu de la route, Lamang agitait la main en signe d'au revoir. A une distance respectueuse se tenaient les veuves, vêtues de leurs plus beaux atours, remuant la main vers la foule aussi vigoureusement que Lamang.

Le lendemain, Lamang l'arrêta dans le salon en demandant : "Il paraît que tu es allé voir le Mai avec ton oncle." Mamo opina du chef. Revenant de la salle de bains et ne portant qu'une serviette autour de la taille, il se sentait en position d'infériorité par rapport à son père, détendu dans son fauteuil favori et tout habillé pour sortir, les clés de sa voiture à la main.

"Oui, reprit Mamo, à propos de l'école.

— L'école, je sais. Et ni toi ni ton oncle n'avez cru bon de m'en informer. Vous pensiez peut-être que, une fois hors du parti, je n'avais plus d'influence ? Est-ce que vous croyez que le Mai connaît plus de gens dans la capitale que moi ? Elle est bien bonne ! Vous avez vu ce qui s'est passé hier, n'est-ce pas ? Comment ils ont fait tout le chemin depuis la capitale d'Etat pour me présenter leurs excuses et me réintégrer. Ces gens-là, c'est la crème de l'Etat, ceux par qui tout arrive. Pas plus tard que maintenant je dois rendre visite au gouverneur. Dis à ton oncle que je mentionnerai l'école pour voir ce qu'on peut faire."

Mamo écoutait, se demandant ce qui, chez son père, demeurait narcissique alors même qu'il essayait d'apporter son aide… Mamo se souvint de ce que lui avait raconté un jour l'oncle Iliya concernant leur enfance : Lamang était le préféré de leur père parce que sa mère était l'épouse préférée. Ainsi, lorsqu'ils allaient à la ferme, Lamang travaillait seulement une heure ou deux, puis avait le droit de se reposer sous un arbre, tandis que les autres peinaient sous le soleil brûlant.

Bizarrement, Lamang tint parole, car, deux semaines après cette conversation, une lettre du ministère de l'Education annonça que l'école d'intérêt général de Keti avait été rayée de la liste des établissements menacés. Mamo ne daigna pas mentionner l'échange qu'il avait eu avec son père quand l'oncle Iliya lui lut le courrier en s'exclamant : "Ça, pour une surprise ! Sans explication, comme ça. Quelqu'un dans la capitale d'Etat, en sa qualité de Tout-Puissant, a décidé pour cette fois de nous épargner."

Une semaine plus tard, l'école rouvrit, tous les enseignants reprirent du service et on fit appel à de nouveaux stagiaires. Les élèves avaient l'air contents d'être de retour. En cours, lorsque Mamo lut des extraits de son article sur *Une brève histoire des gens de Keti* de Drinkwater, ils l'écoutèrent, captivés, faisant de leur mieux pour suivre son raisonnement. Tout semblait pour le mieux, les jours sombres de l'école apparaissaient comme de l'histoire ancienne, mais, sans que Mamo sût pourquoi, l'enseignement ne lui procurait plus aucun plaisir. Il se sentait fatigué, déprimé. C'est Zara qui le remarqua la première, demandant :

"Qu'est-ce qui se passe ?

— Rien."

Il éprouvait surtout une sensation d'impuissance, d'enfermement et presque de désespoir. Il imaginait son frère dans le pays où il se trouvait alors, libre et heureux. Ce jour-là, il termina tôt ses cours et partit faire une longue promenade dans la brousse, ne rentrant qu'à la nuit tombée.

ENVOYEZ-NOUS ENCORE QUELQUE CHOSE

Le lendemain, Mamo reçut deux lettres, dont l'une allait changer sa vie pour toujours.

Emanant d'un magazine londonien appelé l'*Empire Review*, la première était signée du rédacteur en chef en personne. Elle était tapée à la machine et ne s'embarrassait pas de circonlocutions : *Nous avons beaucoup aimé votre article "Compte rendu d'*Une brève histoire des gens de Keti *de Drinkwater", mais nous sommes au regret de vous annoncer que ce sujet ne correspond pas à ce que nous recherchons actuellement. Si par ailleurs vous avez d'autres articles traitant par exemple du fléau du sida, de l'excision ou de toute autre expérience typiquement africaine, envisagée sous un angle neuf et progressiste, nous serions heureux de les lire.*

Le deuxième courrier était adressé d'Ouganda par une revue intitulée *History Society Quarterly*, qui applaudissait l'article et le publiait. Le rédacteur en chef, le professeur Batanda, du département d'histoire de l'université de Makerere, avait écrit une page entière qui commençait par "Cher professeur Lamang". Mamo éclata de rire à la lecture de ce titre. Il en parcourut le contenu en secouant la tête d'incrédulité : le rédacteur en chef était ravi de voir s'abonner quelqu'un habitant un pays aussi lointain que le Nigeria, c'était la première fois et il espérait que ce ne serait pas la dernière, parce que sa revue avait vraiment vocation à être internationale. Il appréciait tout particulièrement cet article en raison de son ton "informel", trouvant que la plupart des historiens avaient adopté une attitude à son goût trop clinique, plus scientifique que les scientifiques eux-mêmes, ce qui était regrettable ; il ajoutait que cet article serait publié dans le numéro suivant, dont l'auteur recevrait bien entendu un exemplaire à titre gracieux, et demandait pour finir si l'auteur prendrait la peine de rédiger une suite. Puisque cet article définissait ce qu'un essai historique ne pouvait pas être, l'auteur pourrait-il développer son point de vue positif sur le sujet ?

Mamo retourna l'enveloppe pour s'assurer qu'elle portait son adresse, qu'il n'y avait pas erreur. Zara avait dû envoyer l'article à son professeur en joignant ses propres coordonnées, que celui-ci avait donc utilisées.

Il aurait voulu se précipiter chez elle pour lui montrer la lettre, mais elle était retournée en ville pour le week-end, car la seconde audition du tribunal devait avoir lieu le lundi suivant. Il décida aussitôt de répondre, commençant par expliquer qu'il n'était nullement professeur mais simplement un ancien étudiant de l'université âgé de vingt-sept ans, un enseignant du secondaire et un historien non pas professionnel mais amateur. Il dit qu'il donnait ces éclaircissements pour éviter toute méprise sur sa personne. Puis il exposa dans un long paragraphe ce qu'il comptait développer par la suite. Selon lui, la véritable histoire devait s'intéresser à la vie de tout un chacun, des gens ordinaires qui travaillent dur, qui rêvent et qui souffrent, qui supportent le plus gros de toutes les vicissitudes que l'époque inflige à la nation. Il dit que si un historien pouvait saisir ces vies-là, y compris les souvenirs du passé des familles, il ne serait pas loin d'écrire la vraie "biographie historique" d'une nation – car, lorsque nous parlons de nation, ne renvoyons-nous pas en réalité aux gens qui l'habitent, et, partant, l'histoire d'une nation est-elle autre chose que celle de ces gens ? Il pensait que, la plupart du temps, l'histoire accordait trop d'attention au climat, au relief et à la Constitution, occultant par là la dimension humaine.

Il posta sa lettre le jour même et se mit à attendre la réponse – le temps de cette attente, les horloges et la Terre s'arrêtèrent de tourner.

*

Cependant, pour Lamang, les aiguilles avançaient à toute vitesse. Les choses ne s'étaient pas déroulées aussi simplement que prévu : après la visite de réconciliation des dirigeants du Parti de la victoire, puisqu'il ne pouvait en aucun cas prétendre au poste de président du parti, il pensait qu'une autre fonction importante allait lui être proposée, ou, mieux encore, qu'il allait être choisi comme candidat du parti au poste de président du gouvernement local de Keti. Mais rien de tel ne se produisit. Contrarié, il adressa une longue lettre au parti en se plaignant de ces mauvais traitements et en annonçant que cette fois-ci il quitterait le parti pour de bon – à moins d'être désigné candidat au poste de président. Sa demande resta lettre morte. Lamang se retira du parti, pour la seconde et – comme il l'expliqua aux veuves – dernière fois.

Une semaine plus tard, une délégation du parti adverse, le Nouveau Parti de la victoire, vint lui rendre visite de nuit pour lui faire une proposition. Ils parlèrent à voix basse et lui offrirent précisément le poste qui lui avait été refusé.

Dès le lendemain, Lamang tint un grand meeting dans sa cour pour annoncer qu'il se ralliait au Nouveau Parti de la victoire et pour débattre d'une stratégie en vue des prochaines élections, car quelle plus savoureuse revanche que de remporter la victoire des urnes ? Une chèvre fut tuée et, comme à l'accoutumée, les veuves vinrent sur place pour cuisiner, faire le service et préparer Lamang. La cour se remplit de visages : certains inconnus issus du nouveau parti, d'autres connus simplement venus festoyer.

A son retour du travail, Mamo décida de se rendre directement dans sa chambre pour fuir le vacarme. Dans le salon, son père parlait avec Asabar – debout au milieu de la pièce, presque tête contre tête, ils s'entretenaient à mi-voix. Lamang avait posé une main sur l'épaule d'Asabar et ils paraissaient si proches, si complices, que Mamo ne put s'empêcher d'éprouver un pincement de jalousie en songeant que, s'il en était allé autrement, c'est à lui que son père aurait accordé sa confiance. Plus tard, Asabar vint le trouver dans sa chambre, l'air heureux et plein d'énergie. Il annonça que Lamang voulait qu'il dirige la section jeunesse, tout comme auparavant, pour le nouveau parti. Il s'était laissé pousser une épaisse moustache, qui ne semblait pas à sa place sur son visage fin et délicat.

"Honte à nos adversaires. Ils pensaient nous avoir laminés pour de bon, mais vise un peu ce rassemblement, non mais regarde, tout le village est là ! commenta Asabar en passant la tête par la fenêtre sans cesser de sourire.

— Ça m'étonnerait, la cour ne pourrait jamais contenir autant de monde, dit Mamo avant de changer rapidement de sujet (il savait qu'Asabar une fois lancé pouvait parler de politique et de victoire pendant des heures). J'ai reçu des nouvelles de LaMamo."

Cela retint l'attention d'Asabar, qui tira une chaise et s'y installa, son visage s'animant :

"Alors, quoi de neuf ? Où est-il maintenant ?

— Quelque part au Liberia.

— Est-ce qu'il rentre bientôt ?

— Il n'en parle pas. Il a rencontré quelqu'un et il songe à se marier.

— J'espère qu'il revient bientôt. C'est un bon moment pour être là.

— Pourquoi ?

— Pour entrer en politique, à mon avis. Le parti a grand besoin de gens comme lui, de vrais soldats qui sont…"

Mamo soupira en son for intérieur et cessa d'écouter. Asabar ne vivait que par et pour le parti. Il avait manifestement vécu comme un séjour au purgatoire les mois de relégation qu'avait connus Lamang. Tous ses traits en portaient la marque : il avait maigri, sa veste et son pantalon de treillis étaient déchirés par endroits et faisaient des plis, il avait les yeux rouges et fuyants à cause d'une consommation accrue de marijuana, et il balançait les bras dans tous les sens en parlant, ne finissant pas ses phrases, comme s'il avait oublié ce qu'il avait commencé à dire ou que cela ne l'intéressait plus. Le mois précédent, en rendant comme souvent visite à son oncle pour bavarder, Mamo avait assisté à une dispute entre Asabar et lui, les voix en colère portant jusqu'à l'extérieur. Apparemment, Asabar avait mis enceinte la fille des voisins, la jolie Jummai, et Iliya voulait qu'il se conduise honorablement et l'épouse. Asabar rétorquait qu'elle ne l'intéressait pas et, à présent campé face à son père au milieu du salon, il hurlait :

"Arrête de me dire ce que je dois faire de ma vie !

— Je continuerai à te le dire tant que tu vivras sous mon toit et que je te nourrirai. Tu restes assis du matin au soir avec tes amis à fumer de la marijuana, à te soûler et à te bagarrer dans le village. J'en ai assez de tout ça.

— Ne t'en fais pas, je vais déménager."

Sur ce, Asabar était sorti de la cour, écartant Mamo qui hésitait sur le seuil. Lui emboîtant le pas, Mamo lui avait conseillé de réfléchir plutôt que de partir sur un coup de tête. Mais Asabar avait pris sa décision, il entraîna Mamo dans le bar le plus proche et commanda une bière qu'il but d'un trait, déclarant : "Je déménage." Ce fut chose faite dès le lendemain. Avec l'aide de ses amis, il construisit une case ronde au pied de la colline, loin de tout voisinage, et bientôt la jeunesse du parti vint y traîner, à qui Asabar se mit de surcroît à vendre de la marijuana.

Mamo commença une phrase : "Ecoute, Asabar..." Il avait envie de dire à son cousin : *Tu ne vois pas que mon père se sert de toi comme de n'importe quel voyou, pour faire la sale besogne à sa place ? Est-ce que ça te donne vraiment l'impression d'être important, de conduire ivre une camionnette et d'intimider les gens ? Tu ne vois pas que ça ne peut que mal finir ?* Pourtant, avant même d'avoir ouvert la bouche, il savait que c'était peine perdue, qu'Asabar ne l'écouterait pas. Il ne s'était jamais vraiment remis de son rêve de devenir soldat et son échec continuait de le hanter ; or, à présent, en tant que chef de la section jeunesse, il disposait de sa propre armée – le parti avait d'un coup fait de lui un général.

Mamo soupira de nouveau. Asabar lui demanda ce qu'il avait et attendit qu'il parle. Mamo lui toucha le bras et dit :

"Je repensais juste à ce jour à l'abattoir et à ce qui nous serait arrivé si…

— Si quoi ? repartit Asabar avec impatience. Alors, si quoi ?

— Comment va Jummai ? Est-ce que tu es déjà allé voir ses parents ?

— J'attends, dit Asabar en lui adressant un clin d'œil. Si c'est un garçon, j'irai, sinon ça ne m'intéresse pas.

— Fais attention quand même", lui dit Mamo au moment où ils se séparaient.

Asabar hocha la tête et quitta la pièce en faisant un bref salut militaire.

L'EXEMPLE DE PLUTARQUE

Cher monsieur Lamang,

Je vous présente tout d'abord mes excuses pour avoir fait erreur sur votre titre dans mon précédent courrier. Ce n'est pas par malveillance mais à cause de la grande qualité de votre article, qui, de mon point de vue, vaut celui de n'importe quel professeur. Dans votre réponse, vous soulignez que vous ne méritez pas vraiment le titre d'historien. Permettez-moi d'être d'un autre avis. L'histoire ne relève pas seulement de compétences académiques ; si c'était le cas, la plupart des anciens à qui nous devons le récit oral de notre passé ne pourraient pas s'appeler historiens. Vous êtes-vous déjà demandé comment les historiens récoltent leurs informations, en particulier les premiers spécialistes de l'Afrique ? Leurs comptes rendus se fondent le plus souvent sur les documents laissés par des fonctionnaires coloniaux et sur les journaux intimes de leurs femmes, sur les carnets des explorateurs et les récits des missionnaires, etc. – si ces gens ont droit au titre d'historien, pourquoi pas vous ? Ainsi, ne dites pas que vous n'êtes pas habilité à écrire l'histoire, ou sur l'histoire. Souvenez-vous seulement qu'un historien doit éviter toute subjectivité superflue – je dis "superflue", car toute histoire implique un certain degré de subjectivité, ce qui n'est pas gênant tant que cela n'entraîne pas une occultation des faits –, il doit se montrer humble et mû seulement par le désir d'éclairer le passé au bénéfice de l'avenir.

Je suis également intrigué par l'idée que vous avancez d'"histoire biographique". Avez-vous jamais envisagé de vous y consacrer sérieusement, je veux dire d'écrire l'histoire, ou, mieux encore, d'écrire des biographies ? Permettez-moi de vous expliquer pourquoi je pense que la biographie relèverait davantage de votre domaine : concernant certains points abordés dans votre article, comme la nécessité pour l'histoire de galvaniser les esprits en insistant seulement sur les moments glorieux, je crains que ce ne soit pas là le rôle de l'histoire. L'histoire ne doit ni louer ni condamner, ce qui relèverait du parti pris – or n'est-ce pas précisément ce que nous critiquons dans les histoires coloniales ? L'histoire se contente d'affirmer ce qui se passe, ou ce qui s'est passé, comme cela s'est passé, sur le plan à la fois chronologique et factuel. Cependant, la biographie n'a pas les mêmes obligations : elle traite de l'humain et offre la liberté de ruminer chaque épisode dans notre tête, d'être subjectif et donc de philosopher, d'étudier le caractère, de blâmer ou d'encenser (d'ailleurs, le panégyrique entre dans cette catégorie).

*Bien entendu, le biographe recourt à la technique de l'*historia*, de l'investigation au sein du passé, mais il échappe aux contraintes et aux limites de l'histoire, prenant davantage en compte le fait que nous sommes tous humains et faillibles. De façon plus essentielle encore, il sélectionne ceux qu'il veut prendre pour objets, les événements sur lesquels attirer l'attention et ceux à* *rejeter à l'arrière-plan – en bref, il s'agit plus d'art que d'histoire. J'ai joint à ce courrier un livre, les* Vies parallèles *de Plutarque, un classique du genre, pour illustrer mon propos. Il comporte une longue introduction sur l'auteur, que vous pourrez consulter à loisir. Tenez-moi informé à l'occasion de ce que vous pensez de ma suggestion et du livre lui-même.*

Vous trouverez également deux exemplaires offerts à titre gracieux de la revue où paraît votre texte.

Dans l'attente de lire votre second article,

Bien à vous,

PROFESSEUR BATANDA.

La réponse d'Ouganda mit un mois à lui parvenir. Dans l'intervalle et pour s'occuper, Mamo avait ébauché l'article suivant, intitulé "Esquisse d'une véritable histoire des gens de Keti", qu'il termina après avoir lu la lettre de Batanda. Il était deux fois plus long que le précédent, surtout parce qu'il avait inclus nombre de mythes et de légendes de la région pour éclairer sa démonstration – il les avait tirés de la *Brève histoire* de Drinkwater, mais en donnait une lecture différente pour mettre en valeur ce qu'il appelait la "manipulation tendancieuse de l'histoire", opposée à une "manipulation bienveillante".

Cette fois-ci, Zara ne put pas l'aider à taper son texte, car elle était allée en ville pour le weekend. Mamo, tout excité, ne pouvait attendre jusqu'au lundi. Il ne connaissait que deux endroits à Keti où avoir accès à une machine à écrire à l'improviste : l'église et l'école – cette seconde solution étant à éliminer, car l'oncle Iliya devait encore faire la quête pour remplacer celle qui était cassée.

Il se rendit chez le pasteur Mela. Celui-ci passait le plus clair de ses journées, assis sur sa vaste véranda qui surplombait la route, à écouter la radio, dont il tirait la plupart des informations qu'il utilisait dans ses sermons "scientifiques". Il adorait prendre des notes en écoutant la BBC, Voice of America ou l'émission religieuse allemande *German Africa Service*, et s'en resservir ensuite devant ses ouailles éberluées par des mots et des concepts comme "greffe du cœur", "satellite" et "insémination artificielle" (qu'il désapprouvait). Mais il était plus renommé pour son audace vestimentaire. Il acquit cette célébrité dès le jour de son ordination en tant que pasteur, lorsqu'il se présenta à l'église avec une veste et un faux col, du jamais vu dans un endroit où les pasteurs venaient simplement à l'église en habits du dimanche et où rien dans leur tenue ne les distinguait de leurs ouailles.

Apparemment, les sœurs Drinkwater, connues localement sous le nom de Kai et Malai (elles étaient nées à Keti et y vivaient toujours) et ferventes admiratrices du pasteur, avaient suggéré qu'il aurait plus fière allure s'il portait l'une des vestes de leur défunt père avec un faux col. C'est ainsi que le pasteur Mela arriva, tel un musicien dont l'heure de gloire est passée, avec une veste noire dont les coutures menaçaient de céder sous sa forte corpulence et un faux col serré comme une pince-étau au point qu'il pouvait à peine respirer. Il délivra son sermon en transpirant et les yeux exorbités, mais, à compter de ce jour, il ne revint jamais en arrière – sur le plan vestimentaire, s'entend. De la tenue veste et faux col, il passa progressivement à de longues cappas colorées, du style que portent les cardinaux de Rome, après avoir assisté à un rassemblement de pasteurs à Lagos, où il avait subi l'influence de leur extravagance. Bientôt, d'autres pasteurs de la région de Keti l'imitèrent, et lui poussa à son tour l'innovation de plus en plus loin, présentant un nouveau style de tunique presque tous les deux mois.

Il parcourait l'article publié de Mamo avec l'enthousiasme d'un spécialiste s'entretenant d'un sujet ésotérique avec un pair. Il trouva que le texte avait un caractère presque "scientifique" par sa logique et son dépouillement. Mamo dit qu'il pouvait garder l'exemplaire, puisqu'il en avait un autre chez lui, et lui parla du second article sans entrer dans le détail. Le pasteur hochait la tête à chaque phrase, prenant des notes, et il semblait particulièrement impressionné par le choix de Drinkwater comme point de mire (dans l'échelle sociale de Keti, Drinkwater ne le cédait qu'à Jésus lui-même). Ce jour-là, il portait une tunique "décontractée" qui différait de celles d'apparat par ses manches courtes.

Il dit enfin : "Allons au bureau de l'église. Je vais demander à la secrétaire de t'aider. Il est manifeste que le Seigneur recourt à toi pour accomplir ses fins." Avant de partir, le pasteur s'agenouilla et pria.

*

Le dimanche suivant, à la grande stupéfaction de Mamo, une copie de l'article publié qu'il avait donné au pasteur Mela était punaisée bien en évidence sur le panneau d'affichage, juste à côté de la porte, visible par tout villageois venant à l'église et sachant lire. Plus tard, pendant son sermon, le pasteur demanda à l'assemblée des fidèles de prier pour soutenir Mamo, le fils de Lamang et le neveu du directeur de l'école, dans sa "formidable lutte pour répandre la lumière et le savoir", afin qu'il ne cède pas "au démon et aux puissances obscures qui grouillent dans l'air comme des virus".

Assis au dernier rang, Mamo se mit à transpirer, tandis que des mains se tendaient pour serrer la sienne et le féliciter. Mais ce n'était qu'un début, car, sans qu'il en sût rien, cela marquait le commencement de sa carrière de biographe. Le lendemain, il reçut la visite de Robert Wanga, un ancien camarade de lycée qui présidait alors le Mouvement pour la jeunesse de Keti. Il voulait que Mamo vienne assister à leur prochaine réunion et y fasse un discours.

"Un discours ? Sur quel sujet ? demanda-t-il – assez amusé par les manières révérencieuses de son ami.

— Sur ce que tu veux. Sur l'histoire, sur l'écriture. Et puis… mais à toi de décider, c'est juste pour encourager les jeunes. Nous sommes vraiment fiers de ce que tu as fait et impatients de te poser des questions.

— Qu'est-ce que j'ai donc fait ?

— Tout le monde au village parle de ton article, et les jeunes surtout seraient vraiment très heureux que tu leur consacres une heure."

Mamo dit qu'il y réfléchirait. Robert s'inclina légèrement en lui serrant la main. Quelques autres villageois vinrent également, dont des vieillards qui n'avaient pas la moindre idée du contenu de l'article. Mus par les paroles du pasteur à l'église et par les échos émanant de ceux qui savaient lire, ils venaient parler “histoire” avec Mamo. La plupart d’entre eux voulaient vérifier s’il avait un vrai talent de conteur, car, pour eux, l’histoire était non pas un simple récit du passé mais d’abord et avant tout un art, qui consistait principalement dans la manière de raconter. Ils dissimulèrent bien leur déception en découvrant que Mamo n’était pas capable de bien “raconter” l’histoire. Mais, avant de s’en retourner chez eux, ils ne manquaient pas d’attirer son attention sur un point qu’ils tenaient à le voir souligner dans ses futurs écrits, concernant telle bataille ou bien l’origine d’un certain mot ou d’une tradition. Tante Marina jouait fièrement le rôle de portier, annonçant chaque visiteur et l’introduisant avec un grand geste dans le salon où Mamo demeurait souvent, essayant de lire ou de regarder la télévision.

*

Le lundi, Mamo et Zara se rendirent directement chez elle après le travail. Assis dans le salon, ils discutaient :

“Tu vois un peu ce que tu as déclenché ?

— Je n’ai fait que poster ton article, rien de plus.”

Ce jour-là, dans la salle des professeurs, un éclair d’orgueil avait animé le visage de Zara lorsqu’il lui avait montré l’article. Elle avait ensuite fait le tour des professeurs avec, certains l’ayant déjà vu sur le panneau d’affichage de l’église mais tous le feuilletant à présent sans parvenir à dissimuler leur jalousie.

Puis elle traîna Mamo dans le bureau de son oncle, qui n’en avait pas encore entendu parler, car il était absent le jour où le pasteur Mela l'avait mentionné. Avant de lui donner l'article à lire, Zara raconta à Iliya comment Mamo avait découvert le livre chez elle par miracle, et comment il avait rédigé l'article d'une traite.

Après l'avoir parcouru, Iliya dit avec fierté : “Personne n'avait jamais fait ça. C'est magnifique, tu as attiré sur nous l'attention internationale. Maintenant, il faut que tu poursuives et que tu écrives un livre. Nous allons en faire une copie et l'afficher aussi. Et j'en enverrai un exemplaire au président du gouvernement local et au palais du Mai, pour qu'ils voient la stature des enseignants que nous avons ici. S'ils sont un peu malins, ils comprendront l'importance de l'éducation dans notre village.

— Non, pas la peine, protesta Mamo en se tournant vers Zara.

— Pourquoi pas ? s'enquit Zara.

— C'est juste un article, dit Mamo – flatté mais considérant quand même qu'il n'y avait pas de quoi faire tant de bruit.

— Quoi ? reprit Iliya en s'interrompant au milieu de sa phrase. Juste un article ? Mais qui en a jamais fait autant dans tout ce village ? Personne, et certainement pas moi, avec toutes mes années d'enseignement. Ah, tu es jeune, tu tiens pour acquis le fait d'être instruit. Mais tu as tort. Continue à écrire, ne t'arrête pas.”

Mamo raconta à Zara la réaction de son père. Après avoir rapidement tourné quelques pages, il avait dit : “Je regarderai ça plus tard… J'ai à faire maintenant.”

“Peut-être qu'il est occupé”, le consola Zara en serrant fort sa main.

Les élections avaient lieu une semaine plus tard et Lamang était en campagne avec les candidats de son parti, la section jeunesse, les dirigeants et ses femmes. Avec tous les regards ainsi braqués sur lui, il était dans son élément.

"Peut-être", avait répondu Mamo.

LE WAZIRI

Mamo était en train de faire cours lorsqu'un élève vint lui annoncer que le directeur le réclamait sur-le-champ. Un peu plus tôt, une voiture s'était arrêtée devant le bureau, mais il n'y avait guère prêté attention. En passant, il remarqua que les portières arboraient le logo du conseil traditionnel de Keti. Un garde du palais en uniforme multicolore se tenait devant la table du directeur, son habituel fouet à la main et mâchonnant des noix de cola.

"On dirait que tu es attendu au palais, déclara Iliya quand Mamo fut entré.

— Un ennui ? demanda Mamo en regardant alternativement son oncle et le garde.

— Vous verrez bien, dit le garde. Nous n'avons pas de temps à perdre.

— Passe me voir à ton retour", dit Iliya en l'accompagnant jusqu'au véhicule.

Pendant le trajet, Mamo essaya de deviner ce qui lui valait cette convocation urgente, mais au bout d'un moment il ne pensa plus à rien et regarda les enfants jouer sous les okoumés, agiter la main et courir derrière la voiture.

Au palais, Mamo fut surpris de ne pas être conduit directement au salon du Mai mais dirigé vers une autre aile. Ils longèrent un couloir aux nombreuses portes. Le garde en ouvrit une sans frapper et le fit passer dans un petit corridor comportant une unique chaise contre le mur, qui faisait office de salle d'attente et menait à un vaste bureau. Mamo attendit là le retour du garde, qui l'invita bientôt à entrer.

Le Waziri était affalé dans un fauteuil pivotant derrière une table imposante, où trônaient seulement une grosse carafe d'eau et un verre. Le climatiseur ronflait au fond, luttant contre la chaleur déjà croissante alors même que midi n'avait pas sonné.

Le Waziri s'exclama : “Ah, Mamo, vous voilà. J'ai quelque chose à vous montrer.” Puis, avant que celui-ci ait pu ouvrir la bouche ou songer à s'asseoir, il avait contourné la table et le prenait par la main. Vêtu de sa longue tunique blanche qui éblouissait presque dans la vive clarté du soleil, le Waziri l'entraîna, sa haute et mince silhouette semblant suspendue en l'air tandis qu'ils longeaient la galerie et la rangée de portes. De l'autre côté se trouvait une petite cour couverte d'une profusion de plantes variées, allant de l'herbe aux arbustes en fleurs, et derrière les plantes une pièce dont Mamo supposa qu'elle servait de salle de réunion. Le Waziri déverrouilla l'une des portes avec une clé qu'il sortit de sa poche. Il faisait sombre et étouffant à l'intérieur, et la pièce, qui n'avait manifestement pas été utilisée depuis longtemps, sentait le renfermé. Le Waziri alla ouvrir une fenêtre, repoussant le rideau poussiéreux de façon à faire entrer l'air et la lumière. La pièce surplombait la place du palais. Mamo se rappela l'immense rectangle où, écolier, il s'était tenu en rangs avec ses camarades sous le soleil brûlant pour écouter le discours que le Mai, portant ses amples tuniques de cérémonie et son énorme turban, délivrait le jour des grandes vacances. Le Waziri alluma le ventilateur de plafond. Tous deux le fixèrent patiemment tandis qu'il s'ébrouait avec force craquements, faisant voleter les feuilles de papier sur la table et remuant la fine poussière en commençant à brasser la lourde masse d'air chaud.

Se tournant vers Mamo, il lui adressa un grand sourire qui fit trembler sa barbe et plissa son front.

"Asseyez-vous, dit-il en désignant d'un grand geste le somptueux fauteuil derrière l'immense table poussiéreuse. Ce sera votre bureau.

— Quelque chose m'échappe", articula Mamo, le souffle coupé.

Il restait debout près de la porte ouverte, tandis que le Waziri, au milieu de la pièce, avait ramassé sa tunique dans une main pour ne pas la salir. Il enleva lentement sa coiffe, découvrant son crâne rasé de près parcouru de sillons de sueur lui coulant sur le visage. Présentant la tête sous le ventilateur, il goûta la sensation de fraîcheur que l'air lui procura.

Le Waziri déclara : "Tout d'abord, asseyez-vous, nous avons beaucoup de choses à nous dire." Tirant une chaise pour lui-même, il y appliqua son majeur puis, d'un coup d'œil, changea d'avis et déclara : "Retournons dans mon bureau, c'est trop poussiéreux ici."

Pivotant sur son fauteuil en cuir avec un sourire bienveillant, il dit : "Je sais que tout cela vous prend un peu de court." Son œil fou semblait fixer un point derrière Mamo tandis que l'autre scrutait son visage. Ne sachant trop vers lequel diriger son regard, Mamo bégaya qu'il ne comprenait toujours pas. Il apercevait par la fenêtre le garde arpentant la galerie.

"C'est simple : le secrétaire du palais est décédé le mois dernier, paix à son âme, et à présent le Mai a décidé de vous offrir le poste – si vous en êtes d'accord, cela va de soi.

— Mais... comme ça, sans préambule ?

— Non, pas comme ça, c'est moi qui l'en ai persuadé, reprit le Waziri avec un sourire.

— Je suis vraiment étonné. Je n'aurais jamais...

— Voyez-vous, après avoir lu votre article, le Mai m'a dit : «Ce jeune homme est trop brillant pour gaspiller ses talents dans une école de village. Pourquoi ne pas le prendre avec nous pour remplacer Lanjo ?» Alors j'ai dit : «Vous avez tout à fait raison, Altesse, c'est ce qu'il faut faire.» Et voilà où nous en sommes, où vous en êtes. Et puis..., ajouta le Waziri en levant la main pour couper Mamo dans son élan. Et puis... j'ai une mission très importante à vous confier. Dites-moi, accepteriez-vous de rédiger un ouvrage sur la vie du Mai et de ses ancêtres, une histoire royale ?

— Je ne sais pas...", commença Mamo avant de s'interrompre puis, cherchant à prendre un ton assuré : "J'ai un emploi... à l'école de mon oncle... De plus, je n'ai aucune expérience dans ce domaine... et j'aurais besoin de beaucoup de documents, d'entretiens, et..."

De nouveau, le Waziri leva la main d'une manière péremptoire, interrompant Mamo. Il expliqua : "Voyez-vous, dans un an exactement, le Mai célébrera le dixième anniversaire de son élection. Ce sera un grand jour pour Keti, le plus important de tous. Votre livre sera présenté à cette occasion, il constituera l'événement suprême de la journée. Pour ma part, je ne sais pas comment on écrit un livre, mais après avoir lu votre article je me suis dit que si quelqu'un en était capable, quelqu'un du village, c'était vous, jeune homme. Ai-je tort ?

— Eh bien, j'ai ma théorie concernant l'histoire biographique… mais ce n'est pas tout à fait la même que…, commença Mamo tandis que le Waziri levait de nouveau la main.

— Pourquoi ne pas prendre un peu de temps pour réfléchir, parler avec votre père, votre oncle ? Je suis certain que tous vous diront d'accepter. Avez-vous idée de la célébrité que vous procurera ce livre ? Quel âge avez-vous ?

— Bientôt vingt-huit ans.

— Eh bien, pensez qu'à la même époque l'année prochaine vous serez le plus connu de tous les habitants de Keti. Vous travaillerez sous la protection du Mai lui-même", conclut le Waziri avec un large sourire, semblant attendre que Mamo se lève et s'agenouille en signe de gratitude.

Pendant que le même véhicule ramenait Mamo, son esprit vagabonda dans toutes les directions – quelle coïncidence troublante ! Quelques jours plus tôt, le professeur Batanda lui avait enjoint d'entreprendre un travail de biographe, et voilà qu'une possibilité de rédiger celle du Mai s'offrait à présent à lui. A vrai dire, ce n'était pas cette biographie-là qu'il aurait souhaité écrire. Il voulait s'intéresser à la vie des gens ordinaires, paysans, ouvriers, femmes au foyer, afin de parvenir, à travers leurs récits, à dégager une histoire globale unique. Mais il savait qu'il ne fallait pas repousser l'offre du Waziri, que c'était l'occasion de propulser son ambition dans les hautes sphères et d'atteindre enfin la gloire. De plus, travailler sur la vie du Mai, en tout état de cause, n'empêchait pas forcément d'étudier d'autres vies – de fait, il pouvait considérer la biographie du Mai simplement comme une partie d'un projet plus vaste. Comme il aurait aimé que son frère soit là pour assister à cette réussite ! Il n'apparaissait plus soudain comme le bêta maladroit et empoté que son père avait si impitoyablement tourné en ridicule. Il se sentait fort et sans crainte, il avait d'une certaine manière pris de vitesse son anémie falciforme, n'était plus tombé malade depuis un an et ses chances de survie ne pouvaient qu'augmenter au fil du temps. Il avait envie de hurler : *Je suis vivant, je sers à quelque chose et l'avenir s'ouvre à moi !*

Lorsqu'il arriva devant l'école, il y avait une Peugeot 504 noire portant une plaque d'immatriculation du ministère de l'Education garée devant le bureau du directeur. Dans la salle des professeurs, il les trouva tous agglutinés contre la fine cloison qui séparait les deux pièces, à épier les voix fortes et en colère de l'autre côté.

Faisant signe à Mamo d'approcher, M. Bukar lui murmura en guise d'explication : "C'est le délégué à l'Education en personne." Seule Zara était restée assise à l'écart. Mamo la rejoignit et, quand il lui demanda ce qui se passait, elle dit en agitant la tête, l'air à la fois furieuse et perplexe : "Ils ferment l'école..."

"... vous n'êtes pas les seuls touchés, ne croyez pas qu'il s'agit d'une injustice, disait la voix pleine d'assurance de l'autre côté du mur. Le pays traverse une période de bouleversements. Les écoles privées, c'est fini.

— Mais nous sommes une école d'intérêt général, pas une école privée, s'emporta Iliya.
— N'élevez pas la voix face à M. le délégué à l'Education, dit une autre voix.
— Nous avons pourtant reçu ce courrier de votre ministère il n'y a même pas un mois, disant que nous ne serions pas concernés par les fermetures…
— Peu importe. Oubliez ce courrier, les choses ont changé depuis, les écoles privées ou d'intérêt général c'est terminé, plus de pseudo-écoles. A partir de maintenant, les établissements scolaires seront régis uniquement par le gouvernement. Les enfants représentent notre avenir, nous ne pouvons pas prendre de risque dans ce domaine.
— Vous ne comprenez pas, délégué…
— Monsieur le délégué.
— Pardon ?
— Vous devez vous adresser à moi en m'appelant «monsieur le délégué à l'Education», ou «monsieur le délégué», mais pas «délégué» tout court. Un peu de respect envers nos fonctionnaires", conclut la voix en montant pour la première fois dans les aigus.
Zara en resta bouche bée, et Mamo imaginait à quel point son oncle devait être exaspéré.
"Monsieur le délégué à l'Education…
— Poursuivez.
— Permettez-moi d'attirer votre attention sur le fait qu'il ne s'agit pas d'une école normale, mais d'un établissement spécial mis en place par la collectivité pour donner une seconde chance aux élèves en situation d'échec. Si vous fermez cette école…
— J'espère avoir été clair, monsieur le directeur. Nous ne fermons aucune école, pas plus celle-ci qu'une autre. Nous en reprenons le

contrôle et les améliorons pour en faire des établissements modèles. Si vous avez des réclamations, ayez l'obligeance de les adresser à mon bureau et nous nous en occuperons. Mais je ne comprends pas de quoi vous vous plaignez – à long terme, c'est tout le village qui va en profiter. Voulez-vous priver la collectivité de cette opportunité ? Vous aurez plus de moyens et plus d'enseignants. Son Excellence le gouverneur fait de l'éducation sa priorité. Monsieur le directeur, j'ai moi-même été enseignant, et je suis aussi un être humain. J'aurais pu vous envoyer une lettre officielle, mais j'ai décidé de me déplacer. Une semaine, déclara-t-il au son de chaises bruyamment repoussées, je vous laisse une semaine pour mettre en ordre vos affaires, après quoi le gouvernement prendra la relève."

Les enseignants trouvèrent Iliya effondré dans son fauteuil, le regard vide fixé sur la porte, comme s'il espérait que les visiteurs allaient refaire leur apparition pour lui annoncer qu'ils avaient réfléchi et revenaient sur leur décision. Il se redressa et, de sa main valide, leur fit signe d'entrer, désignant les chaises devant son bureau. Ils se serrèrent, les uns assis et d'autres debout.

"Vous avez sûrement tout entendu à travers la cloison, dit-il. Finalement, ils ferment l'école.

— Nous savons, monsieur, déclara Mme Rouge-à-Lèvres en se désignant comme porte-parole. Il faut lutter. Je l'ai déjà dit, mais vous vous êtes donné trop de mal pour renoncer comme ça."

Elle avait le regard brillant et projetait ses seins tombants en avant dans une attitude combative.

"Il ne s'agit pas de moi mais de l'école, du village.

— Mais si le gouvernement augmente les moyens et construit des infrastructures, est-ce qu'on ne devrait pas…, avança Bukar – avant de s'interrompre piteusement face au regard méprisant d'Iliya.

— Je leur donne un an pour réduire cette école à des statistiques sur du papier. Etes-vous donc naïf à ce point ? Vous ne comprenez pas ce qui va se passer ? Si vous trouviez que les militaires étaient inefficaces, eh bien, vous n'avez encore rien vu. En un an, que dis-je, en six mois, tout le monde aura oublié qu'il y a jamais eu ici une école. Il n'y aura plus que de l'herbe, des lézards et des chèvres dans les salles de classe, des murs en ruine. Vous verrez, vous verrez."

Même s'il n'en souffla mot, Mamo savait que son oncle connaissait la raison véritable de cette mesure. L'école était un pion dans la bataille entre Lamang et son ancien parti, le Parti de la victoire. Les élections se tenaient quelques jours plus tard et il s'agissait là d'un avertissement direct à Lamang, dont la campagne nourrie pour son nouveau parti commençait à porter ses fruits, pour l'inciter, lui et les habitants séduits par son discours, à réfléchir à deux fois avant de voter contre le parti au pouvoir.

Après la réunion, Mamo raccompagna Zara chez elle à pied – sa voiture étant en panne, Igname l'avait amenée chez le garagiste. C'était la fin de l'après-midi et les paysans rentraient déjà de leur ferme, des familles entières marchaient en file indienne, le père en tête, suivi de ses fils, puis des femmes, portant souvent de grosses piles de petit bois sur la tête, tous avançant lentement, les yeux rendus vitreux par la faim et l'esprit impatient de se reposer. Depuis peu, les pluies tardaient à venir, et partout l'air était sec et brûlant.

“A quoi pensent-ils ? Est-ce qu’ils rêvent, est-ce qu’il leur arrive de songer à quitter un jour cet endroit pour s’en aller ailleurs ? demanda Zara d’une voix triste.

— Tout le monde rêve, répondit Mamo.

— Quand j’étais petite, chaque fois que je rentrais pour Noël avec ma famille, je rêvais de devenir un jour très très riche, d’envoyer tous les enfants de Keti à l’école et de construire des maisons pour leurs parents.”

Quand il lui avait parlé de l’offre du palais, elle n’avait rien dit, haussant simplement les épaules et déclarant : “Je suis très heureuse pour toi.” Mais sa voix était distante et préoccupée. Ils passaient à présent à côté du tamarinier au tronc en forme de torse humain. Désignant l’espace vide près de l’arbre, Mamo raconta :

“Il y a très longtemps, une vieille femme vivait ici. Elle nous faisait tellement peur qu’en rentrant de l’école on se mettait à courir pour dépasser sa maison. Et puis on a tué son chien.

— Pourquoi ?

— On croyait que le mucus dans ses yeux permettait de voir des esprits. Je crois qu’on s’ennuyait.”

Ils se séparèrent au portail. Il voulait se rendre chez son oncle pour discuter. La journée avait été riche d’événements inattendus et ils avaient beaucoup à se dire ; pourtant, il décida d’aller d’abord se promener pour s’éclaircir les idées.

JOUR DE SCRUTIN

Mamo se réveilla tard. La veille, il avait passé une grande partie de la journée à rôder autour de la maison de Zara. Elle était partie en ville deux jours après la fermeture de l'école en promettant de revenir pour le week-end, mais Igname et lui l'avaient attendue en vain. De retour chez lui, il avait lu jusqu'aux premières lueurs de l'aube, écoutant les grondements du tonnerre dans le ciel, puis s'était endormi jusqu'à midi.

En sortant sur la véranda, il s'aperçut que la maison était déserte. Son père devait vraisemblablement être avec les autres candidats du parti, ralliant les électeurs et supervisant les opérations dans les bureaux de vote. Tante Marina menait aussi campagne – elle appartenait au groupe "Votez pour Jésus" visant à faire élire un maximum de chrétiens aux élections en encourageant tous les chrétiens à aller voter. Peu leur importait le parti du candidat, du moment que celui-ci allait à l'église. Ils faisaient du porte-à-porte, priant, chantant des chansons et citant des passages choisis de la Bible qui évoquaient le sens du devoir et l'avantage d'avoir des hommes pieux aux postes élevés. Mamo était seul avec la petite Rifkatu, une cousine éloignée que tante Marina avait récemment fait venir en renfort à la maison de Lamang d'un des hameaux voisins. Le père de Rifkatu avait trois épouses et plus de vingt enfants – les confier à des parents ou à n'importe qui d'autre désireux de les prendre comme cuisinier, lavandière ou ouvrier agricole était pour lui le seul moyen de subvenir à leurs besoins. Agée de dix ans, Rifkatu avait eu de la chance : tante Marina la traitait comme sa fille, équitablement mais sans laxisme, elle mangeait à sa faim, dormait sur une natte dans la chambre de Marina et allait à l'école, mais, surtout, elle n'était pas exploitée.

Lorsqu'elle sortit de la cuisine, elle lança à Mamo avec une petite révérence :

"Bonjour, tonton !

— Où est tante Marina ? demanda-t-il.

— Elle est allée voter.

— Et toi, tu ne vas pas voter aujourd'hui ?

— Je suis trop jeune !" répliqua-t-elle en secouant la tête et en souriant de la plaisanterie.

Il décida de se rendre chez Asabar, selon lui le meilleur endroit pour suivre le déroulement des élections – non pas qu'Asabar fût susceptible d'y être (il devait plutôt accompagner Lamang pour rallier les électeurs et s'assurer que rien ne tournait mal). Mais Mamo décida d'y aller quand même, ne serait-ce que pour voir comment allaient Jummai et le petit garçon auquel elle avait donné naissance – Asabar lui ayant récemment proposé de s'installer avec lui. La case était isolée, à plusieurs mètres de l'habitation la plus proche. Asabar disait que cela lui convenait, pour des raisons d'intimité, mais, Mamo le savait, la vraie raison était qu'il continuait à vendre de la marijuana sous le manteau. La police avait effectué deux descentes chez lui, et par deux fois Lamang l'avait fait relâcher grâce à des pots-de-vin. Mamo sentit la fumée âcre avant même de distinguer la maison derrière le manguier et les margousiers qui la dérobaient si bien à la vue. Des branches et des feuilles de calebassier s'entortillaient autour des piquets, augmentant l'épaisseur de la clôture de paille et protégeant davantage la maison des curieux. Asabar était là et la camionnette du parti comme d'habitude garée devant la maison, avec son logo de coq victorieux lançant son cri et ses haut-parleurs sur le toit. En entrant dans la cour, Mamo entendit des voix provenant de la chambre.

Après l'emménagement de Jummai et du bébé, Asabar avait ajouté deux cases à la sienne, l'une servant de cuisine et l'autre, plus petite et à distance des deux autres, pour les toilettes. L'ancienne case servait toujours d'habitation principale ; de la fumée sortait par la fenêtre ouverte, mais la porte en zinc était fermée. Mamo frappa, le métal amplifiant son petit coup dont le timbre parut trahir de l'énervement. Un instant plus tard, la porte s'entrebâilla, laissant voir le visage d'Asabar. Lorsqu'il aperçut Mamo, il l'entrouvrit un peu plus.

"Tu es seul ? interrogea-t-il tandis qu'une volute de fumée s'échappait de sa bouche.

— Tu caches quelque chose ? dit Mamo.

— Entre et constate par toi-même."

Trois hommes étaient assis sur une natte à même le sol de terre battue. Dans la pièce mal éclairée, qu'obscurcissait encore la dense fumée flottant dans l'air, Mamo put voir la sueur leur couler sur le visage et dans la chemise. Il ne les connaissait pas mais supposa qu'ils faisaient partie de la petite troupe de la section jeunesse d'Asabar. Essayant de s'accoutumer à la pénombre, il leur dit : "Mauvais pour la santé." Il prit place sur le lit à ressorts défoncé près d'Asabar.

Il ne tarda pas à remarquer que les trois adolescents, tournés vers Asabar avec une expression tendue, s'étaient tus et l'observaient attentivement. Il comprit en s'approchant que le tas de cartons devant eux était formé de bulletins de vote. Il bégaya : "Mais ce sont…", en saisit un et le leva vers la fenêtre pour s'en assurer. Asabar le lui prit des mains avec un sourire suffisant et le redonna à ses camarades en disant :

"Remettez-vous au travail, il faut avoir fini d'ici une heure.

— Qu'est-ce que vous faites ?

— On vote dès maintenant !" s'esclaffa Asabar.

Les trois autres firent de même en appuyant le pouce sur un tampon encreur avant de l'appliquer sur le carré blanc à côté du logo du coq sur les bulletins de vote. Ils travaillaient vite et en silence, se passant un gros joint. Mamo les observa sans mot dire puis finit par demander :

"Qu'est-ce que vous allez faire avec les bulletins ?

— Ça ne te regarde pas", répliqua Asabar avant de poursuivre avidement : "On va les emporter aux bureaux de vote et les rajouter dans les urnes. C'est comme ça qu'on gagne les élections. Je suis sûr que nos adversaires de l'ancien Parti de la victoire, ha ha ha, sont quelque part en train d'en faire autant !

— Mais comment avez-vous pu vous les procurer… ?

— Peu importe, répondit Asabar en agitant la main pour écarter la question. On en a plus de dix mille. Si on arrive à les apporter à temps dans les différents bureaux, le poste de président du gouvernement local nous est acquis, et après ça celui de gouverneur…

— Mais tu ne peux pas faire ça, dit Mamo d'un air réprobateur.

— Ah bon, et pourquoi ?

— Parce que c'est dangereux."

Les trois hommes assis par terre éclatèrent de rire en se tapant dans le dos tout en répétant les paroles de Mamo. Asabar lui lança un regard perçant et murmura en lui assénant une claque sur l'épaule :

"Motus et bouche cousue.

— Viens une minute dehors, dit Mamo en se levant, j'ai deux mots à te dire."

Les autres les regardèrent avec suspicion, mais Asabar se leva et, l'air fanfaron, leur fit un signe de tête rassurant avant de dire : "Continuez, je reviens."

"Tu sais que tu risques la prison, fulmina Mamo une fois dehors. Tu t'en rends compte ?

— Tu ne comprends rien à comment ça marche, monsieur le professeur, rétorqua Asabar hilare en tirant une bouffée sur son joint. On a la police dans la poche.

— Oui, mais l'autre parti aussi, or, comme ils sont au pouvoir, ils ont le bras plus long que vous. Réfléchis. Tu sais qu'ils cherchent par tous les moyens à se venger de mon père passé dans le camp de l'opposition. Ils sont à l'affût, ne fais pas les frais de leur rapport de force. Ils ont déjà fermé l'école à cause de mon père et de sa politique. Réfléchis.

— Réfléchir à quoi ? hurla Asabar, ses yeux rouges se rétrécissant de fureur. C'est comme ça que je gagne ma vie ! J'ai déjà risqué plus gros pour le parti. Tu n'y connais rien, ni toi ni mon père, avec votre école et vos livres. Ça c'est la vraie vie. Tu n'as rien à m'apprendre, va-t'en."

Mamo regarda le visage étroit et délicat de son cousin et, voyant combien il était devenu borné, comprit qu'il lui serait impossible de lui faire entendre raison. Mais il essaya de nouveau :

"Où sont Jummai et le bébé ? En fait, je passais leur dire bonjour.

— Je les ai envoyés chez ses parents pour la journée, répondit Asabar avec un geste d'indifférence.

— Eh bien, pense à eux avant de faire une chose stupide. Tu as une famille maintenant.

— C'est la meilleure ! dit Asabar en partant d'un grand éclat de rire qui le fit tousser. C'est incroyable que tu essaies de me donner des conseils là-dessus – c'est ma vie, ajouta-t-il en se frappant la poitrine et en approchant son visage de celui de Mamo. Je suis le chef de la section jeunesse, tu entends ? Le chef. Tu crois que c'est facile ?

— Ça va, je m'en vais, mais dis-moi une chose avant que je parte : mon père est au courant ?

— A ton avis ? dit Asabar d'un air amusé – après avoir un temps penché la tête sur le côté comme s'il réfléchissait.

— Alors, il est au courant ?

— Vois avec lui."

En rentrant, Mamo dépassa des attroupements sous les arbres ou sur le seuil des portes où l'on discutait des élections, mais il les remarqua à peine tant son esprit bouillait de rage envers son père. Asabar avait beau être stupide et têtu, il ne méritait pas d'aller en prison à cause des ambitions de Lamang. Certes, il savait bien que le truquage des élections était la norme, et il s'en fichait pas mal. Mais il s'inquiétait pour son cousin. Il réfléchit aux différents moyens d'empêcher Asabar de sortir avec les cartons de bulletins. Il pouvait alerter l'oncle Iliya pour qu'il aille le sermonner, mais Mamo savait qu'Iliya risquait de secouer la tête en répliquant philosophiquement : *Nous choisissons tous notre voie dans la vie. Je ne peux pas vivre à sa place.* De plus, cela reviendrait à dénoncer son père à l'oncle Iliya. Préférant une tactique plus oblique, il trouva la solution juste au moment où il passait le portail. Une voiture de police roulait tranquillement avec deux policiers assis à l'arrière, la carabine entre les jambes, et soudain il se rappela ce que lui avait dit son cousin, qu'ils avaient la police dans la poche.

Il se dit en lui-même : *Mais c'est bien sûr !* et entra en courant dans la maison. Ni son père ni sa tante Marina n'étaient de retour. Il alla dans sa chambre et rédigea en toute hâte un mot vaguement adressé au commissariat de police de Keti, faisant bref et direct :

Cher Monsieur,

Je suis un citoyen inquiet, car j'ai eu connaissance du fait que des bulletins de vote ont été illégalement apportés dans la maison d'un membre du Nouveau Parti de la victoire, dans l'intention de truquer les élections en cours. Je vous en informe pour que vous puissiez arrêter ce forfait sur-le-champ. Les bulletins se trouvent chez un certain Asabar Lamang. Faites vite avant qu'il ne soit trop tard.

Avec mes remerciements,

UN CITOYEN INQUIET.

Mamo relut sa lettre et changea quelques mots. Il en fut satisfait – elle lui parut assez mesquine et bête pour être convaincante. Sa main tremblait tandis qu'il la glissait dans l'enveloppe et, tout au long du chemin jusqu'au commissariat, il eut l'impression que tous ceux qu'il croisait lui lançaient un regard accusateur, comme s'il avait le mot "Judas" gravé sur le front. A plusieurs reprises, il s'arrêta et faillit rebrousser chemin, se demandant s'il agissait vraiment pour aider son cousin ou bien pour faire échouer son père. Mais il réaffirma maintes fois en son for intérieur la pureté de ses intentions. Il voulait que la police tienne Asabar à l'écart pendant un jour ou deux, certain que Lamang l'aiderait à s'échapper après le scrutin. Son plan était risqué, mais à l'évidence moins périlleux que de laisser Asabar sortir, l'esprit embrumé par la drogue, et tomber aux mains du parti adverse et du comité électoral. Il ne remit pas le mot en mains propres. Lorsqu'il fut près du commissariat, il le confia à un gamin qui passait par là et lui donna de l'argent en lui demandant de porter la lettre au policier derrière le comptoir, sans répondre à aucune question : "Donne-lui simplement ça et reviens ici en courant."

DES SOURIS ET DES HOMMES

“J’ai passé l’âge de ce genre de choses”, se désolait l’oncle Iliya en secouant sa tête grisonnante.

Il portait un cafetan bleu ciel délavé dont la manche gauche, vide, battait l’air quand il bougeait. Il gémit : “Un fils à l’hôpital et un frère en prison, tout ça pour quoi, pour des histoires de politique ?”

Asabar se trouvait depuis trois jours à l’hôpital général de Keti dans un état critique. Les médecins ne craignaient plus pour sa vie, même si une balle lui avait brisé la colonne vertébrale, le paralysant à partir de la taille et le condamnant à ne jamais remarcher. Ils étaient dans une vaste antichambre, une sorte de salle d’attente pour les visiteurs, jouxtant la salle principale où Asabar gisait sur son lit étroit près de la fenêtre. Un seul visiteur à la fois était admis auprès de lui, Mamo en revenait et à présent tante Marina devait dire une prière. Asabar voyait, entendait et parlait, mais il ne pouvait pas bouger et restait allongé sur le dos, engourdi par les antalgiques, à fixer le faible néon au-dessus de lui. Il avait la mâchoire pendante et les yeux dans le vague, comme s’il ne comprenait toujours pas ce qu’il faisait là ou pourquoi tout le monde défilait autour de lui. Mamo était resté longuement à ses côtés sans mot dire, se contentant d’observer la grande silhouette mince sous les draps d'hôpital blancs, et sans qu'il sache pourquoi son frère lui était revenu à l'esprit – il se le représenta sur un champ de bataille dans un pays étrange, luttant contre des ennemis étranges, exposé au danger. Cette image aggrava son sentiment de culpabilité et il se détourna vers la fenêtre. Dans sa tête, il essayait toujours de comprendre comment son plan simple et malin avait pu produire un résultat aussi catastrophique. Il entendait encore les cris de sa tante Marina lorsqu'elle avait surgi dans la maison en annonçant qu'Asabar et ses amis avaient été attaqués par la police. Mamo s'était assis sur la véranda près de sa tante qui se prenait la tête dans les mains et avait demandé ce qui s'était passé. Rifkatu se tenait debout devant la cuisine, également la tête dans les mains, ses cris retentissant à l'unisson de ceux de sa tante.

"Les policiers… ils les ont attaqués. Ils les auraient surpris avec des bulletins de vote… et… et puis maintenant deux jeunes sont morts… Asabar ne passera peut-être pas la nuit, il a reçu une balle, expliqua-t-elle avant de se lever brusquement comme si elle se souvenait d'une chose urgente à faire. Ils sont à l'hôpital… j'y vais."

Mamo l'accompagna à pied. Ils rencontrèrent en chemin des amis compatissants qui leur adressaient des paroles de soutien. Mamo marchait l'esprit vidé hormis une unique pensée récurrente : *Je suis un meurtrier, j'ai tué mon cousin.* Mais Asabar ne mourut pas, il resta dans le coma. Le soir même, la police emmena Lamang à la capitale d'Etat pour lui faire subir un interrogatoire.

Nul ne savait au juste ce qui était arrivé et personne n'eut le temps ou la présence d'esprit de creuser la question – tant le moment était tragique. Mamo essaya de reconstituer un scénario plausible à partir de ce qu'il avait entendu dire et de ce qu'il était seul à savoir – son terrible secret qu'il ne pouvait dévoiler à personne, pas même à son oncle : après qu'il eut alerté la police par son mot, au lieu de se rendre chez Asabar et de l'arrêter comme Mamo l'avait imaginé, les policiers avaient dû le suivre lorsqu'il avait quitté sa maison avec ses amis, puis le faire tomber dans une embuscade avant qu'ils n'atteignent le bureau de vote. Deux adolescents avaient été tués par la police, un policier décéda sur le trajet de l'hôpital et Asabar reçut une balle dans le dos.

*

L'oncle Iliya occupait le seul siège de l'antichambre, une chaise en plastique cassée à trois pieds seulement, appuyée contre le mur. Il se tenait soigneusement, en équilibre sur le bord, remuant sans cesse. La pièce était remplie de visiteurs, surtout des femmes, des paysannes au corps maigre et nerveux vêtues de leurs habits du dimanche par respect pour les malades et les mourants, qui apportaient de la nourriture dans des boîtes en plastique et tenaient sous le bras des miches de pain enveloppées dans du papier. Elles avaient le visage sombre et levaient les yeux avec appréhension chaque fois qu'une infirmière ou un employé de l'hôpital en uniforme bleu entrait. C'était le milieu de l'après-midi et une atmosphère étouffante régnait dans la pièce où l'unique ventilateur de plafond restait immobile à cause des fréquentes coupures de courant. Mamo passait souvent la tête par la fenêtre pour aspirer de grosses goulées d'air frais, tant l'odeur à l'intérieur était âcre et lourde.

"Quelqu'un a-t-il cherché à entrer en contact avec toi depuis l'arrestation – la police ou bien ses camarades du parti ? demanda Iliya.

— Non. Je suis allé au siège du parti hier, j'ai rencontré le vice-président et il m'a promis d'intervenir, mais je n'ai plus de nouvelles de lui depuis.

— Ça ne m'étonne pas d'eux. Ils ne feront rien."

Mamo savait que son père n'avait personne sur qui compter parmi les hommes politiques. Ayant remporté une fois de plus les élections, ses anciens collègues du Parti de la victoire lui en voulaient toujours et devaient tout faire pour qu'il aille en prison, tandis que les nouveaux ne souhaitaient pas lui être associés de trop près à cause du scandale des bulletins.

"Je pensais me rendre demain au palais, articula lentement Mamo.

— Bonne idée. Tu veux que je t'accompagne ?", s'enquit Iliya.

Mamo refusa. Il n'avait toujours pas donné sa réponse définitive à l'offre du Waziri, tant les événements s'étaient enchaînés depuis cette journée-là. Or l'occasion se présentait de faire usage de ses "relations" au palais. Il comptait subordonner son acceptation à la libération de son père. Si quelqu'un à Keti pouvait intervenir auprès des autorités en sa faveur et avoir gain de cause, c'était bien le Mai. Tout le monde savait que le palais n'était pas coupé du champ politique et que ses sympathies allaient plutôt au camp du pouvoir en place, à savoir le Parti de la victoire, mais cela valait quand même la peine d'essayer. Non pas que Mamo se préoccupât particulièrement de la liberté de son père, Lamang méritait sa punition, mais il voyait là une manière de réparer le mal qu'il avait fait – même si ce n'était pas vraiment possible, car Asabar ne remarcherait pas et les morts ne se relèveraient pas. Il porterait cette douleur comme la marque de Caïn. Un jour peut-être, quand le temps serait venu, il avouerait son forfait aux yeux de tous, et leur indignation et leurs condamnations seraient alors le feu susceptible d'amorcer sa purification.

Mamo fut surpris de trouver au palais une oreille compatissante, sans même avoir besoin de voir le Mai. Après avoir écouté son récit, le Waziri fit le tour de son bureau et vint lui poser une main sur l'épaule, disant :

"Mais pourquoi ne pas être venu plus tôt, le jour de l'arrestation de votre père ? Nous aurions pu régler la chose sur-le-champ. Pour le Mai, c'est une broutille. Souvenez-vous que le palais veille sur les siens. Ne vous inquiétez donc plus pour votre père. Mais venons-en aux choses sérieuses : quand pouvez-vous vous mettre au travail ? Le Mai a demandé de vos nouvelles.

— Merci, monsieur le Waziri..., commença Mamo avant d'être interrompu.

— Comme je vous l'ai dit, le palais veille sur les siens. Ne me remerciez pas."

Mamo hocha la tête. Il se sentait au bord des larmes. Les événements des trois derniers jours l'avaient secoué comme jamais auparavant, et voilà qu'il se trouvait davantage encore déstabilisé par la pure bienveillance que dégageait le visage du Waziri – jusqu'à son œil gauche qui rayonnait de bonté.

“Je viendrai dès que mon cousin sera sorti de l’hôpital.

— Bien. Partez maintenant, le chauffeur va vous ramener chez vous…

— Encore une chose, lança rapidement Mamo sur une impulsion.

— Qu’y a-t-il ? Dites-moi, n’hésitez pas.

— C’est à propos de l’école. Elle est toujours fermée.

— Ah oui, l’école. D’abord, je veux que vous sachiez que l’école est pour nous comme pour votre oncle et le village une grande source de fierté. Il n’y a rien que nous ne soyons prêts à entreprendre pour…”

Les paroles qui se déversaient de la bouche du Waziri démoralisèrent Mamo. Elles agissaient comme un anesthésiant qui prépare au coup perfide.

“… mais, malheureusement, nous n’avons pas reçu de réponse. Nous pensons qu’il y a des gens très puissants là-dessous. Mon conseil est d’attendre que les élections soient passées. Car pour l’instant nous sommes privés de moyens d’action, conclut-il tandis que Mamo hochait la tête. Maintenant, allez vous reposer. Le chauffeur est à votre disposition.”

*

Lamang fut relâché très exactement une semaine après son arrestation. Un matin tôt, il arriva seul dans un taxi, tout voûté sur la banquette arrière, paraissant minuscule. Il présentait des ecchymoses sur le visage et sur les bras, et Mamo supposait qu’il en avait d’autres sous sa chemise autrefois d’une blancheur immaculée. Il commença par prendre une douche, passant plus d'une heure dans la salle de bains, et mit ensuite encore une heure pour s'habiller. Mamo s'installa avec lui au salon, mais, après les premiers échanges de pure forme, le silence retomba et ils restèrent assis sans parler, Lamang semblant perdu dans ses pensées. Mamo était irrité de ne rien trouver de simple à dire à son père, jusqu'au moment où il se souvint qu'une conversation se mène à deux. Lamang n'avait pas l'air d'humeur à bavarder de tout et de rien ; on aurait plutôt dit qu'il avait envie d'être seul. Au bout d'un moment, Mamo partit voir si Zara était rentrée, vu que c'était vendredi.

*

Progressivement, Mamo vit son père perdre son air fanfaron. Lamang s'était attendu à un retour en grande pompe après sa détention, mais, mis à part les veuves, quelques voisins et ses proches parents, personne ne vint l'accueillir. Assis au salon dans son fauteuil favori positionné face à la porte, il attendait, faisant semblant de lire ou d'écouter la radio – mais en vain. Au bout d'une semaine, il commença à ronger son frein et à faire les cent pas, cherchant comment s'occuper. Le lendemain de son retour, il était allé rendre visite à Asabar à l'hôpital, puis présenter ses condoléances aux familles des deux membres de la section jeunesse tués dans l'embuscade, et enfin remercier le Mai d'avoir intercédé en sa faveur auprès des autorités. A présent, n'ayant plus de raisons de sortir, il passait son temps dans l'expectative. Il ne pouvait s'empêcher d'espérer qu'une délégation de son parti allait l'accueillir officiellement et peut-être même organiser une petite réception pour lui, mais au bout d'une semaine, lorsqu'il apparut clairement que le parti gardait ses distances, il prit sa voiture et se rendit lui-même au siège sur le marché du village. Il eut un échange assez vif avec le nouveau président, son ancien vice-président, après quoi il rentra chez lui vexé.

Une semaine plus tard, il décida d'attaquer le parti en justice pour l'avoir abandonné à son sort après qu'il eut mis tant de zèle à le servir. Il arguait qu'une telle attitude visait à ternir sa réputation, et il démentait toute accusation de tentative de fraude électorale. Il soutenait que c'était son ancien parti, le Parti de la victoire, qui essayait encore de lui causer du tort et que son nouveau parti, qui aurait dû le soutenir, se faisait le complice de ce harcèlement. Tout le village vint assister à la première audition publique. Mamo était au premier rang, non loin des veuves, arrivées en tête, vêtues de leurs habits du dimanche, leurs coiffes dressées avec un air de défi vers le toit sans plafond. Il semblait n'y avoir personne d'autre du côté de Lamang. Dans l'autre camp se pressaient les fidèles du parti, dont certains membres de la section jeunesse d'Asabar. Ils étaient descendus de camionnettes de location équipées de haut-parleurs qui diffusaient les chants du parti. Le procès dura deux semaines et se solda par l'échec de Lamang. Dans sa décision finale, le petit juge barbu lui lança un regard sévère et tonna dans la salle d'audience silencieuse : "Monsieur Lamang, vous avez de la chance que personne n'ait déposé de plainte contre vous. Il y a eu mort d'homme et, directement ou indirectement, une part de responsabilité vous incombe."

Après le déclin vint la chute, qui fut brutale – au sens propre comme au sens figuré.

En revenant du tribunal après le rejet de sa requête, Lamang s'assit dans son fauteuil, silencieux, l'air sombre et maussade, déplaçant de temps à autre le poids de son corps et tapant du pied sur le tapis vert bouteille. Puis il s'empara d'un papier et d'un stylo, et se mit en devoir d'écrire une lettre. Plus tard, lorsqu'il la lut, Mamo découvrit qu'elle s'adressait aux dirigeants du parti, énumérant un tas d'accusations et de menaces salées, et se terminant par sa démission officielle du parti. Une fois qu'il eut achevé de la rédiger, Lamang sortit en trombe de la pièce et se posta debout en haut des marches de la véranda, appelant avec impatience : "Rifkatu ! Rifkatu ! Où es-tu ?"

Lorsqu'elle apparut, s'essuyant la main au coin de son tablier, il lui cria d'aller en courant lui acheter une enveloppe au magasin. Mais il s'effondra avant d'avoir achevé sa phrase. Le hurlement de la fillette attira aussitôt Mamo, qui aperçut son père étalé face contre terre, les pieds sur la dernière marche – son corps était bizarrement tordu et ses jambes se contractaient convulsivement. Mamo pensa qu'il avait trébuché, mais, lorsqu'il se précipita pour le secourir, il le trouva inconscient, la mâchoire de travers, la langue coupée en deux, du sang lui coulant de la bouche.

Ce n'était pas une chute mais une attaque cérébrale.

Tante Marina envoya la fillette quérir les voisins et avec l'aide de Mamo elle porta Lamang à l'arrière de sa nouvelle Honda. Mamo fit le chauffeur – c'était la première fois qu'il conduisait, mais il se débrouilla tant bien que mal. A l'arrière, tante Marina pria pendant tout le trajet, la tête de Lamang, en sang et maculée de terre, sur les genoux. La place du passager à l'avant était occupée par Sanda, le voisin barbier, qui hoquetait brusquement à chaque cahot ou à chaque embardée.

Lamang resta un mois entier à l'hôpital et, comme il en sortit le même jour qu'Asabar, ils revinrent tous dans la même voiture, celle de Zara. Elle était venue régulièrement à l'hôpital depuis l'accident cérébral de Lamang ; Mamo et elle passaient parfois des heures assis dans la voiture garée, à se tenir la main presque sans dire un mot. Ils étaient à présent dans le salon avec Lamang, qui paraissait en forme et essaya même de faire la conversation à Zara, mais les paroles qui sortaient de sa bouche tordue étaient embrouillées et à peine audibles. Plus tard, il s'endormit dans son fauteuil, la tête sur la poitrine, un mince filet de salive coulant sur son menton. Ensemble, ils le portèrent dans sa chambre et l'étendirent sur son lit.

En raccompagnant Zara à sa voiture, Mamo lui raconta :

"A une époque, je le haïssais tellement que j'aurais pu le tuer. Maintenant, il me fait de la peine.

— Dis-toi simplement que c'est ton père, envers et contre tout."

LA FIN DE LA TÉLÉVISION

Pour finir, il ne resta plus que les veuves.

On ne comptait plus parmi les téléspectateurs qu'une poignée de garnements qui venaient à la porte et réclamaient en larmoyant que tante Marina sorte le poste. Un jour, elle se contenta de les renvoyer, disant : "Rentrez chez vous, allez vous coucher. A partir d'aujourd'hui, il n'y aura plus de télévision." Mais les veuves continuaient à apporter à manger et à boire, et se comportaient comme si Lamang était encore le fringant célibataire qu'elles avaient autrefois tant cherché à prendre dans leurs filets. Mamo, qui avait fait en sorte de les éviter le plus possible, se mit à passer du temps au salon en rentrant de son bureau au palais, parfois même à rire de leurs plaisanteries insipides. Il lui arrivait de les raccompagner en voiture lorsqu'elles restaient tard. Elles adoraient le taquiner à propos de Zara, lui demandant : "Quand est-ce que nous allons payer la dot à ta fiancée ?" Puis elles s'amusaient à rivaliser pour savoir qui serait belle-maman le jour du mariage.

"Décide maintenant, lançaient-elles en chœur en l'acculant, en le tirant par la main et en battant des paupières avec coquetterie.

— Je vous choisis toutes, leur disait-il, surpris du plaisir qu'il prenait lui-même au jeu.

— Encore un homme politique ! s'écriaient-elles en se tournant vers Lamang. Il est aussi insaisissable que toi."

Lamang s'éteignit peu à peu. Pourtant, les médecins avaient annoncé qu'il se remettrait. Mais Mamo savait que la dégradation progressive de son état résultait d'une volonté délibérée de la part de Lamang. Souvent, lorsqu'ils étaient seuls dans le salon et que son père s'était assoupi dans son fauteuil, ce qui lui arrivait de plus en plus fréquemment, Mamo observait son visage : il avait la mâchoire en permanence de travers et les cheveux d'un gris plus prononcé depuis qu'il avait cessé de les teindre en noir ; quant aux rides, elles ressemblaient à des fissures dans un mur, s'entrelaçant et zigzaguant, faisant ressortir sa fragilité. Il se demandait alors si c'était vraiment le même homme, naguère père redouté et roi des femmes. Il devait souvent le porter dans son lit, le déshabiller en détournant le regard et le mettre en pyjama.

Lamang se mourait parce que brusquement le soleil autour duquel le monde entier effectuait autrefois sa révolution avait perdu son éclat. Sa vanité lui était désormais comme un couteau planté dans le dos, elle le torturait, accentuant la torsion de sa bouche tandis qu'il contemplait son impuissance et toute la malchance qui l'avait poursuivi ces derniers temps. Il oubliait de prendre ses médicaments si tante Marina ne le lui rappelait pas – comme s'il mettait Dieu au défi de terminer ce qu'il avait commencé. Il devint maigre, grisonnant et ratatiné ; parfois, lorsqu'il s'endormait devant la télévision, des larmes et de la salive coulaient de ses yeux et de sa bouche et, lorsqu'il essayait de marcher seul, ses mains tremblaient, il en perdait sa canne vacillante puis retombait dans son fauteuil et attendait de l'aide.

Mamo regardait la télévision à ses côtés, faisant des commentaires généraux faute d'être capable de s'adresser à lui directement. La première fois qu'ils engagèrent la conversation, ce fut lorsque Lamang sortit un papier et un stylo, et le pria d'écrire une lettre pour lui, se plaignant d'avoir la main instable et la vue brouillée. Mamo prit des notes sous sa dictée. Cela devint un rituel, et ils commencèrent timidement à s'ouvrir l'un à l'autre. Les courriers étaient pour la plupart destinés à des associés et à d'anciens collègues du parti ; une fois ou deux, il en avait envoyé à des journaux. Ils en discutaient ensemble et Lamang demandait même parfois à Mamo son avis. Par la suite, il se contenta d'indiquer l'essentiel de ce qu'il voulait dire, laissant à Mamo le soin de mettre en forme et d'agencer les arguments. Puis Lamang chaussait ses lunettes, parcourait la lettre et disait à Mamo qu'il avait un don pour les mots, qu'il avait mieux exprimé sa pensée qu'il n'aurait pu le faire lui-même. La première fois que son père le complimenta, Mamo se sentit empli d'une tristesse insondable.

Quand Lamang se mettait à parler, il abordait un sujet après l'autre, que ce soit son père, sa mère, ses affaires ou sa jeunesse, comme s'il essayait de rattraper le temps perdu, tout en sachant que c'était chose vaine. Telle était sa manière de s'excuser, bien qu'il ne soit jamais parvenu à le formuler sans détour.

Un jour, alors qu'ils étaient au salon, Mamo fut sans raison pris d'un accès de colère venu de loin, le genre de bouffée d'énergie incontrôlable qui les avait poussés, son frère et lui, à empoisonner le chien de la vieille sorcière. Diverses pensées le traversèrent, se croisant comme des fils électriques dénudés en faisant des étincelles. Il songea à son enfance, au sentiment d'abandon qu'ils éprouvaient toujours lorsque, après avoir attendu des semaines que leur père rentre d'un de ses déplacements, celui-ci arrivait et traversait la véranda en leur lançant à peine un regard. Il songea aussi à son cousin Asabar, condamné à vivre le restant de ses jours dans un fauteuil roulant, et au blâme éternel qui pèserait toujours sur lui.

A mi-voix et sur un ton presque désinvolte, Mamo demanda à son père : "Parle-moi de ma mère." Mais la colère lui battait les tempes, rendant sa bouche amère. Son père leva les yeux vers lui, surpris, et dit en soupirant : "Ta mère… Que dire ?… Elle était si jeune, si fragile. Elle est morte très jeune…

— C'est tout ?" interrogea Mamo.

Il fixait imperturbablement le visage de son père, ses yeux chassieux fatigués et ses lèvres toujours tordues depuis l'attaque. Il refusait de lâcher prise, il voulait le bombarder de questions, le harceler jusqu'à obtenir des réponses. Il lui aurait suffi de dresser sa silhouette imposante devant le vieil homme avachi et fragile, de scruter ses yeux emplis de douleur, de marcher à grandes enjambées devant lui et de projeter ses questions comme autant de coups de poing contre ce corps ramolli et sans protection. Il aurait pu continuer jusqu'à ce que le vieil homme, au supplice, fonde en larmes et reconnaisse sa cruauté envers la jeune femme désabusée ainsi que sa négligence envers ses propres enfants.

Lamang répéta : “Elle était si jeune… vraiment, il n’y a pas grand-chose à dire. Elle est morte.” Sa voix frêle faiblit, comme s’il avait perçu la violence qui faisait rage dans la tête de Mamo. Celui-ci détourna le regard et se laissa choir dans son fauteuil. Les tensions qui formaient un nœud dans son dos se dissipèrent. Il songea, reprenant inconsciemment les termes de Lamang : *A quoi bon ? Que dire ?* Se levant pour quitter la pièce, il s’arrêta à la porte, se retourna et lança, l’air presque dégagé : “C’est moi qui ai informé la police de la fraude. J’ai vu Asabar chez lui en train de marquer des bulletins du pouce, alors je l’ai dénoncé. Je suppose que c’est pour ça qu’il a été bloqué et toi arrêté.”

Mamo ne regardait pas son père en prononçant ces paroles, mais fixait la sentence sur le mur : “l’auditeur silencieux de toute conversation”.

“Non, ce n’est pas toi, dit Lamang d’une voix à peine audible.

— Pardon ? répondit Mamo en revenant lentement au milieu de la pièce.

— Attends, je vais te montrer”, reprit Lamang en essayant de se mettre sur ses pieds.

Mamo ne chercha pas à l’aider. Il le regarda se diriger d’un pas traînant vers sa chambre, puis revenir avec un morceau de papier à la main, qu’il lui tendit. Mamo reconnut aussitôt son écriture et la lettre qu’il avait adressée à la police. Il retourna s’asseoir. A présent, c’était son tour de frissonner, comme parcouru de convulsions. Il interrogea son père :

“Que s’est-il passé ?

— Le policier à qui tu as donné la lettre… il me connaît. Il travaille pour moi… je le paie.

— Et tu as gardé ça tout ce temps… pourquoi ne rien m’avoir montré ? Je croyais être coupable de ce qui est arrivé à Asabar… Pourquoi ? répéta-t-il tandis que Lamang fermait les yeux comme s'il dormait. Chaque jour, je me réveillais avec ce poids sur mes épaules, et chaque fois que je me regardais dans la glace je me haïssais pour ce que je pensais avoir fait à mon cousin. Et tout ce temps…"

Il avait terminé lentement, presque en se murmurant les mots à lui-même. Puis il froissa la feuille des deux mains jusqu'à se faire mal. Lamang entrouvrit un instant les paupières et dit : "Nous avons tous nos douleurs secrètes et nos angoisses. C'est la vie."

De sa voix troublée, presque inaudible, il raconta à Mamo qu'Asabar et ses amis étaient partis en fin d'après-midi, trop tard pour pouvoir déposer les bulletins dans les bureaux de vote, car le scrutin était terminé et le comptage avait déjà commencé. Apprenant que selon tous les premiers résultats le Parti de la victoire les devançait, Asabar devint vraiment prêt à tout. Lamang, son président, n'était pas là pour lui indiquer quoi faire des dix mille bulletins à l'arrière de la camionnette du parti. Il prit donc une initiative. La section électorale la plus éloignée de la circonscription, celle de Pandi, n'avait pas encore apporté ses urnes. Le plan conçu par Asabar sous l'effet de la drogue était simple : tendre une embuscade aux fonctionnaires chargés du transport et remplacer leurs urnes par les siennes.

Il rassembla une poignée de ses plus loyaux seconds et se mit en route. La nuit tombait vite et il pleuvait. Ils choisirent un endroit approprié à environ dix kilomètres de la ville et attendirent dans un fossé le long de la route, se dissimulant derrière les arbres et les broussailles, tenant fermement leurs machettes et matraques. Ils se donnaient du courage en avalant à tour de rôle une lampée de gin bon marché et en fumant de l'herbe. Lorsqu'ils virent enfin approcher le véhicule du comité des élections, ils n'avaient plus toute leur tête et se ruèrent hors de leur cachette en hurlant, balançant leurs machettes sur le pare-brise et les vitres. Les deux policiers dans la voiture sortirent et tirèrent, tuant deux hommes d'Asabar sur le coup. Asabar reçut une balle dans le dos en essayant de s'enfuir dans la brousse. L'un des policiers eut l'artère tranchée par une machette rouillée et décéda sur le chemin de l'hôpital.

Quand son père eut terminé, Mamo alla dans sa chambre et revint avec les lettres de LaMamo, qu'il lui donna tranquillement. Une expression de choc se peignit sur le visage de son père tandis qu'il ouvrait les enveloppes, regardait les noms et les dates. D'une voix rauque, Lamang murmura : "Tout ce temps…" Mamo avait envie de hurler : *Alors, ça fait quoi ?* Il aurait voulu lui arracher le cœur et le mettre en pièces.

Lamang s'éteignit cette nuit-là dans son sommeil. Le lendemain matin tôt, Mamo fut réveillé par sa tante Marina qui frappait à la porte.

Elle lui dit de la suivre et ils traversèrent le salon jusqu'à la chambre de Lamang. Il gisait sur le lit, allongé sur le dos, les yeux clos. La chambre était plongée dans la pénombre, la seule clarté provenant d'une lampe de chevet à abat-jour rouge, dont la lueur nimbait la pièce d'un halo irréel. Sans raison, Mamo frissonna. Sur la table de chevet étaient posées les lettres de LaMamo, avec les lunettes de lecture de Lamang sur le dessus du paquet. Lamang semblait endormi – il avait les bras repliés sur la poitrine, mais celle-ci ne bougeait pas. Se tournant vers sa tante, Mamo lut dans ses yeux, rouges de larmes retenues, une profonde tristesse. Malgré ses défauts, son frère occupait une place à part dans son cœur, car il l'avait recueillie quand elle n'avait nulle part où aller. Mamo remarqua pour la première fois la profonde ressemblance entre eux, ils avaient la même mâchoire, le nez proéminent et le front large. Il savait ce qu'on attendait de lui. Hochant la tête, il posa timidement la main sur le corps de son père, touchant d'abord le bras, qui était déjà froid – il n'avait jamais noté que ses poils étaient si drus. Puis il lui toucha le visage, posant les doigts sur son nez, mais il ne sentit aucune respiration. Reculant d'un pas, il regarda sa tante. Il ne ressentait aucune émotion, simplement une sensation de vide dans sa poitrine, qui ne lui fit pas verser de larmes. D'un seul geste, Marina remonta le drap et recouvrit le visage – l'esprit vacant, il songea que le bruit du drap se posant sur le corps rappelait un battement d'ailes, celui de l'ange de la mort.

Ils sortirent ensemble de la chambre. Mamo retourna dans la sienne, tandis que tante Marina se dirigeait vers la véranda avec une expression sereine. Mais dès qu'elle eut posé le pied dehors, elle poussa un long hurlement plaintif, qui se prolongea encore et encore, comme une mélopée s'élevant négligemment au-dessus du toit, s'incurvant telle une faux au-dessus de l'okoumé et se propageant de maison en maison, où les femmes – tout juste en train d'allumer le feu pour préparer le repas du matin – l'entendirent et y firent écho par leur propre plainte. Abandonnant leur activité, elles allaient répondre à l'appel impérieux de la mort. Pendant les deux jours suivants, amis et parents venus de Keti et des villages voisins s'attrouperaient dans la maison, apportant des cadeaux, un poulet, une chèvre, une mesure de maïs. Les femmes s'assembleraient dans la cour, pleurant et se frappant la tête sur le sol ou les murs, tandis que les hommes joueraient aux cartes, assis sous les arbres, déplaçant leur natte pour rester à l'ombre. Deux jours pour la mort, après quoi la vie pourrait reprendre son cours.

Dans la biographie de son père, Mamo devait décrire la foule étonnamment nombreuse qui parut à l'enterrement. Il mentionna les énormes baobabs qui formaient une rangée au bas des collines, tels de muets gardiens géants veillant sur les tombes. Le ciel était couvert de nuages de pluie. Le pasteur Mela, vêtu d'une nouvelle tunique pourvue d'un étrange col faisant penser à un capuchon, délivra un long sermon sur la mort et les feux de l'enfer, puis évoqua à contrecœur pour conclure la résurrection et le paradis. L'oncle Iliya fit un bref discours de circonstance au nom de la famille. Mamo dut verser la première poignée de sable sur le cercueil, ce qu'il relate ainsi :

Le bruit du sable sur le cercueil avait quelque chose de tellement définitif que je reculai et regardai l'assistance : des amis de père, dont quelques-uns, qui s'étaient mis à l'éviter peu auparavant, se tenaient à présent au premier rang, un mouchoir à la main ; des parents venus des villages et hameaux voisins, dont certains que je n'avais jamais vus, ayant tous un air de famille avec père, l'oncle Iliya et moi aussi j'imagine. Les hommes se tenaient autour de la fosse, fixant intensément le cercueil qui disparaissait peu à peu, comme si cette image constituait un précieux souvenir qu'ils ramèneraient ensuite avec eux. Les femmes étaient loin, rassemblées d'un côté, je distinguais tante Marina debout la tête haute, les yeux rougis et les lèvres animées de tics. A côté d'elle se trouvaient les trois veuves en larmes, se soutenant les unes les autres. Elles l'avaient plus pleuré que quiconque ces deux derniers jours ; au début, je pensais qu'elles en faisaient trop, puis je me suis rendu compte qu'elles pleuraient non seulement sur mon père mais aussi sur elles-mêmes. De son vivant, il les avait gratifiées de ce cadeau qu'elles n'avaient plus reçu depuis longtemps : il ne les avait pas seulement considérées comme des mères prenant de l'âge ou d'éternelles veuves, mais les avait regardées avec désir. Tant qu'il avait été là, il avait fait obstacle à l'odieuse vieillesse – maintenant qu'il n'était plus, elles avaient du même coup perdu leur seul et unique rempart contre la réalité.

ADIEU, MON AMOUR

Depuis quelque temps déjà, il sentait qu'elle lui échappait – il n'aurait su dire exactement à quel moment cela avait commencé, car il n'en avait que récemment pris conscience : leurs longs silences autrefois douillets et complices étaient désormais embarrassés et ils faisaient l'amour sans entrain.

Ils ne s'étaient revus qu'une seule fois depuis l'enterrement deux semaines plus tôt. Le lendemain, elle était venue et ils étaient restés ensemble dans sa chambre, sans dire un mot, le silence dressé entre eux comme un mur, comme un poids les empêchant de parler – ce qu'il avait attribué au chagrin qu'elle éprouvait à cause de son deuil à lui. Or il comprenait à présent que, si le silence leur pesait, c'est que la source de leurs échanges s'était tarie. Mais il avait tellement peur de la perdre qu'il redoutait sa visite et le moment où elle risquait de lui dire qu'elle le quittait. Elle était malheureuse, il le savait – le procès avait donné raison à son mari et elle avait beau essayer de ne pas le prendre trop à cœur, il avait vu ses yeux rougis par les pleurs et ses phases mutiques qui l'éloignaient à des années-lumière de lui et des autres. Une fois, elle avait rompu un long silence en soupirant et en déclarant à propos de rien : "J'ai lu quelque part qu'une espèce de rongeurs appelée lemming a une étonnante particularité. Il leur arrive de se rassembler au bord d'une falaise, mus par une mystérieuse impulsion, puis de se jeter à l'eau et de se noyer. C'est bizarre, n'est-ce pas ?"

Il n'avait rien répondu, se contentant de lui prendre les mains.

Mamo se rendait néanmoins compte à présent que le silence n'émanait pas seulement d'elle et qu'il y était également pour quelque chose. Après la malheureuse altercation d'Asabar avec la police, il s'était replié sur lui-même ; plus d'une fois elle lui avait demandé s'il était malade, mais il avait secoué la tête en signe de dénégation. Plus d'une fois il avait voulu tout lui avouer, mais il s'était retenu, même après que son père lui eut révélé la vérité. Peu à peu, le gouffre entre eux s'était creusé et une barrière s'était dressée, dont la hauteur à présent les consternait.

*

La nuit précédente, n'arrivant pas à trouver le sommeil, Mamo avait décidé de s'atteler à la biographie du Mai de Keti. Il avait couché par écrit tout ce qu'il savait de son histoire depuis le Mai Bol Dok, qui était à l'origine de la lignée actuelle. Comme la plupart des gens de Keti, il tirait ses connaissances de la tradition populaire : de ragots, de légendes, de mythes et des quelques données historiques disponibles dans les livres. Zara revenait de la capitale et, lorsqu'elle avait ouvert la fenêtre, la lumière transperçant l'épaisse ténèbre de son sommeil l'avait réveillé. Elle se tenait debout devant la fenêtre, face à lui, et les rayons du soleil, éclairant ses cheveux, obscurcissaient son visage penché d'un côté. Son parfum emplissait la pièce. Il était tellement content de la voir qu'il lui lança : "Viens !" en écartant les bras. Puis il lui donna son texte. Il voulait prendre les devants et décider du sujet de conversation – s'il pouvait la faire parler, de son travail, d'histoire ou de n'importe quoi, le moment ne viendrait pas où elle annoncerait : *J'ai réfléchi à nous, à notre relation…*

Il la laissa lire et sortit se brosser les dents. Lorsqu'il revint, elle dit en poursuivant sa lecture sans lever les yeux :

"Qu'est-ce que c'est ?

— J'ai rédigé ça hier parce que je n'arrivais pas à dormir.

— Mais ça fait… presque trente pages, s'exclama-t-elle. Tu as écrit tout ça hier soir ?

— En fait, j'ai terminé ce matin. Je n'avais pas sommeil. Je veux faire de la biographie du Mai simplement une partie des autres biographies dont je t'ai parlé – qu'elle représente l'une des dix ou quinze que je vais en fin de compte compiler pour composer l'histoire biographique de Keti. L'histoire, c'est vraiment ça, la vie des gens, indépendamment de la manière dont on essaie de la manipuler. Ça parle des personnes réelles avec leurs forces et leurs faiblesses… et pas de quelconques pères fondateurs… Et même si on veut parler d'eux, il ne faut pas leur accorder trop d'importance mais plutôt les mettre sur un pied d'égalité avec les gens du commun, car qui décrète en vérité… Mais je bavarde."

Elle l'écoutait en le fixant, la tête penchée, et répondit : "Non, pas du tout, mais laisse-moi finir de lire, c'est magnifique. Reviens dans dix minutes, s'il te plaît." Elle le poussa vers la porte. Il s'assit sur les marches, l'air si anxieux et dépité que sa tante en route vers la cuisine fit halte, une calebasse de riz dans les mains, demandant :

"Qu'est-ce qui ne va pas ?

— Elle va me quitter, dit-il avec certitude.

— Qui ça ?

— Zara.

— Oh, une dispute, ça arrive. Parle-lui. Supplie-la un peu, les femmes adorent ça. Ne reste pas assis là, vas-y, rentre", dit-elle en l'encourageant du regard et en montrant la porte avec la calebasse.

Depuis quelques jours, tante Marina marchait avec une désinvolture nouvelle. Son ex-mari, soi-disant venu présenter ses condoléances après la mort de Lamang, s'était ensuite complètement effondré devant elle, avouant que l'autre femme lui menait la vie dure, entretenait ouvertement des amants, et allait et venait à sa guise. Lui-même n'avait pas de travail et ses terres n'étaient pas cultivées, car cette femme refusait tout bonnement de toucher à une houe.

"Pourquoi est-ce que tu ne travailles pas toi-même la terre ? l'avait interrogé tante Marina avec un éclair malicieux dans le regard.

— Mais je suis l'homme de la maison. De plus, tu ne t'étais jamais plainte de tout ça, tu comprenais bien qu'en tant qu'homme j'avais d'autres choses à faire.

— Quoi par exemple ? poursuivit-elle presque avec douceur. Tu veux dire boire et paresser sous l'arbre à palabres, et courir après d'autres femmes ?

— Euh, je veux dire discuter avec mes amis de choses importantes…", bégaya-t-il en se recroquevillant sur lui-même.

Il paraissait vieux, voûté et sale ; il lui manquait presque toutes les dents de devant. Alors elle éclata en sanglots, dansant et riant en même temps, tout en entonnant un chant religieux racontant comment le Seigneur l'avait délivrée d'Egypte.

Mamo avait envie de lui demander pourquoi elle n'avait pas cédé aux supplications de son ex-mari si les femmes aimaient tant se faire prier et cajoler, mais il hocha simplement la tête, se leva et rentra. Il repensa soudain à la dernière fois qu'ils avaient fait l'amour avec passion, à l'abandon de Zara qui criait en le serrant et disait qu'elle ne savait pas ce qu'elle deviendrait si elle le perdait un jour. Il se posta sur le seuil. Zara leva les yeux et sourit en agitant les feuilles, ouvrit la bouche pour faire un commentaire. Mais le sourire disparut lorsqu'elle lut l'expression sur son visage. Elle reposa les papiers.

"Ne me quitte pas, s'il te plaît, implora-t-il tandis qu'elle se détournait.

— Il le faut, répondit-elle en plissant le front et la bouche. Je pars pour quelque temps. En Afrique du Sud. Je ne savais pas comment te l'annoncer, parce qu'il y a aussi un homme dans l'histoire."

Mamo soupira. Elle continua à parler, regardant toujours par la fenêtre.

"On était dans la même école. Il est sud-africain… On sortait ensemble, enfin ça n'a pas duré. Je l'ai revu le mois dernier à l'université, dans le bureau de mon professeur, tu te rappelles… le prof…

— Oui, je sais.

— Eh bien, j'y suis allée à propos d'un poste et lui venait chercher son diplôme. On s'est mis à discuter et il m'a parlé de l'orphelinat qu'il dirige à Durban. C'est tellement généreux de travailler avec les enfants, certains mourants ou malades. Je lui ai dit que s'il avait besoin d'aide ou autre… Il se trouve que c'est le cas. Je pars avec lui, Mamo, il le faut.

— En Afrique du Sud, comme ça ?

— Oui. J'ai peur, si je ne pars pas, si je n'arrive pas à me sortir de mes problèmes, de faire quelque chose d'insensé que je pourrais regretter.

— Il y a une chose que j'aurais dû te dire depuis longtemps, annonça-t-il en s'asseyant sur le lit.

— Quoi donc ?"

Il lui raconta l'histoire avec Asabar, lui montrant la lettre et expliquant :

"Tu comprends pourquoi j'ai pu paraître distant ou perturbé par moments. J'avais un poids sur la conscience, je m'en voulais beaucoup et j'avais honte. Maintenant c'est terminé, on peut repartir à zéro. J'ai un emploi au palais, on peut même se marier. Bien sûr, avec mon anémie, on ne pourra peut-être pas avoir d'enfants, mais tu en as déjà un, et…

— Ça ne marchera pas, l'interrompit-elle en secouant la tête tristement. Non, je ne peux pas me remarier si vite après mon divorce, et toi… tu as tellement de choses qui te préoccupent, la mort de ton père, et puis ton frère. Je sais que tu penses toujours à lui, mais tu n'en parles pas, et du coup ça te mine. Et puis tu as ce nouveau travail… tu n'as pas besoin d'une contrainte supplémentaire. Moi aussi j'ai beaucoup de soucis. Si nous n'apaisons pas nos fantômes, nous allons nous rendre malheureux l'un l'autre. Je préfère être mal en point seule plutôt que de rester et de te rendre triste. Je t'aime, Mamo, crois-moi. Mais nous avons besoin de solitude…

— L'occasion ne se représentera peut-être pas, répliqua-t-il. Tu peux finir par tomber amoureuse de ton ami. A t'entendre, on dirait un saint. Et je peux rencontrer quelqu'un.

— Je ne sais pas, reprit-elle en secouant la tête sans le regarder. Tu as peut-être raison. Mais tout ce que je sais, c'est que j'ai besoin de changer de cadre pour y voir plus clair – pour l'instant je suis dans le brouillard. Parfois j'ai l'impression que je suis en train de perdre la tête. Si tu n'étais pas là, si nous n'avions pas passé tout ce temps ensemble, je ne sais pas ce que je ferais. Il faut que je parte."

Avant qu'elle s'en aille, elle l'enlaça et le serra si fort qu'il sentait les battements de son cœur et la chaleur de son bas-ventre, mais il parut incapable de soulever ses bras ballants, comme lestés de tonnes de béton, pour lui rendre son étreinte. Il se contenta de ne pas s'effondrer sous son poids. Elle recula en penchant la tête et fourra les papiers dans son sac en disant :

"Je n'ai pas fini de lire ton texte. Je l'emporte et je te le renverrai par la poste.

— C'est encore un brouillon, dit-il d'un ton un peu indifférent.

— Je le taperai à la machine, si tu veux, et je vérifierai l'orthographe."

Comme elle partait, il demanda brusquement :

"Il s'appelle comment ?

— Themba", répondit-elle d'une voix triste et pesante comme un soupir.

Après son départ, il s'assit devant la télévision en fixant l'écran sans vraiment écouter ce qui se disait. Il avait tout d'un coup très chaud à l'intérieur, comme au déclenchement d'une crise d'anémie, même s'il n'avait pas été malade depuis presque une année. La fièvre finit par retomber.

Son système immunitaire s'était renforcé au fur et à mesure qu'il grandissait, et il pouvait à présent résister à presque tout, les piqûres de moustique, les brusques accès de fièvre et peut-être même les chagrins d'amour.

TROISIÈME PARTIE

ADIEU MONROVIA

Septembre 1990

Cher frère,

Je n'ai pas écrit depuis longtemps mais je veux d'abord te dire que je ne suis plus au Liberia et que pour moi ça va beaucoup mieux. Quand on en a eu assez de la guerre, moi et Bintou on est allé dans le pays à côté, en Guinée. Ça a pas été facile de fuir parce que les rebelles se sont partagé presque tout le Liberia. On a voulu passer la frontière à pied en douce avec d'autres réfugiés mais les gens des associations humanitaires françaises nous ont aidés, ils ont maintenant un autre camp en sécurité de l'autre côté de la frontière alors on est parti avec eux comme assistants et là on est en lieu sûr. J'ai l'impression que tous les combats et les tueries qui sont presque toute ma vie depuis mon départ de chez nous c'est qu'un rêve. Mais je vois encore les gens qu'on a dépassés sur la route pour venir ici, des familles, surtout des femmes et des enfants avec leurs paquets sur la tête, des fois de la nourriture ou des habits, mais des fois même les cadavres qu'ils ne veulent pas abandonner en chemin aux animaux. Bintou a pleuré tout le trajet et elle suppliait les chauffeurs de s'arrêter mais ce n'était pas possible car on a déjà tous les malades de l'ancienne maison avec nous et même nous on doit se cramponner au camion, mais elle insistait pour qu'on prenne au moins une personne, juste une.

Je me rappelle mes amis qui sont morts au Mali et puis Samuel Paul et le professeur et comment j'ai perdu mon œil, mais je dois remercier Dieu d'être encore en vie quand beaucoup sont morts. Notre camp se trouve juste à la frontière du Liberia et de la Guinée, il y a des milliers de personnes et au début on dormait tous par terre mais de plus en plus de gens des organisations humanitaires sont arrivé avec des tentes et d'autres abris et Bintou et moi on a maintenant un toit pour dormir parce qu'on travaille toujours pour MSF, *moi comme assistant général et parfois chauffeur et elle elle aide à préparer les patients pour les opérations etc., surtout les gens ont simplement faim car ils n'ont pas mangé parfois depuis des semaines. C'est pas facile de survivre ici car presque tout le monde est malade et même ceux qui sont en bonne santé attrapent les épidémies, mais le plus souvent il leur manque une jambe ou une main ou une oreille ou comme moi un œil. Mais je m'en fais pas trop parce qu'un des médecins a dit que quand j'aurai l'œil de verre personne saura qu'il est faux à part moi parce que je verrai pas avec, je me dis quand même j'ai de la chance d'être vivant.*

D'ici, on pense aller à la capitale Conakry parce que Bintou a de la famille là-bas, sa mère et des tantines et les gens disent qu'on peut y survivre grâce au trafic de diamants qui rapporte gros. Bintou fait plein de projets, un c'est de retourner à l'école, elle veut étudier l'agriculture et elle veut que moi aussi j'étudie. Je vais réfléchir mais d'abord on doit économiser l'argent et s'occuper de nous. On pense même à se marier parce que c'est pas facile de vivre comme ça ici, les gens arrêtent pas de nous demander si on est frère et sœur. Mais Bintou veut d'abord revoir sa famille et avoir leur bénédiction, en plus elle est toujours très triste d'avoir perdu son père. Donc si ça se trouve la prochaine fois que je t'écris je serai un homme marié ! Et peut-être que toi aussi tu es marié ça serait bien. La prochaine fois j'aurai une adresse fixe en Guinée et tu pourras m'écrire ou communiquer d'une manière ou d'une autre. Là je vais bien et j'espère que tu va bien et tout le monde à la maison aussi. Amitiés à Asabar, aux autres amis et à la famille aussi.

Ton frère,

LAMAMO.

P.-S. : *Tu trouveras un schéma du camp de réfugiés dans lequel on est. Tu vois les tentes et c'est entouré de barbelés, parfois on dirait une prison. Mais parfois aussi la nuit c'est tranquille et ça me rappelle chez nous.*

Lorsqu'il retourna dans le bureau qui lui avait été attribué lors de sa première visite par le Waziri, Mamo le reconnut à peine et l'un des gardes omniprésents allongé dans la cour dut lui assurer qu'il ne s'était pas trompé de pièce. La poussière sur les vitres, sur les fauteuils et sur la table, qui avait incité le Waziri à terminer l'entretien dans son bureau, avait disparu ; les papiers éparpillés au sol et tombant du classeur rouillé étaient à présent soigneusement rassemblés dans une chemise et empilés dans un coin de la pièce – quant au classeur lui-même, il avait été enlevé. La fenêtre était ouverte et le ventilateur tournait sans un grincement – quelqu'un avait dû le huiler –, et même la place dehors semblait rayonnante avec le soleil matinal dans les arbres et quelques gamins jouant au ballon. Mamo y vit un signe de bon augure.

Après que Zara l'eut quitté, il avait entrepris de mettre de l'ordre dans les affaires de son père, cherchant à s'occuper l'esprit pour ne pas penser à sa solitude. Une solitude qui ne l'avait jamais abandonné depuis le départ de son frère. Mais sans Zara elle s'était muée en une douleur atroce qui le faisait presque hurler comme un dément. Cela n'avait rien à voir avec l'ennui éprouvé après le départ de LaMamo ; c'était un feu brûlant, une colère attisée par le fait qu'elle l'avait quitté pour un autre.

Ainsi, chaque jour il avait fait le trajet jusqu'à la capitale d'Etat pour s'entretenir avec les banquiers et jusqu'aux villages voisins pour rencontrer les éleveurs auxquels Lamang achetait le bétail. A un moment, il avait même envisagé de poursuivre dans cette voie, mais, après avoir passé un mois entier à discuter exclusivement de la manière de faire de l'argent avec des vaches, il avait conclu qu'il n'était peut-être pas fait pour ce type de métier. Son oncle Iliya approuva sa décision de tout vendre – les camions et les entrepôts –, de payer les chauffeurs et les vendeurs, et de déposer l'argent restant à la banque. Il se sépara également de la Honda de son père, jugeant qu'il n'avait vraiment pas besoin de voiture. Une fois ces opérations menées à bien, il prit conscience que cela revenait à effacer au plus vite toute trace de son père, pour ne garder que les souvenirs immatériels et les très impersonnels billets de banque déposés dans un coffre.

Après cette phase d'intense activité, son esprit se trouva de nouveau attiré par Zara comme le fer par l'aimant. Elle avait tapé son deuxième article et le lui avait envoyé par la poste, si bien que les mots sur le papier lui faisaient désormais penser à elle. A cet instant, comme pour l'arracher à lui-même, le Waziri entra en trombe. Il s'assit dans le fauteuil en face de Mamo et enleva son turban, puis il allongea les jambes et balaya la pièce d'un regard circulaire, hochant la tête en signe de satisfaction.

“Bonjour, monsieur, dit Mamo en montrant du doigt la pièce.

— C'est bien, c'est bien. Votre bureau vous plaît-il, auriez-vous besoin de quelque chose ?

Je leur ai dit de nettoyer et de veiller à votre confort", dit le Waziri.

Puis, avant que Mamo ait pu répondre, il se pencha en avant et posa les deux mains sur la table, changeant brusquement de sujet en demandant : "Alors, comment comptez-vous vous y prendre ?" Telle était la question qui avait aussi occupé Mamo lorsqu'il ne pensait ni à Zara ni au règlement de la succession.

"J'ai vu les albums photo et les dossiers que vous m'avez fait parvenir – je vais les examiner dès que possible. J'ai aussi commencé à prendre des notes rudimentaires, en guise d'introduction… de simples indications. Je vais avoir besoin de réaliser des entretiens, de préférence d'abord avec le Mai, qui est mon sujet principal – tout ce que je récolterai ensuite venant d'autres personnes et de documents me servira à étayer son histoire."

Le Waziri se radossa et ferma les yeux, comme pour juger de ce que Mamo venait de dire. Il resta ainsi plus d'une minute, tapant en rythme sur la table, puis il les rouvrit et tira sur sa longue barbe clairsemée. Il hocha la tête et déclara :

"Bonne idée. J'aime votre enthousiasme, votre ardeur. Prenez bonne note : si vous avez besoin de clarifier quoi que ce soit, venez d'abord me voir. Je connais plus d'histoire que n'importe qui à Keti. J'étais le Waziri du Mai précédent, l'histoire s'est faite sous mes yeux. Vous pouvez tout me demander, je vous écoute."

Il attendait, un sourire chaleureux et complaisant sur son visage fin et étroit, l'œil fou décrivant des cercles.

"Là tout de suite, comme ça ? demanda Mamo d'une voix hésitante.

— Il n'y a pas de meilleur moment, répondit le Waziri. Je peux vous parler des premiers Mai, ceux qui ont gouverné avant le début de la lignée actuelle. Prenons le Mai La Kei, par exemple, il a été déposé par le premier administrateur colonial, M. Graves… Je suis certain que vous n'en avez jamais entendu parler – si ? Oh, bien bien.

— Hum, je vous remercie, monsieur. Pour ce qui est de l'entretien… j'aurais besoin d'y réfléchir, de rédiger les questions… Je ne voudrais pas… vous faire perdre votre temps avec des broutilles.

— Vous avez raison, repartit le Waziri en se levant, un peu déçu, après avoir pesé ces paroles. Je suis un homme très occupé, ajouta-t-il en remettant son turban et en se dirigeant vers la porte. Le Mai vous accordera un entretien dans un jour ou deux. En attendant, si vous avez besoin de quoi que ce soit ou si vous avez une question, n'hésitez pas. Bonne journée."

C'est bizarre, songea Mamo, que cet homme vienne s'imposer pour un entretien. Essaie-t-il de surveiller ce qui entre dans la biographie, ou cherche-t-il seulement à s'assurer une mention dans le livre ? Qu'il veuille à tout prix être cité, obtenir l'immortalité à peu de frais, Mamo le comprenait parfaitement. Dans les divers ouvrages consultés et les récits entendus, le sort du vizir n'avait pas toujours été enviable – il était voué à rester éternellement lié à son souverain, n'acquérant de renom ou d'avantage que dans l'ombre de celui-ci. C'est pourquoi il était toujours décrit comme jaloux et intrigant, et dans certains cas purement et simplement comme un traître. De tels récits en dressaient en général un portrait physique stéréotypé, de personnage infirme ou difforme, de guignol qui ne peut en aucun cas rivaliser avec la personne plus imposante du souverain. Il arrivait bien entendu, une fois de temps en temps, que surgisse le sage conseiller bienveillant du souverain parfois hautain et arrogant – une rareté : le sage vizir dont le jugement effacé avait sauvé le royaume. Mamo se demandait quel genre de vizir était cet homme – son œil fuyant et son comportement répugnant et perfide ne laissaient rien présager de bon, mais jusqu'à présent il était apparu comme digne de confiance. Un agneau en habit de loup, ou bien un loup en habit de loup. Mamo décida que, parallèlement à ses travaux sur la vie du Mai, il devait chercher à en savoir le plus possible sur le Waziri.

NOTES RÉDIGÉES PAR MAMO EN VUE D'UNE BIOGRAPHIE DU MAI

Le Mai actuel, appelé Alhassan, est le quatrième de la lignée commencée par son grand-oncle Bol Dok. Bol Dok a été le premier Mai officiellement reconnu par l'administrateur colonial local, M. John B. Graves, en 1918. La même année, le révérend missionnaire Nathan Drinkwater est arrivé à Keti. En fait, c'est Bol Dok qui l'a amené. Ils avaient fait connaissance à Jos, où Bol Dok résidait en exil. A l'époque, il avait quarante ans et vivait loin de Keti depuis l'âge de vingt ans.

Voici comment Bol Dok fut banni par les anciens du village. Son cousin avait tué un homme d'un clan voisin au cours d'une dispute concernant des terres arables. A plus de soixante ans, le meurtrier, qui s'appelait Sanda, était un personnage déplaisant et agressif, clairement sur le retour. Après le meurtre, les anciens délibérèrent pour savoir sur qui allait porter le châtiment, car, à cette époque-là, ils se réservaient le droit de choisir qui ils punissaient. Ce n'était pas forcément le coupable mais n'importe quel membre de son clan ; pour rendre la punition aussi exemplaire que possible, ils frappaient le membre le plus productif du clan, qui ne pouvait alors opter que pour l'exil ou la tombe. La plupart préféraient la mort.

Dans le cas qui nous occupe, les anciens n'eurent aucun mal à se décider et élurent à l'unanimité

Bol Dok. Agé de vingt ans, celui-ci s'était déjà amplement distingué parmi ses pairs. Son nom, Bol Dok, signifie "d'un seul coup". Il lui échut lors d'une expédition de chasse de fin d'année. Pour les jeunes hommes, il s'agissait d'un entraînement pour le champ de bataille, l'événement le plus important de l'année, au cours duquel ils devaient prouver leur adresse et leur bravoure. Ils chassaient en groupe, mettaient le feu aux herbes sèches de novembre pour faire fuir les animaux, puis lançaient les chiens à leurs trousses. Quand les bêtes étaient épuisées, ils les transperçaient d'une lance.

Cette fois-là, les chasseurs étaient partis depuis deux jours entiers mais n'avaient jusque-là réussi à tuer que quelques écureuils et lapins. Tous étaient affamés et découragés. Soudain, un cri retentit : quelqu'un avait aperçu un cerf. Les chiens se ruèrent à sa poursuite, mais c'était un mâle dans la fleur de l'âge, dont la force et la rapidité eurent raison des chiens à bout. Impuissants, les hommes le virent contourner d'un bond le flanc d'une petite colline en direction d'une brousse touffue. Rapide comme l'éclair, Bol Dok gravit la colline à toute vitesse et se posta derrière un gros rocher sur le chemin du cerf. Il attendit que l'énorme animal se trouve pile au-dessus de lui avant de bondir et, sans réfléchir, il lui asséna, à l'aveuglette et violemment, un coup de poing en plein museau, avec une telle vigueur que le cerf tomba raide mort. C'est ainsi qu'il gagna le nom de Bol Dok, "d'un seul coup". Mais il n'excellait pas seulement à la chasse : c'était également un paysan hors pair et, quand il dansait, nul ne le surpassait en grâce.

Lorsqu'il apprit la décision des anciens, il opta pour l'exil. Au fond de lui, il était persuadé qu'il lui serait donné de revoir Keti de son vivant. Il fut escorté par deux de ses pairs à une distance de deux jours de marche, dans la direction de son choix, puis laissé seul. Il survécut au milieu de la brousse et des animaux dangereux et finit par arriver dans la grande ville de Kano. Les jours se changèrent en semaines, en mois puis en années, il se remaria et eut d'autres enfants, sans jamais oublier son rêve de rentrer un jour à Keti. Au bout de dix années passées à Kano, il décida de s'installer à Jos, plus près de chez lui. Là, il alla travailler à la mine d'étain. Le temps passait, sa famille s'élargissait, mais rien n'ébranlait sa résolution.

Un jour, durant sa vingtième année d'exil, le hasard fit qu'il surprit une conversation entre les surveillants blancs de la mine : ceux-ci cherchaient quelqu'un pouvant conduire à un village appelé Keti, dans la région de Gombe, un missionnaire blanc nouvellement arrivé de Lagos qui avait besoin d'un guide. Sans hésiter, Bol Dok fit un pas en avant et déclara qu'il connaissait la région et parlait bien la langue.

C'est ainsi qu'en 1918, après vingt ans d'exil, il retourna à Keti avec le révérend Drinkwater, qui installa sa mission dans la forêt maléfique où les villageois abandonnaient autrefois les jumeaux. Lorsque, plus tard la même année, M. Graves, l'administrateur colonial, décida de désigner un chef pour régner sur la population, afin de faciliter la collecte de l'impôt, le révérend Drinkwater lui recommanda chaudement Bol Dok. Le choix fut facile pour M. Graves : à quarante ans, Bol Dok était toujours un personnage impressionnant – il mesurait plus d'un mètre quatre-vingts et n'était pas voûté par son travail à la mine ; il parlait aussi couramment le haoussa, avait une connaissance sommaire de l'anglais glanée à la mine et perfectionnée auprès du révérend, et bien entendu il savait le keti, la langue locale. Graves fut plus conforté dans son choix lorsqu'il apprit plus tard les circonstances du bannissement de Bol Dok. Modernisateur impénitent, Graves militait énergiquement contre tous les aspects "arriérés" de la culture de Keti. Il trouva dans le caractère plutôt arbitraire de la punition un exemple de cette "arriération" qu'il s'était assigné pour tâche de combattre.

Ainsi commença la lignée des chefs de clan. Bol Dok régna seulement douze ans et s'éteignit à l'âge de cinquante-deux ans. Deux de ses fils occupèrent sa place après lui. Le premier, Kilang, décéda des suites de coups de poignard après avoir régné quinze ans. Quant au suivant, Hamdi (qui prit le nom d'El-Nafati après sa conversion à l'islam – on raconte qu'il s'était emporté lorsque les missionnaires lui avaient conseillé de renvoyer deux de ses trois épouses, car seule la première pouvait être reconnue par l'Eglise), il mourut de la petite vérole vers trente-cinq ans, après un règne de cinq années seulement. Ce fut le dernier descendant direct de Bol Dok. Les cousins et neveux se disputèrent longuement avant que le Mai actuel, Alhassan, un employé du gouvernement et le plus terne des prétendants, ne monte sur le trône neuf ans plus tôt.

LE MAI EN PHOTO

Dans un coin du bureau de Mamo s'entassaient des classeurs, des albums de photographies et des dossiers que le Waziri lui avait fait apporter de la bibliothèque du Mai. Il s'agissait des archives personnelles du souverain, comprenant toutes sortes de documents datant de la période coloniale et des débuts de la lignée de Bol Dok. Tout cela avait piètre apparence : des feuilles jaunies par le temps s'échappaient des pochettes cartonnées et jonchaient le sol, certaines froissées et tachées. Mamo transporta la pile sur son immense burcau en séquoia, s'empara du paquet du dessus – un dossier officiel plat entouré d'une lanière aux extrémités métalliques – et se mit à le parcourir. Il était rempli de courriers échangés par le palais et le ministère de la Culture, dont chaque page portait l'en-tête. Les phrases et les paragraphes étaient truffés d'expressions ampoulées et de formules de politesse typiques des paperasses administratives. Il le reposa impatiemment et passa aux albums.

Il y en avait quatre. Lorsqu'il tournait les pages, les clichés que ne maintenait presque plus la feuille de cellophane transparente tombaient. On y voyait le Mai Alhassan à tous les âges : jeune homme, grand et envisageant avec optimisme son futur règne, fonctionnaire (secrétaire du conseil du gouvernement local, le dernier poste qu'il avait occupé avant de devenir Mai), enfant avec ses frères, et enfin devenu Mai, revenant à cheval de la mosquée le jour de la fête de l'Aïd, entouré de ses conseillers et serviteurs.

L'un des albums était entièrement consacré à une visite présidentielle. Mamo se rappelait l'occasion. Il y avait huit ans de cela, le président, un militaire, avait brièvement fait halte à Keti alors qu'il se rendait dans la capitale d'Etat voisine. Les photographies montraient des écoliers alignés sous le soleil le long de la route, agitant de petits drapeaux et chantant l'hymne national. On avait entendu des sirènes hurlantes et des motocyclistes étaient passés à toute vitesse dans l'étroite rue principale pour repousser la foule impatiente d'apercevoir son chef. Le président avait beau n'être resté qu'une heure avant de repartir pour sa destination suivante, le souvenir de cette visite était demeuré fermement gravé dans la tradition locale. Les gens racontaient encore l'épisode en détail et maints enfants nés ce mois-là portaient son nom.

L'album ne contenait qu'un seul cliché montrant effectivement le président en train de serrer la main du Mai. Le président semblait parcourir la foule d'un regard insouciant, son sourire édenté illuminant la photographie ; il ne regardait pas le Mai. Malgré son imposante stature, celui-ci avait l'air mal à l'aise et sorti de son milieu naturel, comme s'il avait hâte que le président retourne à sa voiture et reparte avec son escorte avant que quelque chose ne dérape.

Mais la photographie qui retint l'attention de Mamo et lui ouvrit une piste dans ses recherches se trouvait dans l'album suivant. Entouré de deux vieilles dames blanches, le Mai souriait d'un air radieux à l'objectif. Mamo reconnut les sœurs Drinkwater. Vêtues de boubous de basin teints de couleurs vives, elles portaient une coiffe de tissu et une ombrelle pour se protéger de la vive chaleur de midi. Les villageois les appelaient Kai et Malai – Mamo n'était pas certain qu'elles eussent un autre nom. Il ne savait pas grand-chose d'elles, sinon qu'elles étaient nées et avaient toujours vécu là, qu'elles enseignaient la religion chrétienne au centre de formation des institutrices, jouaient parfois de l'orgue à l'église et, après le service, prenaient sans faute le thé avec le pasteur Mela. Elles s'installaient dehors sur sa véranda donnant sur la rue, sirotant leur thé dans la chaleur de l'après-midi et échangeant des salutations avec les passants. Mamo prit délicatement la photographie et la mit dans sa poche. Il avait décidé de leur rendre visite.

*

Il alla chez elles à l'heure où le soleil bas rougeoyait au-dessus des collines. Il était certain de les trouver – où pouvaient bien aller ces deux femmes âgées dans un pays étranger ? Mais il se rappela que le pays ne leur était pas étranger et qu'elles y vivaient depuis plus longtemps que lui. Sur le chemin, il passa mentalement en revue tout ce qu'il savait d'elles et de leur père, faisant une fois encore appel aux traditions populaires du village. La préface à *Une brève histoire des gens de Keti*, écrite par le fils du révérend Drinkwater, le révérend Michael, évoquait brièvement la vie du père en des termes assez proches de ce que racontait la tradition. Le seul ajout concernait l'enfance du révérend dans son Iowa natal et la façon dont sa vocation de missionnaire lui était venue.

Le nom de Drinkwater évoquait deux choses aux villageois : premièrement, sa mort survenue alors qu'il priait agenouillé devant l'autel, et, deuxièmement, le fait qu'il avait eu des visions, dont la première à l'âge de dix-huit ans, alors qu'il travaillait dans la ferme de son père – il était issu d'une famille d'agriculteurs de l'Iowa. Une lumière aveuglante lui était soudain apparue, accompagnée d'une voix lui enjoignant de partir pour New York. Il se rendit compte seulement après l'extinction de cette lumière qu'il gisait à terre, où la puissance terrible de la vision l'avait projeté. Il raconta aux membres de sa famille, tous de fervents croyants, que Dieu lui avait envoyé un message et qu'il partait à New York pour accomplir son commandement. Il y resta trois semaines, vivant de ses maigres ressources et ne sachant pas ce qui l'attendait, mais persuadé que Dieu allait de nouveau lui apparaître avec des instructions supplémentaires. Le dernier jour de la troisième semaine, alors qu'il avait épuisé tout son argent et était chassé de son logement, un *deus ex machina* le délivra : il rencontra le révérend Angus Williams – un vieux missionnaire tout juste rentré d'Inde –, qui avait lui aussi été conduit dans cette rue par une vision. Celui-ci devint son guide spirituel, galvanisant son ardeur par le récit de ses exploits divins en Inde et l'incitant à se rendre de toute urgence dans ces lieux où régnait l'"obscurantisme" afin d'y répandre la bonne parole. Le jeune Drinkwater passa deux années à étudier dans un institut pour missionnaires à New York avant de partir au Nigeria en 1911. Il choisit ce pays après avoir lu la biographie de la missionnaire écossaise

Mary Slessor, également dénommée "Reine des Cannibales", qui avait travaillé à Calabar. Avant de quitter New York, il épousa la fille d'Angus, Hannah. Mais il entreprit seul son premier voyage, laissant son épouse enceinte de leur premier enfant. Ce séjour avait une visée purement exploratoire et il rentra à New York au bout d'un an. A ce stade, il commençait à s'inquiéter, car il n'avait pas eu de seconde vision.

Neuf mois plus tard, il laissa une fois encore son épouse – de nouveau enceinte – et repartit au Nigeria, où il resta deux ans. C'est le temps qu'il fallut à la deuxième vision tant attendue pour surgir. Il travaillait alors dans une mission baptiste à Lagos, avec de nombreux missionnaires américains et canadiens qui œuvraient auprès de communautés de pêcheurs à Yaba. Debout au bord de la mer, il scrutait l'immense étendue où dansaient des barques de pêcheurs, quand tout à coup la lumière réapparut, ainsi que la voix. Cette fois-ci, il n'en tomba pas à la renverse et, chose plutôt insolite, les paroles lui furent adressées en yorouba (langue dont il avait alors appris les rudiments). La voix lui enjoignit de se rendre dans le Nord du Nigeria, mentionnant le nom de Keti et précisant que c'était là qu'il allait vivre, travailler et mourir. Certains de ses collègues missionnaires se montrèrent ouvertement sceptiques quant à l'exactitude de la vision, surtout lorsqu'ils apprirent que la voix s'était exprimée en yorouba. Ainsi le mirent-ils en garde : "Nul ne s'est aventuré aussi loin dans le Soudan. Tu ne peux pas pousser au-delà de Jos. Oublie le Nord-Est. Tes enfants iront peut-être un jour, ou tes petits-enfants, mais toi sûrement pas."

Cependant, Drinkwater n'avait aucun doute sur ce qu'il devait entreprendre. Il retourna à

New York et revint avec son épouse et ses deux fils en 1914, juste avant le déclenchement de la Première Guerre mondiale. De Lagos, ils prirent un bateau de la Royal Niger Company jusqu'à Lokoja, puis le train jusqu'à Jos. Le voyage fut éreintant, surtout pour son épouse et ses deux fils. Tous attrapèrent le paludisme puis guérirent, sauf le plus jeune, Christopher, qui mourut à Jos et y fut enterré. C'est de fait le lendemain de l'enterrement que Drinkwater rencontra Bol Dok. Un mois plus tard, ils se mettaient en route pour Keti.

A la surprise du révérend, et au grand soulagement de son épouse, ils découvrirent qu'ils n'étaient pas les premiers Blancs à mettre le pied à Keti. L'administration coloniale y avait déjà son drapeau fermement planté par M. J. B. Graves, un ancien acheteur d'ivoire pour la Royal Niger Company devenu administrateur colonial. Il était arrivé un an plus tôt avec ses soldats et avait conquis le village au nom de la couronne en recourant au simple expédient de tirer en l'air quelques bruyants coups de fusil.

Drinkwater installa sa mission presque sur-le-champ, choisissant symboliquement l'endroit où on laissait mourir les jumeaux. Hannah devait donner naissance à deux autres enfants à Keti, Kai en 1922 et Malai en 1925. Le révérend ne devait plus quitter Keti jusqu'à sa mort en 1953. Quant à son épouse, elle retourna brièvement en Amérique en 1942 avec son fils Michael, mais rentra seule après la guerre. Elle rendit l'âme à Keti une semaine après son époux.

VIEILLESSE, ROSES ET ORCHIDÉES

Les sœurs Drinkwater, penchées côte à côte sur les parterres de fleurs, étaient en train de désherber et d'arroser les orchidées jaunes et blanches ainsi que les roses rouges qui s'épanouissaient avec exubérance dans la chaleur et dont les couleurs tranchaient fortement sur le marron terne de la terre. Le jardin occupait une assez vaste étendue à l'arrière de la petite maison, qu'un mur de cactus et de plantes grasses entourait, dissimulant les fleurs à la vue. On y accédait par un petit portail en zinc avec loquet. Mamo les héla depuis le seuil.

Elles levèrent les yeux. Elles portaient des gants de jardinage montant jusqu'aux coudes, un fin foulard sur la tête et de grosses bottes de caoutchouc qui rendaient leur démarche lente et gauche. Celle qui était le plus près lui rendit son salut avec un sourire poli, ce devait être Malai. L'autre resta l'arrosoir à moitié soulevé, en louchant. Il devait s'agir de Kai, celle aux lunettes, même si elle ne les portait pas en cet instant.

"Bonjour, répéta-t-il sans trop savoir comment poursuivre. Je m'appelle Mamo. Je suis venu vous rendre visite… J'aurais besoin de vous poser quelques questions."

Les deux femmes se regardèrent, et Mamo perçut ce qu'on pourrait appeler de l'intérêt sur leur visage ridé. Mis à part ce strabisme, les sœurs se ressemblaient presque en tous points : elles avaient la même silhouette imposante, la même peau plissée et tannée comme du cuir, la même couleur de cheveux, autrefois vraisemblablement bruns mais désormais blanchis par l'éclat du soleil et la vieillesse. Elles devaient avoir près de soixante-dix ans. Se redressant, elles entreprirent d'ôter leurs gants tout en l'invitant à pousser le portail et à entrer.

Mamo les suivit sur la petite véranda à l'arrière de la maison. Là où la véranda s'arrêtait commençait le jardin traversé par une allée de gravier. Contre le mur, deux fauteuils rembourrés lui faisaient face.

"Asseyez-vous, nous en avons pour une minute. Nous étions justement sur le point de nous arrêter pour prendre le thé. Nous allons vous en préparer une tasse.

— Merci", accepta Mamo avec un sourire – tout en songeant qu'il faisait trop chaud pour cela.

Elles disparurent à l'intérieur. La maison était entourée d'arbres fruitiers, surtout des manguiers et des goyaviers, qui formaient une zone protectrice entre elle et les habitations voisines. Un lourd silence enveloppait la demeure, interrompu de temps à autre par des pépiements d'oiseaux. Mamo essaya de se représenter à quoi pouvait ressembler une vie si retirée du monde, avec les arbres et les oiseaux pour toute compagnie. Qui les sœurs fréquentaient-elles, mis à part le pasteur le dimanche et peut-être leurs élèves en semaine ?

Kai, arborant à présent ses lunettes, sortit avec un plateau qu'elle déposa sur la table entre les deux fauteuils, tandis que Malai apportait un autre siège et le plaçait contre le mur à côté de Mamo. Il les imaginait assises là tous les soirs après le travail, contemplant le jardin ou bavardant – non, pas de paroles, car elles avaient sûrement épuisé depuis bien longtemps tous les sujets de conversation intéressants. Elles devaient plutôt lire, tricoter ou somnoler, comme la plupart des gens âgés, la bouche entrouverte, la tête roulant sur le côté, se réveillant de temps à autre en sursaut mais trop paresseuses ou trop peu dérangées pour rentrer. Il les voyait lisant les lettres de parents ou d'amis de l'Iowa ou y répondant – mais avaient-elles des amis là-bas, où elles n'étaient jamais allées ? Peut-être avaient-elles seulement de la famille, des cousins, des neveux et des nièces qui ne les connaissaient que par photographies interposées, et puis leur frère Michael et sa femme – le révérend Michael Drinkwater, le fils obéissant qui avait perpétué la mémoire de leur père en compilant soigneusement et en préparant l'édition de ses écrits. Mamo l'avait vu une fois, il y avait de nombreuses années, lors de sa dernière visite à Keti. Il était venu consacrer la nouvelle église avec sa mince et pâle épouse et ses deux enfants aux taches de rousseur, un garçon et une fille appelés Nathan et Hannah comme ses parents. Il avait effectué trois visites à Keti : la première en 1978, l'année du vingt-cinquième anniversaire de la mort de leur père, la deuxième en 1984, pour poser la première pierre de la nouvelle église, et la dernière un an plus tard, pour la consacrer.

Les sœurs avaient passé toute leur vie ensemble et ne s'étaient jamais mariées. En regardant la fine pellicule duveteuse au-dessus des lèvres de Kai bavardant de tout et de rien, Mamo se demanda : *Qu'est-ce que ça fait de ne pas avoir de vie sexuelle ?* Malai avait quelques poils clairsemés sur le menton. Il distinguait les veines sous la peau de leurs bras, bleues et sinueuses, palpitant dans la chaleur.

“Le pasteur nous a montré votre article. Nous l’avons trouvé formidable, n’est-ce pas, Heather ? dit Kai.

— Certainement, Agnes”, répondit Malai.

Leurs prénoms anglais (ou bien américains, ou simplement chrétiens ?) laissaient entrevoir une autre vie, un autre monde. Des représentations de cet univers devaient être suspendues aux murs de leur salle à manger : une prairie plate de l’Iowa, de hauts épis de maïs vert se balançant dans le vent, un cours d’eau la traversant (le fleuve Iowa, peut-être), des arbres sur ses berges à travers lesquels on apercevait l’eau claire. Il se demanda si elles avaient une personnalité scindée : une Agnes-Heather-Mme Hyde américaine qu’elles ne manifestaient que lorsqu’elles étaient seules chez elles et une Kai-Malai-Dr Jekyll africaine qui paraissait lorsqu’elles jouaient de l’orgue à l’église et prenaient le thé avec le pasteur le dimanche.

“Nous avons envoyé votre article à Michael. Vous savez que c’est lui qui a publié ce livre à partir des documents de notre père.”

Mamo se contentait d’écouter en buvant son thé à petites gorgées, fasciné par leurs menus propos et par la manière dont elles s’appelaient chaque fois par leur prénom – se demandant systématiquement l’une à l’autre confirmation des choses même les plus évidentes. Il observait leur façon d’approcher les lèvres de la tasse de thé, le mouvement de déglutition. Heather, la plus calme et la plus jeune, finit par lui poser une question directe, le prenant par surprise en s’exprimant soudain en langue keti.

“Vous êtes journaliste ?

— Non, pas vraiment. Je suis seulement… un collaborateur occasionnel.

— Ah bon”, dit-elle, l’air hésitante, avant de reprendre : “Est-ce que vous travaillez sur quelque chose en ce moment ?”

Sa prononciation était impeccable, un peu nasale, mais avec quelque chose de légèrement guindé, comme si elle récitait des phrases apprises dans un livre. Mamo répondit après une pause :

“Oui, c’est d’ailleurs pour cela que je viens vous voir. J’ai pensé que vous pourriez peut-être m’aider. J’ai été sollicité pour écrire une biographie du Mai. Il me semble que votre père était ami du premier Mai, Bol Dok, et vous-mêmes connaissez le Mai actuel depuis longtemps”, poursuivit-il tandis qu’elles opinaient de la tête – avant de leur montrer la photographie et d’ajouter : “Voilà ce que j’ai trouvé au palais aujourd’hui.

— Oh, c’était il y a longtemps !”, s’exclama Malai avec un rire de petite fille en se mettant la main devant la bouche.

Puis elle tendit la photographie à sa sœur.

“Il y a cinq ans, c’était, quand il est venu visiter notre école lors de la journée pour l’alphabétisation, commenta Kai en s’exprimant également en keti.

— C’est ça, oui, acquiesça sa sœur.

— Nous serions ravies de pouvoir vous être utiles, ajoutèrent-elles en chœur.

— Eh bien, j’espérais pouvoir vous demander quelque chose de personnel, comme le journal intime de votre père, ou des papiers à lui – tout ce qui date de cette époque peut servir.”

Mais Michael avait emporté tous les papiers lors de sa dernière visite, lui apprirent-elles. Elles l’emmenèrent au garage, transformé en remise puisqu'elles ne possédaient pas de voiture. L'atmosphère y était sombre et étouffante – les toiles d'araignée au plafond et dans les coins se dessinèrent nettement lorsque Malai ouvrit la lourde fenêtre métallique. De vieux meubles, têtes de lit, chaises et malles entassés occupaient presque tout l'espace. Malai ouvrit l'une des malles et lui montra les vieux tissus moisis, disant : "Nos parents avaient apporté ça des Etats-Unis." Elle sortit une moustiquaire rongée par les mites, autrefois blanche mais à présent d'une couleur vert-marron. Elle désigna du doigt la lampe Tilley démontée, expliquant : "Père avait l'habitude de passer toute la nuit à écrire avec cette lampe. Je me souviens des villageois qui s'attroupaient derrière le portail de la mission pour voir la lumière – nouveau pour eux, c'était, et fascinant !"

Parfois, Mamo devait faire appel à toutes ses facultés d'interprétation pour suivre l'ordre des mots, à présent que le débit des sœurs au visage rouge d'excitation s'était fait plus rapide et plus dru.

Il y avait là de grosses chaussures de marche, des bottes pour la pluie, des casques de Bombay, des cannes et encore des moustiquaires, une lunette de W.-C. et d'autres babioles. Mamo admira chaque objet en le prenant dans ses mains – sans cesser d'observer les deux sœurs, dont la personnalité propre commençait à émerger : Kai – sérieuse et avec qui on ne plaisante pas – souffrait d'érythème prononcé, avait des poils au menton et des lunettes. Quant à Malai, elle devait avoir été belle et gardait un rire de petite fille et la capacité de s'enthousiasmer davantage en ressortant ces vieilles affaires. Elle tenait à présent une robe de mariée, toute la parure avec sa dentelle, son tulle et sa traîne. Elle paraissait rétrécie et irrémédiablement froissée, et des termites ou des fourmis l'avaient trouée par endroits.

"Elle a servi lors du premier mariage à l'église dans ce village. Elle appartenait à ma mère, qui était née à Bombay, où notre grand-père était missionnaire. Elle a apporté cette robe ici en Afrique et l'a prêtée à la mariée, LaMonje LaMemi. Elle vit toujours. Nous avons la photographie du mariage, si cela vous intéresse."

Malai avait recommencé à parler anglais, renonçant au keti tarabiscoté dans son impatience à révéler cette information. Elle mit la robe devant son corps imposant. Dans le salon, elles lui montrèrent leurs photographies. Il y en avait d'elles enfants avec leurs parents, et pour la première fois il vit à quoi leur mère ressemblait. Elle devait avoir tout juste trente ans sur le cliché et se tenait la tête penchée à cause du soleil. C'était une très belle femme aux cheveux longs, au cou gracile et aux traits délicats – Malai avait dû lui ressembler autrefois –, le chapeau posé droit sur la tête. Elle tenait Malai d'une main et de l'autre enlaçait son mari, qui, lui, tenait Kai. A côté de Kai se trouvait son frère. D'autres photographies représentaient des gens inconnus, des endroits inconnus, plats et verdoyants, dont Mamo supposa qu'il s'agissait de l'Iowa, et au mur il y avait un paysage de plaine traversé par un cours d'eau.

"Mon oncle Iliya m'a dit que votre père, pendant les cours de catéchisme, enseignait aux élèves des histoires de la vie des saints, mais qu'il leur demandait aussi de rédiger leur propre biographie. Il doit y en avoir un tas quelque part. Vous ne sauriez pas par hasard où elles se trouvent ?

— C'est Michael qui les a. Si vous voulez, nous pouvons lui demander de vous les envoyer, de faire des doubles pour vous.

— Merci."

Ils retournèrent sur la véranda. Les sœurs étaient cramoisies en raison de ce déballage auquel elles semblaient avoir pris plaisir. Malai lui tapota le genou en disant :

"Revenez nous voir bientôt.

— Oh oui, renchérit Kai, s'il vous plaît. Nous risquons de ne pas rester beaucoup plus longtemps à Keti.

— Vous songez à aller vous installer ailleurs ?

— L'idée n'est pas de nous, répondit-elle en soupirant tristement. Michael pense que nous devrions rentrer dans l'Iowa, pour des raisons de santé."

Elle parlait doucement, fixant le jardin et les fleurs. Du coin de l'œil, Mamo vit sa sœur lui prendre la main. Elle poursuivit :

"Nous ne sommes plus toutes jeunes.

— Mais ce sera toujours ici chez nous.

— Et nous resterons toujours ici au fond de notre cœur, dit Malai en anglais avec un sanglot dans la voix.

— Je suis vraiment désolé d'apprendre que vous allez partir", dit Mamo.

Leur tristesse était palpable. Il but une gorgée de thé, à présent refroidi, et reposa sa tasse.

"Je suis venu aujourd'hui à l'improviste. La prochaine fois, j'aimerais réaliser un entretien, si vous en êtes d'accord, et peut-être emprunter certaines de vos photographies pour mon livre.

— Bien sûr, et mille excuses de ne pas avoir pu vous fournir les papiers de père, mais Michael a tout emporté.

— Ceci dit, si vous voulez le journal intime de mère, nous pouvons vous le faire voir, n'est-ce pas, Heather ? Non pas qu'il contienne rien d'intéressant, il s'agit essentiellement de listes de courses, dit Kai.

— Votre mère a laissé un journal ?

— Oui, répondit-elle, heureuse de pouvoir lui être utile. Attendez, je vais le chercher."

Elle rentra dans la maison et revint avec un petit carnet épais d'une cinquantaine de pages environ. Mamo l'ouvrit et parcourut les clairs entrelacs – les pages autrefois blanches lignées de bleu étaient à présent jaunies et gaufrées aux angles. La couverture marron était souple et une fleur de lys dessinée à la main ornait le coin supérieur gauche.

"Malheureusement, ce n'est pas grand-chose. Elle n'a tenu de journal que pendant une année, tandis que père en a tenu un toute sa vie. Il l'a de fait incitée à l'imiter, mais elle a abandonné au bout d'un an, en 1928. Elle a réessayé en 1942, l'année où l'Amérique est entrée en guerre et où elle est retournée dans l'Iowa avec Michael. Mais je ne sais pas où est passé celui-là. Vous pouvez le prendre, mais rapportez-le quand vous aurez fini.

— C'est promis, je vous remercie."

"Jeune homme, il me semble que je vous connais. Nous sommes-nous déjà rencontrés ?" dit le Mai à Mamo.

Le Waziri était assis toujours à portée de chuchotement du Mai, le visage impassible mis à part le tic occasionnel de son œil fuyant. Mamo lui lançant un regard perplexe, il lui sourit d'un air rassurant et murmura au Mai : "C'est votre biographe, Altesse. Il voudrait vous poser quelques questions concernant votre enfance."

En arrivant à son bureau, Mamo avait trouvé un mot sur sa table, l'invitant à se rendre sur-le-champ dans le salon du Mai pour l'entretien. Il s'était hâté, surpris que le Waziri ait pu arranger l'entrevue si promptement, le lendemain de leur échange. Pourtant, le Mai continuait à le fixer avec ses yeux ternes et son visage flasque. Mamo était assis sur une ottomane non loin de lui, le calepin ouvert sur ses genoux et prêt à écrire. Les yeux jaunes du Mai regardaient droit dans les siens, comme s'il attendait de lui confirmation de sa position de biographe.

Le Mai finit par articuler : "Je connaissais bien votre père, paix à son âme. C'était un homme respectable, malgré ses activités politiques un peu confuses." Il avait un tremblement dans la voix, comme souvent chez les vieillards – pourtant le Mai ne devait pas avoir plus de soixante ans.

Mamo acquiesça, pris au dépourvu. Du regard, le Waziri semblait l'encourager à dire quelque chose d'intelligent. Une suave fragrance émanait de la volumineuse tunique du Mai, mais elle recouvrait une autre odeur indéterminée et désagréable, soporifique même, qui enveloppait Mamo et l'empêchait de respirer.

Le Mai continuait à le fixer, de plus en plus maussade. Mamo lança un regard vers le panneau représentant Eve tentant de cacher du bras sa poitrine plutôt opulente. Il ouvrit son calepin à une nouvelle page. Le Waziri finit par dire d'une voix mielleuse : "Peut-être Votre Altesse voudrait-elle évoquer son enfance au palais ?" Puis, sans s'interrompre, il se tourna vers Mamo et poursuivit avec un sourire :

"Son Altesse a été élevée par son oncle, le Mai précédent. Il avait sept ans lorsque son père décéda et que le Mai, n'ayant pas d'enfant mâle, l'adopta. Au départ, il n'était qu'un gamin parmi les autres au palais, courant avec ses cousins, ses neveux et ses nièces, puis il se produisit un événement qui retint l'attention du Mai et, à compter de ce jour, tout le monde sut qu'il serait le prochain souverain.

— J'ai fait un rêve."

Mamo leva les yeux de son calepin pour s'assurer que c'était bien la voix du Mai. Il avait le même visage flasque, mais fixait Mamo comme s'il avait enfin compris ce qui se passait. Il s'exprimait d'une voix rauque, toujours tremblotante :

"Je vis une femme enveloppée de la tête aux pieds d'une robe noire. Elle enterrait quelque chose devant la porte menant aux appartements de mon oncle. Je m'éveillai. Il était tard, minuit peut-être, et tout le palais dormait. Je résidais dans le quartier des garçons, n'est-ce pas..."

Il s'interrompit et son regard se fit lointain, comme s'il voyait concrètement le passé qu'il essayait de ressaisir par les mots :

"Le palais compte plusieurs quartiers, celui des garçons, des filles et bien entendu des épouses... Aussi, tôt le lendemain, je me rendis auprès du Mai. J'étais intrépide et au fond de moi ne ressentais pas la moindre peur. J'étais un enfant béni, n'est-ce pas", ajouta-t-il en baissant la voix tel un conspirateur.

Il n'avait pas cessé de scruter Mamo de ses yeux jaunes et ternes comme s'il en attendait une réponse. Mamo continua à griffonner dans son carnet. Le Waziri reprit en écho : "Un enfant doué", son œil fou pivotant dans tous les sens, après quoi le Mai poursuivit :

"Il était à la cour entouré de ses conseillers, mais je m'avançai sans hésiter jusqu'à son trône de façon qu'il me voie bien et annonçai : «J'ai fait un rêve.» Ce fut un grand moment. Il ne douta pas une seconde de mes paroles à cause de l'assurance dans ma voix. Il alla avec tout son conseil déterrer la jarre que la femme avait enfouie – elle était là, contenant le crâne d'un nourrisson enveloppé dans un tissu ensanglanté. Quelqu'un voulait sa mort. Or mon oncle était rusé et, sachant que les menaces ne servaient à rien, il promit l'amnistie si, avant la fin du jour, le coupable venait se livrer. Il laissa chacun penser qu'il connaissait les auteurs de ce grand forfait mais qu'il préférait leur permettre d'avouer. Dans le même temps, il les avertit que, s'ils refusaient de le faire d'ici au soir, ils seraient dénoncés et décapités."

Le Mai s'interrompit alors et ferma les yeux, comme pour se remettre de l'effort du souvenir, mais au bout d'un moment il se mit à ronfler. Mamo se tourna vers le Waziri.

“C’était la plus jeune épouse, et elle avoua, déclara le Waziri en reprenant le récit d’une voix douce sans sourciller. Elle avait eu recours aux services d’une femme haoussa pour tuer le Mai, afin que son fils issu d’un autre lit puisse hériter du trône. Vous êtes libre, nous poursuivrons la prochaine fois.”

Après cet entretien plutôt bref, Mamo retourna dans son bureau et passa le reste de la journée à griffonner distraitement et à feuilleter les dossiers et les albums de photographies, ne sachant trop que faire. Le Mai, sa source première, ne promettait pas d’être d’un grand secours. Il se sentit brusquement impuissant, inexpérimenté et un peu découragé. Le Waziri lui paraissait faire preuve d’un enthousiasme excessif, sous-estimant probablement la quantité de travail requise pour écrire un livre. Mamo finit par rentrer chez lui, pensif et fatigué mais résolu à aller de l’avant – et à exploiter la chance qui lui était offerte, dût-il en périr. En chemin, il se ravigota en se projetant dans l’avenir, une fois le livre achevé. Il se rappela la promesse du Waziri, à savoir que le livre devait le rendre célèbre parmi ses pairs. Il réfléchit à l’ironie de la vie : sa maladie, en l’empêchant de réaliser ses rêves enfantins de gloire militaire et en le poussant à devenir studieux, lui avait ouvert d’autres voies vers le succès.

Mamo avait déjà son propre plan pour parvenir par l’écriture sous les feux de la rampe et pour s’inscrire dans l’histoire. Il savait avec quelle facilité il risquait de sombrer dans l’oubli une fois le livre terminé. Tel était bien l’ennui avec les biographies : contrairement à d’autres genres, elles se concentrent seulement sur leur sujet, occultant souvent l'auteur, le reléguant à l'arrière-plan comme si le livre s'était écrit de lui-même. Mamo avait l'intention de s'infiltrer discrètement dans la trame du livre, sous forme d'une préface consignant en détail son travail d'investigation, mais rien de trop flagrant, seulement des allusions sibyllines. Puis, à la réflexion, il décida qu'une préface attirait peut-être trop l'attention et qu'une postface serait plus discrète, tout en accomplissant la même fonction, de façon plus distinguée. Il pouvait trouver quelqu'un de très haut placé pour préfacer l'ouvrage, le gouverneur de l'Etat par exemple. Cela n'avait rien d'impossible, et telle était la grandeur de son projet, de ce travail pour le palais : tout était envisageable, les seules limites étant celles de l'imagination.

Ainsi encouragé par la perspective d'un succès imminent, Mamo se remit à l'ouvrage dès son retour chez lui. S'installant à sa table avec papier et stylo, il reprit le journal intime de Hannah Drinkwater et le relut – il l'avait déjà parcouru une fois mais à la hâte et sans prendre de notes.

Si ce n'est qu'il fournissait les dates exactes et certaines informations concernant le déroulement de la vie quotidienne des Drinkwater à la mission – ce qu'ils mangeaient et la façon dont ils se le procuraient auprès des indigènes (essentiellement par voie de troc : vieux vêtements, miroirs, babioles et autres colifichets inutiles contre nourriture) –, le journal ne contenait pas grand-chose d'intéressant. Bol Dok, désigné comme "guide indigène" et plus tard "assistant" de Drinkwater, n'était mentionné que trois fois. Il apprit comment les enfants Drinkwater occupaient leurs journées, ainsi que les angoisses dues à des symptômes et des éruptions inconnus ou encore à l'arrivée retardée de provisions courantes et de médicaments de première nécessité en provenance de Jos et de Lagos. Certains passages évoquaient également les activités de l'Eglise, dissertant longuement sur la manière de mettre en place un groupe de prière pour femmes mariées ou d'aider le révérend dans la préparation de la communion le dimanche de communion – en l'absence de vin, il fallait recourir à certaines baies. Voici un passage type :

> *Lundi*
> Aujourd'hui, j'ai acheté un agneau à Ngendi, notre plus proche voisin et l'un de nos quelques convertis au village. Il ne voulait pas accepter d'argent mais demandait à être rémunéré avec de vieux pantalons kaki de Nathan. Il me faut maintenant trouver comment conserver toute une carcasse par ce temps humide – la meilleure manière étant celle des indigènes : enlever les abats et les consommer sans tarder, puis saler et fumer la viande. On peut ensuite suspendre la carcasse à une branche d'arbre ou au toit dans la cuisine, ce que je préfère car la fumée du foyer aide à la faire rapidement sécher. Elle se conserve toute une semaine avant de se gâter.

Il y avait également un paragraphe entier sur l'administrateur colonial, M. Graves, à l'occasion d'une de ses visites à dîner chez les Drinkwater : de longues discussions étaient reproduites, avec des citations de Graves. La méfiance de Mme Drinkwater à son égard transparaissait clairement : elle voyait en lui un "chrétien indifférent" et l'appelait souvent "l'Anglais fourbe". Il était venu chez eux en janvier 1928. Le passage relatant cette soirée se terminait par un résumé de la conversation à table abordant la question de savoir si les indigènes avaient une âme. M. Graves en doutait, tandis que le révérend en était persuadé. Sur la page suivante se trouvait une longue citation des opinions émises par Graves pendant le dîner – son point de vue sur Keti :

> Il ne suffit pas de s'emparer de leur terre, il faut aussi conquérir leur esprit, et pas seulement recourir à la douce persuasion chrétienne, aux livres et aux écoles. Nous devons les briser sur le plan spirituel, les éreinter et les jeter face contre terre, pour ainsi dire, avant de les relever lentement – une fois changés en êtres plus doux et plus utiles. Ainsi, ils nous remercieront à l'avenir et deviendront nos loyaux camarades de travail dans l'immense entreprise civilisatrice qui est la nôtre.

Mamo essaya de s'imaginer cette femme et son existence – seule, avec pour toute distraction ses enfants et ses tâches ménagères. Bien sûr, il arrivait que des missionnaires sur la route de quelque autre mission éloignée s'arrêtent à Keti pour une journée, mais ces moments étaient rares. Elle devait être dotée d'un esprit extraordinairement actif, ou croire très fort en son mari et en sa mission, pour que la réclusion ne l'ait pas rendue folle. Elle n'était retournée qu'une fois en Amérique depuis son départ, pendant la Seconde Guerre mondiale, avant de revenir pour mourir et être enterrée auprès de son mari.

WHISKY ET FAUTEUIL ROULANT

Depuis son retour de l'hôpital, Asabar avait de plus en plus sombré dans l'alcool et la drogue. Les quelques fois où Mamo était allé lui rendre visite dans sa case au pied de la colline, il était ivre et tenait des propos incohérents, s'endormant chaque fois dans son fauteuil au milieu de la conversation avec des ronflements sonores.

Ce jour-là, il était plein d'entrain et babillait, entouré des amis fidèles qui lui restaient. Mamo plaçait de temps à autre un mot dans leurs échanges portant essentiellement sur la politique. Il n'en revenait pas de la vénération avec laquelle le nom de son père était prononcé dans ce cercle – ils l'appelaient toujours "président" et avaient tous une histoire personnelle à raconter illustrant sa grandeur d'âme, que Mamo écoutait comme s'ils parlaient d'un inconnu. Il arrivait que, sous l'emprise de l'alcool ou de la drogue, Asabar se mette à pleurer au souvenir de sa vie de patachon, frappant du poing, ou avec la bouteille de whisky, sur le métal de son fauteuil ; une fois, Mamo l'avait vu se jeter violemment par terre et s'y rouler, jusqu'à ce que ses camarades le maîtrisent et le portent sur son lit. Lorsque la conversation s'égarait ou que le ton montait – dégénérant parfois jusqu'à ce qu'ils en viennent aux mains –, Mamo s'éclipsait discrètement, non sans être passé par la cuisine, où la femme d'Asabar, Jummai, était occupée à une tâche ou une autre. Elle était habituée aux manières de son mari et avait révisé ses attentes avec l'équanimité caractéristique des paysannes. Leur fils, Markus, jouait en général près d'elle parmi les casseroles et les poêles, s'interrompant pour dévisager silencieusement Mamo. Il avait les mêmes yeux sensibles de poète que son père.

Mamo annonçait à la jeune femme : "Dis-lui que je repasserai bientôt." Il avait remarqué qu'elle avait beau avoir seulement vingt ans, elle paraissait déjà fatiguée et sale, et son regard était voilé par la morne incompréhension à travers laquelle la plupart des villageoises perçoivent le monde autour d'elles. Avant de partir, Mamo lui glissait un peu d'argent en disant : "Achète quelque chose pour le petit."

*

La secrétaire de l'église lui apporta la carte de Zara (la plupart des villageois, chrétiens ou non, utilisaient l'adresse postale de l'église). Elle était arrivée l'après-midi même, dit la secrétaire. Mamo reconnut l'écriture avant même de lire le nom. Elle représentait le front de mer à Durban : une mer bleu-vert, parsemée de voiles et de bateaux au loin, qui occupait tout l'arrière-plan. Au premier plan, on apercevait de minuscules surfeurs filant sur les vagues, les bras écartés comme des ailes pour s'équilibrer. En travers de l'image, on pouvait lire simplement en épaisses lettres gothiques : DURBAN. Au dos, elle avait indiqué la date et son adresse, ainsi qu'un petit mot de son écriture penchée :

Mamo,

Dommage que tu ne sois pas là, il se passe beaucoup de choses. Hier, nous avons vu Nelson Mandela élu président prêter serment. C'est fantastique d'assister en direct au démantèlement des structures de l'apartheid. Prends soin de toi et écris vite. Tu me manques.

Affectueusement,

ZARA.

La lettre ne révèle pas grand-chose, songea-t-il en laissant la carte lui glisser des doigts comme un pétale sans vie. Il l'imaginait dans un défilé à Pretoria ou à Johannesburg – elle ne disait pas où la cérémonie avait eu lieu –, au milieu d'une multitude de visages noirs, blancs ou métis, tenant des pancartes et entonnant des chants dans la rue. Heureuse.

DES VIES ET DES JOURS, SUITE…

“Est-ce que vous avez des documents datant de l’époque coloniale ? demanda Mamo à la mince bibliothécaire aux yeux chassieux.

— Des documents ? De l’époque coloniale ? Je ne sais pas”, répondit-elle d’un ton embarrassé.

Elle avait un air coupable, comme si elle était prise en flagrant délit en train de manger une orange tout en lisant. Le dévisageant avec curiosité, elle répéta : “Je ne sais pas.” Si le journal intime ne lui avait pas appris grand-chose sur Bol Dok, il avait au moins donné à Mamo l’idée de se rendre le lendemain au secrétariat du gouvernement local en espérant trouver à la bibliothèque des archives contenant de tels documents – des lettres, des notes de service et des photographies. La bibliothèque était située derrière le secrétariat, loin des bureaux et près du parc de stationnement et des toilettes – la forte brise de midi apportant par bouffées une odeur d’urine par la porte ouverte. Selon toute probabilité, personne n’y était venu depuis longtemps. La jeune femme continua à le fixer, les lèvres entrouvertes. Soudain, Mamo s’exclama en souriant :

“Mais tu es Ladi, n’est-ce pas ? La sœur de Bulaa ? dit-il en se rappelant qu’il était en classe avec son frère.

— Mamo, lança-t-elle d'un ton plus détendu, je ne t'avais pas reconnu !

— Je ne savais pas que tu travaillais ici.

— Je viens de commencer."

Petite, c'était un vrai rat de bibliothèque et, lorsque Mamo adolescent avait traversé une phase sentimentale, il lui empruntait des romans à l'eau de rose. Elle en avait des cartons entiers, il n'était donc pas surpris qu'elle ait fini par devenir bibliothécaire.

La pièce rectangulaire était lugubre – les fenêtres fermées retenaient la chaleur dans les interstices entre les étagères. Des lézards pendaient du vieux plafond fissuré, lançant aux humains leur regard oblique si caractéristique.

"Bulaa travaille en ce moment à Abuja – il est rentré le mois dernier", dit Ladi avant d'ajouter avec intérêt en passant aux choses sérieuses : "Qu'est-ce que tu as dit que tu cherchais ? Ça fait à peine un mois que je travaille ici et je ne sais pas encore tout ce qu'il y a. D'ailleurs personne ne vient jamais, mais voilà des cartons remplis de papiers, dont certains ont souffert de la pluie, à cause du toit qui fuit."

Mamo se mit à farfouiller parmi les vieux dossiers déchirés, se reculant par instants pour livrer passage aux insectes et aux petits lézards cherchant une issue. Il demanda à Ladi s'il pouvait ouvrir les fenêtres tant la pièce était sombre. Elle s'en chargea et revint près de lui – cela sentait plus fort l'urine, mais au moins l'air et la lumière entraient. Elle lui donna une chaise et il prit place à côté d'elle sur sa table dure et étroite. Au bout d'un moment, il parvint à faire abstraction de son regard scrutateur pour se concentrer sur les dossiers.

Certains remontaient à l'époque qui l'intéressait, entre 1917, date à laquelle M. Graves, le premier homme blanc, s'était emparé de Keti, et 1960, lorsque le pays était redevenu indépendant et que des fonctionnaires autochtones avait succédé aux colons. Il y avait eu trois administrateurs coloniaux au cours de cette période, et ces documents étaient pour partie des échanges entre eux et l'administrateur divisionnaire à Jos. La plupart des lettres, abîmées par la pluie, étaient illisibles, des pages entières avaient été grignotées par des insectes et certaines avec le temps s'étaient rigidifiées et brisées en morceaux. Presque toutes émanaient de M. Graves – celui des trois administrateurs coloniaux qui avait servi le plus longtemps, de 1917 à 1928. Mamo les parcourait lentement, faisant effort pour déchiffrer les caractères dactylographiés effacés.

Datée de 1918, l'une d'elles insistait sur la nécessité d'instaurer un nouveau Mai à Keti :

Il faut en rétablir un le plus vite possible, cela fait maintenant un an qu'ils n'ont plus de souverain autochtone étant donné que j'ai dû démettre le précédent en raison de sa manière autoritaire de rendre la justice. Un tel chef est nécessaire pour des raisons évidentes : la population est plus loyale envers les siens, s'ils sont dotés de charisme et d'autorité – une autorité étayée par la nôtre, cela va de soi. Cela permettra d'améliorer grandement la perception de l'impôt et l'administration de la justice, deux tâches qui m'incombent actuellement, avec l'aide de quelques assistants autochtones de confiance (inutile de préciser combien de tels assistants sont difficiles à trouver).

Ainsi, je propose d'accorder à ce chef un pouvoir suprême sur les autres chefs qui gouvernent les petits villages – lesquels sont au nombre de douze environ, chaque village ayant sa langue et semblant n'être lié aux autres par aucun accord, tous se faisant toujours la guerre. Si nous pouvons user de notre pouvoir pour les réunir en une seule fédération, cela réglera notre problème d'administration, de perception d'impôt, etc. Cependant, il faut établir un statut de chef légèrement différent de celui que j'ai connu à mon arrivée. Le précédent chef, ou Mai comme on l'appelle, et que j'ai dû démettre de ses fonctions, comme je l'ai déjà dit, n'était qu'une sorte d'égal parmi ses pairs, et ses attributions étaient à la fois religieuses et administratives, même s'il ne prenait jamais aucune décision sans l'accord de son conseil des anciens (mis à part la dernière décision autoritaire pour laquelle j'ai dû le destituer). Il faut complètement retirer au nouveau Mai une telle fonction religieuse.

Mamo dut interrompre sa lecture car le reste de la missive était effacé par la pluie. Il la mit de côté et prit une autre lettre de Graves au même administrateur divisionnaire, dont la date avait été rongée par les termites :

Cher Monsieur,

Je commence aujourd'hui à travailler sur le projet auquel je faisais référence dans la dernière lettre que je vous ai adressée. J'espère poser la première pierre du bâtiment avant l'arrivée de la saison des pluies, dans trois mois.

Au départ, je dépendais uniquement du nouveau chef, le Mai, pour me procurer de la main-d'œuvre, mais, au bout d'un an, le chantier progressant beaucoup plus lentement que prévu, j'ai dû intervenir. J'ai opté pour une solution simple. J'ai installé mon bureau (j'utilise une tente à cet effet depuis mon arrivée, c'est l'une des raisons pour lesquelles il importe que la construction soit terminée au plus tôt) sur une hauteur, un emplacement naturellement avantageux et qui convient parfaitement à un tel bâtiment, puis, une fois là-haut, j'ai fait savoir que quiconque voulait s'entretenir avec moi pour une raison ou une autre, en particulier pour un règlement de justice, puisque je consacre une grande part de mes heures d'administration à résoudre des différends entre ces gens plutôt chicaneurs, j'ai ordonné que toute personne voulant être entendue apporte un bloc de granit faisant environ deux fois la taille d'une tête humaine. Un énorme tas surgit bientôt à l'emplacement du chantier, et cela continue. Empiler des cailloux est désormais devenu une sorte de sport au sein de cette population qui s'amuse facilement.

Ainsi, nous avons pu poser les fondations aujourd'hui, et un bureau s'élèvera bientôt, une résidence moderne composée de deux chambres et d'un salon. Je vous tiendrai informé de l'avancée des travaux au fur et à mesure.

Bien à vous, etc.

J. B. GRAVES.

La chaleur et l'odeur nauséabonde finirent par avoir raison de Mamo, qui demanda à Ladi s'il pouvait emprunter certaines lettres pour les lire chez lui. Elle acquiesça avec joie en suçotant son orange, le regardant toujours avec curiosité. Elle lui fit signer un papier et rassembla enfin son courage pour l'interroger :

"J'ai entendu dire que tu vas écrire un livre sur notre histoire, est-ce que c'est pour ça que tu as besoin des lettres ?"

Trop fatigué pour donner des explications, Mamo, qui avait l'impression d'avoir mijoté dans un chaudron d'huile bouillante, hocha la tête et dit simplement :

"Oui, merci pour ton aide.

— Reviens quand tu veux", dit-elle d'un ton enjoué.

NOTES RÉDIGÉES PAR MAMO EN VUE D'UNE BIOGRAPHIE DU MAI : M. GRAVES

M. Graves est arrivé au Nigeria en 1896. A cette époque-là, naturellement, le vaste territoire s'étendant de l'Atlantique à la savane sahélienne au nord ne s'appelait pas encore ainsi. Pour un Occidental, il ne s'agissait sûrement que d'une longue série de villages, de petites et de grandes villes ainsi que de royaumes sans nom et inaccessibles, tous plongés dans un état d'innocence et de chaos et sans cesse ébranlés par les ravages des guerres tribales, mais également riches en denrées agricoles et en minerais qui ne demandaient qu'à être récoltées et exploités. Cependant, celui qui voulait s'en emparer devait d'abord lutter contre le paludisme, les tribus belliqueuses et les autochtones organisant des rafles d'esclaves. S'il survivait à toutes ces épreuves, il lui fallait encore rivaliser avec les avant-postes de commerce français et allemands. Cette perspective devait avoir beaucoup d'attraits pour un garçon de ferme de dix-huit ans venu du Yorkshire en quête d'aventure.

Graves fut embauché par la Royal Niger Company en tant qu'acheteur d'ivoire. Il y resta une année entière, résidant au siège de la société à Lokoja, mais il en eut bientôt assez d'acheter des défenses d'éléphants morts et de les expédier par bateau sur le Niger jusqu'à Calabar et Lagos.

Lorsqu'il apprit que la société levait une armée pour combattre l'émir nupé récalcitrant en 1897, il se porta volontaire. L'expédition s'appuyait sur une force armée de 1 500 soldats haoussas entraînés par la société et sous le commandement de trente officiers blancs – dont certains détachés pour l'occasion par le ministère de la Guerre à Londres. Les troupes eurent comme il se doit rapidement raison des archers de l'émir, qui s'enfuirent devant le bruit assourdissant des fusils. Ils n'avaient de toute évidence encore jamais entendu de détonation d'arme à feu. En 1900, lorsque la souveraineté du vaste territoire aujourd'hui connu sous le nom de Nigeria fut transférée par la Royal Niger Company à la couronne britannique, Graves décida également de changer de maître. Il se porta candidat pour entrer dans l'administration coloniale et fut retenu, compte tenu de sa grande expérience dans les villes et villages de l'intérieur et dans la pacification des chefs et émirs récalcitrants.

Son travail l'amena à arpenter tout le territoire au nord du fleuve Niger, et il n'avait que trente ans lorsqu'il pénétra dans les villages du Nord-Est aux alentours de Gombe et les soumit, s'installant finalement à Keti en tant qu'administrateur colonial. Mais il s'aperçut rapidement que la soumission n'était jamais acquise et l'équilibre sans cesse perturbé par des incidents minimes, imprévus et troublants. Il y eut d'abord le Mai La Kei, un chef charismatique et influent qui ne manquait aucune occasion de saper son autorité. J'ignore comment Graves réussit à le détrôner, mais il parvint bientôt à ses fins et installa à sa place le Mai Bol Dok, serviteur du missionnaire américain Drinkwater, plus maniable. Après cette victoire sur La Kei, il se consacra à l'édification d'un bureau et d'une résidence, qui furent achevés en 1925. Puis, recourant à la même méthode de travaux forcés, il entreprit de bâtir une prison – la plus grande et la plus sûre de toute la région de Gombe. Comme toutes les rivières, toutes les collines et même les arbres portaient déjà des noms, il décida de laisser sa marque en redessinant les rues du village selon un plan quadrillé issu de ses souvenirs du Yorkshire. Cela se passait vers la fin de sa vie, alors que, dit-on, il n'avait plus toute sa tête. Il avait subi trop souvent les accès du paludisme, les assauts du soleil et le tourment de la solitude. Il se mit à démolir des bâtiments, à déplacer des maisons et à border les nouvelles rues d'okoumés – dans son village à lui il y avait des chênes, mais le climat africain ne leur permettait pas de pousser. La première année, les élèves de la nouvelle école primaire s'acquittèrent des frais de scolarité en arrosant les jeunes arbustes tous les matins avant les cours.

Graves mourut en 1928 à l'âge de cinquante ans, en entreprenant une dernière conquête : celle du plus haut sommet de Keti, le mont Kilang, décrit dans la Brève histoire *de Drinkwater comme "un profil montagneux ressemblant à un lion couché". Il s'élevait à neuf cents mètres au-dessus du niveau de la mer et à presque six cents mètres au-dessus des plaines environnantes. Il perdit pied et dégringola, trouvant la mort. Des récits ont cours au village selon lesquels il se serait suicidé à cause d'une femme de Keti – la plus jeune épouse du Mai, disent certains, une grande beauté qui rejeta les avances clandestines de Graves. Plus tard, elle s'enfuit de la demeure de son époux avec un jeune prétendant.*

LE VENGEUR

Ils discutaient du coup d'Etat survenu brusquement la semaine précédente. Les gouverneurs d'Etat ainsi que les présidents des gouvernements locaux, tous des civils, avaient été remplacés par des administrateurs militaires faisant, comme souvent après une telle prise de pouvoir, maintes promesses et suscitant de grandes attentes, tout en envoyant la plupart des anciens ennemis et amis du père de Mamo en prison pour "détournement de fonds". Mais à ce jour rien n'avait vraiment changé.

"Un autre élément important : reste à l'affût, maintenant que nous avons un nouveau gouvernement, les choses vont peut-être évoluer – pour l'école, je veux dire", déclara Iliya.

Ils évoquèrent les enseignants, avec lesquels Iliya restait toujours en contact. Depuis la fermeture de l'école, mis à part Zara, Mamo ne les avait plus revus. Il apprit ainsi que M. Bukar avait enfin concrétisé son rêve de reprendre des études de psychologie à l'université et que Mme Rouge-à-Lèvres avait trouvé du travail dans un établissement d'un village voisin.

"Et Zara ? Elle passait de temps en temps, mais cela fait longtemps que je ne l'ai pas vue."

Iliya était assis dans un fauteuil à bascule près de la fenêtre de son salon, un livre posé sur la table à côté de lui. Mamo l'avait trouvé à moitié somnolent et à moitié contemplant la case vide d'Asabar ; au loin, on apercevait également les murs des salles de classe dans la vive clarté du soleil.

"Elle est en Afrique du Sud. Elle a dit que… elle travaille dans un orphelinat."

Sur l'un des fauteuils, Markus, le petit garçon d'Asabar, dormait d'un sommeil bruyant, sifflant par le nez, son ventre rond enflant et retombant doucement sous le tee-shirt. Lorsque Mamo fit remarquer à quel point l'enfant ressemblait à son père, l'oncle Iliya répondit : "Sa mère l'amène ici tous les jours. Elle dit que c'est pour nous rendre visite, mais en vérité elle vient chercher de quoi manger pour chez elle." Il soupira et se remit à contempler l'école. Il avait des cernes sous les yeux et le menton couvert de poils blancs.

Au bout d'un moment, il ajouta doucement :

"Zara va peut-être revenir. Les voyages nous font prendre conscience de ce à quoi nous tenons et que nous avons laissé chez nous, dit-il avant de changer de sujet. Alors, est-ce que ça te plaît de travailler au palais ?

— Je ne sais pas, répondit Mamo après avoir réfléchi longtemps. Cela ne fait que quelques mois.

— C'est normal. Je sais qu'ils vont t'abreuver de toutes sortes de mensonges, mais je ne me fais pas de soucis, tu n'écriras que la vérité.

— Oui. Le Waziri…

— Ah, le Waziri ! l'interrompit Iliya. Il promet plus qu'il ne tient parole.

— D'après ce que j'ai compris, il était aussi le Waziri du précédent Mai.

— Le Mai Hamdi, celui qui est devenu ensuite El-Nafati, après sa conversion à l'islam, et qui s'est fait empoisonner.

— Je croyais qu'il était mort de la petite vérole.

— Il a été empoisonné, mais personne ne te le dira, pas même les anciens. Ce sont des secrets royaux. Le Mai avant lui, Mai Kilang, a été poignardé dans son sommeil. Je vais te montrer, j'ai une photo de lui quelque part…"

Il se leva et disparut dans sa chambre, puis resurgit en serrant fort une photographie en noir et blanc qu'il tendit à Mamo. C'était un daguerréotype un peu terni par le temps et le passage de main en main, qui représentait le Mai Kilang assis sur une chaise sous un margousier, fixant droit devant lui, l'air mal à l'aise ; ses tuniques lui tombaient avec raideur sur les épaules comme des ailes brisées et son turban ressemblait à un sac posé sur sa tête.

"Cette photo a été prise par l'un des missionnaires américains venus après la mort du révérend Drinkwater.

— Pourquoi est-ce qu'il a été poignardé ? demanda Mamo.

— C'était la continuation d'une lutte pour le pouvoir entamée lorsque Graves, le premier administrateur colonial, a détrôné l'un des anciens Mai, qui s'appelait La Kei, en l'accusant de meurtre.

— Et c'était vrai ?

— Non. Il ne faisait qu'appliquer la loi traditionnelle – tu sais, en ce temps-là, on ne punissait pas forcément l'homme qui avait tué, le Mai et son conseil choisissant en général de châtier le membre le plus productif de la famille concernée. Ainsi, lorsqu'un vieillard a commis un meurtre, les anciens ont résolu de punir son frère, qui a choisi la mort plutôt que l'exil et a été pendu devant le palais du Mai. Graves s'est précipité sur l'occasion. Il attendait un prétexte pour faire un sort au Mai La Kei, qu'il trouvait trop arrogant, Graves étant comme il se doit quelqu'un qui prenait très à cœur toute atteinte à son autorité. Il a donc accusé le Mai de meurtre et l'a envoyé mourir seul en terre yorouba, à Ilé-Ifè, ajouta Iliya – avant de faire une pause, son regard s'éloignant, et de se mettre à chuchoter. L'histoire suivante avait cours durant notre enfance : on disait qu'un grand silence s'était abattu sur l'ensemble du village après la pendaison. Les gens se tenaient sur le seuil de leur case quand Graves passa avec ses gendarmes – c'était un homme assez petit, avec une moustache fournie, qui portait toujours un casque colonial semblant un peu trop grand pour lui. Une canne à la main et le sourire aux lèvres, il mena ses hommes jusqu'à la demeure du Mai. Les villageois les suivirent prudemment à distance. Le bruit s'était répandu que Graves allait arrêter le Mai. Celui-ci l'attendait, assis avec deux de ses fils et quelques membres du conseil dans le salon où il recevait ses visiteurs. Lorsque Graves arriva, il se posta devant la case avec ses hommes et intima au Mai La Kei d'une voix forte l'ordre de sortir, criant : «Je vous arrête au nom du roi.» Au lieu de La Kei, ce fut un de ses fils qui s'avança en courant, la lance à la main dirigée contre l'homme blanc. Il n'avait pas fait la moitié du chemin jusqu'à Graves que celui-ci dégaina son pistolet et lui tira une balle dans la poitrine. L'homme s'effondra et la foule émit une plainte. C'est alors que le Mai La Kei sortit, contempla son fils tête baissée et se tourna vers l'homme blanc en disant : «Allons-y.» Les mains attachées dans le dos, il fut conduit à travers le village à la nouvelle prison. Cette nuit-là, le village entier ne put fermer l'œil. Beaucoup pensaient que les amis du Mai allaient envahir la prison et le libérer, mais rien de tel ne se produisit. Le lendemain, il fut emmené dans la capitale d'Etat et on n'entendit plus jamais parler de lui.

Bol Dok fut institué Mai à sa place. Mais une partie de la famille La Kei se sentait toujours flouée et l'un de ses membres, une femme du nom de LaMonje, jura qu'un jour elle rendrait le pouvoir à sa famille. Elle n'en eut pas l'occasion, mais sa fille, également nommée LaMonje, put accomplir la promesse vingt ans plus tard, alors que la plupart des gens avaient oublié l'histoire de La Kei. Ainsi, le Mai Kilang, qui régnait après Bol Dok, se rendant un jour dans l'un des villages voisins pour lever l'impôt, dut passer la nuit au village chez le chef, dont il ignorait que l'épouse était ladite LaMonje. Tous deux s'introduisirent dans sa chambre pendant la nuit et le tuèrent dans son sommeil. Au matin, ils accusèrent les gardes du forfait. Les gardes s'enfuirent dans le village voisin, mais malheureusement LaMonje et son mari ne purent jamais jouir du fruit de leur crime, car ils devinrent tous les deux fous. On dit qu'après la nuit du meurtre il ne retrouvèrent jamais le sommeil, le fantôme sanglant du Mai Kilang leur apparaissant sans cesse. LaMonje se précipitait nue dans les rues en hurlant : «Du sang ! J'ai du sang sur les mains !» tout en les frottant. Son mari se suicida et elle passa le restant de ses jours à l'asile. Il existait autrefois une chanson sur eux – très connue à l'époque."

COMME DU TEMPS DE LEUR PÈRE AVANT EUX

Un lundi matin tôt, le Waziri annonça à Mamo sur un ton presque désinvolte qu'il devait rédiger le procès-verbal de la prochaine réunion du conseil – qui débutait une heure plus tard. Cela faisait partie de ses obligations courantes en tant que secrétaire du palais.

Le conseil se réunissait à côté du bureau de Mamo, dans une immense salle tendue de lourdes draperies qui enveloppaient la pièce d'épaisses ténèbres, comme pour protéger le secret des décisions qui y étaient prises. Le conseil traditionnel de Keti se composait des chefs des douze villages formant le district, sous l'égide du Mai Alhassan. Déjà les Mai faisaient leur entrée, lentement, laborieusement, mettant ce qui semblait une éternité rien que pour prendre place.

Ils siégeaient autour d'une immense table rectangulaire. Présenté par le Waziri comme "le nouveau secrétaire, un éminent historien qui travaille en ce moment à une grandiose histoire de notre territoire, de notre culture et de nos souverains", Mamo fut dirigé vers un petit bureau non loin de la table centrale, juste derrière le Waziri. Il n'avait jamais rédigé le procès-verbal d'une réunion auparavant et sa plus grande crainte était de laisser passer quelque chose d'important. Mais cette crainte se dissipa dès que le Mai se mit à exposer ses remarques préliminaires : Mamo devait souvent attendre plusieurs minutes avant que les propos décousus du Mai ne finissent par former une phrase. Ce jour-là, le Mai portait une robe de cérémonie blanche par-dessus une tunique bleu ciel, le turban reposant sur sa tête comme un fardeau. A ses côtés, le Waziri était comme toujours très chic et sa barbe luisait.

"Nous connaissons tous la raison de cette réunion. Comme indiqué sur l'ordre du jour devant vous, nous devons aborder aujourd'hui le sujet de mon dixième anniversaire, qui se tiendra dans dix mois."

Le Mai s'interrompit pour discuter de la liste des invités. L'invité d'honneur devait être le président en personne, il s'étendit plus de vingt minutes là-dessus. L'assemblée écoutait en silence, quelques têtes enturbannées opinèrent, certains se mirent à faire des messes basses, et le Mai termina enfin sa digression en disant : "Venons-en à présent à vos observations. Souvenez-vous qu'il doit s'agir d'un événement majeur, le plus important que cette ville ait jamais connu. Nous allons inviter tous les gouverneurs, les ministres et tous les chefs des conseils locaux." Applaudissements.

Le Mai de rang immédiatement inférieur à celui de Keti se leva et lui promit son soutien. Puis, par ordre des préséances, tous les autres Mai répétèrent mot pour mot le même discours en remplaçant seulement le nom du précédent village par le leur. Enfin, le Waziri prit la parole, ralliant l'attention générale. C'est lui qui était chargé des préparatifs de l'événement, il avait tous les faits et tous les chiffres à portée de main : il exposa le détail des sommes nécessaires et les différentes manières de les réunir. Mamo remarqua que presque tout l'argent devait provenir de subventions du gouvernement fédéral et de chaque Etat.

Le discours du Waziri fut suivi de la pause déjeuner. Le Mai se retira dans ses quartiers et ne reparut pas. Les Mai revinrent l'air assez animés – Mamo en découvrit la raison dès que la question de l'envoi d'une délégation "en quête de subsides" au gouverneur de l'Etat fut abordée. Tous les Mai voulant en être, cinq furent finalement retenus – et le restant de la journée fut consacré à leur donner des instructions concernant cette entrevue. Chaque Mai avait semblait-il besoin d'un nouveau véhicule personnel, d'argent pour réparer les murs de son palais qui se délabraient et de plus d'argent pour l'entretien de sa nombreuse famille…

Tout en écoutant ces bavardages, le regard de Mamo s'égara vers la fenêtre. Par une fente dans une des tentures, il apercevait distinctement la place dehors – sous les arbres s'alignait une rangée de voitures qui avaient amené les Mai à la réunion ; leurs chauffeurs et leurs aides de camp les attendaient patiemment pour les ramener chez eux. Distraitement, Mamo songea à la manière dont, quelques générations auparavant, les ancêtres du Mai devaient s'être entretenus avec M. Graves sous les arbres à palabres, débattant avec empressement des moyens d'augmenter les prélèvements sur leurs sujets – au lieu de voitures, ils venaient sûrement à dos d'âne, à cheval ou bien à pied. Il avait lu le traitement impitoyable qu'ils infligeaient à quiconque ne pouvait pas payer sa taxe sur les cases : ils l'attachaient sous le soleil brûlant, sans eau ni nourriture, devant sa case, son épouse et ses enfants, afin que le village entier apprenne sa faute. Et il se demandait, presque moqueur : *Au fond, qu'y a-t-il dans leurs vies à consigner ? Dans un livre honnête, toutes leurs existences réunies ne vaudraient pas même qu'on leur consacre un chapitre.* Pensant à son frère qui n'avait plus qu'un œil, il se dit : *Je pourrais tirer dix volumes de sa vie, sans remplissage.* Il songea aussi à Zara en Afrique du Sud, debout dans la foule, assistant à la cérémonie de prise de pouvoir de Mandela, après vingt-sept années passées en prison, et il marmonna : *Ce moment à lui tout seul, la minute où il a levé la main pour prêter serment, fournirait la matière de mille tomes.* Il évoqua son oncle, assis près de la fenêtre, fixant la case abandonnée autrefois habitée par son fils unique, infirme à vie, avec lequel il était désormais brouillé, et les locaux de l'école visibles juste au-dessus du toit de paille, et il se dit : *Le silence de mon oncle me fournirait de quoi écrire plusieurs livres. Même les ambitions égoïstes de mon père recèlent plus de grandeur qu'on n'en trouverait dans toute l'existence de ces imposteurs.* Pour la première fois, il fut confronté à la duplicité de sa position. Son oncle lui avait déclaré : "Je sais qu'ils vont t'abreuver de toutes sortes de mensonges, mais je ne me fais pas de soucis, tu n'écriras que la vérité."

Il savait que, s'il obéissait à son cœur, il poserait aussitôt son stylo et prendrait la porte pour ne jamais revenir. Et la renommée alors, se rappela-t-il pourtant, et l'immortalité ? Les gens n'y atteignent pas parce qu'ils interprètent la vérité de manière littérale, finissant toujours par serrer les dents et par obtempérer. Chacun n'a qu'une vision globale. La postface offrirait l'occasion de dire un mot des compromis et des choix délicats qu'il avait opérés, afin de montrer qu'il n'ignorait rien de la plus grande subtilité des enjeux en présence. Mais il lui fallait avant tout mener à bien l'écriture du livre.

Cependant, lorsqu'il se remit à rédiger le procès-verbal, il s'aperçut que sa main n'était plus aussi assurée.

*

Mamo voyait son trouble s'accentuer de jour en jour. Chaque matin, il balayait son bureau du regard avec l'impression qu'il n'était pas à sa place et qu'un million d'yeux le dévisageaient en demandant : *Mais qu'est-ce que tu fais là ?*

Finalement, pour faire taire sa conscience, il résolut de soumettre au Waziri une proposition audacieuse, à savoir une collecte de fonds pour le village. Debout au milieu du bureau du Waziri, il annonça : “Monsieur, j'ai une suggestion à vous faire.” Les quelques semaines précédentes, depuis la réunion, le Waziri l'évitait, prétextant qu'il était occupé chaque fois que Mamo venait lui rappeler qu'il avait besoin de s'entretenir de nouveau avec le Mai. Le Waziri lui fit signe de s'asseoir, demandant d'une seule traite : “Comment se présente le livre ?”

Mamo marmonna une réponse puis enchaîna avec sa proposition : “Il faut vraiment faire du battage autour de l'anniversaire bien avant qu'il ait lieu, c'est-à-dire dès maintenant.” Le Waziri le regardait fixement, sans rien dire, mais à la mention de l'anniversaire une lueur d'intérêt s'était allumée dans son œil valide. Mamo escomptait cette réaction – il voulait formuler sa proposition dans des termes déviant l'attention de son objectif véritable, qui était d'essayer d'accomplir quelque chose pour le village et pour les habitants.

"Je pense que, si les gens étaient invités à participer, les choses avanceraient plus vite.

— Quelles gens ?

— Eh bien, je suggère d'organiser une collecte de fonds, qui mobilise la population. Les organisations pour la jeunesse, les regroupements de paysans, les syndicats, les associations de l'église et de la mosquée – le Mai les parraine toutes, n'est-ce pas ?

— Vous envisagez une sorte de souscription ? A mon avis, ça ne marchera pas, dit le Waziri en écartant la suggestion avec un geste d'impatience.

— Pas vraiment. L'argent recueilli servirait à bâtir quelque chose d'utile localement, à creuser un puits par exemple dans chacun des douze villages. Je suis convaincu que les gens seraient heureux de s'associer à ça, non ?

— Je croyais que le but de tout cela était de faire de la publicité pour l'anniversaire, reprit le Waziri.

— Mais oui, ça en fera – si on s'y prend correctement. Nous organiserons une collecte en faisant venir la population pour des dons, mais l'objectif reste que l'essentiel de l'argent vienne de l'Etat et des entreprises que nous inviterons, pas des particuliers.

— Et alors, que faisons-nous avec l'argent – je veux dire, si nous l'obtenons ? s'enquit le Waziri d'un ton sceptique.

— Nous construisons quelque chose pour le village, un puits par exemple. Le nouveau gouverneur et ses délégués feront le déplacement, parce qu'ils aiment jouer ce rôle, et nous nous assurerons bien entendu que les médias couvrent l'événement. Même le ministre de la Culture sera ravi de se joindre aux autres. Après quoi tout le pays parlera de Keti, les journaux et les chaînes de télévision feront la queue pour vous interviewer, vous et le Mai, et nous nous assurerons que l'anniversaire à venir est mentionné dans tous les entretiens."

Comme le Waziri ne semblait pas enthousiasmé par l'idée, Mamo s'attendait à ne plus en entendre parler ; pourtant, à sa grande surprise, lors de leur entrevue suivante, un mois après la réunion du conseil, le Mai évoqua de nouveau le sujet : "Secrétaire, connaissez-vous des organisations pour la jeunesse, des clubs de football et autres ?" Debout devant lui, Mamo ne savait pas quoi répondre. Il chercha de l'aide en se tournant vers le Waziri, mais celui-ci, caressant sa barbe, détourna le regard.

"Oui, monsieur, j'en connais.

— Bien… Le Waziri ici présent a une idée amusante. Il pense que nous devrions mettre la population à contribution par une collecte – vous savez, le président ainsi que ses ministres seront présents lors de mon anniversaire. Nous pourrions creuser un puits ou deux pour que cela fasse du bruit dans les médias. C'est malin, très malin, n'est-ce pas ?"

Mamo était toujours debout avec son carnet et son stylo à la main. Le Waziri ne le regardait pas, ôtant une invisible poussière de sa tunique d'un blanc immaculé.

"Je pense que l'idée est bonne, Votre Altesse, dit Mamo.

— Asseyez-vous et dites-m'en un peu plus. Est-ce que c'est faisable, vraiment ?

— Mais oui, tout à fait, il faut simplement veiller à bien le planifier. Il faudrait constituer un comité pour examiner le projet, au sein duquel siégeraient les anciens, les directeurs des clubs et associations, le conseil du gouvernement local, et peut-être un représentant du gouverneur, pour lancer l'opération. Mais nous devons d'abord décider de la date de la collecte. Je suggère que nous l'organisions dans trois mois, ce qui nous laissera ensuite assez de temps pour creuser les puits et les mettre en service bien avant l'anniversaire proprement dit. Il va de soi que le succès de toute l'opération dépend du nombre de puits que nous serons en mesure de creuser.

— Bien, mais ne perdons pas de vue qu'il ne s'agit pas seulement des puits et des gens, mais de mon dixième anniversaire !" s'écria le Mai – se tournant vers le Waziri comme s'il avait besoin d'être conforté.

Celui-ci hocha la tête et sourit d'un air rassurant. Se détendant, le Mai agita les mains en signe d'impatience, invitant Mamo à poursuivre. Le Waziri ne le quittait pas des yeux, un sourire mystérieux tordant ses lèvres.

"Le but est d'attirer l'attention sur vous, dans tout le pays, jusqu'au jour de l'anniversaire. Puis, pour couronner le tout, le jour dit sera présentée la biographie.

— Mais dites-moi, demanda le Mai en regardant alternativement le Waziri et Mamo, de quoi parle-t-elle au juste, cette biographie ?

— C'est la vôtre, Altesse, susurra le Waziri en se penchant vers lui. C'est l'histoire de votre famille, rappelez-vous, nous avons commencé les entretiens le mois dernier.

— Ah, c'est vous le biographe. Je savais que nous nous étions déjà rencontrés. Où étiez-vous passé tout ce temps ? J'ai beaucoup de choses à vous raconter. Aujourd'hui, je vais vous parler de mon enfance, de la manière dont j'ai contrecarré le plan de l'une des épouses de mon oncle visant à l'empoisonner. Voilà ce qui s'est passé : je faisais des rêves qui se révélaient toujours véridiques. J'étais un enfant béni, n'est-ce pas…"

QUATRIÈME PARTIE

LA RÉCEPTION DU MAI

La collecte fut une réussite. La foule se mit à affluer sur la place du palais tôt le matin, si bien qu'à midi passé, à l'heure prévue pour le début des festivités, la place était bondée et la plupart des gens avaient dû se poster dans les rues et sur le pas des portes. Des danseurs de tous les environs de Keti et des circonscriptions voisines arrivaient par cars entiers, chaque groupe impatient de surpasser l'autre. Alignés, les écoliers en uniforme entonnaient des chants en l'honneur du gouverneur et du Mai.

Assis au troisième rang derrière le Mai, le Waziri et le gouverneur militaire, Mamo appréciait le spectacle, heureux du succès de l'événement. Par moments, au cours des préparatifs, il avait été assailli de doutes et, même en ce jour, il n'avait été rassuré qu'à l'arrivée du gouverneur entouré de sa cour de délégués et de secrétaires, toutes sirènes hurlantes – alors seulement il avait souri au Waziri.

C'est à celui-ci que la fête devait sa dimension "équestre", le Waziri ayant proposé d'organiser une course de chevaux sur la place devant les dignitaires et les villageois invités, afin d'apporter une touche de compétition à la levée de fonds. Le Waziri répondit par un hochement de tête comme pour signifier : *Je vous l'avais bien dit,* tandis que les cavaliers en costumes de cérémonie colorés sortaient et venaient au galop se raidir devant le premier rang, envoyant leur lance en l'air avant de la rattraper tout en chantant les louanges du Mai et du gouverneur. La parade équestre fut la *pièce de résistance** de la journée – le gouverneur lui-même ne put s'empêcher de témoigner son approbation en agitant sa badine.

A l'issue des spectacles et des discours, une somme de plus de quinze millions de nairas avait été amassée, provenant essentiellement de l'Etat fédéral, pour plus de la moitié sous forme de promesses.

Plus tard dans la soirée, le Mai reçut les invités de marque pour une réception privée dans la résidence construite à l'origine par J. B. Graves, qui appartenait désormais au conseil du gouvernement local. Au fil des ans, des pièces avaient été ajoutées, si bien que la maison, vaste mais dépourvue de tout agencement rationnel, occupait à présent une grande partie du sommet de la colline. De cette hauteur, on apercevait presque toute la ville en contrebas, ainsi que, à travers les arbres et la poussière des routes non goudronnées, les faibles lumières des habitations, des échoppes et des véhicules en mouvement.

— Assis à l'intérieur dans un coin, Mamo observait et écoutait, un verre de jus de fruits à la main. La plupart des invités n'étaient pas de la ville : debout par petits groupes, ils murmuraient, se donnaient l'accolade, buvaient et se faisaient des relations. Il y avait parmi eux des hommes plutôt jeunes qui, grâce à ces liens, s'étaient

* En français dans le texte. *(N.d.T.)*

élevés assez haut dans l'administration – ils parlaient très fort de gros contrats publics, mentionnant les ministres et les gouverneurs qu'ils connaissaient en personne. Il y avait aussi des femmes à la coiffe raide et imposante, vêtues de boubous colorés, donnant la main à l'un de ces "gros bonnets" bedonnants, au double menton et aux yeux plissés. Elles leur murmuraient de petits mots à l'oreille tout en passant frénétiquement en revue la pièce à la recherche de leur prochaine cible. Des chiffres de plusieurs millions étaient négligemment prononcés et flottaient dans l'air.

Toujours vêtu de son somptueux costume d'apparat, le Mai siégeait au milieu d'un groupe avec le Waziri et le gouverneur militaire. Devant eux, quelques personnes faisaient la queue pour être présentées au gouverneur. Au bout d'un moment, le groupe du Mai se leva et parcourut la pièce en serrant des mains. Le regard d'ordinaire éteint du Mai étincelait et il faisait des gestes majestueux. Mamo se rapprocha du Waziri.

"Où étiez-vous passé ? Le gouverneur demande à faire votre connaissance, lui chuchota-t-il en l'entraînant – tandis que le visage du Mai l'apercevant s'éclairait d'un sourire. Votre Excellence, le voici, celui qui a tout organisé, mon scribe personnel", dit le Waziri.

De près, le gouverneur, toujours en uniforme de colonel, paraissait encore plus petit que sur la place. Ses épaulettes de laiton scintillaient, il portait son béret de travers pour se donner un air désinvolte et ne cessait de taper le sol avec sa badine.

"Allons donc, dit-il en tendant la main, voici enfin le secrétaire introuvable. On ne parle que de vous. Comment vous y êtes-vous pris ?

— Eh bien, euh, je… je n'ai pas organisé cela tout seul, bégaya Mamo, la main toujours emprisonnée dans la poigne militaire du colonel.

— Mai, je ne savais pas qu'il était si jeune. Je croyais que tous les membres du conseil traditionnel étaient des vieillards, plaisanta le gouverneur en attendant les gloussements de rigueur. Vraiment, vous ne devriez pas enfermer de tels talents au village. Il faut les envoyer travailler pour moi dans la capitale, nous avons besoin d'eux.

— Ah, Votre Excellence, pardonnez-moi de vous contredire. Nous en avons plus besoin que vous, car comment ferions-nous sans eux pour vous attirer de temps à autre dans nos villages ?" répliqua le Mai.

Les rires redoublèrent et quelques flagorneurs ambitieux allèrent même jusqu'à applaudir en répétant à haute voix le mot d'esprit du Mai. Debout près d'eux au milieu de la pièce, Mamo se sentait tel un animal pris dans le faisceau des phares d'un véhicule. Il essuya la sueur de son front. Le gouverneur se tourna alors vers un jeune homme à l'air vif derrière lui – que Mamo eut l'impression d'avoir déjà vu – et dit : "Commandant, donnez-lui ma carte. Mamo, il faudra venir me voir au siège de la Chambre. J'ai entendu parler de la biographie à laquelle vous travaillez en ce moment… Qui sait, après celle du Mai, vous écrirez peut-être la mienne ?

— Merci, monsieur", répondit Mamo en prenant la carte que lui remit l'aide de camp.

Lorsque le Mai et le gouverneur se furent éloignés, Mamo resta entouré de quelques curieux qui lui prirent la carte des mains pour l'admirer et recopier les numéros de téléphone. Saisissant le carton et le rendant à Mamo, un homme dit : "A votre place, j'y ferais un peu plus attention." Il était grand, d'allure militaire et à peu près du même âge que Mamo. Tendant la main, il se présenta : "Je suis le major Hamza, le nouvel administrateur du gouvernement local. Je suis étonné que nous ne nous soyons pas encore rencontrés – bien que j'aie été muté ici il y a quelques semaines à peine." Il avait un accent peul.

"Je m'appelle Mamo, répondit-il en lui serrant la main.

— Je vois que vous avez fait connaissance, déclara le Waziri en se joignant à eux. Puisque vous avez commencé à vous faire des relations importantes, Mamo, je vous conseillerais de demander sa carte au major. Il pourrait vous être plus utile que le gouverneur lui-même."

Le major émit un rire modeste et dit à Mamo : "Le Waziri vous a-t-il parlé de la fête que nous organisons la semaine prochaine ?" Comme Mamo secouait la tête en signe de dénégation, il reprit :

"Samedi soir. Voulez-vous passer ? Cela promet d'être réussi. Waziri, j'espère que vous ferez en sorte qu'il vienne.

— Sans faute, répondit le Waziri en donnant une tape sur l'épaule de Mamo tandis que son œil fuyant s'agitait. Je l'amènerai moi-même.

— Je compte sur vous", conclut Hamza avant de se rapprocher d'un autre groupe.

Soudain, Mamo se sentit las. C'était le contrecoup des semaines et des mois d'efforts éreintants auxquels il avait dû s'astreindre pour organiser la collecte. Ses jambes flageolaient, il avait mal à la tête et un instant la terreur familière précédant une crise éventuelle l'envahit, puis le vertige disparut. Ses perceptions s'aiguisèrent, il entendait les voix et discernait les gens avec une clairvoyance extraordinaire : à sa gauche, une femme serrait contre lui sa volumineuse poitrine, il sentait même son odeur de transpiration ; le ventilateur de plafond grinçait en tournant ; il distinguait chaque pore, chaque poil sur le visage moite du Waziri. Il se rappela également pourquoi l'aide de camp du gouverneur lui avait paru vaguement familier : il l'avait vu sur une photographie, tenant une épée et coupant un gâteau de mariage, bras dessus, bras dessous avec Zara. Il entendait encore la voix claire et amère de celle-ci déclarant : "Mon ex-mari s'appelle George, tout le monde l'appelle commandant George."

"Excusez-moi, dit Mamo au Waziri. J'ai besoin d'aller prendre l'air."

Il s'éclipsa et sortit sur la véranda. La fête touchait peu à peu à sa fin, le Mai était parti mais le gouverneur, un invétéré pilier de réception, s'attardait, entouré par un groupe de femmes admiratives. Le Waziri et le major Hamza attendaient aussi à l'intérieur de pouvoir croiser le regard du gouverneur. Mamo inspira une chaude bouffée d'air nocturne, content du réel succès de la journée. Il lui fallait à présent s'atteler à la rédaction du livre. Si seulement il pouvait écrire quelque chose qui satisfasse sa conscience sans déplaire au palais – pourtant, il savait qu'il ne fallait pas y compter. Des grillons stridulaient dans la nuit, des lucioles luisaient dans l'herbe et volaient par-dessus la rangée de voitures garées devant la grille. Il y en avait une à lui, une Peugeot 505, mise à sa disposition par le Mai en personne pour faciliter ses déplacements. La veilleuse intérieure d'un véhicule s'alluma soudain à l'ouverture d'une portière, une femme en sortit d'un bond, la musique se déversant à plein volume et recouvrant les jurons sonores qu'elle lançait.

Après avoir claqué la portière, elle s'en alla d'un pas chancelant en rajustant sa robe ; jurant toujours, elle dépassa Mamo et entra dans la salle. Peu après, un homme émergea à son tour de la voiture et remonta sa braguette en finissant sa cigarette. Il rejoignit Mamo sur la véranda. C'était George, le commandant.

Mamo lança un "Hello !" à l'aide de camp en lui tendant la main. Le commandant se retourna, fronçant les sourcils, puis sourit quand il reconnut Mamo.

"Tu as vu ça ? Cette salope a préféré baiser sans capote plutôt que de me tailler une pipe. C'est dingue, faire ça de nos jours ! s'exclama le commandant interloqué.

— Pas tant que ça", répliqua Mamo.

Le commandant lui lança un regard perçant et lui envoya de la fumée dans la figure. Mamo toussa et chassa la fumée en agitant les deux mains.

"J'allais t'en offrir une.

— Non merci, je souffre d'anémie..., commença Mamo avant de se raviser. Je ne fume pas.

— Sage décision, déclara le commandant en tirant une bouffée. Une fois qu'on s'y est mis, plus moyen d'arrêter."

Après un long silence, Mamo prit une profonde inspiration et dit : "Je connais votre ex-femme Zara." Le commandant jeta sa cigarette et se rapprocha, dévisageant Mamo comme s'il était myope. Il empestait l'alcool et le tabac. D'un ton théâtral, il lança : "Ne me dis pas que tu te la fais toi aussi. Ha ha ha !"

Mamo garda un moment le silence, puis tout à coup il se sentit triste et en même temps heureux. Triste parce que Zara avait dû passer presque trois années de sa vie avec ce pauvre type dont elle avait eu un enfant, mais heureux qu'elle ait eu le courage de prendre le large.

"Nous avons été collègues de travail. J'ai entendu dire qu'elle était maintenant en Afrique du Sud, poursuivit Mamo.

— Ouais, elle a fini par épouser son Sud-Africain. Mais je te parie ce que tu veux qu'elle va le quitter sous peu. Cette salope ne peut pas rester mariée à qui que ce soit – je lui donne un an, six mois, même pas, trois mois pour revenir en me suppliant de la reprendre.

— Elle s'est mariée ? s'exclama Mamo en essayant de garder un ton neutre – en vain, car George le toisa avec curiosité.

— Dis donc, pourquoi tu t'intéresses tant à Zara, tu ne fais pas partie de la famille, si ?

— On est cousins éloignés", mentit Mamo.

Il se dit qu'à Keti tout le monde avait des liens de parenté avec tout le monde pour peu qu'on remonte assez loin. Il brûlait d'envie de demander à George s'il était certain de ce qu'il avançait, s'il pouvait y avoir erreur concernant le mariage.

"… très important, conclut George – que Mamo n'avait pas écouté. Surtout ne perds pas la carte. Je crois qu'il t'a à la bonne et tu peux en tirer de l'argent, je veux dire beaucoup d'argent. Demande à me voir quand tu passeras à la Chambre législative."

Mamo s'éloignait à présent, il avait envie d'être seul chez lui. Il était fatigué et le jour n'allait pas tarder à poindre. Il monta dans sa voiture et démarra.

*

Une fois couché, il ne put fermer l'œil. Les lueurs annonciatrices de l'aube s'effacèrent à nouveau, l'obscurité reprenant ses droits, avant d'être remplacées par le véritable lever du soleil, le coq chanta à pleins poumons et Mamo se dit : *Si seulement on pouvait vivre avec ne serait-ce qu'un peu de la conviction que ce coq met à chanter, alors... alors...*

En son for intérieur, il se sentait petit, insignifiant. Toute son ardeur s'était envolée – il lui semblait qu'à chaque détour il fallait que quelque chose contrarie son optimisme et ses espoirs. Le lendemain, il n'alla pas au bureau et resta couché à lire. A ses yeux, rien n'avait d'importance, surtout pas son travail. Deux mois plus tôt, il s'était installé dans la chambre de son père. Depuis la mort de celui-ci, la pièce était restée inoccupée et fermée à clé, jusqu'à ce que tante Marina annonce un jour à Mamo qu'elle y transportait ses affaires, car elle était persuadée qu'il s'y trouverait mieux en raison des fenêtres plus grandes que dans la sienne. Pourtant, toute la première semaine, il avait mal dormi, n'arrivant pas à s'habituer au vaste lit à colonnes. La semaine suivante, il l'avait remplacé par son ancien lit et avait aussi repeint les murs en bleu ciel – l'indigo profond lui rappelait trop son enfance et le jour où il s'était réveillé dans cette pièce, malade, avec tante Marina à son chevet.

A ce moment-là, elle frappa à la porte et, au bout de quelque temps, entra en demandant :

“Est-ce que tu te sens bien, mon garçon ?

— Oui, ça va, répondit Mamo en essayant de paraître enjoué.

— Tu ne vas pas travailler aujourd'hui ?

— Je prends ma journée.

— Tu es sûr que ça va ?”

Un instant, il fut tenté de lui parler de Zara, mais il se retint. Ce chagrin, cette déception lui appartenaient. Il allait rester dans son coin, comme un chien blessé, pour lécher ses plaies et reprendre peu à peu ses forces en vue d'une nouvelle côte à gravir ou du prochain bond en avant. L'existence tout entière ne se résumait-elle pas à cela, gravir une montagne après l'autre, jusqu'à parvenir à celle qui excède nos capacités ou dont la lassitude nous empêche d'entreprendre l'ascension – comme c'était arrivé à son père, à M. Graves ou à son oncle Haruna ? Quant à Zara, avait-elle aussi atteint une montagne trop haute pour être surmontée, trop large pour être contournée, qui l'avait contrainte à renoncer ? *Mais*, se dit-il à lui-même, *à quoi bon continuer à me torturer à propos de ce que je sais avoir perdu depuis longtemps ? Il était clair, dès le moment où elle m'a annoncé son départ pour l'Afrique du Sud avec un ancien camarade, qu'elle était perdue pour moi.*

Il était temps de lâcher prise. Enfin. De renoncer à tout, le fleuve de la vie apportant davantage à chaque seconde. Il prit une semaine de congé qu'il passa à dormir, à lire et à faire de longues promenades le soir. Après la tombée de la nuit, il s'asseyait sur la véranda auprès de sa tante et ensemble ils fixaient avec inquiétude le ciel nuageux et enténébré – toute la nuit, les nuages défilaient, faisant naître des espoirs de pluie, mais au matin le ciel s'éclaircissait de nouveau. C'était le deuxième mois de la saison des pluies, mais pas une goutte n'était encore tombée.

LES HABITUÉS DES RÉCEPTIONS

Cette fête était organisée dans la résidence au sommet de la colline pour l'anniversaire de la petite amie du major Hamza. Le Waziri dit à Mamo au moment où la voiture franchissait le portail : "Cet endroit est parfait, nul ne s'y rend à moins d'être invité. Nous venons très souvent le soir pour nous détendre, vous voyez ce que je veux dire ?"

Mamo acquiesça, mais la chose fut plus claire encore lorsqu'ils entrèrent. La fête battait déjà son plein dans la cour à ciel ouvert derrière le bâtiment principal : une énorme chaîne stéréo sur la véranda déversait de la musique à plein volume et toute la cour semblait remplie de jeunes femmes gloussant – aucune ne semblait avoir plus de vingt ans – qui faisaient tout pour avoir l'air décontracté et distingué. Il y avait quelques hommes, plutôt âgés, disséminés parmi elles, même si l'on apercevait aussi d'un côté un autre groupe de jeunes militaires – vraisemblablement des collègues du major Hamza. La plupart des invités occupaient déjà des chaises en plastique sous les parasoliers à larges feuilles, aux branches desquels pendaient des ampoules de couleur clignotant dans la nuit. L'ensemble des bâtiments était cerné de hauts murs de briques parsemés de barbelés et de tessons. Tandis que

Mamo et le Waziri s'installaient, quelques hommes vinrent présenter leurs respects au Waziri – Mamo avait déjà vu certains visages pendant l'organisation de la collecte : il s'agissait de membres du conseil du gouvernement local et de quelques entrepreneurs qui gagnaient leur vie grâce aux contrats octroyés par ce même gouvernement. Ils tendaient leur carte à Mamo en lui serrant la main, tandis que leurs compagnes se cramponnaient à eux pour ne pas perdre l'équilibre du haut de leurs talons.

Le major Hamza sortit de la maison et vint aussi leur donner une poignée de main. Secouant énergiquement celle de Mamo comme s'il retrouvait un ami depuis longtemps perdu de vue, il s'écria : "Vous avez réussi à venir, à ce que je vois !" Puis il attira le Waziri à part et ils eurent un long conciliabule.

A son retour, le Waziri fit remarquer : "Dans ces fêtes militaires, les filles sont toujours légion. Je n'en manque pas une. Ha ha ha !" L'une d'elles vint s'asseoir sur ses genoux dès qu'il se fut installé. Se tournant vers Mamo, il cligna de son œil valide. Puis il demanda à la jeune fille faisant la moue et mâchant du chewing-gum sur ses genoux : "Va chercher quelqu'un pour tenir compagnie à mon ami que voici. Une belle fille – gentille et propre." Mais elle se contenta de resserrer son étreinte. Quelqu'un apporta à manger à Mamo qui, n'ayant pas vraiment faim, repoussa son assiette après quelques bouchées de poulet. Celle qui l'avait servi et observé depuis l'autre bout de la cour s'approcha et s'enquit d'un air faussement timide :

"Le poulet ne vous plaît pas ? C'est moi qui l'ai préparé.

— Il est excellent, c'est juste que je n'ai pas beaucoup d'appétit, expliqua-t-il.

— Je crois qu'elle vous aime bien", lui murmura le Waziri à l'oreille.

Mamo l'examina : elle était aussi jeune que les autres et ne devait pas avoir plus de dix-huit ans, elle portait des nattes sur les épaules et avait un joli sourire ainsi que de grands yeux désarmants. Le Waziri se leva et entraîna maladroitement sa compagne jusqu'à la clairière centrale où quelques couples dansaient un slow. Certains l'acclamèrent lorsqu'il essaya courageusement de suivre le rythme effréné d'un air de hip-hop.

"Tu veux danser ? demanda la jeune fille à Mamo.

— Non, malheureusement, je suis inapte. Et si tu prenais une chaise pour qu'on parle ?"

Elle acquiesça avec un sourire et plaça sa chaise contre la sienne. Son parfum flottait dans l'air, un parfum suave mais un peu trop capiteux pour son âge.

"Comment t'appelles-tu ?

— Julie. Et toi ?

— Mamo. Qu'est-ce que tu fais, des études ?" s'enquit-il.

Elle partit d'un éclat de rire.

"Qu'est-ce qu'il y a de si drôle ?

— On aurait dit, reprit-elle en riant toujours et en lui prenant la main, on aurait dit mon père, ta façon de poser la question !

— Parle-moi de lui", demanda Mamo d'un air mal assuré.

Tout le monde se rassit et une table fut dressée au milieu de la clairière. Julie lui murmura en frôlant délibérément son oreille, son haleine tiède lui caressant la peau : "Ils vont couper le gâteau." Lorsqu'il se tourna vers elle, elle soutint son regard sans ciller. Deux jeunes filles apportèrent solennellement le gâteau sur un plateau d'argent et l'assemblée applaudit lorsque le tissu blanc qui le recouvrait fut ôté. L'énorme gâteau rose rayonnait de ses dix-huit bougies.

"En fait, elle a vingt ans et ce n'est pas du tout son anniversaire. Elle avait juste envie d'une fête ! gloussa Julie à son oreille.

— C'est ton amie ?

— Ma cousine", corrigea-t-elle tout en se joignant au concert d'applaudissements saluant l'arrivée de la reine du soir entourée de son groupe d'amies.

Elle était menue et gaie, et portait une robe de soirée rose étriquée avec des chaussures à talons hauts et un sac à main assortis. Elle fit un signe impatient à quelqu'un dans l'ombre – le photographe, qui accourut. Il se tenait prêt devant le groupe avec son appareil, quand soudain la jeune fille s'écria en regardant de tous côtés : "Attendez, attendez ! Où est Julie ?"

Toutes reprirent l'appel en chœur et Julie se leva, rose de plaisir, après avoir serré la main de Mamo en murmurant : "Je reviens." Une fois le gâteau coupé, les jeunes filles dansèrent et les hommes firent pleuvoir les billets sur elles, formant un tapis sur l'herbe.

Se penchant vers Mamo et caressant sa barbe, le Waziri lui dit, le regard brillant d'animation : "Je vois que vous avez déjà trouvé de la compagnie." Mamo sentit une bouffée de gin s'exhaler de la bouche du Waziri. Sur la table devant lui se trouvait une bouteille de deux litres de gin tonic. La soirée avançant, l'alcool produisit son effet, altérant les paroles du Waziri et son regard, jusqu'au moment où il attrapa sa petite amie et se dirigea en titubant vers la maison, non sans avoir fait un geste d'adieu à Mamo. Après minuit, la fête se déplaça dans l'immense salon, car il faisait trop froid dans la cour.

“Bon, ça suffit pour ce soir, tu veux que je te dépose quelque part ? demanda Mamo à Julie.

— Quelle heure est-il ? s'enquit-elle en se levant et en le prenant par la main.

— Bientôt une heure.

— Pourquoi t'en aller si vite ? Tu ne veux pas que je te parle de mon père ?” lui susurra-elle à l'oreille.

Elle l'enlaçait en riant, les yeux légèrement embués par l'alcool. Lorsqu'ils rentrèrent, elle l'entraîna directement dans une des chambres au-delà des danseurs qui occupaient le salon.

“Il y a sept chambres dans cette maison, dit-elle en s'étalant sur le lit – se débarrassant de ses chaussures avant de rouler sur le ventre. Tu sais, il paraît qu'un président a dormi ici, peut-être dans cette chambre, dans ce lit, qui sait ?

— Qui t'a raconté ça ? l'interrogea Mamo assis près d'elle.

— Un des hommes, le major Hamza.

— Ça n'est pas possible, le président n'est resté qu'une heure à Keti.

— Oh !” dit-elle avec une grimace d'étonnement.

Elle se mit à se déshabiller, enlevant d'abord le haut de son boubou puis le pagne jusqu'aux sous-vêtements. Alors, elle le regarda et ses yeux devinrent clairs tout à coup – elle ne devait pas être aussi soûle qu'elle en avait eu l'air. Les mains dans le dos pour détacher son soutien-gorge, elle lui dit d'une voix sensuelle :

“Tu restes cette nuit, n'est-ce pas ?

— C'est que... je suis tellement fatigué...”

Allongé près d'elle, il fixait le plafond. Elle se leva et continua à se déshabiller, dansant sur le lit – le soutien-gorge puis la culotte disparurent. Elle se dressa de manière imposante, l'entourant de ses jambes et les poings sur les hanches – elle était magnifique dans sa nudité et le savait. Ses seins pointaient haut comme deux lances et ses cuisses prolongeaient sans heurt la ligne arrondie de ses hanches.

Elle descendit lentement et vint s'allonger sur lui en couvrant sa bouche de la sienne.

*

Lorsqu'il rentra chez lui tôt le lendemain matin, il fut submergé par un brusque besoin d'air. Il avait l'impression que ses poumons étaient comprimés et son corps fiévreux. Il enfila ses grosses chaussures et prit un chemin par les champs. Il marcha longtemps dans l'herbe sèche et les ronces, sentant les tiges se briser sous ses pas, dépassant les paysans qui piochaient résolument la terre dure comme de la pierre en jetant de temps à autre un regard vers le ciel comme si, par la force de leur volonté, ils pouvaient assembler les nuages et les faire pleuvoir.

Il marcha jusqu'à épuisement ; dans son esprit, l'image du corps jeune et souple de Julie dont les jambes s'enroulaient autour de sa taille ne cessait d'apparaître et de disparaître. Parfois, le visage se changeait en celui de Zara, ce qui le faisait sursauter et regarder derrière lui, comme s'il s'attendait à la voir surgir dans les airs.

Arrête de ruminer, se dit-il en lui-même, *ça ne sert à rien.*

LE JEUNE PRÉTENDANT

Les fêtes se succédaient, pour la plupart au même endroit, avec les mêmes gens et pour les mêmes motifs : l'anniversaire de la petite amie. En raison de la réussite de sa mémorable opération, Mamo constata que son existence était presque imperceptiblement entrée dans une nouvelle phase sociable. Des femmes étranges se mirent à passer le voir à son bureau, se présentant comme des entrepreneurs ou leurs représentantes, demandant des nouvelles des puits dont elles avaient entendu dire qu'ils allaient bientôt être creusés dans les villages. Lorsqu'il leur répondait qu'en qualité de simple secrétaire il n'était vraiment au courant de rien, elles riaient d'un air entendu, imprimaient une pression à sa main, lui lançaient un regard éloquent et déclaraient qu'elles "prendraient soin de lui" si elles obtenaient le contrat.

Il s'agissait surtout de femmes d'âge moyen, tout le contraire de celles des soirées d'anniversaire, dont elles auraient bien pu être les mères. Certaines n'étaient pas dénuées de charme, il y en avait des mariées et d'autres célibataires, mais toutes sous-entendaient qu'elles étaient à sa disposition pour le travail ou le plaisir. Elles l'invitaient à des soirées d'anniversaire ou à des pendaisons de crémaillère dans la capitale d'Etat, auxquelles il n'assistait jamais.

“Acceptez leurs invitations, sortez avec elles, l’encourageait le Waziri en riant, puis dites-leur : Désolé, ce n’est pas moi qui suis chargé des contrats, en ajoutant que vous les recommanderez au Mai. Vous vous êtes dépensé sans compter depuis que vous travaillez ici, il faut aussi apprendre à vous détendre.

— Mais il y a encore beaucoup à faire. Quand va-t-on commencer à creuser les puits ? Le Mai l’a-t-il déjà évoqué ?

— Jeune homme, vous avez accompli votre mission ; le reste est entre nos mains. Je veux que vous sachiez que nous, le Mai et tous les membres du conseil, nous préoccupons de la population plus que vous n’en aurez jamais idée. N’oubliez pas que l’existence tout entière du Mai est vouée à servir son peuple.

— Oui oui, acquiesça Mamo, j’imagine… Je voulais juste m’assurer que les choses suivent leur cours, parce que la prochaine étape, à savoir le battage médiatique, dépend de la rapidité avec laquelle les puits vont être achevés.”

Ils avaient constitué un petit noyau composé du major Hamza, du Waziri et de quelques entrepreneurs et membres du conseil. Il arrivait que des camarades d’armée du major Hamza viennent de la capitale d’Etat passer leurs soirées libres à la résidence, pour faire la fête ou simplement regarder des films en compagnie des filles.

Certains jours, lorsqu’il faisait trop chaud pour rester dedans ou lorsqu’ils ne tenaient pas en place, ils allaient en ville fréquenter les bars et les restaurants qui avaient commencé à éclore un peu partout dans Keti. Mais le Waziri ne se joignait pas à eux, restant avec sa compagne et sa bouteille de gin tonic. Il expliquait : “Je dois quand même préserver les bienséances. Je ne peux pas m'afficher dans des bars en compagnie de femmes."

Ils partaient à trois ou quatre voitures à la file, mettant de la musique douce, les jeunes filles toutes pomponnées jacassant à l'arrière. Les directeurs d'hôtel sortaient les accueillir dès leur arrivée, les escortant avec force civilités jusqu'à une partie spéciale de la cour emplie d'arbres et de lumière tamisée, loin du brouhaha et de la foule de la salle principale. Ils avaient un serveur attitré pour toute la soirée.

Les jeunes filles prenaient toujours du vin et les hommes des bières glacées avec du ragoût pimenté à la tête de chèvre ; seul Mamo ne buvait pas d'alcool et se contentait d'un jus de fruits ou d'une limonade, sans se formaliser des railleries de ses camarades. Le major Hamza et les entrepreneurs discutaient de contrats et de leurs voyages imminents à Londres ou dans d'autres capitales étrangères, tandis que Mamo écoutait. Blottie contre lui, Julie l'enveloppait de bavardages incessants concernant ses achats lors de son dernier séjour à Lagos. Elle vendait des bijoux, des chaussures et des sacs qu'elle se procurait à bas prix à Lagos avant de les revendre aux femmes au foyer de Keti et des villes voisines, avides d'ascension sociale. La plupart de ses clientes n'avaient jamais vu ces robes, ces chaussures ou ces bijoux ailleurs que dans les magazines de la haute société de Lagos, ou bien sur quelqu'un lors d'un mariage, et elles voulaient leur ressembler.

"Au fait, d'où te vient ton capital ?

— De mon père", répliqua-t-elle sèchement.

Elle détestait qu'il lui parle ainsi. Elle ne lui demandait jamais d'argent, heureusement pour lui car il n'aurait pas su comment réagir. Il lui faisait des cadeaux quand il pouvait, rien de cher, mais elle lui témoignait toujours sa gratitude avec exubérance. Il essayait souvent d'éveiller son intérêt pour les études – elle avait l'esprit vif et une étonnante aptitude pour le calcul, mais elle avait arrêté l'école depuis trois ans, après l'obtention de son diplôme de fin d'études secondaires.

Elle se tourna vers les autres filles qui agitaient frénétiquement la main en direction d'un grand jeune homme portant des dreadlocks et un survêtement jaune à la Bruce Lee, qui avait surgi de derrière les arbres et se dirigeait vers la salle de bar.

Toutes lui crièrent : “Prince, viens jouer pour nous !” Mamo s'aperçut alors que le garçon portait une guitare acoustique en bandoulière. Une cigarette pendait au coin de ses lèvres. Julie confia à Mamo : “Il joue vraiment bien.”

Il s'approcha de la table et la fumée de sa cigarette fit cligner Mamo des yeux. Les filles semblaient beaucoup l'apprécier – il était d'une beauté sauvage et négligée. Elles lui donnèrent de l'argent et des cigarettes, et il se mit bientôt à gratter son instrument, appuyé au parasolier sous lequel ils se trouvaient assis, entonnant quelques airs de reggae d'une voix rauque et virile. Lorsqu'il fut parti, Mamo demanda :

“Qui est-ce ?

— Tu ne le connais pas ? lança Lakuturus, un des membres du conseil, en émettant un rot sonore.

— Je devrais ?

— Ben oui, tu es le biographe du Mai.”

Mamo attendit patiemment que l'histoire finisse par lui être racontée : le garçon avait fait son apparition à Keti environ deux mois auparavant avec sa guitare, prétendant être le véritable héritier du trône de Keti.

“Quoi d’autre ? demanda Mamo.

— Eh bien, il y a longtemps, un Mai a été déposé par l’un des administrateurs coloniaux blancs ; il s’est donc exilé en pays yorouba où il est mort – mais ça tu le savais, n’est-ce pas ? Ha ha ha ! Ce garçon, Prince, affirme qu’il est le petit-fils de ce Mai, et il a même des papiers pour le prouver. Mais personne ne le croit. Certains pensent qu’il est fou, il fume de la marijuana, mais il est inoffensif. Il chante dans les bars et les filles l’aiment beaucoup, comme tu as pu le constater.”

De là où il se trouvait, Mamo voyait clairement la salle du bar où Prince passait de table en table, serrant des mains, acceptant des verres et grattant sa guitare. Il s’arrêta en arrivant à un grand groupe où quelqu’un lui réclama un air. Hochant la tête, Prince se mit à chanter, balançant ses tresses en l’air et gesticulant comme un fou les yeux fermés. Le groupe l’applaudit et lui lança de l’argent.

“Ce sont les ingénieurs, expliqua Julie en suivant son regard.

— Quels ingénieurs ?

— Les ingénieurs foreurs, ceux qui creusent les puits. Ça fait des semaines qu’ils sont dans les parages… mais tu es sûrement au courant, tu travailles avec le Waziri, et on dit que…, s’interrompit-elle en secouant la tête.

— Mais continue – qu’est-ce qu’on dit ?

— Rien.

— Julie, implora-t-il en lui prenant la main, dis-moi.

— Eh bien, commença-t-elle en haussant les épaules et en jetant un coup d’œil aux autres qui faisaient mine de ne pas écouter, on dit que les ingénieurs sont tout sauf des professionnels, et que le Waziri et… et toi… les avez embauchés comme prétexte pour détourner l'argent provenant de la collecte… et…

— Alors voilà ce qui circule ? demanda Mamo la bouche sèche – tout en essayant de prendre un air nonchalant et souriant.

— Je ne les crois pas – non, vraiment. Mais tu sais que les gens ne peuvent pas s'empêcher.

— Hé oui ! lança le major Hamza en lui tapotant l'épaule, dès que tu es dans une position influente, il faut toujours que les gens parlent. Si ce ne sont pas les puits, ce sera autre chose. C'est ce qu'on appelle le syndrome du Dr D.

— Le syndrome du «docteur ès dénigrement». Ha ha ha !" renchérirent les autres en s'esclaffant, faisant retomber la tension.

Mamo observa les ingénieurs par la porte. Un petit gros s'était mis à danser au son de *Get Up, Stand Up* de Bob Marley, dont les accords parvenaient distinctement jusqu'à eux. Sonné, Mamo n'avait qu'une envie : rentrer chez lui, s'allonger et réfléchir. Son esprit s'était complètement refermé et il n'arrivait plus à penser. Il repoussa Julie qui se penchait pour frotter ses lèvres contre les siennes. Dans la salle, l'homme corpulent se trémoussait avec une fille à chaque bras, plongeant de temps à autre la main dans sa poche arrière et lançant des billets à Prince. Mamo laissa ses amis au bar et s'en retourna chez lui, le regard embué par la colère. Cette nuit-là, il ébaucha une courte et féroce lettre de démission à l'attention du Waziri, après quoi seulement il put aller se coucher.

*

Le lendemain matin, Mamo lança au Waziri : "Hier, j'ai vu les ingénieurs." Il était arrivé très tôt et avait attendu le Waziri dans son bureau. Il se tenait la main dans la poche, prêt à en sortir la lettre de démission.

“Je ne savais pas que le forage des puits avait déjà commencé.

— Ah oui, j'allais vous en parler, mais je ne voulais pas vous ennuyer avec cela. Je sais que le livre vous prend déjà beaucoup de temps, repartit calmement le Waziri en pivotant sur sa chaise – tandis que Mamo sentait la colère gonfler sa poitrine, lui ôtant toute voix.

— Pourtant, j'aurais dû en être informé, vu que c'est moi qui ai le premier lancé cette idée de collecte, et les puits...

— Calmez-vous, voyons. Je comprends que vous vous sentiez mis à l'écart. C'est tout naturel, mais ne croyez pas que j'essaie de m'attribuer le mérite de l'opération... Ceci étant, vous savez que le conseil travaille en commission et que vous étiez absent lorsque nous nous sommes réunis, rappelez-vous, vous avez pris une semaine de congé. A ce propos, tous les Mai ont dit beaucoup de bien de vous ce jour-là... et nous avons tous décidé que le mieux était de mettre en œuvre le projet sans attendre, avec l'argent qui était déjà arrivé... Bien entendu, nous ne pouvons pas compter sur l'ensemble des promesses faites publiquement pendant la journée de collecte... mais nous avons résolu de démarrer tout de suite avec ce dont nous disposons. Nous sommes conscients, voyez-vous, de la confiance que la population place en nous et de la tendance qu'a l'argent à être détourné de son but initial. D'où notre volonté d'entamer les travaux. D'abord à Keti, puis, au fur et à mesure des rentrées d'argent, dans les autres villages...”

Mamo écoutait sans détacher son regard du visage lisse et maigre du Waziri, de plus en plus persuadé que celui-ci était en train de lui mentir. Mais il n'y pouvait rien.

"Vous comprenez, n'est-ce pas ? demanda le Waziri en achevant sa longue tirade.

— J'ai entendu dire que les ingénieurs ne sont pas de vrais professionnels…, commença Mamo avant d'être interrompu par un geste du Waziri.

— Je les ai engagés moi-même, et je les ai déjà vus à l'ouvrage. Naturellement, je n'ignore rien de ce qui se dit, mais que cela ne vous perturbe pas. Les gens ne tarderont pas à changer d'avis.

— Hier, dit Mamo en passant à autre chose, j'ai vu un homme nommé Prince. Il prétend être l'héritier du trône ?

— Ha ha ha ! s'exclama le Waziri avec un geste de dédain, je me demandais combien de temps il allait vous falloir pour croiser ce fou. C'est simplement un garçon un peu dérangé qui veut faire l'intéressant avec ces déclarations ridicules.

— Vous avez donc mené votre enquête et rien de tout cela n'est vrai ?

— Absolument rien, ne perdez pas votre temps avec ça.

— Est-ce que le Mai connaît cet homme ?

— Mon cher scribe, je m'étonne qu'avec votre talent vous ne l'ayez pas encore compris : il ne se passe presque rien dans cette ville dont nous ne soyons informés. Les anciens que vous voyez ici chaque jour sont plus loyaux envers le trône qu'envers leur pasteur, leur imam ou même leur famille. Ils nous racontent tout.

— Je suis quand même surpris que personne ne m'en ait parlé. J'ai découvert le fait par accident, comme pour les puits, ajouta Mamo en attendant les explications du Waziri qui ne vinrent pas. Il faut pourtant que je rencontre ce garçon, pour entendre ce qu'il a à dire – ça fera une intéressante digression.

— Il n'en est pas question !" coupa sèchement le Waziri – avant d'expliquer avec un petit rire, voyant la surprise que cette objection provoquait chez Mamo : "Ne perdez pas votre temps à aller le voir, il n'en vaut pas la peine. Nous savons où il habite, nous le ferons venir à votre bureau pour un entretien. Vous n'aurez qu'à m'indiquer une date.

— Merci, dit Mamo en se levant – à présent convaincu qu'il ne pouvait se fier au Waziri.

— Au fait, l'appela celui-ci au moment où Mamo sortait, est-ce que le livre avance ?

— Oui, ça avance bien, très bien.

— N'oubliez pas qu'il ne nous reste que quelques mois avant l'anniversaire."

De retour dans son bureau, Mamo déchira la lettre de démission. Partir maintenant serait stupide, il valait mieux trouver un moyen d'amener le Waziri à tenir ses engagements en lui faisant du chantage, ou bien, s'il refusait, le démasquer. Ce serait la seule façon pour Mamo de se dédouaner.

*

Il avait besoin de parler à quelqu'un, de donner libre cours à ses sentiments ou de recevoir des conseils. Il se rendit chez son oncle, mais celui-ci était parti pour la capitale d'Etat et ne devait rentrer que le lendemain matin tôt. Mamo continua à rouler sans but, finissant par atterrir à l'emplacement où le puits de Keti devait être creusé. Situé au bord de la route, non loin de l'ancien abattoir, l'endroit semblait désert, exception faite d'une seule vieille camionnette et d'un semi-remorque à demi enseveli dans la terre. Assis à l'entrée d'une cabane à outils en zinc et en bois, un homme petit et trapu lança à Mamo un regard las.

“Vous êtes le gardien ? demanda Mamo à l'homme qui hocha mollement la tête. Je cherche les ingénieurs.

— Vous pouvez toujours les chercher, mais vous ne les trouverez pas.

— Pourquoi, où sont-ils partis ?

— A la capitale.

— Quand est-ce qu'ils reviennent ?”

L'homme haussa les épaules, bâilla et ferma les yeux.

Cet après-midi-là, Mamo s'en fut à la recherche de Prince. Ne sachant pas où il habitait, il décida de demander à Julie. Il arriva chez elle au moment où elle se réveillait. Il lui avait déjà rendu visite une fois, apprenant ainsi qu'elle n'avait pas de père (il était décédé depuis plusieurs années) et qu'elle habitait avec sa mère, qui était secrétaire au gouvernement local. Mais il ne l'avait jamais rencontrée – lors de sa précédente visite, seules Julie et un groupe d'amies à elle bavardaient dans le salon tout en se mettant du vernis à ongles et en regardant un film nigérian. C'est le même groupe qu'il retrouva ce jour-là – elles avaient toutes l'air de tomber du lit. Julie, vêtue d'une longue chemise de nuit à fleurs, vint lui ouvrir la porte en bâillant et en clignant des paupières.

“Je connais son adresse mais je ne peux pas sortir maintenant. Reviens plus tard, dans deux heures, quand j’aurai pris mon bain. Ou bien attends ici avec les copines.

— Je te donne une heure. Dépêche-toi.

— Mais j’ai faim, il faut d’abord que je mange, et après…

— Je t’achèterai à manger.”

Il rentra chez lui et ramena son magnétophone et son appareil photo, préparant tout au long du trajet les questions à poser au jeune prétendant. Julie l’attendait, vêtue d’une jupe et d’un chemisier. Il suivit ses indications et ils atteignirent bientôt la maison – en réalité une case de pisé au bord de la route. Le toit de paille était maintenu par endroits par de grosses pierres et des calebasses qui menaçaient de dégringoler à chaque instant. Lorsqu’il frappa à la porte de bois, elle s’ouvrit dans un grincement de charnières et révéla un intérieur vide.

“Tu es sûre qu’il habite là ? demanda-t-il à Julie.

— Sûre et certaine”, répondit-elle.

Ils pénétrèrent dans l’obscurité et l’odeur de moisi, mais plus personne ne vivait là. Dans un coin gisait un sommier métallique ; des feuilles de papier journal et des mégots jonchaient le sol de terre compacte. Au moment où ils s’en retournaient, Julie lui tira le bras, indiquant une femme debout devant l’entrée d’une parcelle voisine. Elle tenait fermement un enfant par la main et les fixait avec une insistance bovine. Ils s’approchèrent.

Mamo lança un “Bonjour” qui resta sans réponse.

“Nous cherchons Prince. Il habite ici ?

— Prince est parti, articula la femme après avoir manifestement hésité. Des gens sont venus le voir ce matin tôt et après il est parti.

— Quelles gens ?” s’enquit Mamo.

La femme se renfrogna. Julie s’agenouilla et donna à l’enfant un billet de cinquante nairas avec lequel elle chatouilla son ventre protubérant. Le visage de la femme se détendit et elle poursuivit : “C’étaient des gens du palais. J’ai vu l’uniforme du gardien. Prince disait toujours qu’il connaissait des gens là-bas, mais jusqu’à aujourd’hui personne ne le croyait. Ils l’ont emmené à la gare routière en voiture. Je dois y aller maintenant.” La femme tourna brusquement les talons et disparut dans sa maison, traînant derrière elle l’enfant morveux et larmoyant. Mamo fut pensif pendant tout le trajet, essayant de comprendre le sens de ces paroles, mais tout cela lui paraissait absurde.

“C’était quoi toute cette histoire ? dit Julie en bâillant. On devait pas aller manger quelque chose ?

— Je ne sais pas bien, mais c’est très important. Ecoute-moi, ne m’en veux pas mais je ne peux pas t’emmener déjeuner. Il faut que je rentre maintenant, j’ai du travail.”

Elle fit la moue et ne lui adressa plus la parole. Lorsqu’il la déposa chez elle, elle marmonna :

“Tu viendras à la résidence ce soir ?

— Je ne crois pas.”

UNE BRÈVE HISTOIRE DU WAZIRI

Quand Mamo eut mis l'oncle Iliya au courant de l'existence de Prince et de la malversation concernant les puits, celui-ci répondit :

"Malheureusement, je ne peux pas t'apprendre grand-chose sur l'histoire du Waziri – sinon qu'il appartient au clan des Pandi et qu'il a un vague lien de parenté avec le Mai.

— Ah bon, je ne savais pas.

— Tu n'es pas le seul. Le Waziri, de fait, n'est pas censé être parent du Mai – et ce afin d'empêcher qu'il ne se serve de sa position en influençant les faiseurs de roi après le décès du Mai pour prendre sa suite. Seuls les parents par le sang peuvent prétendre au trône.

— Mais pourquoi ce Waziri fait-il exception ?

— Eh bien, il est devenu Waziri à une époque très difficile – pendant le règne du Mai Hamdi, qui a précédé celui-ci. Avant Hamdi, le Mai Kilang avait été brutalement assassiné dans son sommeil, et tout le monde pensait que le Waziri était de mèche. Ainsi, quand le Mai Hamdi a pris le pouvoir, il a choisi un cousin éloigné pour occuper la fonction de vizir, se disant qu'il pouvait lui faire confiance. Comme de bien entendu, Hamdi lui-même est par la suite mort empoisonné."

Mamo resta songeur. Puis il demanda :

"Est-ce que le Waziri a jamais été soupçonné d'avoir participé à l'empoisonnement ?

— Non, ils étaient très proches, cousins, insista l'oncle Iliya en se levant. Mais je connais quelqu'un qui pourra t'en dire plus. Il doit être au moins centenaire, mais il a une mémoire phénoménale."

Ils n'eurent pas longtemps à marcher, car le vieil homme, qui s'appelait Kopi, ne vivait qu'à quelques parcelles de chez Iliya. Ils le trouvèrent dehors, assis sur un tronc en train de bavarder avec les passants. Kopi était un peu une légende à Keti. Il était aveugle et beaucoup d'histoires couraient au sujet de ses pouvoirs mystérieux : on disait qu'il descendait des premiers habitants de Keti, les Komda, mis en déroute il y avait plusieurs siècles de cela par les actuels occupants, qui avaient épargné deux familles pour qu'elles leur transmettent les secrets et les rites des anciens Komda. Ces familles fournirent les prêtres et les prophètes – elles connaissaient toutes les plantes médicinales et tous les arbres, toutes les cérémonies et toute la magie nécessaires pour éloigner les mauvais esprits. Kopi avait beau être aveugle, il arpentait seul et sans canne le dédale des chemins du village et même les collines. Il disait que le vent lui parlait, les arbres aussi, et que la terre même sur laquelle il marchait guidait ses pas.

On racontait qu'une fois un missionnaire était allé le voir pour essayer de le convertir au christianisme.

"Votre Dieu chrétien est paraît-il célèbre pour rendre la vue aux aveugles. Est-ce qu'il me fera voir de nouveau si je prends votre religion ?

— Il te pardonnera tes péchés, et cela compte plus encore que de recouvrer la vue.

— Mais je n'ai jamais péché contre lui, moi. Pourquoi est-ce que je devrais obtenir son pardon ?

— Nous sommes tous pécheurs…, poursuivit le missionnaire – mais Kopi avait cessé de l'écouter.

— Gardez votre religion pour vous, moi je garde la mienne", conclut-il lorsque son interlocuteur eut terminé.

Il avait redressé la tête et ses yeux opaques fixaient la direction de Mamo.

"Le fils de Lamang ? interrogea-t-il. Le soldat ou celui qui écrit l'histoire ?

— Celui qui écrit l'histoire, répondit Mamo.

— Nous avons besoin d'en savoir plus sur le Waziri, dit l'oncle Iliya.

— Allons donc, comment se fait-il qu'un historien ne soit pas au courant du passé ? Ha ha ha !"

Il gloussa en frappant le sol de son bâton, puis fut pris d'une quinte de toux qui se termina par l'expulsion d'une glaire filandreuse. Après quoi il reprit : "Le Waziri La Kalla. Je suis sûr que vous ne connaissiez même pas son nom, hein, pas vrai ?" La tête dressée, il frottait ses mollets rabougris de ses mains décharnées en attendant la réponse de Mamo. Sa bouche ouverte laissait voir les gencives édentées – d'un rose sale sous les lèvres noires.

"Ah oui, La Kalla ! s'exclama Iliya. Parlez-nous de lui."

Le vieil homme resta longtemps sans mot dire, comme s'il remettait son vieux cerveau en marche, puis il entama un long exposé sur les familles et les lignées de Keti, qu'il conclut ainsi :

"Rares sont ceux qui savent que le père du Waziri La Kalla et celui du Mai La Kei ont la même grand-mère. Dès que Bol Dok a pris le pouvoir, le pauvre Mai La Kei est tombé dans l'oubli et plus personne aujourd'hui ne se souvient de lui. Il est mort seul et abandonné en pays yorouba. Mais c'était un brave homme, qui a toujours eu un comportement droit…

— Quand vous dites qu'il est mort dans la solitude, ça veut dire qu'il a dû s'exiler seul, sans sa femme et ses enfants ?

— Oui, il avait deux épouses et deux filles, mais les épouses se sont remariées après son départ et les enfants ont été adoptés et ont porté un nouveau nom. Aujourd'hui, plus personne ne sait de qui il s'agit."

Tandis qu'ils tournaient les talons pour s'en aller après l'avoir remercié, il les rappela : "Revenez me voir, la prochaine fois je vous raconterai ce qui est arrivé à l'œil de La Kalla. Ce n'est pas de naissance, hein ! Il aime les épouses des autres, et un jour un mari furieux l'a surpris dans son lit. Ha ha ha…"

*

"Ça alors, je ne savais pas que le Waziri était aussi parent de La Kei, dit Iliya.

— Si La Kei s'est remarié lorsqu'il était en exil, alors ce garçon nommé Prince pourrait bien être celui qu'il prétend être, ce qui ferait du Waziri son grand-oncle.

— Tout cela est absurde…", déclara Iliya.

Assis dans le salon, l'oncle Iliya s'appuyait au dossier de son fauteuil, apparemment épuisé par toutes ces supputations.

"D'abord, le Mai m'a embauché pour être son biographe et…, commença Mamo avant d'être interrompu par son oncle.

— Est-ce bien le Mai qui t'a embauché ? A mon avis, le Waziri est pour beaucoup dans cette décision.

— Tu as raison. Mais comment le Waziri compte-t-il en tirer parti ? Espère-t-il que le livre va dévoiler quelque chose sur le Mai qui le forcerait à abdiquer, permettant ainsi à Prince de faire son apparition…

— Dans ce cas, nous supposons qu'il a invité Prince à venir à Keti. Mais ce serait là un prétendant au trône pour le moins inattendu. Il doit y avoir plus, j'en suis sûr, et je pense que la biographie a quelque chose à voir là-dedans… Est-ce qu'il a essayé de t'influencer en quelque manière ?

— Il s'est bien proposé plusieurs fois pour un entretien, mais je ne vois toujours pas le lien entre la biographie et le reste.

— Oublions un instant le livre et examinons les faits : il n'y a qu'une seule manière pour Prince, ou pour n'importe qui d'autre, de devenir Mai, c'est que le Mai actuel soit écarté ou meure. Tu ignores peut-être que le Mai n'a pas d'enfant mâle, donc pas d'héritier direct. A sa mort, il va y avoir une lutte sans merci pour le trône, tous les cousins et les neveux vont surgir.

— Mais le Mai n'est pas près de mourir, si ? Il n'est pas malade, à moins que…, interrogea Mamo en regardant son oncle. A moins que le Waziri ne soit certain que la fin du Mai est proche… mais comment ?

— Impossible à dire, répondit Iliya en secouant la tête. Mais enfin, aux yeux des gens comme le Waziri, ce n'est pas aussi horrible que pour toi ou moi. Ce n'est qu'un but en vue d'une fin. Je te recommande juste la prudence. C'est un homme extrêmement malveillant et, s'il soupçonne que tu essaies d'une manière ou d'une autre de contrecarrer ses projets, il n'hésitera pas à te supprimer. Tu devrais démissionner, leur dire que tu ne veux plus écrire le livre, ou, mieux, t'éclipser discrètement, conclut l'oncle Iliya.

— Je ne crois pas que la fuite soit la solution, répliqua Mamo en secouant la tête. De plus, rien ne dit que nos conjectures soient fondées.

— Fais quand même attention, ajouta Iliya l'air très agité. Promets-moi de m'avertir avant d'entreprendre quoi que ce soit, et évite à tout prix la confrontation."

Mamo le lui promit et rentra chez lui.

*

Zara le prit par surprise. Lorsqu'il arriva, tante Marina lui tendit un mot écrit à la main et dit : "J'étais sur le point de m'en aller. Ton amie a laissé ça."

Certain qu'il s'agissait d'un mot de Julie, il attendit pour y jeter un coup d'œil d'avoir pris sa douche et d'être prêt à sortir. Alors, regardant de plus près la feuille posée sur la table, il remarqua pour la première fois le E majuscule caractéristique de l'écriture de Zara, qui mettait toujours des E majuscules, même au milieu d'un mot. Le message disait :

Salut Mamo,

Je suis passée te dire bonjour mais tu n'étais pas là. Viens me rejoindre plus tard au dispensaire si tu as le temps, à partir de midi.

ZARA.

Il se précipita chez les voisins à la recherche de sa tante pour avoir confirmation qu'il s'agissait bien de Zara. Cela ne se pouvait pas, car elle était en Afrique du Sud, mariée au Sud-Africain

Themba. Faute de trouver sa tante et comme il était déjà midi, il décida de se rendre sur-le-champ au dispensaire. Pendant le trajet, il se demanda pourquoi elle avait choisi cet endroit. *Pourvu qu'elle ne soit pas malade*, se dit-il. Il conduisait vite sur la route poussiéreuse et étroite, freinant parfois brusquement pour éviter des enfants qui jouaient. Le dispensaire se trouvait non loin de la concession de l'église – ç'avait d'abord été un petit établissement dirigé par un médecin écossais, puis le gouvernement local l'avait repris et à présent le Dr Njengo et une infirmière à la retraite s'en occupaient. Il était ouvert tous les jours sauf le dimanche, de neuf heures à midi, mais restait la plupart du temps désert – sauf pendant la saison des pluies, lorsque les moustiques pullulaient et que la fièvre du paludisme sévissait. Quant aux urgences comme les morsures de serpent ou les accouchements difficiles, très rares, le Dr Njengo les renvoyait systématiquement à l'hôpital.

A présent âgé de soixante-dix ans passés, le Dr Njengo avait l'habitude de somnoler sur la véranda, tandis que la radio à côté de lui diffusait les informations en haoussa. Tout paraissait comme à l'ordinaire au dispensaire : seules deux femmes avec leur enfant attendaient en bavardant, assises sur un banc. Lorsque Mamo se gara et s'approcha d'elles, elles s'interrompirent.

"Bonjour, garçon. Tu es malade ? lui demanda l'une d'elles, une amie proche de sa tante Marina.

— Non, je suis venu voir quelqu'un, mais on dirait qu'elle n'est pas là", dit-il sans parvenir à masquer sa déception.

A ce moment-là, le mince rideau devant la porte du dispensaire fut écarté et Zara apparut. Elle tenait d'une main le rideau et de l'autre un dossier sur lequel elle lut : "Lantana, c'est à vous." Comme elle ne l'avait pas vu et tournait les talons pour rentrer, il monta les marches de la véranda et l'appela en souriant. Elle portait une sorte de tenue d'infirmière, sauf qu'elle n'était pas blanche mais bleue rayée de blanc. Il y avait chez elle quelque chose de changé, d'amaigri, elle paraissait fatiguée et avait des rides sur le front.

"Mamo ! dit-elle tandis qu'un sourire perçait sous son air las. J'ai presque fini, ce sont les dernières personnes, tu peux entrer pour patienter. Tu ne dois pas repartir tout de suite ?"

Il ouvrit la bouche pour poser une question, puis il se ravisa et entra. Le dispensaire ne comprenait qu'une seule pièce. Il s'en souvenait parfaitement, tant il y était venu souvent enfant. Il y avait la même lourde table en okoumé négligemment jonchée de seringues et d'ampoules usagées, et contre le mur une rangée de boîtes en fer-blanc soigneusement étiquetées, remplies de cachets aux noms habituels : chloroquine, Panadol, aspirine, Piriton. Il s'assit sur un banc et regarda Zara s'occuper de la patiente. L'enfant ne devait pas avoir plus de cinq ans ; sa mère la tenait sur ses genoux en répondant aux questions de Zara. Après avoir lu la carte que lui tendit celle-ci, Zara pêcha des comprimés dans l'une des boîtes, les glissa dans un sachet transparent et le lui remit.

"Donnez-lui-en deux le matin, deux l'après-midi et deux avant le coucher. Elle devrait aller mieux d'ici un jour ou deux, ce n'est rien de grave."

Lorsque mère et fille furent sorties, Mamo demanda à Zara :

"Où est le Dr Njengo ?

— Il ne se sentait pas bien aujourd'hui, il est parti tôt.

— Je ne savais pas que tu étais aussi infirmière.

— J'ai suivi une formation à Durban pendant trois mois. J'en avais besoin pour mon travail avec les enfants – j'en sais suffisamment pour déchiffrer une ordonnance, changer les pansements, laver les plaies et faire des piqûres, rien de trop difficile."

Elle lava la patiente suivante, une petite fille de neuf ans environ, couverte de vomi, fiévreuse, effrayée et se débattant comme une furie. Il aida la mère à immobiliser l'enfant pour la piqûre. Il faisait chaud dans la pièce et, quand ils eurent terminé, ils étaient tous en nage.

"C'était la dernière, annonça-t-elle. Je me savonne les mains et on peut y aller.

— Je suis en voiture, je peux te raccompagner, proposa-t-il en attendant qu'elle ait fini de fermer à clé.

— Super, ça nous évite de marcher, je suis vraiment fatiguée.

— Depuis combien de temps es-tu en ville ? Quand as-tu commencé à travailler ici ? demanda-t-il, en conduisant sur les routes cahoteuses.

— Une semaine, dit-elle. Je…

— Quoi, ça fait une semaine que tu es là ? dit Mamo en détachant son regard de la route pour se tourner vers elle.

— Fais gaffe. Oui, une semaine. J'ai appris que le docteur avait besoin d'une infirmière car l'autre, ma tante, est malade. Elle a voulu que je la remplace bénévolement jusqu'à ce qu'elle puisse reprendre le travail."

Elle parlait d'une voix lasse et rauque, comme si elle se remettait tout juste d'une fièvre ou comme si elle ne s'en était pas servie depuis longtemps. Comme ils dépassaient l'école, elle dit :

"Je vois que l'école est toujours fermée.

— Ouais. Tu te rappelles le délégué qui est venu une fois pour la fermer ?

— Ouais, celui qui voulait qu'on lui parle comme il faut ?

— Il est mort – il s'est fait descendre par les soldats quand ils ont pris le pouvoir. Ils sont allés l'arrêter et il a résisté."

La maison de Zara était telle que dans son souvenir : le grand portail ; le gardien à l'oreille manquante, Igname, toujours aussi bougon mais à présent pourvu d'une barbe fournie, comme pour marquer le passage du temps, ou peut-être simplement pour cacher son absence d'oreille ; le salon avec ses grandes fenêtres et les photographies au mur, mais sans la photographie de mariage, remarqua-t-il. Zara le laissa pour aller se doucher. Il faisait chaud dans la pièce malgré les fenêtres ouvertes et le ventilateur de plafond – qui ne pouvait que brasser le même air confiné et étouffant. Mamo sortit s'asseoir sur les marches. Le ciel était d'un habituel gris morne comme à l'approche de la pluie. La nuit, les nuages descendaient au-dessus des collines, les éclairs brillaient et le tonnerre grondait ; alors, au moment où l'averse semblait inévitable, le vent forcissait et chassait les nuages au-delà des collines, révélant un ciel clair et étoilé. Quelques familles de paysans avaient entrepris de s'installer dans les villages voisins où les pluies étaient plus régulières.

Le Mai avait appelé à prier et à jeûner dans les églises et les mosquées ; certains ministres du culte faisaient campagne pour fermer tous les bars et brasseries du village afin de diminuer les péchés qui selon eux étaient cause de la sécheresse.

“Le ciel a l’air couvert aujourd’hui, dit Zara, debout derrière lui – il ne l’avait pas entendue s’approcher.

— Est-ce que tu veux rentrer ? lui demanda-t-il.

— Non, répondit-elle en s’asseyant à ses côtés, il fait plus frais dehors.”

Elle était pieds nus et avait revêtu un short et un tee-shirt. Elle avait coupé court ses longs cheveux qui autrefois retombaient en cascade sur ses épaules. Mais ce qui avait le plus changé, c’était son visage, ses yeux. Ils étaient toujours aussi beaux, immenses, ronds et expressifs, mais un peu moins ouverts qu’avant, un peu plus sur la défensive. Le tracé de ses lèvres révélait une certaine détermination, quoique teintée d’amertume, presque de désespoir. Elle se passait les doigts dans les cheveux mouillés en fixant le ciel morne.

“Par où commencer ? Nous avons beaucoup à rattraper.”

Mamo ne voulait pas aborder la question de son mariage avec Themba, il préférait la laisser expliquer pourquoi elle n’avait pas écrit pour le lui annoncer. Il remarqua qu’elle n’avait pas de bague, mais cela ne voulait rien dire, car certains couples ne portent pas l’alliance.

“Toi d’abord, dit-elle avec une légère précipitation. Tout le monde parle de toi, de la collecte et des puits. Je suis très fière de ce que tu as fait. Est-ce que tu es heureux au palais ?”

Elle avait prononcé cette dernière phrase à voix basse en le regardant droit dans les yeux, avec douceur. La question, inattendue, prit Mamo de court, car il ne se l’était jamais posée. Alors il répondit :

“J’ai croisé ton ex-mari l’autre jour, le commandant George.

— Ah bon, où ça, quand ?”

Elle n'avait pas l'air très intéressée et fixait le portail devant elle. La tristesse émanait d'elle par vagues déferlantes.

"Il y a un peu plus d'un mois, à une réception après la journée de collecte. Il est l'aide de camp du gouverneur. Je l'ai reconnu grâce à la photo que j'avais vue ici. Je lui ai dit que nous avions été collègues.

— Qu'est-ce qu'il a répondu ?

— Il m'a appris que tu t'étais mariée, avec le Sud-Africain ; il pensait que le mariage n'allait pas tarder à se défaire, parce que selon lui tu es incapable de rester longtemps avec quelqu'un… et…

— Continue, dit-elle en plantant son regard dans le sien. Pourquoi t'es-tu arrêté ?

— Parce que c'est tout."

Elle se tut un moment sans détacher son regard du portail, puis inspira profondément et lança :

"J'imagine que je te dois une explication…

— Non, pas du tout.

— J'ai épousé Themba pour des raisons pratiques, poursuivit-elle néanmoins. Mon visa avait expiré et c'était le seul moyen pour moi de rester en Afrique du Sud. Je me suis dit que ça valait la peine à cause de ce que j'accomplissais là-bas, et nous avions tous les deux convenu qu'il s'agissait d'un mariage blanc, pour le travail, parce que les enfants avaient besoin de moi. L'orphelinat traversait une phase difficile, car nous avions accueilli plus d'enfants dont certains atteints du sida. Si j'étais partie, même pas longtemps, le travail s'en serait ressenti. Donc j'ai accepté cette solution.

— Et maintenant ? demanda Mamo – attendant la suite.

— J'ai tout quitté parce qu'il a commencé à vouloir plus, à vouloir que ce soit un vrai mariage. Je lui ai dit que je n'étais pas prête pour ça, qu'il ne m'intéressait pas, pas en ce sens-là. Il est devenu très triste et ne pensait plus à l'orphelinat. Je m'en voulais de m'être laissé entraîner dans une telle situation. Ce que je cherchais à éviter s'est produit, ça a pesé sur le travail. Il disait qu'il était amoureux de moi et qu'il ne pouvait pas continuer ainsi. Alors je suis revenue directement ici. Je n'ai passé qu'une seule nuit dans la capitale d'Etat, pour dire à ma mère et à ma sœur que j'étais de retour.

— Mais pourquoi n'es-tu pas venue me voir ?

— Je ne sais pas… Maintenant, il faut vraiment que je me repose."

Elle se leva brusquement et rentra dans la maison. Mamo la suivit. Elle pleurait, assise sur le canapé près de la fenêtre.

"Laisse-moi, j'ai vraiment besoin d'être seule.

— Je reviendrai demain", répondit-il sur le seuil avant de sortir.

*

Le lendemain, Zara paraissait beaucoup plus calme, même si elle ne devait pas avoir beaucoup dormi. Elle dit qu'elle n'était pas allée au dispensaire, qu'elle avait pris sa journée. C'était la fin de l'après-midi et la chaleur était telle à l'intérieur qu'ils s'installèrent de nouveau sur les marches, et ce fut comme s'ils n'avaient pas bougé depuis la veille, elle se mit à parler sans préambule, reprenant là où ils en étaient restés. Elle raconta :

"Petite, j'avais peur du noir, d'être seule dans le noir. Mais avec le temps je suis parvenue à dépasser cette peur. Puis à l'école j'ai eu peur de ne pas être aimée des autres filles, ce que j'ai aussi dépassé par la suite. Après l'école, j'ai eu peur de l'échec – c'est toujours le cas, mais pour une raison différente, plus adulte. J'ai peur, je ne voudrais pas me décevoir, ce serait tout simplement insupportable – sauf que parfois j'ignore quelles sont vraiment mes attentes... On dirait que je ne cesse de les confondre avec ce que d'autres attendent de moi. Quand est-ce qu'on en a fini de grandir et qu'on est enfin adulte ?"

C'était une question rhétorique à laquelle Mamo n'essaya pas de répondre ; il aurait été bien en peine de le faire. Elle poursuivit : "Je me rappelle ce que tu m'as dit une fois : tu m'as dit que le monde est aussi neuf aujourd'hui qu'au premier jour de sa création, tu te rappelles ? lui demanda-t-elle tandis qu'il opinait. Eh bien, ça j'y crois, j'y crois vraiment." Ils restèrent à regarder les ombres se mouvoir sous les arbres. Ils évoquèrent la sécheresse puis il lui parla de Kai et Malai :

"Et si on allait les voir, il faut que je leur rende le journal intime que j'ai emprunté.

— D'accord."

Ainsi, ils écartèrent temporairement la douleur brute de la veille et tentèrent d'établir une timide *entente cordiale**.

*

Cet après-midi-là, les sœurs prenaient leur thé dans le jardin. Mamo leur présenta Zara : "Voici Zara, une amie." Après avoir beaucoup cherché, les sœurs découvrirent qu'elles connaissaient

* En français dans le texte. *(N.d.T.)*

son père. Malai dit en posant sa main sur celle de Zara : "Lamemi, mais bien sûr, nous le connaissions bien." Cela les amena à sortir leur ancien album de photographies et à montrer un cliché d'elles avec un groupe de garçons du village à l'école de la mission. Mamo les observait en silence tandis qu'elles parlaient. Il remarqua que les yeux de Zara s'animaient et que les sœurs se laissaient facilement gagner par son intérêt. *C'est tout à fait elle*, se dit Mamo, *c'est là l'effet qu'elle produit sur les gens.* Les sœurs étaient assises de part et d'autre de Zara, leurs visages pâles encadrant son visage noir.

"Là c'est ton père, déclara Malai en le désignant du doigt.

— Je n'en crois pas mes yeux ! dit Zara en secouant la tête d'étonnement. Regarde-le, il a l'air tout minuscule et débraillé.

— Nous avons appris son décès. Nos condoléances, ma petite.

— C'était il y a longtemps, bientôt dix ans."

Les sœurs soupirèrent, prenant peut-être la mesure du temps qui passe. La conversation s'orienta naturellement vers leur départ imminent, dont la date avait finalement été fixée. Elles ne paraissaient pas enthousiastes, expliquant : "Michael y tient, il dit que c'est mieux pour notre santé. Dieu seul a le pouvoir de décider."

Ils restèrent plus de deux heures à feuilleter maints albums de la famille Drinkwater. Lorsqu'ils en arrivèrent à la mère, Mamo demanda soudain :

"Est-ce qu'elle a jamais eu envie de retourner en Amérique ?

— Oh, mais elle y est retournée, pendant la Seconde…

— Non, je veux dire, de vous ramener tous pour ne plus jamais revenir."

Les sœurs se regardèrent et soupirèrent.

“C'était le seul sujet de désaccord entre mes parents. Elle voulait rentrer, mais il soutenait que Dieu nous avait ordonné de vivre et de mourir ici”, dit Heather d'une voix douce.

Au moment où ils partaient, les sœurs firent promettre à Zara de revenir les voir.

“C'est promis !” répondit-elle en les serrant l'une après l'autre dans ses bras.

Dans la voiture, Zara soupira et dit :

“Elle a des yeux tellement tristes.

— Laquelle des deux ?

— Je veux dire la mère, des yeux vraiment tristes. Je me demande quelle est son histoire. Mariée à un pasteur…

— Un fanatique.

— Loin de ses amis et de sa patrie, sans compter la mort d'un enfant. Ce devait être une femme brisée.”

A LA RÉSIDENCE

Il conduisait en silence, sans but, tandis que défilaient les maisons sur le bord de la route. Ils se retrouvèrent dans une partie tranquille et un peu triste du village, où des gens assis en groupes sous les arbres tressaient de la corde, cancanaient ou se contentaient d'attendre la tombée de la nuit pour rentrer se coucher. Puis, comme si le silence lui pesait, Zara désigna une bâtisse en disant :

"Tu vois cette maison ? C'est celle de ma tante Saraya. Elle est malade, elle a toujours été dans cet état depuis que je la connais. Sa fille, Abigail, est infirmière à Brunei.

— Il y a longtemps, mon père était amoureux d'une femme appelée Saraya. Elle avait perdu son mari dans un accident de la route ou quelque chose comme ça. Il était chauffeur de camion.

— Ça alors ! Le mari de ma tante était chauffeur et il est mort il y a longtemps, je ne l'ai pas connu.

— Ça doit être elle ! s'exclama Mamo en riant presque à haute voix de la coïncidence. Je ne l'ai vue qu'une seule fois, de loin. Je n'avais que dix ans. A quoi est-ce qu'elle ressemble ?

— A un ange. C'est peut-être pour ça que ton père l'aimait tant.

— Peut-être", dit Mamo.

Il fut surpris de sentir encore un pincement d'amertume envers cette femme – mais il s'agissait d'une réaction réflexe, d'une survivance de l'enfance. Tournant brusquement pour retourner vers le centre du village, il proposa :

“Bon, maintenant je vais te présenter quelques amis à moi, dit Mamo.

— Qui ça ? demanda Zara tandis qu'ils montaient sur la colline en direction de la résidence.

— Des gens qui travaillent pour le gouvernement local. On se retrouve le soir pour tuer le temps. Tu ne dois pas rentrer chez toi tout de suite ?”

Il n'y avait aucun véhicule devant la résidence. Lorsqu'il aperçut Mamo, le gardien ouvrit le portail.

“Une fois, un président en route vers un autre Etat s'est arrêté ici pour faire un petit somme.

— On dirait un nid d'amour”, déclara Zara en regardant les lourdes tentures aux fenêtres et les hautes haies bordant l'allée.

Une fois à l'intérieur, elle se promena dans le salon en scrutant les photographies aux murs. Il y avait l'administrateur serrant la main du gouverneur d'Etat. A côté, le Mai portant tous ses insignes royaux et son sceptre, ses yeux de hibou lui donnant l'air sage et concentré sur l'objectif. Puis venait le premier administrateur colonial, M. Graves. Zara arpentait la pièce, pensive.

“Il fait chaud aujourd'hui, dit-elle finalement en écartant les tentures pour ouvrir la fenêtre.

— Je peux mettre la clim si tu veux, répondit-il en allant chercher une bouteille de jus d'orange dans le réfrigérateur.

— Non, laissons les fenêtres ouvertes. Viens voir les collines d'ici, c'est magnifique, n'est-ce pas ?”

Il la rejoignit et resta derrière elle, écartant un peu plus les tentures. Le soleil avait amorcé sa descente derrière les collines, prenant peu à peu une teinte sombre et rougeoyante. Il se détourna de la vue pour regarder le sourire sur son visage. Pris d'une impulsion soudaine, il se pencha et l'embrassa dans le cou. Ce geste inattendu la fit sursauter, puis ils éclatèrent de rire, s'exclamant en chœur : "Pardon !" sans se quitter des yeux. La prenant dans ses bras, il enfouit la tête dans son cou. Au bout d'un moment, elle recula et le maintint à distance sans détacher son regard du sien.

"Et si on regardait une cassette – est-ce qu'il y a des films nigérians ?

— Oui."

L'un contre l'autre, ils visionnèrent le film en silence, sans se soucier d'allumer la lumière quand la pièce s'assombrit. Le film touchait à sa fin lorsqu'un coup fut frappé à la porte ; Mamo n'eut pas même le temps de se lever qu'une voix de femme lançait : "Il fait tout noir ici."

Il la reconnut immédiatement, avant même que la lumière ne vienne éclairer Julie sur le seuil, la main toujours sur l'interrupteur et un sourire aux lèvres. Le sourire disparut lorsqu'elle vit qui l'accompagnait.

Il lança : "Salut, Julie !" d'un ton jovial, mais il ne savait plus où se mettre. Elle s'avança lentement dans la pièce, fixant Zara avec curiosité.

"J'ai vu ta voiture.

— Julie, voici Zara. Zara, Julie."

Julie resta debout, tapotant le dossier d'un fauteuil. Elle portait un jean et un tee-shirt, ainsi qu'une perruque sous laquelle on apercevait ses vrais cheveux et qui lui donnait un air plus jeune et plus immature que son âge.

Il lui proposa de s'asseoir ; elle se tourna vers l'écran, croisant et décroisant les jambes. De temps à autre, elle jetait un regard furtif vers Zara. Celle-ci suggéra : "Si tu éteignais la télé, le film est fini." Mamo éteignit les deux appareils et Julie annonça brusquement d'une voix forte qu'elle devait partir.

Mamo la raccompagna jusqu'à la porte et, dès qu'ils furent sortis, elle fondit en larmes, lançant :

"Qui c'est ? Pourquoi tu l'as amenée ici ?

— Julie, rentre chez toi, je t'expliquerai plus tard, dit-il d'un ton las.

— Mais je t'aime !" poursuivit-elle tandis que ses sanglots redoublaient.

Il la regarda avec surprise : il ne lui était jamais venu à l'esprit qu'elle pût être amoureuse de lui. Comment pouvait-il lui avouer qu'il ne ressentait rien de tel pour elle, rien d'autre qu'un simple désir fortuit qui s'évanouirait dès qu'il cesserait de la voir ? Il lui dit avec autant de douceur qu'il put : "Ecoute, je ne peux pas parler maintenant. Viens me voir au bureau demain."

Lorsqu'elle finit par s'en aller, il passa un long moment à scruter les collines au loin avant de rentrer. Zara se tenait au milieu de la pièce, face à la porte. Il s'arrêta et ils restèrent ainsi, face à face. Sur leur visage, un million d'expressions fugitives se succédaient : chagrin, douleur, doute, regret, amour et même peur.

Zara parla la première :

"Qu'est-ce que tu vas lui dire demain à ton bureau ?

— J'en sais rien, dit-il en haussant les épaules. La vérité, que je ne l'aime pas.

— Ecoute, je suis désolée pour tout, pour Themba et de t'avoir quitté la première fois…

et pour beaucoup d'autres choses encore", dit-elle avant de s'interrompre, d'inspirer profondément et de laisser échapper presque dans un murmure : "Ça ne pourrait jamais vraiment marcher, toi et moi, si ?"

Il se tut.

"Peut-être qu'on s'aime trop, reprit-elle devant son mutisme. Tu m'en veux encore, n'est-ce pas ?"

Comme il ne disait toujours rien, elle se dirigea vers la porte et déclara :

"Il faut que j'y aille. C'est un au revoir, j'imagine.

— Je peux te déposer chez toi si tu veux.

— Non, répondit-elle en secouant la tête, je vais marcher. L'air me fera du bien."

Sur son passage, son parfum musqué lui effleura les narines. Il entendit ses pas sur la véranda, puis sur les gravillons, puis ce fut le silence.

Il alla s'asseoir. Il ne savait pas combien de temps il était resté comme ça, silencieux, tête baissée, les yeux fixant l'écran noir de la télévision – mais à l'arrivée de Lakuturus, le membre du conseil, il sortit de sa torpeur. Celui-ci demanda en enlevant son grand boubou et en le déposant sur le canapé : "Mais qu'est-ce que tu fais tout seul devant l'écran noir ? Tu attends quelqu'un ?" Mamo leva les yeux sans répondre. L'homme poursuivit : "Il me faut absolument quelque chose à boire. J'ai eu une journée éreintante !"

Il prit une bouteille de bière dans le réfrigérateur. Mamo l'observa en silence, ses paroles semblaient lui parvenir de très loin. Surplombant Mamo, l'homme le dévisagea avec curiosité.

"Tu as un souci ?

— Non.

— Tu n'as pas l'air bien."

Mamo ne répondit pas ; il se leva simplement et se dirigea vers la porte, un peu vacillant. Ses jambes le soutenaient à peine. Dans sa tête, il ne voyait rien d'autre que le visage de Zara passant devant lui sur le seuil, fière et droite.

"Tu es sûr que tu peux conduire ? Si tu veux je te dépose, lança Lakuturus dans son dos.

— Ça va, merci."

Cela faisait presque une demi-heure qu'il roulait au hasard lorsqu'il s'aperçut qu'il était perdu. Ses sens étaient émoussés, comme une lumière éteinte, et il avait l'impression de flotter sur du nuage – un océan de nuages, monotone, gris et sans limites, qui menaçait d'engloutir le véhicule et de noyer la tache de lumière qu'il projetait sur la route obscure. Ses yeux n'arrêtaient pas de se fermer tout seuls et, au bout de plusieurs minutes, lorsqu'il les rouvrit, il était dans un fossé. Il avait quitté la route et l'une des roues avant s'était coincée dans la rigole. Il ouvrit la portière et s'extirpa du véhicule, mais c'est en vain qu'il essaya de se relever, ses jambes molles se dérobant sous lui. Il finit par se redresser en s'agrippant à la carrosserie, puis il alla s'asseoir sur un ponceau en espérant que quelqu'un vienne le secourir. Mais, au bout de plusieurs minutes ou plusieurs heures, agissant machinalement, il s'aperçut qu'il s'éloignait de la voiture. Il marcha encore et encore, trébuchant et tombant souvent sur les touffes d'herbe sèche sur le bas-côté, se cognant aux arbres et aux cailloux. La peur l'étreignit ; il ne savait pas ce qui lui arrivait. Il n'avait jamais vécu une telle manifestation de sa maladie. Tout lui paraissait brumeux – comme si un immense mur de laine s'était dressé autour de lui et qu'il ne cessait de s'y heurter en essayant de le traverser. Il n'avait pas la moindre idée de l'endroit où il se trouvait.

Il regarda autour de lui à la recherche d'un passant mais ne distingua que des arbres se dressant dans l'obscurité, l'air menaçants, tels des charognards attendant qu'il abandonne la partie pour fondre sur lui. Il pressa le pas, respirant à présent péniblement par petites bouffées, avant d'apercevoir au loin une lumière qui lui fit presque pousser un cri de soulagement. Il se dirigea vers elle, tantôt marchant et tantôt courant, mais plus il avançait, plus la lumière reculait. Il continua, respirant avec de plus en plus de difficulté, obligé de comprimer sa poitrine et de s'appuyer aux arbres, parfois même de s'asseoir. Il fut enfin assez près pour entendre des voix – une infime clameur s'élevant comme un chant. Il se remit en route, zigzaguant, trébuchant et tombant. Enfin, il arriva devant une énorme bâtisse ressemblant à un entrepôt dont les portes immenses étaient ouvertes. Une seule ampoule brillait au-dessus du seuil. Les voix émanant de l'intérieur sombre, polyglottes, baragouinaient, mais l'une d'elles s'élevait toujours au-dessus des autres, orchestrant la cacophonie en hurlant le nom "Jésus" dans une sorte d'extase démente.

Il entra et se laissa choir lourdement sur le premier siège venu. Il demeura voûté, comme en prière, sans percevoir le bruit autour de lui, ni les corps qui l'effleuraient dans leur ferveur, marmonnaient en plusieurs langues en écumant et s'effondraient à ses pieds. Il lui fallut plusieurs minutes, des heures ou quelques secondes, il n'aurait su le dire, pour reprendre peu à peu ses esprits. Les cris et les psalmodies étaient allés *decrescendo* jusqu'à ne plus former qu'un bourdonnement de gémissements graves. Levant la tête, il ne distingua autour de lui que cheveux en bataille, fronts en sang à force d'avoir heurté les murs, visages griffés par des ongles déchaînés. Il était lui-même couvert de terre, de crasse, de vomi et de sang – il ne se souvenait pourtant de rien.

Une voix psalmodiait : "Nous irons demain sur les collines ! Nous prierons et le Seigneur enverra la pluie !" Debout derrière l'autel, l'homme grand et trapu agitait sa Bible en direction de l'assemblée des fidèles à présent silencieuse, le visage éclairé par les bougies sur le lutrin – ses yeux reflétaient la lumière, faisant luire ses pupilles comme des lucioles. Alors Mamo, se sentant revigoré, se leva lentement et se dirigea vers la porte. Une fois dehors, il prit vaguement conscience de l'endroit où il se trouvait : il était dans le quartier appelé "nouvelle ville", où avaient éclos une foule de nouvelles églises et mosquées fanatiques. Il était loin de chez lui. Il se souvint confusément d'avoir versé dans un fossé, et avant ça… de Zara. Il jeta un coup d'œil à sa montre et constata qu'elle était cassée – les aiguilles indiquaient minuit moins le quart, vraisemblablement l'heure de l'accident ou bien le moment où il était tombé sur des cailloux sur le bas-côté. Il devait être beaucoup plus tard à présent.

Il se remit en route vers chez lui, frissonnant et serrant sa mince chemise contre son corps maigre. Il avait la tête lourde et la nausée, il étouffait – il savait parfaitement qu'il s'agissait d'une crise, bien qu'il n'en ait plus eu depuis longtemps. Paralysé par la peur, il s'arrêta – s'il s'effondrait à cet endroit, seul et sans protection, il serait mort avant l'aube, tant son corps était déjà faible. Il fit demi-tour et repartit vers l'église, qui lui paraissait représenter l'espoir le plus sûr. Mais après quelques pas il ne lui fut plus possible d'avancer et il s'affaissa progressivement au milieu du chemin, à plat ventre ; au bout de quelques minutes, il parvint à se traîner jusqu'à un arbre sur le bas-côté et s'y adossa, scrutant le ciel clair au-dessus de lui. Il ne pouvait penser qu'à la beauté des étoiles, il devait y en avoir des millions et des millions là-haut, est-ce que ce n'était pas le comble de l'ironie de mourir par une nuit pareille, et est-ce que c'était vrai que les âmes des bons devenaient des étoiles après la mort du corps – si, comme il l'espérait, il pouvait compter parmi les bons ? Il frissonnait et transpirait en même temps, passant d'une relative lucidité à des phases d'inconscience. Petit à petit, il abandonna tout espoir et observa, impassible, le processus par lequel son âme se détachait de son corps et planait au-dessus de lui, incapable de se décider à rompre enfin toute attache.

LES ÉMEUTES COMMENCENT

Il se réveilla dans une salle d'hôpital ; à ses côtés, tante Marina le fixait d'un air inquiet et patient. Il fut saisi d'une impression de *déjà vu** – cela s'était déjà produit, des années plus tôt, dans une autre vie, cette fois-là les murs étaient indigo et son père à l'arrière-plan s'entretenait avec un médecin, et son frère… où était passé LaMamo ?

Tante Marina s'exclama, soulagée : "Dieu soit loué, tu es réveillé !" Il songea : *Comme elle a l'air âgée ! Ces derniers temps, les rides se sont creusées et multipliées sur son visage. C'est la vieillesse, la tristesse…*

"Mamo, tu m'entends… ? lui demandait-elle.

— Oui, je t'entends."

Il y avait d'autres lits dans la pièce, d'autres patients avec leur famille. Oui, il était déjà venu dans cet endroit, rendre visite à son père, et à Asabar, son oncle patientant dans la salle d'attente. Son lit se trouvait près d'une grande fenêtre par laquelle il apercevait toute l'étendue d'un champ au-dehors, une barrière au loin et de l'autre côté la nationale qui conduisait à la capitale d'Etat en empruntant le pont.

"Des hommes t'ont trouvé sur la route… Ils revenaient d'une veillée à l'église… C'est un miracle… ta voiture était loin de là dans un fossé… et…"

* En français dans le texte. *(N.d.T.)*

Il ferma les yeux et songea : *C'est la mort qui est miraculeuse. Le corps humain est conçu pour survivre aux épreuves les plus pénibles, ses cellules se réparent et se régénèrent. Le corps se fond sans effort dans le milieu environnant qui le protège et l'atmosphère elle-même, l'air, nourrit ses cellules. Seule la forme la plus extrême de violence peut nous tuer, et bien entendu la vieillesse. Ce n'est pas la vie qui est un miracle mais la mort.*

Il rit tout haut.

"Tu es sûr que ça va, mon garçon ? demanda tante Marina avec inquiétude.

— Mais oui, je t'assure."

Il ouvrit les yeux et essaya de lui sourire. Il se sentait à la fois triste et euphorique. Quand elle tenta de le faire manger, il repoussa l'assiette mais accepta la bouteille d'eau à laquelle il but goulûment.

"Je suis là depuis longtemps ?

— Une journée entière. Une des infirmières est venue chez nous me dire où tu étais. Un miracle de plus – et si elle n'avait pas été de service lorsqu'on t'a amené ici ? C'est la main du Seigneur, nous devons lui être reconnaissants..."

Plus tard, le médecin entra et lui demanda comment il se sentait. C'était un homme âgé avec des lunettes aux verres épais sur le nez ; il avait de longues incisives supérieures qui lui donnaient une expression inquisitrice et sévère.

"Pas mal, répondit Mamo avec franchise.

— Bon, votre état paraît normal. Votre tantine m'a dit que vous aviez une anémie falciforme... je n'y peux rien, mais vous devez faire plus attention à votre santé, à ce que vous mangez et buvez, ajouta-t-il tandis que Mamo opinait. Nous allons vous garder encore vingt-quatre heures, pour être sûrs qu'il n'y a pas de complication."

Tante Marina partit peu après, promettant de revenir le lendemain en taxi pour le ramener.

*

Mais elle ne revint pas, car le lendemain se déclenchèrent les émeutes.

Pour tenter de susciter une intervention divine, la communauté chrétienne de Keti, toutes sectes confondues, avait décidé tôt ce matin-là d'aller prier au sommet de la colline pour faire venir la pluie et de persévérer jusqu'à être entendue. Tante Marina, qui ne manquait jamais une occasion de manifester sa piété, était de la partie. Le groupe avançait en chantant, ralliant de plus en plus de monde. En chemin, ils faisaient halte chez tous les chrétiens notoires pour les persuader de se joindre à eux.

Les ennuis commencèrent lorsqu'ils furent amenés à passer devant la mosquée du village, dans la partie de Keti appelée "quartier haoussa" car la plupart des gens qui vivaient là étaient originaires des grandes villes haoussas. Les musulmans avaient beau habiter Keti depuis de nombreuses années, se mariant avec les villageois, ils n'avaient jamais vraiment été assimilés et conservaient leur religion et leurs traditions haoussas.

Les chants firent sortir les musulmans de la mosquée et les tirèrent de leur lit ; découvrant le projet des chrétiens, ils décidèrent de ne pas être en reste. Rentrant chez eux ou dans la mosquée, ils ressortirent avec leur tapis de prière et leur chapelet, et se dirigèrent également vers la colline en récitant *"Allahu akbar !"* Des heures durant, parmi les arbres et les rochers résonnèrent les clameurs perçantes des prières chrétiennes et musulmanes, et ils rivalisaient si intensément qu'aucun des deux groupes ne voulut abandonner le premier ; le matin se changea en après-midi puis en soir, mais ils continuaient à prier, sans manger ni boire. Certains s'évanouirent, toutes les voix s'enrouèrent ; le ciel s'assombrit, le tonnerre gronda, les éclairs surgirent, mais la pluie ne tomba pas.

Alors, dépités, les deux groupes se mirent à s'invectiver, les chrétiens lançant aux musulmans : "Plus fort, votre Dieu est peut-être un peu dur de la feuille !" Les musulmans répondant : "Allez, encore un effort, votre Dieu est peut-être allé au marché et il faut crier pour qu'il vous entende !"

Mais qui jeta la première pierre – un des cailloux irréguliers de la taille du poing qui abondent au sommet ? Nul ne le sait, mais ils fendirent bientôt l'air et touchèrent des visages, des bras, des jambes, des poitrines.

*

"Les combats ont gagné le village et se sont répandus dans les rues et les maisons avant l'arrivée de la police antiémeute. Les églises et les mosquées sont en feu, des cadavres gisent dans les rues – j'en ai vu beaucoup de mes propres yeux", racontait en agitant les bras un homme au regard fou à un groupe de gens près de Mamo.

Ayant signé sa décharge depuis plusieurs heures, il était demeuré patiemment dans la salle d'attente, espérant voir arriver sa tante et se demandant ce qui la retenait. Mais à présent des nouvelles des combats, et de certains décès, commençaient à parvenir à l'hôpital. Les gens s'attroupaient au portail, où on disait que de plus en plus de gens fuyaient. L'hôpital étant évidemment l'un des lieux sûrs, des femmes affluaient, leurs affaires rassemblées en un ballot sur la tête, d'autres avec un enfant dans le dos, courant en jetant sans cesse des regards pardessus leur épaule. Des camionnettes déchargeaient sans cérémonie les blessés devant la salle des urgences.

Mamo était parmi la foule près du portail, des corps le heurtaient et des yeux fixaient les siens sans le voir. La peur était tangible dans l'air étouffant et une sorte d'incessant bourdonnement grave émanait des femmes qui se précipitaient chaque fois vers les nouveaux réfugiés, dont elles scrutaient le visage en demandant des nouvelles des leurs. Elles ne se rendaient même pas compte du bruit qu'elles faisaient.

Mamo se sentit faible et sonné, tant la nouvelle était brusque et inattendue. Il savait bien que sa tante devait se trouver parmi l'assemblée de fidèles sur la colline. Dans l'expectative, il alla s'asseoir sur un banc près de l'entrée de la salle des urgences. Non loin de lui, un enfant de trois ans environ était tout seul, perdu, en pleurs. La lumière baissait, il n'allait pas tarder à faire nuit. De plus en plus de gens passaient le portail, et à présent tout l'espace devant les salles était empli de corps geignant et fatigués, assis ou allongés sur la terre poussiéreuse, quelques infirmières en blanc circulant avec des pansements et des bidons d'eau.

Des coups de feu au loin leur parvenaient à présent : les policiers – les gardiens de la paix. Près de lui, un homme, peut-être le personnage hagard qui avait auparavant répandu la nouvelle des combats, décrivait la manière dont les policiers allaient d'une maison à l'autre, tabassant indistinctement tous ceux qu'ils y dénichaient, détachant les chèvres et les poules avant de les envoyer à l'arrière de leur camion tout en tirant en l'air, toujours pour le maintien de la paix.

Mamo passa la nuit sur le banc, affamé, les bras serrés autour du corps pour avoir chaud, à écouter les pleurs des bébés et les gémissements continuels des mères. Au matin, il entra dans la salle des urgences et scruta les visages en sang. Il en reconnut certains mais ne vit nulle part sa tante. Alors il sortit au milieu de la foule pour examiner les hommes et les femmes étalés par terre, sans l'apercevoir davantage. Un groupe de jeunes gens voulaient sortir de l'hôpital, mais ils avaient dû faire halte devant un gardien qui tentait de les en dissuader, disant : "Les policiers ne sont pas partis, ils continuent de tirer."

Ils sortirent malgré tout, Mamo avec eux. Ils étaient environ cinq et plus d'une fois ils furent arrêtés par des policiers armés qui leur ordonnèrent de se coucher ventre à terre tandis qu'ils les fouillaient à la recherche d'armes ; il rentra finalement chez lui, où il trouva Rifkatu assise toute seule sur les marches, en larmes.

"Où est tantine ? interrogea-t-il.

— Elle est allée hier sur la colline, mais elle n'est pas revenue."

Il se rendit ensuite chez son oncle, où il apprit que tante Marina faisait partie d'un groupe de gens arrêtés par la police. Mamo sentit son corps se détendre lentement, les tensions se dissiper. Elle était vivante.

"Mais est-ce qu'elle va bien ? Tu l'as vue ? demanda-t-il avec douceur et appréhension à son oncle.

— Personne ne sait vraiment, c'est tellement la panique… Je vais aller au commissariat voir ce qui se passe.

— Je viens avec toi", répondit aussitôt Mamo.

Une fois sur place, ils furent surpris par la foule qui attendait pour avoir des nouvelles des familles. D'un coup, il n'y avait plus ni chrétiens ni musulmans, seulement des gens angoissés impatients de voir leurs proches. Sur les marches se tenaient deux policiers, le fusil pointé vers eux.

Quelque temps plus tard, un inspecteur bedonnant sortit faire une annonce. La foule se tut. Il dit : "Je vais lire les noms des gens que nous avons – ils sont quarante. Si vous entendez celui d'un parent à vous, vous pouvez lui apporter à manger, mais vous ne serez pas autorisés à le voir. Nous les gardons à cause de leur participation aux émeutes ; ils seront relâchés après avoir été interrogés. Compris ?"

La foule murmura une réponse et l'inspecteur se mit à lire les noms, dont celui de tante Marina. Mamo se tourna vers son oncle :

"Qu'est-ce qu'on fait maintenant ?

— On fait ce qu'il a dit. On rentre lui préparer à manger et on attend. Je suis sûr que tout va bien se passer."

LE MASQUE TOMBE

Ce soir-là, le Waziri rendit visite à Mamo.

“Vous n’avez pas été touché par les émeutes, n’est-ce pas ? demanda-t-il en montant sur la véranda où se trouvait Mamo – qui lui céda son siège et alla s’en chercher un autre à l’intérieur.

— Quelle surprise de vous voir !

— Oui, bien sûr. Vous ne vous y attendiez pas, j’imagine. Ha ha ha ! Mais c’est normal, je fais le tour pour m’assurer que tout est rentré dans l’ordre, pour parler aux gens et leur montrer la sottise de la violence. Toutes les mosquées, les églises, la plupart des magasins et des bars brûlent encore. C’est de la folie, de la folie pure. Sans parler des morts – on continue de découvrir des cadavres. Plus de dix, jusqu’à maintenant. Vous n’avez pas été touché ?

— Pas moi, mais ma tante est en détention.

— Quoi ? Mais pourquoi n’êtes-vous pas venu me voir immédiatement ? Est-ce que vous ignorez la brutalité des policiers ? la puanteur des cellules ? Pouah…, dit le Waziri en se bouchant le nez. Ce n’est pas un endroit pour une vieille dame.

— Je n’étais pas là, j’étais à l’hôpital. Je ne suis rentré qu’aujourd’hui.

— Vous avez été malade ?

— Ma voiture a atterri dans un fossé, expliqua brièvement Mamo.

— Oui, j'ai vu ça dehors. Toute cabossée. Rien de grave, n'est-ce pas ? Cela ne va pas avoir de répercussion sur le livre, j'espère ? A moins que vous n'ayez déjà terminé ?

— Non, pas encore."

Le Waziri attendit plus de détails, mais Mamo se tut, détournant le regard. Puis il lança :

"Je voudrais discuter avec vous des puits...

— Ah non, vous n'allez pas recommencer ! répliqua le Waziri en se levant et en se mettant à arpenter l'étroite véranda, l'air pensif et mécontent.

— Je suis passé sur le chantier l'autre jour et personne n'y travaillait. Pourquoi n'embauchez-vous pas d'autres ingénieurs ? L'argent ne devrait pas être un souci vu que..."

Le Waziri soupira et s'assit, rapprochant sa chaise de celle de Mamo. Sans se départir d'une expression de patience à toute épreuve, il parla sur le ton d'Einstein expliquant $e = mc^2$ à un enfant :

"Ainsi, vous ne comprenez vraiment pas comment ces choses-là marchent ? Je vous ai déjà expliqué que nous fonctionnons par commissions, et vous croyez que les commissions travaillent pour rien ? Je vais être franc avec vous : il faut leur donner quelque chose, leur part des quinze millions. Nous parlons là des Mai, qui ne se satisfont pas de quelques miettes. Alors, à la fin de la journée, il ne reste pas autant pour les puits qu'escompté. Vous comprenez ? Je n'y vais pas par quatre chemins.

— Ça veut dire que l'argent, les quinze millions collectés pour creuser des puits et apporter l'eau à la population, a été réparti entre les Mai au point qu'il ne reste rien pour le projet initial ? demanda Mamo sur un ton tout aussi lent et patient.

— Pas tout l'argent, dit le Waziri dont le sourire s'effaça un temps puis resurgit. Est-ce que vous croyez que nous vous avons oublié, vous, notre scribe de talent ? Ha ha ha ! Non. Vous me donnerez votre numéro de compte et je vous verserai quelque chose.

— Combien ? s'enquit Mamo.

— Disons cent mille nairas ? Vous les méritez. Mais il faut que le livre soit achevé bientôt, c'est très important.

— Et la population alors ? Elle n'en retire rien du tout ?

— Allons allons, secrétaire. Je connais les gens, je les représente. C'est mon métier. Vous croyez qu'ils ignorent comment tout ça se passe ? Pas du tout. Et d'ailleurs – je suis sûr que cela ne vous a jamais traversé l'esprit –, cet argent que les Mai se partagent finit par revenir à la population. Ces mêmes gens qui viennent au palais avec leur liste de problèmes – médicaments pour les enfants, frais de scolarité, pénurie de nourriture –, vous croyez que nous les laissons repartir les mains vides ? Jamais. Tant et si bien que c'est la population qui en bénéficie le plus."

Tout en écoutant la voix douce et méphistophélique du Waziri, Mamo remarqua que, malgré son strabisme, celui-ci avait le regard perçant d'un prédateur et qu'il semblait toujours à l'affût, attendant patiemment de prendre de vitesse son interlocuteur – quant à son haleine, comment avait-il pu ne pas sentir son odeur nauséabonde avant ce jour ? Etait-ce simplement qu'il avait préféré ne pas relever ? Pourquoi ne pas avoir quitté la salle du conseil le jour où il avait regardé par la fenêtre et s'était rendu compte que rien de digne ne pouvait être écrit sur le Mai ? Plus tard, d'autres occasions s'étaient présentées qu'il n'avait pas saisies. Il songea soudain : *LaMamo serait parti. Est-ce que cela fait de moi un être plus faible que mon frère, à la fois physiquement et moralement ?*

“Mais, conclut le Waziri, ne perdons pas notre temps à énoncer des évidences. Le plus important pour l'heure, c'est le livre. Il faut que vous le terminiez rapidement, puis nous pourrons parler de le faire imprimer. Combien d'exemplaires faut-il prévoir ? Je veux que chaque foyer à Keti en ait un. Représentez-vous un peu, bientôt vous aurez votre nom dans chaque maison, sur chaque table !

— Dites-moi, monsieur, pourquoi ce livre est-il si important pour vous ?

— Non non, pas pour moi, pour le Mai, pour son anniversaire, pour tous les habitants de Keti.

— Je ne suis peut-être pas la bonne personne pour cette tâche...

— Qu'est-ce qui vous fait dire cela ?

— Il y a tellement de choses que je ne comprends pas. Par exemple, pourquoi m'avez-vous embauché pour écrire la biographie du Mai tout en faisant semblant qu'il s'agissait d'une idée à lui ?

— Jeune homme, le Mai lui-même a ordonné...

— Non, Waziri, ce n'est pas lui. Mais nous pourrons le lui demander au palais si vous y tenez.

— Est-ce que ça importe vraiment ? demanda le Waziri après un long silence.

— Au début, poursuivit Mamo, il a été surpris lorsque je me suis présenté pour les entretiens. Ensuite, je me suis dit : Et si ce n'était pas du tout lui qui m'avait embauché mais le Waziri, en me faisant croire que c'était le Mai ? Ça m'a d'abord paru absurde, car quelle raison auriez-vous d'agir ainsi ? J'ai même supposé que votre seule ambition était de figurer en bonne place dans le livre. Puis d'autres événements se sont produits qui m'ont ouvert les yeux. J'ai croisé ce garçon, Prince. Vous vous rappelez le jour où vous m'avez promis de me l'amener pour un entretien ? Eh bien, comme j'ai soupçonné, à juste titre d'ailleurs, que vous ne tiendriez pas parole, je suis allé le trouver, mais j'ai découvert que des serviteurs du palais lui avaient fait quitter la ville. Des hommes à vos ordres, pour que je ne puisse pas l'interroger. Là encore, pour quelle raison ? Je n'avais pas de réponse, mais cela m'a appris que vous essayiez désespérément de cacher quelque chose – une chose que vous ne vouliez pas que j'apprenne.

— Et de quoi s'agit-il ?

— J'y viens. J'ai également découvert que Prince se vantait auprès de ses voisins d'avoir été invité à venir d'Ilé-Ifè à Keti par le palais. Vous lui avez joué le même tour qu'à moi, en lui faisant croire que l'invitation émanait du Mai. Pourquoi ? Parce que vous voulez qu'il devienne Mai après celui-ci ? Mais vous n'êtes sûrement pas sans savoir que personne ne prendrait au sérieux un musicien ambulant portant des dreadlocks et fumant de l'herbe ?

— Ha ha ha ! dit le Waziri. Vous avez décidément beaucoup d'imagination. Continuez, je m'amuse bien.

— S'il vous plaît", répliqua sèchement Mamo avant de poursuivre : "Votre plan est très habile parce qu'en surface chaque phase semble distincte – par exemple, nul ne peut faire le lien entre Prince et vous-même, ni entre vous et mon livre. A moins, bien entendu, d'être en position d'y voir un plan d'ensemble – or je suis en mesure de rassembler ces morceaux épars. Ce qui nous amène à la biographie. Vous voulez que j'écrive un livre qui en apparence glorifiera la grandeur de la lignée de Bol Dok culminant avec le Mai actuel. Mais plus je cherche, plus je découvre qu'il n'y a rien à glorifier. Je ne peux que produire le contraire et ridiculiser la lignée de Bol Dok en montrant comment elle a profité de la violence faite à notre culture par les colonisateurs, ce qui la rend indigne d'être le véritable représentant de notre peuple. Toutes les preuves figureront dans mon livre. Par conséquent, les gens voudront se débarrasser de cette lignée et peut-être revenir à la lignée précédente de La Kei, surtout si la région connaît des troubles éventuellement dus aux promesses non tenues concernant les puits, et aussi parce que le petit-fils de La Kei, Prince, se trouve à proximité, prêt à disputer le trône. Une fois qu'on ne saura plus bien qui peut réellement y prétendre, vous serez là pour conseiller aux faiseurs de roi d'envisager sérieusement un retour à la lignée de La Kei, ce qui correspondra évidemment à la volonté populaire.

— Et sur qui leur choix se portera-t-il ? Prince ? Vous venez de dire que personne ne le prendra au sérieux.

— Toute la beauté de votre plan est là, n'est-ce pas ? Vous êtes dans les faits son grand-oncle, et par là vous pouvez prétendre autant que lui à succéder à La Kei. Ce qui fera de vous le parfait prétendant de compromis au rang de Mai, car non seulement vous êtes parent de La Kei, mais aussi du Mai Alhassan.

— Je ne vous en tiendrai pas rigueur, parce que vous ignoriez, j'en suis sûr, qu'un Waziri ne peut pas succéder à son Mai.

— Tout est possible avec de la volonté, et des moyens. Sous votre houlette, les faiseurs de roi ne verront aucune difficulté à abolir cette règle. Vous ferez en sorte qu'il en aille ainsi – facilitant leur décision grâce à de généreux dons, peut-être même avec l'argent de la journée de collecte. Après tout, qui pourrait protester ?

— Voyons voyons, secrétaire, cela confirme au moins que je ne me trompais pas sur votre compte : vous avez une imagination débordante."

Mamo fixa l'œil valide du Waziri et, malgré le ton léger et badin, il put y déceler de l'agacement. Le Waziri articula lentement :

"Et si je vous offrais plus d'argent ?

— Vous semblez oublier, repartit Mamo en riant, que mon père m'en a laissé suffisamment pour être à l'abri du besoin. Mais merci de le proposer. Je veux simplement que vous creusiez les puits comme prévu."

Le Waziri resta un long moment silencieux. Il se leva en faisant mine de partir, puis, sur la dernière marche, il se retourna d'un air théâtral et déclara :

"Et si je vous disais que tout ce que vous avez raconté n'est que de pures élucubrations, que je suis un sujet loyal du Mai et que ma seule ambition est de voir son souvenir préservé dans votre livre ? Me croiriez-vous ?

— Non, dit Mamo en secouant la tête. Vous n'auriez pas dû décevoir la population au sujet des puits.

— Alors, vous ne me laissez pas le choix, rétorqua le Waziri en haussant les épaules. J'ai entendu dire que tous les émeutiers arrêtés allaient être emmenés à la capitale d'Etat pour y être interrogés. Combien de temps une vieille femme pourra survivre dans ces conditions ?

Quel âge a votre tantine, soixante ans, soixante-cinq ans ? Mais, si vous le voulez, je peux la faire libérer en une minute. Sa vie est entre vos mains. Songez-y."

INCENDIE SUR LES COLLINES

LaMamo arriva dans la nuit, tandis que les collines brûlaient.

Les policiers y avaient mis le feu pour débusquer en masse les émeutiers qui cherchaient à échapper à la capture et aux brutalités. Assis sur la véranda, Mamo observait l'incendie. Il n'avait pas bougé, même si le Waziri était parti depuis longtemps. Quand Rifkatu lui avait demandé s'il voulait manger quelque chose, il l'avait renvoyée d'un geste impatient, sans un regard. Il savait qu'il devrait aller raconter son altercation avec le Waziri à son oncle, qui l'avait averti de ne pas laisser transparaître ses soupçons. Pourtant, c'est ce qu'il venait de faire, pour reconquérir sa dignité. Or il semblait à présent s'être lui-même pris au piège, la seule échappatoire possible restant d'écrire le livre.

Il ne parvenait pas à remettre en branle ses membres ni son cerveau. Il se sentait physiquement harassé, car il ne s'était pas encore rétabli des épreuves récentes. Il s'aperçut qu'il n'avait rien avalé depuis la veille. Sa tête lui faisait mal et il voyait flou à cause de la faim ; ainsi, quand le portail s'ouvrit et qu'un homme portant un sac en bandoulière entra, Mamo pensa qu'il s'agissait d'une hallucination. Il attendit que la silhouette devienne reconnaissable et, lorsqu'il distingua le pansement sur l'œil, son cerveau lui signifia que cela devait lui rappeler quelque chose. Aussitôt, il reconnut son frère et voulut parler, mais aucun son ne sortit de sa bouche. Il était tellement submergé par l'émotion, dérouté et peiné par le pansement que les larmes jaillirent de ses yeux. Son frère se tenait au bas des marches et le regardait, un peu hésitant, comme s'il attendait que Mamo fasse le premier pas. Celui-ci finit par se lever, articulant d'une voix rauque :

"LaMamo !

— Mamo ! répondit son frère en montant lentement les marches. J'ai cru un instant que je m'étais trompé de maison."

Les deux frères s'étreignirent de manière assez cérémonieuse avant de s'asseoir. Ils fixèrent tous deux le sol, puis les collines au loin, et enfin l'enceinte de la parcelle, mais sans se regarder l'un l'autre, comme si c'était trop douloureux. Mamo savait qu'il avait l'air maigre, fatigué et défait, et cela lui faisait si bizarre de voir le pansement sur l'œil de LaMamo qu'il avait envie de l'enlever pour s'assurer que l'œil dessous avait bien disparu.

"J'ai vu des bâtiments réduits en cendres et des gens qui se cachent. Quand je suis passé devant l'église, elle fumait encore, dit LaMamo d'une voix pesante tandis que Mamo opinait.

— Mais il y a pire : beaucoup de gens ont été arrêtés par la police, dont tante Marina.

— Et père ?"

Mamo lança un regard sévère à son frère. LaMamo comprit, mais il attendit d'avoir confirmation.

"Père..., commença lentement Mamo en s'éclaircissant la voix, il est mort. Il y a presque un an."

Après un long silence, LaMamo dit :

“J’ai cru que je m’étais perdu en venant de l’arrêt de car. Dans mes rêves, ce n’est pas ça que j’espérais retrouver. J’ai parlé à Bintou des collines verdoyantes, des fermes et des vallées…”

Il s’interrompit et émit un petit rire en baissant les yeux vers ses mains. Une mince barbe couvrait son menton ; la faible lumière lui donnait l’air solidement charpenté et accusait la rudesse de ses traits renforcée par le pansement.

“Parle-moi de Bintou”, demanda Mamo.

Sans un mot, son frère tira son porte-monnaie de sa poche et en sortit une photographie qu’il lui fit glisser sur la table. Elle montrait un visage beau et jeune, à l’air déterminé et optimiste.

“Quel âge a-t-elle ? demanda Mamo à court d’idées.

— Elle va avoir vingt-cinq ans en juillet. Elle est enceinte de trois mois.”

Mamo tournait et retournait la photographie, qui avait perdu sa rigidité et son brillant, comme cela arrive aux photographies conservées dans un porte-monnaie ou passées de main en main. Il se représentait son frère sortant le cliché pour le montrer à des gens, des amis ou des connaissances de passage dans un car ou un bar, et la manière dont il devait dire – en prenant soin de dissimuler sa fierté : *Elle espère que ce sera une fille. Pour moi, peu importe, un garçon peut-être, mais ça m’est égal. Ça pourrait être des jumeaux, en fait je suis jumeau moi-même.*

“Est-ce qu’elle va bientôt venir te rejoindre ?

— Je n’en sais rien, répondit LaMamo en haussant les épaules. Quand elle est tombée enceinte, je me suis mis à penser au village, ce genre de choses… et elle m’a encouragé à venir voir comment ça se passe ici, espérant qu'un jour nous pourrions… mais maintenant…"

Il haussa de nouveau les épaules avant d'ajouter fièrement : "Elle a son diplôme, au fait." Il parlait avec un certain nasillement provenant probablement de son séjour au Liberia, se dit Mamo. Il s'enquit :

"Tu disais dans ta lettre que tu allais toi aussi reprendre les études. Tu l'as fait ?

— Oui, j'ai obtenu un diplôme… Ça n'a pas été du gâteau, mais j'y suis arrivé."

Soudain, comme si parler de sa femme lui avait rendu l'appétit, LaMamo lança :

"J'ai faim, je n'ai rien mangé depuis que j'ai quitté Lagos ce matin.

— Je ne suis pas sûr qu'il y ait quelque chose de prêt, répondit Mamo en se levant. Je peux réveiller Rifkatu pour qu'elle te prépare quelque chose.

— Qui est-ce ? Tu n'es pas marié, si ?

— Non, dit Mamo en souriant et en faisant signe que non de la tête. C'est seulement une cousine qui vit avec nous."

LaMamo descendit les marches, passa devant la cuisine et se dirigea vers le poulailler.

"Est-ce que tante Marina élève toujours des poules ? interrogea-t-il de loin.

— Oui.

— Bon, et si on se faisait du poulet rôti ? Démarre le feu, j'arrive tout de suite."

Mamo secoua la tête et se dirigea aussi vers la cuisine. Il lui sembla subitement que les soucis qui pesaient sur ses épaules et lui bouchaient l'horizon à peine quelques heures plus tôt s'étaient envolés. Tout d'un coup, il eut grand-faim. Il entra dans la cuisine et chercha à tâtons les allumettes. L'ampoule électrique avait grillé plusieurs mois auparavant, mais tante Marina n'avait pas pris la peine de la changer. Il en gratta une et la lumière lui permit de trouver le pétrole, qu'il versa sur le bois dans le foyer triangulaire. Il jeta le bout d'allumette restant sur le bois, faisant jaillir les flammes avec un sifflement.

LaMamo ne tarda pas à rapporter un poulet. Il lui avait tranché le cou avec un canif, mais ses pattes continuaient à s'agiter. Il avait les mains couvertes de sang – qui paraissait noir à cause de l'éclairage insuffisant. Soudain, Mamo se souvint des lettres de son frère, de celle où il racontait comment il avait tué le major qui essayait de violer Bintou. Il tenta d'imaginer l'état de la pièce, le sang qui avait dû se répandre sur le tapis et l'horrible détonation du fusil lorsqu'il avait tiré.

Ils s'assirent sur des tabourets bas devant le feu, attendant que le pétrole ait brûlé et que le bois commence à se consumer. Rapidement et sans effort, les mains de LaMamo plumèrent le poulet, mettant à nu la peau dodue en dessous. Il demanda : "Comment père est-il mort ?" Enfonçant le couteau au milieu de la cage thoracique de l'animal, il l'ouvrit de la poitrine au croupion, puis se mit à vider les entrailles. Le sang dégoulinait sur le tas de plumes par terre. Il le transperça d'un fin bâton pointu qu'il suspendit au-dessus du feu rougeoyant. Mamo lui raconta les défaites politiques de Lamang, les actes de violence et l'arrestation qui s'étaient ensuivis, ainsi que la paralysie d'Asabar. La conversation était décousue, fréquemment entrecoupée de silences au cours desquels ils contemplaient les flammes qui rôtissaient le poulet. Le feu projetait leurs ombres sur le mur, leurs têtes étirées, penchées et proches comme celles de joueurs de cartes ou de conspirateurs.

Tournant la broche en plissant l'œil à cause de la chaleur et de la fumée, LaMamo demanda : "Comment t'es-tu entendu avec lui ?" L'agréable odeur qui commençait à se dégager du poulet faisait saliver Mamo. Après avoir farfouillé pour trouver le sel et le poivre, ils attaquèrent leur repas, découpant de gros morceaux de chair tendre qu'ils plongeaient dans le sel et le poivre.

"Pas trop mal vers la fin, dit Mamo tandis que LaMamo prenait un air dubitatif. En un sens, les veuves ont aidé.

— Ces vieilles effrontées !

— Encore une fois, elles n'étaient pas si horribles vers la fin.

— Mais elles…, commença LaMamo avant d'être interrompu.

— Les gens sont comme ils sont, et les veuves m'ont vraiment aidé à surmonter certains moments très difficiles. Je les vois encore de temps en temps, à l'occasion."

LaMamo haussa les épaules et changea de sujet :

"Qu'est-ce qu'on fait pour tante Marina ? Il faudrait aller au commissariat demain ?

— C'est plus compliqué que ça, dit Mamo avant de le mettre au courant de l'ultimatum du Waziri. Maintenant, je ne sais plus trop comment m'y prendre.

— Pourtant c'est clair, tu ne dois pas céder à son chantage.

— Mais que faire d'autre ?

— Demain, nous irons le voir, déclara LaMamo avec tant d'assurance que Mamo se sentit soudain optimiste.

— Et qu'est-ce qu'on va faire une fois là-bas ?

— Je ne sais pas, mais il faut à tout prix résister aux gens comme ça, les empêcher de gagner. Ça va de soi, non ?"

Il était presque minuit. Tous deux avaient sommeil mais aucun ne voulait vraiment aller se coucher. Mamo proposa de rentrer.

AU PALAIS ! AU PALAIS !

Mamo se réveilla tard ; LaMamo l'attendait dans le salon.

"Tu as passé une bonne nuit ?"

LaMamo haussa les épaules et posa un bout de papier sur la table devant lui en déclarant : "C'est à toi. Je l'ai trouvé dans un tiroir." Il s'adressait à Mamo d'une voix un peu raide sans quitter des yeux le bout de papier. Mamo le saisit : c'était la lettre qu'il avait écrite à la police et qu'il avait dû laisser dans un tiroir lorsqu'il était allé s'installer dans la grande chambre.

"J'ai rédigé ça quand…

— Tu ne me dois aucune explication", coupa LaMamo.

Mamo fut surpris de l'hostilité dans la voix de son frère. Il replia soigneusement la lettre et la mit dans sa poche, ajoutant : "Nous en reparlerons plus tard, quand tu seras plus disposé à écouter." C'était son tour d'être en colère, car son frère le jugeait sans même prendre la peine de l'écouter. Si l'on s'en tenait au contenu apparent de la lettre, elle paraissait à coup sûr accablante, mais elle ne disait pas tout…

LaMamo se leva, annonça qu'il allait voir Asabar et sortit à grandes enjambées. Mamo songea à lui emboîter le pas, puis il changea d'avis. Il se lava la figure et s'assit sur la véranda jusqu'à ce que le soleil soit haut dans le ciel. L'idée l'avait souvent traversé de planter des fleurs devant la véranda, juste à côté des marches – mais il n'avait jamais trouvé le temps de le faire. De plus, l'eau posait un vrai problème. Cependant, en esprit, il lui arrivait parfois de voir pousser les fleurs, comme en cet instant. Il ferma les yeux et les imagina sortant de terre, les feuilles et les pétales mouillés par la pluie, le sol boueux sous ses pieds. Il sourit, pris de ravissement à cette pensée.

Il resta ainsi des heures, jusqu'au moment où des cris venant de la rue le rappelèrent brutalement à la réalité. Sans raison aucune, son cœur défaillit et il s'exclama à voix haute : "C'est LaMamo !" Il se leva puis se rassit tant ses jambes flageolaient. Alors il demanda à Rifkatu d'aller voir ce qui se passait. Lorsqu'elle revint, hors d'haleine, elle dit en pointant le brouhaha du doigt : "Il y a des gens qui se battent dehors."

Mamo sortit et fut surpris de voir une foule aussi nombreuse. Il crut un instant que les combats avaient repris, puis il s'aperçut qu'il ne s'agissait pas de cela. Les gens progressaient en direction du marché, appelant : "Au palais ! Au palais !"

"Que se passe-t-il ? demanda-t-il à un homme.

— Les gens ont chassé les ingénieurs, répondit celui-ci, et l'un d'eux est mort. Ils ont mis le feu aux camions et maintenant ils vont au palais.

— Il a jeté à terre un policier, je l'ai vu, ajouta avec excitation un autre. Maintenant il entraîne les gens vers le marché.

— Qui ça ? s'enquit Mamo.

— J'en sais rien, c'est un soldat. On dit qu'il est tout juste rentré du Liberia. Il est à la tête de la foule qui va affronter le Mai.

— Mais… vous êtes sûr… ?" put simplement articuler Mamo tandis que l'homme s'éloignait.

Mamo scruta la foule, indécis. Il rentra dans la maison et enfila ses chaussures et une autre chemise avec des gestes mécaniques. Il savait qu'il lui fallait suivre le mouvement jusqu'au palais – qu'il pourrait peut-être se débrouiller pour parler à LaMamo. Pris de vertige, il s'assit brusquement. Plus que tout, il aurait aimé aller marcher, prendre le sentier au milieu des champs desséchés et durs comme de la pierre et sentir l'air étouffant sur son visage, marcher encore et encore jusqu'à avoir l'esprit clair. Mais il se leva et rejoignit la foule, qui avait à présent dépassé le marché. En chemin, il en apprit davantage : revenant de chez Asabar, LaMamo était tombé sur une bagarre. Un groupe de villageois avait accosté les ingénieurs, qui, tous les cinq dans une voiture, venaient de faire une de leurs rares apparitions sur le chantier. Les villageois les attendaient de pied ferme. L'un d'eux, tirant sa fille après lui, avait accusé le plus corpulent de l'avoir engrossée. L'adolescente en larmes avait désigné le coupable, celui au volant. Mais les ingénieurs s'étaient contentés de leur rire au nez et de les menacer de les écraser s'ils ne leur dégageaient pas le passage, demandant à la jeune fille si elle n'avait pas reçu assez d'argent. Alors les villageois furieux les avaient extirpés du véhicule – tuant le gros sur le coup, tandis que les quatre autres réussissaient de justesse à leur échapper. Le chantier fut démoli, les camionnettes incendiées. Au moment où un policier isolé en patrouille surgissait et dégainait son pistolet, LaMamo lui bondit dessus, le plaquant à terre. Reprenant leurs esprits et se trouvant avec un cadavre sur les bras, les villageois allaient se disperser, quand

LaMamo les rallia en disant qu'il était trop tard pour fuir et que la cause de tous leurs ennuis n'était pas les ingénieurs mais le palais.

"Qui a embauché les ingénieurs ? hurla-t-il en les dévisageant l'un après l'autre.

— Le Mai ! répondit l'un.

— Le Waziri ! cria un autre.

— Et Mamo, le fils de Lamang ! lança un dernier.

— Là vous vous trompez, Mamo a été dupé comme tout le village, il a organisé la collecte dans le seul but d'obtenir un puits pour la population, mais le Waziri dans son dos a embauché ces… ces… porcs. Et pour ceux qui ne me connaissent pas, je suis LaMamo, le frère jumeau de Mamo. Maintenant, qui veut venir avec moi au palais dire au Mai et à son Waziri ce que nous pensons d'eux et exiger la libération immédiate de ceux que la police garde dans ses cellules ?"

Le cadavre de l'ingénieur fut jeté dans une charrette tirée par un âne et la foule enfla au fur et à mesure que la procession traversait le cœur du village. Pour la plupart, ils ignoraient pourquoi ils suivaient le meneur borgne, mais les images des violences policières étaient encore toutes fraîches dans leur esprit. Sans compter que la sécheresse et la famine imminente attisaient leur colère. Ils se disaient que tout valait mieux que l'impuissance et le désespoir de leur existence actuelle. Tout en avançant de front, haletant à cause de la poussière soulevée par des milliers de semelles, Mamo ne cessait de regarder autour de lui, étonné que les policiers n'aient pas encore surgi et tiré. Il était persuadé qu'ils se cachaient quelque part, attendant leur heure, ou peut-être qu'ils s'armaient déjà au commissariat.

De toutes ses forces, il se fraya un passage à travers la foule, criant à pleins poumons : "LaMamo ! Arrête ! Ecoute !" mais le tumulte engloutit sa voix. LaMamo était tout à fait en tête, derrière la charrette, faisant avancer l'âne avec une cravache. Autour de lui se pressaient des adolescents à l'air furieux, tous s'époumonant. Chaque fois que Mamo parvenait à se rapprocher de son frère, il se faisait repousser et bousculer, la poussière l'aveuglait et obstruait ses narines, au point qu'il pouvait tout juste rester debout. Il devait alors ralentir et sortir de la foule, toussant et respirant par la bouche.

Après avoir dépassé le marché, ils gagnèrent bientôt le palais. La foule emplissait la place, là où peu de temps auparavant des chevaux avaient galopé et le gouverneur prononcé un discours. Mais ce que Mamo appelait de ses vœux ne se réalisa pas : il espérait que la foule allait s'apaiser en apercevant le palais et se tourner vers LaMamo pour savoir que faire, et il se disait que, si celui-ci leur parlait, lui Mamo pourrait bondir et mettre les gens en garde contre les dangers de ce qu'ils s'apprêtaient à commettre. Mais, à peine le palais en vue, la jeunesse guidée par LaMamo se mit à courir. Il y eut une brève altercation avec les gardiens âgés, qui formaient un bouclier humain devant l'entrée voûtée, mais bientôt les jeunes gens eurent le dessus et la foule s'engouffra. LaMamo fut le premier à pénétrer dans le palais.

Mamo suivit la foule dans les couloirs et les entrées qui lui étaient familiers, cherchant partout son frère. La foule s'était scindée, certains enfonçaient les portes des bureaux, d'autres balançaient d'énormes cailloux pour briser l'entrée vitrée du salon de réception du Mai, tandis que d'autres encore s'étaient répandus dans les mille et un passages menant au bâtiment principal. Mamo se tenait sur le seuil de la salle d'attente, ne sachant quelle direction prendre. Des corps passaient à toute vitesse en le heurtant et l'air résonnait de cris : "Attrapons le Waziri ! Attrapons le Waziri !"

Bientôt, les fenêtres des bureaux laissèrent s'échapper des volutes de fumée. Poussé par l'odeur âcre, Mamo se précipita dans le sien, ouvert. A l'intérieur, trois hommes vidaient les tiroirs et arrachaient les rideaux. Mamo sentit du pétrole sur le tapis. L'un des hommes le regarda, sourit en révélant ses chicots bruns et lui demanda : "Frère, tu as une allumette ?"

Mamo tourna les talons et se dirigea vers le salon de réception du Mai. C'est alors qu'il aperçut LaMamo qui en sortait – leurs regards se croisèrent. Le visage de Mamo exprima tour à tour la colère, le soulagement et le dépit. Il saisit son frère par le bras et le secoua rudement : "Tu es fou ou quoi ? Qu'est-ce que tu es en train de faire ?"

LaMamo ouvrit la bouche mais Mamo leva la main pour le faire taire, ajoutant :

"On s'en va tout de suite. Il n'y a pas de temps à perdre, la police ne va pas tarder.

— Pas question, rétorqua LaMamo en se libérant. Moi, je fais ce que j'ai à faire."

Ils s'époumonaient tous les deux ; puis ils sentirent la chaleur de l'incendie provenant de presque toutes les pièces du palais. La sueur dégoulinait sur le visage de LaMamo, imprégnant son pansement noir.

"Pense à ta femme, à ton enfant à naître, cria Mamo en désespoir de cause.

— C'est pour eux que j'agis ainsi.

— Mais il y a forcément une autre solution… que cette violence absurde. Il va y avoir des morts.

— Ça en vaut la peine quand les gens se battent pour leur liberté. Hier, quand je suis arrivé, j'ai vu l'impuissance sur les visages. Aucune lueur d'espoir. J'ai eu l'impression que je m'étais égaré dans une ville insensée où le soleil ne brille jamais… Ce n'est pas supportable. C'est nous qui avons raison. Mon ami le professeur m'a dit un jour que toutes les guerres sont injustes, sauf celles que le peuple livre pour se délivrer de l'injustice."

Les deux frères se jaugèrent en silence.

"Tu sais, la lettre…

— Asabar m'a tout expliqué."

Mamo lança alentour un regard perdu. Il aperçut tout à coup le Waziri et le Mai sortant par une porte latérale. Ils avaient dû se cacher dans le bâtiment des femmes. Ils portaient une chemise et un pantalon de tous les jours, et personne ne les reconnut jusqu'à ce qu'ils s'engouffrent dans l'une des voitures garées contre le mur et démarrent. Alors le cri s'éleva : "C'est eux ! Le Waziri ! Le Mai !"

Le Waziri était au volant. Lorsqu'il vit les hommes se précipiter avec des matraques et des couteaux, il fut pris de panique et passa une vitesse. La voiture avança brusquement, enfonçant un autre véhicule, puis elle rajusta sa trajectoire et s'engagea vers la sortie. Des pierres et des matraques pleuvaient sur la carrosserie ; les hommes s'écartèrent brusquement sur son passage. LaMamo la suivit. Mamo sortit du palais pour rentrer chez lui. Il n'avait pas dépassé le marché qu'il entendit des coups de feu. La police avait fini par arriver. A présent, il était trop tard – d'ici la fin de la journée, la place serait jonchée de cadavres.

Par la suite, il entendit raconter comment la voiture que conduisait le Waziri avait atterri dans un fossé non loin du palais et comment les émeutiers avaient tiré les deux aristocrates par les fenêtres et les avaient presque entièrement déshabillés. Menaçant la population d'arrestations et de poursuites, le Waziri fut exécuté sur-le-champ. Quant au Mai, il se roula par terre en suppliant d'avoir la vie sauve et fut épargné.

DU SANG SUR LES DRAPS

Plus tard, dans son livre *Des vies et des jours*, Mamo devait noter qu'à l'instant même où son frère reçut une balle il l'avait su – il avait senti quelque chose le quitter, comme si sa vitalité avait d'un coup diminué de moitié. Dans l'expectative, il était alors assis dans le salon en train de fixer l'embrasure de la porte ouverte. Il n'avait pas bougé depuis son retour plus tôt dans l'après-midi. Contemplant le soleil déclinant, tout le temps à l'affût, il avait écouté les coups de feu au loin provenant de la direction du palais.

LaMamo surgit à la tombée de la nuit. Son arrivée fut annoncée par les cris de Rifkatu. Mamo resta assis, sans détacher son regard du rideau devant la porte, animé par la légère brise qui entrait. Il s'attendait à entendre des voix, ou d'autres cris, mais rien ne lui parvint. Puis il y eut des pas lourds sur la véranda, et la voix de son frère disant : "Entrons." Il était toujours assis, tête baissée, quand le rideau s'écarta, révélant LaMamo appuyé sur les épaules d'un adolescent inconnu, tous deux titubant de droite à gauche comme s'ils étaient ivres. Mamo se leva lentement et, sans aucune raison, jeta un coup d'œil vers l'horloge – il était sept heures du soir. Les jambes lourdes, il s'avança pour aider à soutenir son frère qui, tout courbé, s'affaissait presque au sol. De la main gauche, LaMamo serrait fort son ventre ; Mamo aperçut alors le sang qui suintait entre ses doigts et gouttait par terre. Tous trois se tenaient sur le seuil, sans mot dire, et en un instant la scène acquit toute sa netteté sous les yeux de Mamo : la chemise bleu ciel assombrie par le sang, le tapis vert qui noircissait à chaque goutte qui tombait, et Rifkatu avec un saladier en bois à la main, bouche bée et les yeux écarquillés de terreur. La sueur dégoulinait sur le visage crasseux de l'adolescent et ses narines se dilataient d'épuisement tandis qu'il supportait à moitié LaMamo.

Mamo prit l'autre bras de son frère et les conduisit vers la chambre. Ils l'allongèrent sur son lit – le couvre-lit était d'une blancheur immaculée, LaMamo avait dû le mettre le matin même avant de sortir. Mamo faillit demander s'il ne fallait pas changer les draps propres à cause du sang, mais la remarque lui parut tellement stupide, tellement futile, qu'il s'écarta simplement, incapable de prononcer un mot. Il sentait une douleur aiguë dans son ventre, à l'endroit exact où son frère serrait le sien. Il regarda le jeune homme qui déboutonnait la chemise de LaMamo et la laissa tomber par terre. Une longue bande de tissu était enroulée autour de sa taille, recouvrant la plaie – toute noire également. LaMamo se mit à tousser et du sang lui coula au coin de la bouche.

Mamo finit par déclarer : “Il faut l'emmener à l'hôpital.” Sa voix tremblait, il était parcouru de frissons et la sueur perlait sur son front.

“Impossible, répliqua l'adolescent dont les yeux s'agitaient en tous sens. Les policiers y seront pour nous cueillir. Ils sont encore dehors dans les rues et tirent. On n'a pu arriver ici qu'en se cachant pendant des heures et en avançant d'une cache à l'autre.

— Qui es-tu ?

— Samaila, répondit-il.

— Comment te sens-tu ? demanda Mamo à son frère qui le fixait avec un sourire faible et contrit.

— Pas… Pas… Pas trop mal, juste sonné. J'ai vu des gens recevoir cinq balles et s'en sortir…, dit-il avant de s'interrompre pour tousser.

— Chut, intima Mamo, tais-toi. Ça va aller, je vais chercher le médecin. Repose-toi maintenant."

Se tournant vers Rifkatu, debout dans l'embrasure de la porte, la calebasse serrée contre elle et comme prête à filer, il lui lança : "Appelle le Dr Njengo. Dis-lui que mon frère a reçu une balle. Et fais attention, prends les petits chemins."

Il s'assit au bord du lit et posa sa main sur celle de son frère ; il pouvait sentir le ventre bouger avec la respiration et le sang tiède couler sur ses doigts. LaMamo ouvrit son œil et sourit, puis le referma.

Mamo demanda à Samaila ce qui s'était passé. Debout dans un coin, celui-ci faisait d'un air absent le geste de se laver les mains, couvertes de sang séché. Sans quitter LaMamo de ses yeux emplis de terreur, il ouvrit la bouche et raconta comment il l'avait trouvé inconscient dans l'herbe – c'était après que la police se fut mise à tirer sur la foule. Le palais et la place avaient été envahis de gaz lacrymogènes, les hommes touchés par les balles tombaient et l'adolescent, aveuglé, s'était réfugié derrière un bosquet non loin du palais. C'est là qu'il avait aperçu LaMamo allongé sur le dos et en sang. Il le reconnut à son pansement – plus tôt, il l'avait vu menant la charrette tirée par l'âne. Il le traîna jusqu'à une maison proche dont il connaissait les occupants, qui les accueillirent et l'aidèrent à bander la blessure de LaMamo. Lorsqu'il reprit connaissance, LaMamo voulut s'en aller sur-le-champ, mais ils l'en empêchèrent car les combats faisaient toujours rage dehors. Ils avaient attendu la nuit tombée pour partir. L'adolescent s'exprimait machinalement d'une voix sans émotion, mais à peine eut-il prononcé les derniers mots qu'il s'assit brusquement sur une chaise et se mit à pleurer. Il était très jeune, il ne devait pas avoir vingt ans, supposa Mamo – peut-être qu'il n'avait encore jamais vu autant de sang.

"Je lui dois la vie, reprit LaMamo dont l'œil ouvert fixait Samaila. C'est un garçon très courageux.

— Chut, coupa Mamo en lui prenant la main. Tu ne dois pas te fatiguer. Rifkatu ne va pas tarder à revenir avec le médecin. Repose-toi maintenant."

Mais LaMamo continua à parler, d'une voix de plus en plus faible : "Tu te rappelles la fois où je me suis cassé le bras en tombant du flamboyant ?" Un léger sourire se peignit sur son visage moite tandis qu'il scrutait Mamo. Bizarrement, Mamo pensait lui aussi à ce jour-là.

"On dirait que c'était hier, répondit-il.

— Oui, dit LaMamo dans un souffle. Je… Je veux que tu saches que je n'ai pas peur de mourir… Mon seul regret est que je ne verrai pas mon enfant. (Il agrippa la main de Mamo d'une poigne étonnamment ferme.) Promets-moi que tu enverras chercher Bintou lorsque la situation sera redevenue normale… Je veux que mon enfant grandisse ici… au pied des collines, comme nous… Je sais que tout va bien se passer."

Il se souleva sur un coude et sortit son porte-monnaie de sa poche, puis tendit la photographie à Mamo.

"Promets-le-moi.

— C'est promis, ne t'en fais pas. Mais ça va aller. Le médecin sera bientôt là."

LaMamo se rallongea sur l'oreiller et ferma les yeux. Il mourut avant l'arrivée du médecin – son visage avait l'air serein et sa main serrait fort celle de son frère.

APRÈS LES COUPS DE FEU

Mon cher Mamo,

Tout d'abord, excusez-moi d'avoir mis si longtemps à répondre à votre dernière missive, que j'ai reçue il y a bientôt un an. Mais nombre d'infortunes me sont arrivées depuis cette date et je suis certain que vous me pardonnerez mon retard lorsque je vous les raconterai. Avant de continuer à vous assommer avec ce récit, je voudrais tout d'abord vous dire que cette tristesse est maintenant derrière moi et que (même si j'ai soixante ans passés) j'envisage l'avenir avec un certain optimisme. J'espère également que vous-même et vos proches vous portez bien et que le soleil répand sur vous ses mille rayons, comme chez moi ce matin.

Vous l'aurez compris en lisant l'adresse sur cette lettre, je ne suis plus à l'université – j'ai pris ma retraite il y a plus d'un an et suis allé m'installer au village où j'ai une ferme. Mon épouse est décédée il y a six mois et je suis depuis lors dans un état assez léthargique qui m'amène à négliger mes autres responsabilités. Mais, ce matin, j'ai relu la lettre de consolation écrite par Plutarque à son épouse après la perte de leur petite fille de deux ans. A la lecture de ces lignes, j'ai senti qu'elles s'adressaient directement à moi : "C'est de son plein gré qu'on admet le deuil chez soi. Mais quand il s'y est installé avec le temps, qu'il est devenu un commensal, un familier de la maison, on a beau vouloir le chasser, il ne s'en va plus. C'est pour cela que nous devons le combattre dès qu'il se présente sur le seuil..."

Je ne vais pas vous ennuyer plus longtemps avec les digressions d'un vieillard. Si je m'adresse à vous de la sorte, c'est seulement parce que je vous imagine un peu semblable à moi, comme quelqu'un qui vit surtout en imagination – or tôt ou tard se produit la confrontation avec la vie, avec l'expérience, et cela ne manque pas de nous bouleverser. En imagination, les choses semblent plus faciles à affronter, nous pouvons élaborer un million de solutions – sans peur de perdre notre dignité ou de trahir nos objectifs. Dans la vraie vie, nous sommes presque complètement terrassés, et nous nous rendons compte que nous sommes en tous poins pareils aux autres, que rien ne nous distingue vraiment. Nous devons diminuer nos attentes, apprendre comme tout le monde l'humilité et évoluer à partir de là.

Venons-en maintenant à vous. Qu'est-il advenu de votre ambition de biographe ? J'ai relu ce matin votre article "Esquisse d'une véritable histoire de Keti", dans lequel vous vous proposez de suivre le modèle des Vies parallèles *de Plutarque afin de réaliser une histoire de votre peuple dans toute sa dimension humaine. J'espère que vous l'avez mené à bien. J'en ai déjà parlé à quelques amis à moi qui travaillent dans le domaine éditorial et qui m'ont fait part de leur vif intérêt. Je ne dis pas cela pour vous pousser à terminer prestement votre livre, mais simplement pour vous encourager sur la voie d'une ambition qui en vaut la peine. Dans l'attente de savoir comment vous vous portez,*

Bien amicalement,

JAMES K. BATANDA.

P.-S. : *Malheureusement, il ne nous a pas été possible de faire paraître votre article "Esquisse d'une véritable histoire...", car l'université a dû abandonner la revue par manque de moyens. Mais j'ai pris la liberté de l'envoyer à d'autres revues d'histoire et je suis persuadé que l'une d'entre elles voudra le publier.*

*

Mamo passa l'essentiel des trois mois qui suivirent la mort de son frère assis, la plupart du temps dehors sur la véranda, à scruter le vide. Les événements s'étaient succédé à toute allure depuis les émeutes. Après avoir frôlé la mort, le Mai avait ordonné de relâcher tous les détenus – affirmant que rien ne devait gâcher les cérémonies d'anniversaire. Malheureusement, les choses ne se passèrent pas comme il l'avait prévu : ni les ministres ni le gouverneur militaire ne vinrent. La célébration eut lieu sans éclat. Les villageois étant trop occupés à guetter le moindre signe de pluie dans le ciel ou à faire le deuil de leurs parents pour s'y rendre, il n'y eut pour tout public que des policiers armés prêts à réagir à la moindre alerte. Le soir, Mamo fixait les collines et le soleil rougeoyant qui s'éteignait au-dessus d'elles, imaginant, dissimulés à sa vue, le cimetière en contrebas, les immenses baobabs ronds et leurs énormes fruits veloutés en forme de poire – que le révérend Drinkwater appelait "pommes de singe" dans son incessante quête d'équivalents issus du monde qu'il connaissait ; il songeait que toutes les maisons au pied de la colline étaient situées dans l'ombre du cimetière. Puis il se dit à lui-même : *Toute ma vie, j'ai littéralement vécu dans l'ombre de la mort.* Lorsqu'il jetait un regard rétrospectif sur son existence, il voyait des pierres tombales alignées comme des bornes kilométriques. Quelques amis et voisins venaient parfois lui rendre visite, essayant de le distraire de ses pensées morbides – mais le plus souvent il écoutait, ne leur adressant la parole que par intermittence. Il voulait leur expliquer que ce n'était ni la tristesse ni la mort de son frère qui le poussaient à rester assis comme cela.

Il avait fait son deuil ; ce temps-là, il le consacrait à soupeser sa vie pour voir de quel côté pencherait la balance, à supposer qu'elle ait eu jusqu'ici la moindre valeur.

La veille, son oncle Iliya était venu le voir et ils étaient restés côte à côte sur la véranda. Celui-ci avait élaboré un nouveau plan pour faire rouvrir l'école par les autorités : il récoltait des signatures, visant à rallier le soutien de tous les habitants de Keti, avant de les envoyer à l'administrateur militaire. Mamo trouva l'idée bonne. Son oncle avait beau être âgé de plus de soixante-dix ans, la flamme brûlait toujours en lui. En partant, il avait posé la main sur l'épaule de Mamo, disant : "C'est ça la vie et rien d'autre. Le secret, c'est de ne jamais renoncer."

Mamo avait plus d'une fois tenté de se lancer dans l'écriture, et il était allé jusqu'à noter les sujets qu'il comptait aborder, les gens avec lesquels il lui faudrait s'entretenir. Il avait à présent clairement à l'esprit la forme que son livre prendrait : il serait composé de quinze à vingt chapitres, tous consacrés à la vie d'une personne. Il parlerait avec les gens, se rendrait chez eux, sonderait leur cœur afin de consigner leurs aspirations et leurs désirs secrets. Il ne chercherait pas, comme Plutarque, à discerner des parallélismes entre les vies, car cela lui paraissait acquis : toutes les existences sont d'emblée parallèles, indépendamment des circonstances. Les gens désirent les mêmes choses, ils se distinguent seulement par la manière dont ces aspirations sont modifiées par les valeurs dominantes de la société. Tout le monde aspire au bonheur.

Il ne savait pas si le résultat relèverait véritablement de l'histoire et peu lui importait. En dernier ressort, il écrirait ce livre pour lui-même. Sur sa liste figurait d'abord son père : parce qu'il ne savait pas vraiment qui il était ou quelles étaient ses motivations et celles des gens semblables à lui ; puis viendrait son frère, car parvenir à le saisir réellement, ce serait également se connaître lui-même – tant ils ne formaient qu'un seul être ; puis son oncle Iliya, qui voyait clairement le chemin à parcourir et ne reculait devant aucun effort pour toucher au but ; sa tante Marina, la mère qu'il n'avait jamais eue, car la comprendre, ce serait comprendre par là toutes les mères ; Zara, non seulement parce qu'il l'aimait, mais aussi parce qu'elle restait enracinée à Keti et qu'elle percevait l'entière beauté du lieu, tout en restant généreusement ouverte à d'autres gens, d'autres idées, d'autres endroits ; Drinkwater, parce qu'en un sens il lui devait la vie ; le Mai, parce que Mamo avait déjà rassemblé beaucoup d'informations sur lui et que, s'il arrivait à le démystifier, lui et d'autres du même acabit, il serait en mesure de percer les limites de la tradition en même temps que ses possibilités ; le Waziri, l'incarnation du mal, tout livre se devant de contenir au moins un personnage méchant ; et enfin Graves, parce qu'il aurait voulu savoir ce qui lui avait traversé l'esprit en tombant du haut du mont Kilang ; puis Kai, Malai et le pasteur Mela – mais avant toute chose il lui faudrait commencer par son oncle Haruna : quels démons pouvaient bien pousser un homme à se donner la mort ?

La veille, tante Marina s'était plainte d'avoir aperçu le fantôme de Haruna dans sa chambre, qui essayait de lui parler. Elle dit : "Il avait l'air malheureux." Mamo avait tenté de l'apaiser, expliquant que c'était peut-être son imagination ou bien sa santé qui lui jouait des tours. Depuis qu'elle était revenue de détention deux jours après la mort de LaMamo, elle avait été souffrante, avait eu une légère attaque et avait dû passer quelques jours à l'hôpital. Et à présent elle voyait des fantômes.

Il consignerait aussi cela. Mais pour l'heure il était trop accablé par son propre ennui.

*

Peu après l'enterrement, il avait rédigé une longue lettre pour la femme de LaMamo, lui apprenant la mort de son mari en expliquant les circonstances et en concluant plutôt faiblement comme suit : "Ne soyez pas trop affligée. Je sais que j'en demande beaucoup, mais votre douleur sera atténuée en sachant qu'il est mort en se battant non pour lui-même mais pour d'autres. Ici, tout le monde se souviendra de lui comme d'un héros. L'ensemble du village était présent à son enterrement." Il lui indiqua que le dernier souhait de LaMamo était qu'elle vienne habiter à Keti. Tandis qu'il attendait sa réponse, il essayait d'imaginer sa personnalité et la manière dont elle s'adapterait à la vie du village. Il sortait souvent sa photographie du porte-monnaie de LaMamo et scrutait son visage jeune et plein de détermination. Tante Marina s'inquiétait plus que lui, elle lui demandait chaque jour si la réponse était venue, quelle nourriture elle pourrait bien aimer et dans quelle pièce ils devaient l'installer. Ils avaient acheté un matelas neuf et d'autres meubles pour la chambre de LaMamo, sur laquelle s'était finalement arrêté leur choix. Marina dit : "J'espère qu'elle ne sera pas trop furieuse quand elle apprendra que c'est là qu'il est mort."

Il s'assit donc et, comme il l'avait fait presque toute sa vie, se mit à attendre que les zones d'ombre fassent sens et que les pièces du puzzle s'assemblent et dessinent un motif. Parfois, quand la porte s'ouvrait, il levait les yeux en espérant apercevoir Zara – il ne l'avait plus revue depuis le jour où il l'avait emmenée à la résidence et n'avait pas eu de nouvelles. Elle était peut-être retournée en Afrique du Sud ou avait rencontré quelqu'un et s'était remariée – comme le disait son ex-mari, elle avait un don pour cela.

*

Tante Marina demanda : "Mais qu'est-ce que tu regardes comme ça ?" Elle arpentait la pièce et se trouvait à ce moment-là à l'autre bout, près du lit. Elle maugréa en se penchant pour tester les ressorts, s'appuyant des deux mains sur le matelas, puis ôta les draps qui lui firent froncer les sourcils.

Mamo répondit : "Quelque chose dans mes yeux." Il fixait le miroir, scrutant sa pupille pour y déceler d'éventuels signes annonciateurs de mort. Il connaissait ces signes, il les avait vus chez son frère juste avant qu'il ne les ferme pour de bon, chez son père et aussi, même s'il était trop jeune pour y prêter attention, chez son oncle Haruna, la veille du jour où il s'était pendu au flamboyant. Il s'agissait d'une ombre, pareille à une éclipse, autour des sourcils, d'une incapacité du regard à se focaliser sur rien, comme s'il contemplait une côte surnaturelle et changeante, bien au-delà de la vie même. Mais les siens n'avaient rien d'anormal.

Marina reprit : "Tu ne crois pas qu'il faudrait repeindre la pièce ?" Tôt ce matin-là, la lettre de Bintou leur était parvenue et à présent ils achevaient les derniers préparatifs – elle prévoyait d'arriver la semaine suivante. Tante Marina passa la main sur le mur et l'examina à la lumière pour voir si de la peinture s'en était détachée.

"La peinture est très bien, déclara Mamo.

— Tu crois qu'elle aimerait des gombos ? demanda tante Marina pour la centième fois. Ou bien du maïs avec de la soupe aux feuilles de baobab ? Des œufs, c'est sûr..."

Mamo l'assura qu'il n'y avait pas de quoi s'inquiéter.

"Veille surtout à ce qu'elle ait beaucoup de fruits, ajouta-t-il. Elle est enceinte."

Il alla près de la fenêtre et observa les manguiers. Dehors, il faisait presque nuit ; les dernières lueurs du crépuscule, faibles taches orangées, s'attardaient sur les feuilles des arbres. Les moustiques pénétrant par de petits trous dans la gaze protectrice lui bourdonnaient autour des yeux et des oreilles. Il les chassa d'un geste impatient. Une vaste portion du verger avait été défrichée et une armature de béton, presque à hauteur de linteau, avait remplacé la plupart des arbres ; il entendait des voix appelant de l'intérieur de la structure, des enfants qui jouaient à cache-cache.

"N'oublie pas de fermer la fenêtre", dit tante Marina avant de quitter la pièce.

BINTOU

Mamo remarqua tout de suite qu'elle avait choisi une tenue confortable : elle portait une robe de cotonnade légère qui lui arrivait juste au-dessus de la cheville, tandis qu'une fine écharpe de soie lui couvrait la tête. Elle rassembla les plis de sa robe pour sortir du taxi ; la grossesse rendait ses mouvements lents et laborieux. En allant à sa rencontre, Mamo calcula qu'elle devait être enceinte d'à peu près sept mois. Elle levait la main pour se protéger du soleil éblouissant de l'après-midi.

Tout en l'invitant à entrer dans la maison, il dit : "Tu fais beaucoup plus jeune que sur la photo." Comme elle ne répondit pas tout de suite, il se rendit compte que ses paroles ne convenaient pas du tout à la situation. Ils se voyaient pour la première fois et cette rencontre les impressionnait probablement autant l'un que l'autre ; dans son intention, il s'était agi de dissiper la gêne et de se montrer accueillant. Quelques enfants du voisinage se disputaient pour savoir à qui venait le tour de porter ses bagages.

Au bout d'un moment, elle déclara : "Et toi, tu es exactement comme ton frère, en plus mince… et plus grand." Elle avait une voix douce et grave, et parlait anglais avec le même accent libérien que LaMamo. Il fut heureux de constater qu'elle le dévisageait sans façon d'un regard franc et soutenu. Dès qu'ils eurent pénétré dans le salon, elle s'assit et se débarrassa de ses chaussures. Elle avait les traits tirés et des cernes sous les yeux, comme si elle n'avait pas dormi depuis longtemps.

Il alla ouvrir la fenêtre en disant : "On étouffe aujourd'hui." Tante Marina entra avec un gobelet d'eau, suivie de Rifkatu qui apportait une bouteille de Fanta sur un plateau.

"Voici ma tante, dit Mamo toujours debout. LaMamo a dû te raconter que notre mère est morte le jour de notre naissance. Tante Marina nous a élevés, c'est notre mère."

Tante Marina s'approcha d'elle, lui sourit en lui prenant les mains et dit en haoussa : "Tu as l'air fatiguée." Mamo traduisit : "Elle dit que tu as l'air fatiguée et que tu dois te reposer maintenant. Elle va te montrer ta chambre. Tes bagages y sont déjà. Il y aurait tellement de choses à dire, mais d'abord repose-toi. Si tu as besoin de quoi que ce soit, appelle-moi, je serai dans le salon.

— Je voudrais voir la tombe, s'il te plaît.

— D'accord, nous irons demain..., commença-t-il avant qu'elle ne l'interrompe.

— Non, aujourd'hui, s'il te plaît."

Il acquiesça d'un signe de tête. Les deux femmes sortirent main dans la main.

*

Il la conduisit au cimetière dans la soirée. Le chemin qui partait de la maison serpentait à travers les okoumés jusqu'au pied des collines, où quelques chèvres broutaient une herbe sèche et presque inexistante. La plupart des tombes consistaient en simples monticules de terre ocre sous les baobabs. La tombe de LaMamo jouxtait celle de Lamang, que Mamo s'abstint de désigner à Bintou tandis qu'elle s'agenouillait devant la pierre en béton portant simplement les mots : LaMamo Lamang 1963-1994. Elle avait apporté avec elle une couronne d'œillets rouges dont les pétales se fanaient déjà à cause de la chaleur – elle avait dû l'acheter dans la capitale d'Etat. Elle la déposa délicatement devant la pierre, puis caressa l'inscription des doigts, murmurant en silence des paroles intimes d'adieu. Mamo se tenait un peu à l'écart ; près d'un baobab, un groupe d'enfants les regardaient avec curiosité. Le soleil couchant, qui dépassait juste des collines, parait le cimetière – chèvres, arbres, gens, pierres tombales et monticules – d'une lueur rouge. Ses épaules se mirent à trembler sans bruit et, quand elle finit par se relever, Mamo aperçut ses larmes. Il lui prit la main et l'aida à se redresser – sa douleur était palpable mais il ne savait pas comment la réconforter ; elle avait beau faire désormais partie de la famille, étant la veuve de son frère, ils ne se connaissaient pas encore. Elle paraissait tellement fragile et sa main dans la sienne était délicate et si fine…

En sanglotant, elle articula : “Il m'a annoncé qu'il ne partait que pour deux semaines. J'ai attendu et attendu, encore et encore, puis j'ai reçu ta lettre. Ça a été affreux, affreux. Je ne savais plus vers qui me tourner ni que faire…” Il lui caressait la main sans parler. Il aurait voulu lui dire : *Ça va aller*, mais il s'abstint.

Ce soir-là, après le dîner, ils s'assirent dehors sur la véranda. Il n'était pas encore huit heures, mais déjà le silence avait recouvert la nuit ;

seules les voix de quelques passants dehors leur parvenaient de temps à autre. L'ampoule sur la véranda projetait sa faible clarté dans la vaste cour sombre devant eux, éclairant le carré de terrain que Mamo voulait transformer en jardin – dès le retour de la pluie. Après s'être activée autour du repas de Bintou et assurée qu'elle avait tout ce qu'il lui fallait pour la nuit, tante Marina était allée se coucher et Rifkatu était sortie jouer.

Bintou murmura comme si elle se parlait à elle-même : "Comme le village est calme !" Mamo écoutait sa voix, essayant d'y déceler sa personnalité – avec la plupart des gens, il y parvenait aisément, mais Bintou se révélait moins facile à percer. Tout dans ses yeux, sa voix, ses gestes était poli, mesuré, sans excès.

"Il n'a jamais beaucoup évoqué sa vie avant notre rencontre. Mais il parlait de toi tout le temps… tu lui manquais énormément.

— Nous avons eu une enfance plutôt solitaire, dit Mamo d'une voix douce – tandis qu'elle l'écoutait avec attention, apparemment avide d'entendre la suite.

— S'il te plaît, demanda-t-elle en constatant qu'il se taisait, continue. C'est pour cela que je suis venue ici, pour en savoir plus sur lui, sur tout ce qu'il ne m'a jamais dit. Je ne sais pas pourquoi, mais il faut que je sache.

— Moi aussi j'aimerais savoir des choses sur toi, sur le Liberia. Mais d'abord je vais tout te raconter."

Il leva les yeux, comme pour chercher l'inspiration, vers les énormes masses noires et menaçantes des collines – où l'incendie était depuis longtemps éteint. Un mois auparavant, les policiers avaient dû décider que le village était suffisamment pacifié et s'étaient retirés, regagnant la grande ville, non sans s'être accordé une dernière orgie de coups de feu et de porte-à-porte intimidateur.

Mamo ne savait guère par quel bout commencer – il n'aimait pas particulièrement parler de lui-même, or évoquer LaMamo revenait à cela. Il inspira profondément et se lança :

"On pourrait dire que nous étions des jumeaux parfaits, ou presque, complémentaires en tout cas : ce que je n'avais pas, mon frère l'avait, et inversement. J'ai toujours été malade et faible, lui était tout le contraire, en bonne santé, intrépide et insouciant. J'écoutais et il parlait, j'étais introverti et lui extraverti... C'est toujours lui qui tenait tête à notre père...

— Mais..., coupa Bintou – qui, interloquée, secouait la tête dans l'obscurité –, c'est exactement ce qu'il disait de toi, que tu étais intrépide et tenais tête à votre père.

— Ses souvenirs ont dû s'embrouiller avec le temps, ou bien c'est peut-être par gentillesse envers moi. Regarde mes mains, poursuivit Mamo en riant. Est-ce qu'elles te paraissent fortes et intrépides ? Non, je suis né avec une maladie des cellules sanguines. J'ai de la chance d'être encore vivant. Mais cela n'a aucun rapport..."

Il s'interrompit, comme s'il avait momentanément perdu le fil de son récit, puis reprit :

"Malgré nos différences, nous avions le même rêve : partir de chez nous le plus tôt possible. Devine quel était notre passe-temps préféré ! Repérer les avions. On montait en haut de cette colline-là, on attendait qu'un avion passe et alors on poussait des cris comme si on était là-haut à leur place, on hurlait : «Ça y est, on y est !» On s'imaginait en route pour une contrée lointaine, investis d'une mission importante. Puis on rentrait chez nous lire et planifier notre futur départ. On avait même une carte avec le trajet prévu…"

Plus il racontait, plus cela venait facilement, et au fur et à mesure il sentait s'alléger le poids sur son cœur, comme si on soulevait peu à peu de ses épaules l'énorme pierre qu'il avait toujours portée. Ils parlèrent longtemps, lui surtout, tandis qu'elle écoutait. Quand il eut terminé, il faisait frais dehors et ils se séparèrent pour la nuit.

*

Mamo s'attendait à entendre l'histoire de Bintou, mais au lieu de s'ouvrir elle se replia sur elle-même, passant ses journées enfermée dans sa chambre. Lorsqu'elle devait se montrer sociable – essentiellement lors des visites des voisines venues la saluer avec leurs enfants, lui apporter des cadeaux ou à manger, ou simplement la regarder bouche bée –, elle s'asseyait tranquillement parmi ces femmes dont elle ne comprenait pas la langue et approuvait d'un signe de tête vague chaque fois que l'une d'elles lui parlait directement. Pourtant son expression restait perdue, lointaine. Mamo se demandait souvent à quoi elle pensait, si elle regrettait d'être venue à Keti ou si elle essayait toujours de se faire à son deuil. Tante Marina affirmait que les femmes enceintes avaient leurs humeurs. L'après-midi, lorsqu'il faisait une chaleur étouffante, elle aimait beaucoup s'allonger sur une natte sous le flamboyant avec un livre. En effet, Mamo lui avait raconté que l'arbre avait été planté le jour de leur naissance et que LaMamo en était tombé et s'était cassé le bras. Depuis lors, l'arbre avait pris à ses yeux une signification quasi totémique et elle se l'était approprié. Il se garda bien de préciser que son oncle Haruna s'y était pendu. Un jour, elle se mit en colère en surprenant deux hommes en train de couper des branches – Mamo était avec eux et leur donnait des consignes. Elle fonça sur lui, son ample robe imprimée lui battant les jambes – elle avait une dizaine de robes comme celle-là, qui, disait-elle, lui tenaient moins chaud.

Elle lui prit le bras : c'était la première fois qu'il la voyait dans un tel état, les yeux pleins de larmes. Elle demanda : "Pourquoi est-ce qu'ils coupent l'arbre ? Dis-leur d'arrêter tout de suite !" Les hommes interrompirent leur travail et dévisagèrent cette femme furieuse aux yeux fous.

"Ils n'abattent pas l'arbre, sinon ils s'attaqueraient au tronc, pas aux branches. Ils le taillent, on le fait pour tous les arbres à la saison sèche, ça les aide à garder l'eau. Dès les premières pluies, de nouvelles branches vont sortir, tu verras", lui assura-t-il.

Parfois, elle l'accompagnait pendant sa promenade du soir ; elle marchait lentement, avec une sorte de dandinement, son ventre paraissant d'une grosseur démesurée. La plupart du temps, il devait attendre qu'elle le rattrape. Il l'emmena à l'ancienne école abandonnée et lui montra les salles de classe à présent sans toit, les vitres brisées, les murs fendus sur lesquels des lézards se doraient paresseusement au soleil.

"Avant, je travaillais ici – c'était une école formidable dirigée par mon oncle Iliya. Maintenant, elle appartient à l'Etat.

— Mais elle est à l'abandon, dit-elle.

— Ils en sont encore à décider ce qu'ils veulent en faire."

De là, il la conduisit sur les collines, suivant le sentier qui zigzaguait nonchalamment jusqu'au sommet – ils firent de nombreuses haltes, mais finirent par arriver en haut de la plus petite éminence, d'où s'offrait une vue dégagée sur le village en contrebas. Mamo fut tout penaud en constatant qu'il était plus essoufflé qu'elle. Lui prenant la main, elle proposa : "Si on s'asseyait, tiens, voilà un arbre."

A leur droite, les sommets plus élevés se dressaient avec netteté, inclinés comme s'ils allaient s'abattre sur eux. La terre alentour était couverte de cendres, de suie et de branches calcinées dues aux feux de brousse. C'est à cet endroit que les affrontements religieux avaient débuté ; il y avait même encore du sang sur certains rochers.

Il lui parla du dernier Komda : "Après que le peuple de Keti eut mis en déroute les habitants d'origine, tuant la majorité d'entre eux, et se fut emparé de cet endroit, les nouveaux arrivants commencèrent à apercevoir tous les soirs un feu mystérieux, là-haut, ajouta-t-il en désignant le sommet le plus élevé. Un jour, quelques guerriers décidèrent de gravir la colline pour savoir qui l'allumait. Il s'agissait du dernier survivant des Komda et de sa famille – certains parlent de deux familles. Suppliant les guerriers de les épargner, ils leur promirent d'enseigner aux nouveaux habitants les mystères du village et les pratiques religieuses qui étaient vraiment plus avancées que celles des nouveaux venus. C'est de là que sont issus nos dieux et nos autels. Certains de ces autels servent encore.

— Le coin paraît vraiment vert ! s'exclama-t-elle.

— C'est seulement vu d'ici. Plus de la moitié des arbres ont été abattus ces dix dernières années – pour laisser place à des constructions, pour faire du bois de chauffage, ou encore à cause de la sécheresse. Durant les dix années à venir, le restant des arbres va disparaître. Tu vois cette longue et étroite bande blanche ? C'était la rivière Keti, qui passait près de l'abattoir. Et voilà, plus rien !"

Elle suivit le doigt pointé en direction du cours d'eau asséché qui serpentait du nord à l'est de la ville. Le sable blanc formant son lit ressemblait à une énorme cicatrice sur la surface de la terre.

Ils contemplèrent le paysage en silence – de cette hauteur, les gens en bas avaient l'air de fourmis ; ils rentraient de leur ferme, qu'ils se refusaient obstinément à abandonner alors même que la pluie ne venait pas.

Le visage de Bintou, bouffi par la grossesse, lui donnait un air assez angélique et espiègle. Mamo comprenait peu à peu pourquoi son frère tenait tant à elle : elle possédait un esprit intelligent et curieux, on ne s'ennuyait jamais en sa compagnie.

"Parle-moi des arbres – qui les a plantés parfaitement alignés comme ça ?

— C'est un administrateur colonial du nom de Graves. Il voulait reproduire les rues de son village natal ici à Keti. Est-ce que c'est un peu comme ça chez toi, au Liberia ?" ajouta-t-il avec douceur.

Côte à côte, leurs épaules se touchant presque, ils observaient le village en contrebas. Ils apercevaient les volutes de fumée s'échappant des cuisines et les branches des okoumés de chaque côté de la route qui s'entrelaçaient, formant une voûte rudimentaire et triomphale, comme si un général victorieux devait passer par là. Il la sentit se rétracter à sa question. Son visage s'assombrit et il eut aussitôt honte – honte d'avoir gâché la paix ineffable et idyllique de cette soirée.

"Non, pas comme ça", répondit-elle en secouant la tête avant d'ajouter : "On y va ? J'ai besoin de me reposer."

*

Il ne se passa rien jusqu'à la semaine suivante. Un matin tôt, il était devant sa porte, un carton plein de papiers à la main. Elle lui ouvrit, les yeux gonflés.

Il entra et se posta près de la fenêtre. Les ressorts gémirent lorsqu'elle s'assit. Il soupira et se tourna vers elle, déclarant : "Il est mort sur ce lit. Il y avait du sang partout sur les draps et il ne pensait qu'à une seule chose : à toi."

Elle se mit à trembler tandis que les larmes coulaient. Il alla s'asseoir à côté d'elle, passant le bras autour de ses épaules. Après un long moment, elle cessa de pleurer. Montrant le carton, il expliqua : "Ce sont des papiers à lui – rien d'important, seulement des notes et des dessins d'enfant. J'allais les mettre au feu, mais jettes-y d'abord un coup d'œil."

Plus tard, ils les brûlèrent ensemble, sous le flamboyant. Elle s'agenouilla devant le feu, contemplant les flammes qui s'élevaient et fourchaient dans l'air, projetant de légers morceaux de papier noir. De l'autre côté du feu, il observait les larmes dans ses yeux et songea : *J'espère qu'un jour, lorsque je ne serai plus, quelqu'un me pleurera ainsi.*

L'OCCUPANTE
DE LA CHAMBRE DU FOND

Le visiteur arriva en voiture. Il avait l'air jeune et ne devait pas avoir plus de trente ans. Cela parut plus flagrant encore lorsqu'il se présenta comme étant médecin – la plupart de ceux que Mamo connaissait, à commencer par le Dr Njengo, étaient des hommes âgés et pontifiants à la mine sévère, qu'il associait toujours à la maladie et à la mort. Sa tenue, un léger costume noir, et le fait qu'il s'exprimait en anglais le désignaient comme étranger. Les autochtones ne portaient pas de costume ; leurs vêtements de cérémonie étaient plutôt le cafetan et la tunique africaine, dont la coupe ample protégeait bien de la chaleur.

Ils s'assirent sur la véranda, car il faisait trop chaud à l'intérieur. Ces derniers temps, le ciel avait recommencé à s'assombrir. La nuit, l'air était lourd et immobile, ce qui était bon signe vu que les bourrasques chassaient souvent les nuages chargés de pluie.

"Je viens de la part de Zara, dit le médecin avec un fort accent yorouba. Il paraît que vous êtes amis.

— Zara ? dit Mamo sans pouvoir dissimuler sa surprise. Où est-elle ?

— Ici, à Keti, avec sa mère et sa sœur. Elle est malade."

Mamo se détourna du visage sombre du médecin (qui s'était révélé tout à fait conforme à sa profession, malgré son apparence trompeuse) et regarda Marina à l'autre bout de la cour, près de la remise, qui avait passé tout l'après-midi, la houe à la main, à la sarcler vaguement pour en extirper les rares mauvaises herbes, dont elle tenait un spécimen. Quelques poules la suivaient l'air impatientes, se précipitant sur les vers déterrés par la houe. Mamo se demandait à quoi elle pouvait bien penser, debout et immobile, scrutant la mauvaise herbe manifestement sans la voir. Il avait lu quelque chose sur les signes et leur interprétation : dans un certain théâtre asiatique, une femme qui se tamponne l'œil avec un mouchoir représente une grande tragédie, peut-être la mort, ou bien une inondation ou même la destruction d'une ville entière. Rien de vulgaire comme à Hollywood – une simple inclinaison de tête et un mouchoir délicatement appliqué au coin de l'œil. Il fallait naturellement être versé dans cette sémiologie pour saisir l'immensité de la douleur cachée derrière ce geste discret. L'air absente, peut-être songeait-elle à son existence, à la méchanceté de son ex-mari, aux enfants qu'elle n'avait jamais eus, à tout ce qui aurait pu advenir – toutes perspectives à présent flétries comme la mauvaise herbe. Mamo se demanda si le médecin, qui lui était apparu d'abord si inoffensif, devait être perçu comme un signe, un funeste présage. Cela expliquait-il pourquoi il était vêtu de noir ?

"Elle n'est pas mourante, docteur ?

— Non, pas du tout", répondit-il.

La question brusque le décontenança tout d'abord, puis, recouvrant rapidement son aplomb, il sourit légèrement. Mamo soupira de soulagement, mais il remarqua que le médecin hésitait toujours à aborder le sujet qui l'amenait. Il finit par demander :

“Dites-moi, que savez-vous de la maladie mentale ?

— Rien. L'un de mes oncles s'est suicidé. Je crois que je n'y ai pas été confronté de plus près que ça. Mais je ne vois pas…

— Elle est atteinte de grave dépression, rien de vraiment dangereux en soi, mais si l'état persiste et s'intensifie ça peut endommager le cerveau. Elle est très instable et passe son temps soit enfermée dans son mutisme, soit en pleurs. Je viens simplement de sa part. La famille a pris contact avec moi la semaine dernière, envoyée par un confrère qui la suit depuis bientôt deux mois. J'ai un cabinet dans la capitale et c'est ma deuxième séance avec elle. La première fois, elle avait tout bonnement refusé de m'adresser la parole. Elle s'était pelotonnée dans un coin en sanglotant, puis s'était brusquement mise à parler sans discontinuer de son fils. Elle croit qu'il est d'une manière ou d'une autre en danger et qu'elle est coupable de l'avoir abandonné. J'ai conseillé à sa mère et à sa sœur de l'emmener dans un endroit calme et sécurisant, c'est pour cela qu'elles sont venues à Keti. Ça a déjà produit son effet, elle était plus tranquille aujourd'hui, mais j'ai l'impression que la présence de la mère et de la sœur n'arrange rien. Savez-vous quoi que ce soit de leurs rapports ?

— Elles ne s'entendent pas bien, dit Mamo en se levant et en faisant les cent pas. Excusez-moi mais je ne tiens pas en place.

— Je comprends. Parlez-moi de ses relations avec sa famille.

— C'est très compliqué. Elle était plus proche de son père. Quand il est décédé, elle a épousé son premier mari, surtout pour faire plaisir à sa mère. Ils ont eu un enfant, après quoi le mariage a été rompu et la belle-famille a pris l'enfant. Sa mère n'a pas voulu l'aider à essayer d'en récupérer la garde. Alors le fossé entre elles s'est creusé. En fait, la mère voudrait qu'elle ressemble à sa sœur, or elle est différente… plus complexe.

— Et son père ?

— Je ne sais pas grand-chose de lui, je ne l'ai pas connu. Mais, d'après ce que m'a dit Zara, il était allé loin dans la vie. A ses débuts, il était fils de paysan pauvre, comme la plupart des gens ici, et il a terminé à un poste assez élevé au sein du gouvernement."

Mamo se rassit. Il ne quittait pas le médecin des yeux, attendant qu'il prenne la parole. Ouvrant la fermeture éclair de sa serviette, celui-ci en sortit un épais carnet qu'il tendit à Mamo, annonçant : "Elle m'a donné ça pour vous." Mamo contempla avec curiosité la couverture souple du gros carnet de notes de deux cents pages environ, aux feuillets bleus recouverts de l'écriture serrée de Zara. Il reconnut les E majuscules.

"Elle écrivait un roman. C'était une enfant précoce", déclara Mamo, songeant : *Nous l'étions tous les deux, et voilà où cela nous a menés – moi, je suis las et vaincu ; elle, elle perd la tête.*

"Je ne sais pas si c'est bon signe, répondit le médecin en examinant le manuscrit.

— Pourquoi pas ?

— L'esprit écume le passé à la recherche de moments plus heureux pour échapper au présent. Or ce qui la fait souffrir, c'est ce qui lui arrive ici et maintenant, et elle doit s'y confronter en l'état. Sinon…

— Sinon quoi, docteur ?"

Changeant de sujet, celui-ci demanda :

"Vous êtes… amants ?"

Mamo ne répondit pas tout de suite. Finalement, il dit :

“Je l’aime, beaucoup.

— Pardonnez-moi si j’ai l’air de me mêler de ce qui ne me regarde pas. Mais en vous faisant parvenir ce carnet, elle vous envoie un signe, vous faites partie de ses souvenirs heureux. Vous êtes la seule personne avec laquelle elle communique… elle refuse de parler aussi bien à ses proches qu’à moi. Je l’ai lu, mais je suggère que vous en fassiez autant afin de m’expliquer ce qu’elle essaie de vous dire, peut-être un message secret que vous seul pouvez comprendre ? Voici ma carte.”

Mamo le raccompagna jusqu’à sa voiture. Avant de partir, le médecin laissa à contrecœur un sourire contaminer sa mine sombre et ajouta d’un air pensif : “L’esprit est chose fragile et sensible, monsieur Lamang. Le moindre accroc l’abîme. Mais il possède aussi d’incroyables capacités de régénération. Voyez ce que nous endurons chaque jour tout en parvenant à préserver notre santé mentale. Nous avons juste besoin d’un petit crochet auquel suspendre nos espoirs et nos rêves. Pourquoi ne pas lui rendre visite pour lui parler ?

— C’est la faute de toutes ces questions, murmura tout d’un coup Mamo.

— Pardon ? s’exclama le médecin – conscient que Mamo ne l’avait pas écouté.

— Des questions sur l’existence. Est-ce que vous vous posez des questions, vous ?” s’enquit Mamo.

Il songea : *Parfois nous cherchons des réponses là où il n’y en a pas. Les questions nous remplissent d’inquiétudes et de peurs. Nous redoutons de ne pas savoir. Parfois, les réponses surgissent, mais sans nous apporter la lumière à laquelle nous aspirons, et parfois elles nous entraînent même vers la folie.*

Mamo passa l'après-midi plongé dans le manuscrit. Il ne s'agissait pas de l'exemplaire que Zara lui avait montré naguère, mais d'une version recopiée et remaniée plusieurs fois. C'était un roman à l'eau de rose. Au fil de sa lecture, il imaginait Zara traçant les mots, corrigeant, barrant des phrases et des pages entières. Mais il ne décela aucun message secret et referma le carnet, dépité. A ce moment-là, il aperçut l'épigraphe – qu'il n'avait pas remarquée avant de se lancer dans le récit proprement dit. Il constata alors que les mots en étaient tracés d'une encre plus foncée et d'une écriture plus incertaine que le reste, ce qui le persuada de son caractère récent, très récent même. Il sourit en parcourant la citation familière : *Le monde est aussi neuf aujourd'hui qu'au premier jour de sa création…*

Tel était le message.

*

Il y avait une voiture garée devant la maison – une grosse Volvo avec une énorme antenne sortant du toit. Mamo se glissa discrètement par le portail entrouvert, s'attendant à voir surgir l'austère Igname de quelque endroit de la cour pour protester. Mais personne ne se montra. Il gravit les marches, frappa à la porte et attendit, mais personne ne vint ouvrir. Il frappa de nouveau, préparant un sourire.

"Qui est-ce ? demanda une voix morne à proximité de la porte.

— C'est moi, Mamo", répondit-il.

La porte fut finalement ouverte par une grande femme mince. La surprise dut se lire sur le visage de Mamo, tant sa ressemblance avec Zara était saisissante – il en déduisit qu'il s'agissait de sa sœur, Rhoda. Mais ses paroles révélèrent aussitôt les différences – il ne retrouva pas chez elle l'humour et la chaleur de Zara. Elle lui rappelait plutôt Mme Rouge-à-Lèvres. Rhoda le dévisagea de la tête aux pieds, s'attardant longuement sur ses chaussures de marche, qu'il se prit à regretter de n'avoir pas cirées avant de venir. Elle s'enquit avec mauvaise humeur :

“Qu'est-ce que vous voulez ?

— Je suis venu voir Zara.”

Son air hautain se dissipa et elle parut hésiter, mais un instant seulement, après quoi elle se ressaisit. Au moment où elle s'apprêtait à parler, une autre personne surgit, avec le même visage, la même attitude, mais plus petite, plus corpulente et plus âgée : la mère. Elle observa Mamo mais s'adressa à sa fille :

“Qui est-ce ?

— Il dit qu'il vient voir Zara.

— J'ai entendu. Mais qui est-ce ?

— Je m'appelle Mamo. Je suis… – il ne savait trop comment se présenter – je suis professeur, enfin j'étais. Nous travaillions dans la même école. J'ai entendu dire que Zara n'était pas bien, alors je suis venu.

— Vous ne pouvez pas la voir”, déclara Rhoda d'un ton catégorique en cherchant confirmation auprès de sa mère.

Deux garçons d'environ trois et cinq ans apparurent, se poussant l'un l'autre et scrutant Mamo avec curiosité. Les enfants de Rhoda.

“Fais-le entrer, décréta la mère en tournant les talons tandis que les garçons attrapaient la main de leur mère.

— Entrez", dit-elle en pénétrant à son tour dans la maison.

La mère lui indiqua un siège et s'assit à côté de lui. Rhoda se dirigea vers le canapé près de la fenêtre et s'y allongea, posant un pied bien proportionné sur l'accoudoir. Les enfants se jetèrent par terre devant elle. Elle ouvrit un magazine et s'y plongea.

"Qui est votre père ? s'enquit la mère en l'examinant comme en quête d'un air de famille.

— Lamang. Il est décédé il y a plus d'un an.

— Lamang, répéta-t-elle sans indiquer si elle le connaissait ou non. Zara dort. Il vous faut attendre qu'elle se réveille.

— Merci", dit-il, s'appliquant pour avoir l'air cordial – tout en comprenant pourquoi Zara ne s'entendait pas avec elles.

Ils restèrent assis en silence : la mère à côté de lui, fixant devant elle sans lui adresser la parole et demandant de temps à autre aux enfants qui s'agitaient de se taire. Mamo n'osait pas prendre ses aises et gardait les jambes allongées devant lui. Il passa en revue les photographies sur le mur. Elles avaient été réarrangées, et la photographie de mariage de Zara trônait à la meilleure place. Les minutes s'égrenèrent. Dehors, le soleil baissait dans le ciel. Il se remémora les jours et les nuits qu'il avait passés dans cette maison avec Zara. Chaque meuble renvoyait à un souvenir précis, à des associations : combien de fois avaient-ils fait l'amour sur le canapé où lisait à présent sa sœur ? Combien de fois, enlacés debout devant la fenêtre, avaient-ils épié Igname, le gardien ? A présent, la maison paraissait entièrement différente, hostile, tirée au cordeau, sans joie. Chaque chose était à sa place, les accoudoirs des fauteuils recouverts d'un napperon blanc immaculé. Même les enfants avaient l'air moins bruyants et désordonnés que les autres. Leur mère tournait tranquillement les pages de son magazine.

Ce calme ne fut même pas perturbé lorsqu'un cri s'éleva d'une des chambres au fond du couloir. Comme personne ne paraissait l'avoir entendu, Mamo se détendit, pensant que c'était le fruit de son imagination. Puis le cri se répéta, plus fort, suivi par des coups insistants frappés contre une porte. Mamo regarda successivement la mère, la fille et les enfants. Au bout d'un moment, la mère se leva et emprunta le couloir. Une porte s'ouvrit et se referma. Puis silence. Au bout d'un long moment, la mère revint s'asseoir. Il attendit une explication, en vain. Dehors, la nuit était tombée ; la sœur se leva et ferma les fenêtres. Elle dit aux enfants : "Venez, c'est l'heure du bain", et tous trois disparurent dans le couloir.

Une sensation d'irréalité s'empara de Mamo, comme s'il se trouvait dans une grotte sous-marine ou dans un rêve. La mère somnolait, la tête penchée d'un côté. Il guetta un nouveau cri, mais seules les voix des enfants dans la salle de bains lui parvenaient faiblement. Il finit par se lever et annonça à la mère :

"Je vais y aller maintenant.

— Au revoir", dit-elle en bâillant et en lui faisant un signe de la main.

LES NOUVEAUX INTERPRÈTES

Ce week-end-là marqua le début de la semaine de réjouissances organisées pour le départ des sœurs Kai et Malai. Le village tout entier avait concocté un ambitieux programme, qui comprenait, entre autres, un discours du gouverneur de l'Etat le dernier jour, soit le dimanche suivant, sept jours plus tard. Il n'y avait pas grand espoir que le gouverneur se déplace, mais il pouvait envoyer son adjoint, ou plus vraisemblablement le délégué aux affaires religieuses, ce qui n'était déjà pas si mal. Depuis six mois, la communauté chrétienne consentait des sacrifices énormes pour réunir la coquette somme devant servir surtout à payer la nourriture et les boissons, ainsi que le trajet des sœurs jusqu'à l'aéroport de Kano. L'association des femmes avait commandé à une entreprise textile de Kano un tissu spécial à l'effigie des sœurs Drinkwater. Sous leur photographie était inscrit en caractères gras : *Sortir de la maison de ce corps pour aller habiter avec le Seigneur* (IIe épître aux Corinthiens, V, 8).

Dans les jardins de l'église, des tonnelles en toile avaient déjà été montées en prévision de la foule nombreuse qui devait se réunir le grand jour. Mais, pour l'heure, le groupe de théâtre occupait le devant de la scène. Ils allaient ouvrir les réjouissances avec une représentation spéciale de *L'Avènement.* Comme à l'accoutumée, la plateforme de béton devant l'église tenait lieu de scène ; le bâtiment lui-même, portant toujours les cicatrices des récentes émeutes, ne pouvant que constituer un piètre décor, un épais rideau avait été tendu sur le mur pour dissimuler les fenêtres brisées et les zones noircies par le feu. Certains comédiens avaient déjà revêtu leur costume et évoluaient avec suffisance parmi la foule, serrant des mains et promettant à tous un spectacle grandiose.

Tante Marina se lamentait en secouant la tête : "Ces enfants n'y connaissent rien !" Comme tous ceux de sa génération qui s'étaient occupés de la troupe pendant presque vingt ans, elle avait laissé la place à la génération suivante. Les nouveaux acteurs étaient en majorité de jeunes épouses qui avaient pendant des années appris leur rôle afin de servir de doublures. Elles étaient dirigées par Abiyatu, la femme du boucher, dont la silhouette autrefois souple et gracieuse avait enflammé le sang du jeune Mamo et stimulé sa créativité. C'était à présent une matrone dont le corps portait la trace de grossesses à répétition et des tâches ménagères. Contrairement à leurs aînées, elles avaient pour la plupart terminé l'école primaire et même secondaire. Certaines étaient secrétaires au gouvernement local, d'autres institutrices à l'école primaire. Cette représentation devait marquer leurs débuts en tant que troupe, d'où l'impatience du public.

"Tu les vois se mêler à la foule avant la représentation ? Ils devraient être à l'intérieur à se préparer, poursuivit Marina.

— Peut-être qu'ils ont le trac", dit Bintou – qui était probablement la seule à n'avoir jamais vu la pièce.

Avant de venir, Mamo l'avait prévenue ainsi : "Plus amateur, ça n'existe pas !" Il avait décidé d'y aller surtout pour l'accompagner ; il trouvait la pièce plutôt ennuyeuse et s'étonnait chaque année de l'enthousiasme du public. Cette fois-ci, peut-être que le jeu des jeunes cabotins allait lui insuffler une énergie nouvelle. Il était assis avec les deux femmes au premier rang des bancs de bois disposés non loin des marches de la scène. D'un côté, ayant une vue dégagée sur l'estrade, se trouvait la table d'honneur réservée aux invités de marque, Kai et Malai, et aux membres du conseil de l'église.

Une rumeur parcourut bientôt la foule et les têtes se tournèrent à l'arrivée du pasteur Mela avec les invitées. La rumeur s'intensifia tandis qu'ils s'installaient, le pasteur tenant galamment la chaise des dames avant de s'asseoir.

"Elle te regarde… et te fait signe, dit Bintou.

— Qui ça ?" demanda Mamo.

C'était Kai qui, l'ayant aperçu, agitait frénétiquement la main dans sa direction tout en donnant un coup de coude à sa sœur. Mamo sourit et lui rendit son salut.

"Elle vient te voir, annonça Bintou en voyant Kai se lever.

— Alors je ferais mieux d'y aller moi", répondit Mamo en s'approchant en hâte de la table d'honneur.

"Nous avons su pour votre frère, toutes nos condoléances, lui dirent les sœurs d'un air sombre.

— Merci. C'est sa femme là-bas, Bintou.

— Oh, mais il faut que nous fassions sa connaissance, amenez-la-nous un jour !" dit Kai en anglais en faisant un signe à Bintou – qui les salua du regard avec un sourire timide.

La foule commençait à s'intéresser à ce qui se passait. Le pasteur, qui était sur le point de prononcer la prière inaugurale, remuait impatiemment la Bible à la main, arborant un sourire indulgent. Il proposa : "Peut-être voudriez-vous nous rejoindre à la table, il reste de la place. Amenez votre belle-sœur." Les sœurs acquiescèrent énergiquement.

Le pasteur se leva et entama sa prière dès que Bintou fut assise à côté de Mamo. Radieuses, les sœurs serrèrent la main de la jeune femme. Le pasteur priait sans discontinuer. Une légende avait cours au village, selon laquelle Drinkwater avait un jour consacré tout le sermon du dimanche à prier – soit une heure entière. On disait que le pasteur Mela avait pour ambition de battre ce record. Mamo fut pris d'inquiétude à l'idée qu'il pourrait choisir ce moment pour réaliser son objectif. Mais la prière prit fin et les acteurs firent leur entrée.

Sur la table se trouvaient des exemplaires du texte de la pièce – des feuilles de papier ministre agrafées ensemble – avec le titre, *L'Avènement*, écrit en caractères gras sur la page de garde. C'était certainement l'une des nombreuses innovations promises par la nouvelle génération d'acteurs. Mamo l'ouvrit et fut impressionné de constater que les acteurs suivaient rigoureusement le dialogue écrit, presque mot pour mot. Une autre innovation était le microphone sans fil qui amplifiait leur voix – mais qui, malheureusement, ralentissait l'action en passant de l'un à l'autre. Cependant, les changements ne s'arrêtaient pas là : une acclamation s'éleva quand la famille Drinkwater apparut sur la scène – les acteurs jouant les personnages blancs s'étaient peint le visage en rose et affublés d'un nez postiche pour le rendre plus rectiligne. La vraisemblance n'en était que renforcée, d'autant plus que le public avait du mal à reconnaître les acteurs ainsi déguisés. Près de lui, Bintou applaudissait bruyamment, les yeux brillants. Il fut heureux de la voir si à l'aise. Il sentit un léger coup de coude à sa droite : c'était Kai qui lui montrait quelque chose dans le texte, sur la dernière page. Il se pencha et vit alors son nom : *Par Mamo Lamang*. Tout à coup, il comprit ce qui le travaillait depuis qu'il avait aperçu le document : c'était une copie de l'original qu'il avait rédigé pour le groupe de théâtre de tante Marina, il y avait très longtemps de cela.

"C'est toi qui as écrit les répliques ? demanda-t-elle.

— Oui", répondit-il avec un signe de tête, sans pouvoir s'empêcher d'ajouter : "Quand j'avais quatorze ans."

C'est drôle, songea-t-il, *que ce que j'ai fait enfant pour chasser l'ennui se soit révélé si durable – c'est peut-être le secret de tout : accomplir chaque geste comme si on se contentait de tuer le temps.*

La foule lançait des acclamations au fur et à mesure que la pièce progressait – Bintou riait aux larmes, les sœurs Drinkwater applaudissaient aussi et même tante Marina souriait à présent, son froncement de sourcil se dissipant peu à peu malgré elle. Mamo prit soudain conscience que le pire était derrière lui, qu'ils avaient survécu, que la vie leur avait violemment décoché ses flèches mais se trouvait désormais à court de munitions. Il pensa à Zara et à la première fois qu'il l'avait rencontrée à cet endroit précis, assistant à la même représentation. Il songea : *Elle devrait être parmi nous, elle le mérite.* Ce jour-là, elle lui avait garanti, à sa manière, sûre d'elle et persuasive, qu'être écrivains faisait d'eux des génies.

Une semaine s'était écoulée depuis sa visite et l'accueil glacial qu'il avait reçu de la part de la mère et de la sœur. Il avait refait le chemin jusque chez elle la veille et s'était attardé au portail, mais avait fini par s'éloigner, le souvenir du mépris de la sœur et du silence lugubre de la mère ayant eu raison de sa détermination à entrer pour exiger de voir Zara. Toute la nuit, un sentiment de culpabilité l'avait assailli et il n'avait cessé de se tourmenter en songeant qu'il était peut-être la seule personne au monde à même d'accéder jusqu'à elle et de la sauver, car le seul à la connaître vraiment…

Mais il y avait autre chose, il réalisa qu'il avait besoin d'elle. A présent qu'il se sentait fort, il y avait tant à accomplir : le livre de biographies venait en premier, puis il pourrait voyager, voir d'autres pays et d'autres coutumes, et peut-être raconter ce qu'il aurait vu. Il ne savait pas avec certitude combien de temps sa force et sa conviction allaient durer – mais il ne doutait pas un instant qu'avec Zara à ses côtés son énergie se régénérerait éternellement. Elle était comme ça. Tout d'un coup, il vit ce qui lui restait à faire et murmura à Bintou : "Je vais me promener. Je te retrouve à la maison."

Il avait résolu d'aller chez Zara et, cette fois-ci, personne ne l'empêcherait de la voir. Il parlementerait avec la mère, lui expliquant l'intensité de son amour pour Zara. Pour rassembler son courage en vue de cette épreuve, il décida d'aller marcher.

Tandis qu'il s'éloignait, les acclamations de la foule le suivaient comme un jet d'eau clarifiant ses pensées ; il prit conscience brusquement de ce que les gens trouvaient si fascinant dans cette pièce, année après année, et qu'il n'avait jamais identifié auparavant : à leurs yeux, elle ne parlait pas de Drinkwater et de la "conquête" de leur culture par la sienne, mais de leur propre survie. Ils se réjouissaient parce qu'ils avaient assez de bon sens pour prendre ce qu'une autre culture avait de valable et pour l'ajouter à ce qui comptait dans la leur. Ils avaient déjà appliqué cette méthode lors de leur première rencontre avec les Komda, et maintes fois naguère lors de leurs déplacements et migrations, à des époques dont les plus âgés d'entre eux n'avaient même plus souvenance. Telle était leur sagesse, le secret de leur survie. C'était aussi la raison pour laquelle ils avaient gardé leur goût du rire. Ainsi, lorsque les nouveaux comédiens avaient mis leur faux nez pour essayer de ressembler à Drinkwater, il y avait de l'irrévérence dans leur attitude et dans leurs gestes, et plus de satire que de glorification, comme s'ils lui disaient : *Nous savons quelque chose que tu ne savais pas, que tu ne pouvais pas savoir.* C'est ainsi que chaque génération devait apporter à la pièce sa propre interprétation. Voilà ce qu'il pouvait expliquer à Zara – qu'il s'agissait toujours de survie, de plier un peu pour ne pas rompre. Il était certain qu'elle comprendrait.

Après le portail de l'église venait la maison de son oncle Iliya. Le vieil homme devait être à l'intérieur, à regarder par la fenêtre, à lire ou peut-être à jouer avec son petit-fils, le fils d'Asabar – Asabar qui, autrefois grand et ambitieux, se retrouvait à présent prisonnier de son fauteuil roulant et toujours soûl avant midi. Il dépassa les quelques maisons à toit de paille entre celle de son oncle et l'école d'intérêt général. Iliya continuait à envoyer des lettres au ministère de l'Education en réclamant sa réouverture – mais il ne recevait pas davantage de réponse. Face contre terre, le panneau en bois de l'établissement était rongé par les termites – tandis qu'un groupe d'enfants jouait à cache-cache dans les salles de classe dont les portes défoncées gisaient au sol. Après l'école commençait un champ dégagé autrefois couvert d'une brousse épaisse. En esprit, Mamo voyait toujours la végétation de son enfance, LaMamo le devançant sans mal à la course : un matin tôt, ils courent vers l'est, de sorte qu'ils ont le chaud soleil levant dans la figure, ils traversent la barrière de cactus qui délimite la cour de l'école, s'enfoncent parmi les longs genêts, dépassent les karités, les baobabs d'apparence si triste le matin, avec leurs troncs aux formes humaines, leurs feuilles clairsemées et leurs fruits pendants comme des mamelles, puis s'engagent à travers une brousse encore plus dense où commencent les ronces dont les branches leur entaillent les chevilles et les genoux, et les fleurs d'après la pluie, jaunes et violettes, qui se flétriront dès que le soleil sera haut, et les abeilles et les papillons colorés qui se posent, s'élèvent, voltigent et se posent de nouveau hors de la vue dans la brousse silencieuse. Soudain, de la petite butte apparaît l'abattoir solitaire, en ruine, et derrière lui la rivière. Les borasses qui bordent la rive s'étendent au loin, leurs frondaisons comme des bras qui remuent dans le vent en un geste d'adieu – bientôt tous auront disparu. Tante Marina dit que dans ce palmier tout a une utilité économique : le fruit rouge et juteux se mange et ses graines servent à replanter, son bois, trop précieux pour être brûlé, est utilisé pour faire des chevrons de toit, les feuilles séchées pour allumer le feu et leurs cendres comme condiment. Sur la face inférieure des feuilles des baies sauvages se tapissent les sauterelles, encore somnolentes, faciles à saisir dans le creux d'une main rapide – afin de les faire griller pour les croquer. Après cela, la longue baignade dans la rivière. Mais seul LaMamo se baigne, c'est défendu pour Mamo car il pourrait y attraper la mort. Sur le chemin du retour, les collines se dressent au loin, imposantes et noires, à cause des feux de brousse qui calcinent continuellement les feuilles séchées par l'harmattan. Les nuages se sont épaissis, effleurant les versants. La pluie va tomber aujourd'hui.

TABLE

PREMIÈRE PARTIE

Le roi des femmes 13
La fièvre 19
Tu haïras ton père… 25
Comment ils tuèrent le chien 28
Pendant la saison de l'harmattan 37
L'important, c'est la pièce… 42
Le visiteur miraculé 47
Le pont près de l'abattoir 64
L'auditeur silencieux de toute conversation... 76
Asabar 82
La traversée du désert 88
Lumière fantastique 95
Veuves et hommes politiques 102
L'oncle Iliya, l'oncle Haruna et Okigbo 111
Zara 130
Le flamboyant 133
La réunion 153
Le déclin de Lamang 161
La mesure du temps 165
En allant voir le Mai 172

DEUXIÈME PARTIE

Cher frère 183
Le retour de Lamang 211
Envoyez-nous encore quelque chose 215
L'exemple de Plutarque 222
Le Waziri 231

Jour de scrutin 241
Des souris et des hommes 249
La fin de la télévision 259
Adieu, mon amour 269

TROISIÈME PARTIE

Adieu Monrovia 279
Des Vies et des jours 282
Notes rédigées par Mamo en vue d'une
biographie du Mai 287
Le Mai en photo 291
Vieillesse, roses et orchidées 297
L'enfant béni 306
Whisky et fauteuil roulant 313
Des Vies et des jours, suite… 316
Notes rédigées par Mamo en vue d'une
biographie du Mai : M. Graves 322
Le vengeur 325
Comme du temps de leur père avant eux ... 330

QUATRIÈME PARTIE

La réception du Mai 341
Les habitués des réceptions 351
Le jeune prétendant 357
Une brève histoire du Waziri 369
A la résidence 385
Une promenade nocturne 390
Les émeutes commencent 395
Le masque tombe 402
Incendie sur les collines 410
Au palais ! Au palais ! 417
Du sang sur les draps 425
Après les coups de feu 430
Bintou 439
L'occupante de la chambre du fond 449
Les nouveaux interprètes 458

DANS LA MÊME SÉRIE

Amadou Hampâté Bâ, *Sur les traces d'Amkoullel, l'enfant peul.* Avec les photos de Philippe Dupuich (Mali), Babel n° 452.

André Brink, *L'Insecte missionnaire*, traduit de l'anglais (Afrique du Sud) par Bernard Turle, Babel n° 808.

André Brink, *L'Amour et l'Oubli*, traduit de l'anglais (Afrique du Sud) par Bernard Turle.

André Brink, *La Porte bleue*, roman traduit de l'anglais (Afrique du Sud) par Bernard Turle.

Amma Darko, *Par-delà l'horizon*, traduit de l'anglais (Ghana) par Agnès Pavy.

Helon Habila, *En attendant un ange*, traduit de l'anglais (Nigeria) par Elise Argaud.

Chenjerai Hove, *Ossuaire*, traduit de l'anglais (Zimbabwe) par Jean-Pierre Richard.

Chenjerai Hove, *Ombres*, traduit de l'anglais (Zimbabwe) par Jean-Pierre Richard.

Chenjerai Hove, *Ancêtres*, traduit de l'anglais (Zimbabwe) par Jean-Pierre Richard.

Antjie Krog, *La Douleur des mots*, traduit de l'anglais (Afrique du Sud) par Georges Lory.

Alain Lorraine et Philippe Dupuich, *La Réunion, île de mille parts*, textes et photographies.

Ibrahima Ly, *Toiles d'araignées* (Mali), Babel n° 296.

Jamal Mahjoub, *La Navigation du faiseur de pluie*, traduit de l'anglais (Soudan) par Anne Wade-Minkowski et Francis Baseden, Babel n° 729.

Jamal Mahjoub, *Le Télescope de Rachid*, traduit de l'anglais (Soudan) par Madeleine et Jean Sévry, Babel n° 492.

Jamal Mahjoub, *Le Train des sables*, traduit de l'anglais (Soudan) par Madeleine et Jean Sévry, Babel n° 622.

Jamal Mahjoub, *Là d'où je viens*, traduit de l'anglais (Soudan) par Madeleine et Jean Sévry.

Jamal Mahjoub, *Nubian Indigo*, traduit de l'anglais (Soudan) par Madeleine et Jean Sévry.

Jamal Mahjoub, *Latitudes à la dérive*, traduit de l'anglais (Soudan) par Charlotte Woillez.

Véronique Mortaigne, *Cesaria Evora, la voix du Cap-Vert.*

Nimrod, *Les Jambes d'Alice* (Tchad).

Nimrod, *Le Départ* (Tchad).

Wilfried N'Sondé, *Le Cœur des enfants léopards* (Congo).

Ike Oguine, *Le Conte du squatter*, traduit de l'anglais (Nigeria) par Carole Didier-Vittecoq.

Pepetela, *L'Esprit des eaux*, traduit du portugais (Angola) par Michel Laban.

Sol T. Plaatje, *Mhudi*, traduit de l'anglais (Afrique du Sud) par Jean Sévry.

Ken Saro-Wiwa, *Sozaboy*, traduit de l'anglais (Nigeria) par Samuel Millogo et Amadou Bissiri, Babel n° 579.

Wole Soyinka, *Ibadan, les années pagaille*, traduit de l'anglais (Nigeria) par Etienne Galle.

Wole Soyinka, *Climat de peur*, essai traduit de l'anglais (Nigeria) par Etienne Galle.

Wole Soyinka, *Il te faut partir à l'aube*, traduit de l'anglais (Nigeria) par Etienne Galle.

Véronique Tadjo, *L'Ombre d'Imana. Voyages jusqu'au bout du Rwanda* (Côte-d'Ivoire), Babel n° 677.

Véronique Tadjo, *Reine Pokou* (Côte-d'Ivoire). Grand prix d'Afrique noire 2005.

Frank Tenaille, *Le Swing du caméléon. Musiques et chansons africaines 1950-2000.*

Aminata D. Traoré, *L'Etau. L'Afrique dans un monde sans frontières* (Mali), Babel n° 504.

Henk Van Woerden, *La Bouche pleine de verre*, traduit du néerlandais par Pierre-Marie Finkelstein.

Poèmes d'Afrique du Sud, anthologie composée et présentée par Denis Hirson, traduite de l'afrikaans par Georges Lory et de l'anglais par Katia Wallisky.

Ouvrage réalisé
par l'atelier graphique Actes Sud.
Reproduit et achevé d'imprimer
en février 2008
par Normandie Roto Impression s.a.s.
61250 Lonrai
sur papier fabriqué à partir de bois provenant
de forêts gérées durablement (www.fsc.org)
pour le compte des éditions
Actes Sud
Le Méjan
Place Nina-Berberova
13200 Arles.

Dépôt légal
1re édition : mars 2008
N° impr. : 080552
(Imprimé en France)